Low-Fat Love

減愛的N個相遇

派翠西亞·李維
Patricia Leavy 著
姜敏君 譯

愛情是一生的功課
只能體驗.
無法意會
這是一本值得大家閱讀
理解愛的書

胡適浩
2024.

臺北市立大學邱英浩校長推薦語

臺北市立大學中國語文學系郭晉銓教授書名題字

序一
「路上小心」——給努力的人

　　「路上小心」（Mind the gap）是派翠西亞‧李維在《滅愛的 N 個相遇》書中最後一章的章名，由阿麥留給女主角碧麗的一句話。在文字層層疊疊構築的「滅愛」故事裡，派翠西亞純熟豐富的描述讓人物活靈活現地穿插其間，閱讀中碧麗、皮特、珍妮姐以及其他的配角都因作者寫作的功力認真地現出他們的特色，每一位都是獨特的存在，如追求浪漫愛情的小資女子碧麗、總是展示著迷死人不償命笑容但玩世不恭的皮特、認真又嫻熟出版工作的珍妮姐，卻也像活在我們日常生活中真實又熟悉的市井小民。除了人物刻畫，派翠西亞對景物描述也令人激賞，無論皮特的家、碧麗的家、開趴的場所……派翠西亞都用她的文字帶領讀者和書中人物進入到其中，真是閱讀的一大享受。能讓原著轉為中文，引領更廣泛的讀者一同欣賞「滅愛」轉折的百態，譯者姜敏君博士則功不可沒了。

　　敏君的翻譯文字非常順暢，閱讀起來舒服又有樂趣，絕無因為是翻譯的作品而顯示出英式中文的狀態，她還貼心地為食物或特殊名詞下了註腳，讓讀者了解西方的文化。本書誠如〈寫在翻譯之前〉譯者的說明，這是一本社會學者由學術研究的作品所改寫的小說，呈現美國社會世界一隅，敏君以多年在大學教授質性研究方法的經驗來翻譯這本書，

對於忠於原著與對人物的尊重更值得信任。

　　無論是作者派翠西亞或譯者敏君，都是在工作與生活領域上不斷在
努力的人，女主角碧麗也是如此，敏君和我都對「路上小心」這章名留
下深刻印象，人生不會永遠順遂，在「減愛」的 N 個相遇歷程中也
「小心地」學著另一面的「增愛」，像是書末碧麗對於珍妮姐的支持，
「減愛」與「增愛」有可能成為一體兩面了。

高麗娟

臺北市立大學運動教育研究所退休教授

序二
創作是作家的研究

　　創作就是作家的研究，派翠西亞・李維致力於推廣跨領域藝術本位研究，並將研究成果以小說的形式呈現。感謝姜敏君老師戮力將李維的國際得獎作品翻譯成中文以饗臺灣讀者，讓臺灣讀者得以一睹身兼國際得獎無數的小說家／獨立研究者身分的李維的精彩作品。《滅愛的 N 個相遇》細膩描繪了一群居住在世界金融與藝術中心——紐約的許多期望成為「人生勝利組」的小人物們，在充滿高壓的環境中，努力愛人與被愛的故事。

　　敏君老師在翻譯上選擇更貼近臺灣中文語境的語言使用習慣，使得讀者更能與故事中的角色產生共鳴。擅長甜點製作與烹飪的敏君老師，讓讀者幾乎可以從文字中聞到許多對話場景所在的咖啡廳與餐廳中，所瀰漫的各色咖啡、甜點、食物的味道。除了人聲鼎沸的餐廳之外，經常出現的場景還有狹小陰暗的住家，處處充斥著陳舊的家具顏色、氣味、電視的聲音、電話聲響等，當然，仍舊有食物的味道——不管是隨便點的外賣，冰箱裡放好久的剩菜，還是母親親手烹煮的童年懷舊滋味。在這樣充滿豐富聲、色、嗅、味、動覺的背景之下，情感自然流動，微妙的人際互動層層堆疊，眾多角色的多線故事發展直到爆發。

　　最後的故事並沒有交代每位角色的結局，似乎故事中每個人物的人

生仍未完待續，女主角碧麗也正拿著一堆東西，趕往籌畫多時的新書發表會現場的途中。但作者安排了一個令人耐人尋味的轉折，讓讀者仍能感受到一種閱讀的滿足。很奇怪的，最終碧麗到底有沒有晉升加薪並不清楚，但讀者似乎可以感受到她「成功」了！這部作品讓人深思到底何謂「人生勝利組」？是事業上的成功、找到真愛、與家人和解、作品被眾人賞識，還是寧缺勿濫、鋌而走險，抑或瀟灑成就他人？在故事中，有些人雖然看似成功，卻是不斷與那個沒有自信的內在拔河；有些人雖然看似失敗，但卻總是對於家人朋友展現溫暖與包容，在最隱晦處展現個人才華。

如果說，研究的目的是為了拓展人類知識的疆界，幫助人們更認識自己、社會、文化、世界，那這篇小說便是透過文學的形式，展現了作者李維對於市井小民如何從自己的角度回應所謂的「人生勝利組」的研究成果。這部小說試圖叩問愛與存在的意義，重新界定「成功」的意義與本質。

吳怡瑢

臺北市立大學舞蹈學系專任副教授

序三
自序

　　很高興《滅愛的 N 個相遇》即將在臺灣出版。這本書是我最早期的社會小說，寫作的過程也讓我彷彿是經歷了一段難忘的旅程。

　　自從這部小說發行以來受到很大的歡迎，至今為止英文版已經重刷了四次之多，而最近發行的《滅愛的 N 個相遇：十週年紀念版》更是獲得了無數個重要的圖書獎項，包括：二〇二一年國際影響力圖書獎的女力獎，二〇二二年第一屆火鳥圖書獎的浪漫喜劇和流行文學小說獎，二〇二二年第三屆火鳥圖書獎的夏季海灘閱讀和當代小說獎，以及二〇二二年美國小說獎的浪漫喜劇類別的決賽入圍。

　　除了獲得獎項的肯定之外，對我而言更重要的是讀者的迴響。自從這部小說問市以來，十幾年間我收到無數粉絲寄來的電子郵件和訊息，這些回饋也讓我知道這部小說在他們的生活中激盪出什麼樣的火花。其中最令我印象深刻的是 *AutoEthnography* 這個電子雜誌的[1]肯定，他們在

1　*The AutoEthnographer* 創刊於二〇二二年，是順應現代社會所創的新型態發表模式，也是世界上第一個專門以自我民族誌（AE）為研究方法學的電子雜誌。在這裡所發表的文學與藝術作品必須通過學術審查，雖然帶著學術的色彩，但是發表的形式並不限定於傳統論文，反而鼓勵新方向的嘗試與創新。*The AutoEthnographer* 的創辦團隊全力支持 AE 學者們的烏托邦理想，也就是「學術並非營利」的觀點，因此獲得刊登錄取的作者都必須同意無償提供大眾使用，以作為學術交流與文獻參考之用；而上架到平台的資料也開放無償取用，免除了研究者在取得文獻時受資料庫壟斷之苦。自從創刊以來，

二〇二三年出版的期刊中特別為我開闢一個研討專欄,並邀請 U. Melissa Anyiwo 教授評述《減愛的 N 個相遇》,從文章中可以讀到這篇小說對她的生活和教學產生的影響,也令我激動不已。

　　我對這本小說後續產生的效應感到驚訝和榮幸,也很期待我的小說在臺灣與更多讀者見面,並開展屬於我們的 N 個相遇。

派翠西亞‧李維

原文

　　I am deeply honored to have the first translation of *Low-Fat Love* available in Taiwan. This book, my debut novel, has taken me on a remarkable journey.

　　Since its original release, the novel has been published four times in English. Most recently, *Low-Fat Love: 10th Anniversary Edition* received several major book awards. It won a 2021 International Impact Book Awards for Female Empowerment. It also received 2022 First Place Firebird Book Awards for Romantic Comedy and Pop Culture Fiction. That same year it received Third Place Firebird Book Awards for Summer/Beach Read and

---

*The AutoEthnographer*發表了多篇重要的學術成果,也因此屢獲獎項。截至今日,身為電子雜誌的*The AutoEthnographer*與Tony Adams所創立的實體學報*Autoethnography*分庭抗禮,是目前世界上唯二以AE作為研究方法學的重要學術期刊。

Contemporary Novel and was also named a 2022 American Fiction Awards finalist in the category of Romance: Romantic Comedy.

More than anything else, I am touched by the emails and notes readers have sent me for more than a decade telling me the impact the novel has made on their lives. *The AutoEthnographer*, a literary and arts magazine, devoted their 2023 special issue to celebrating my work and Professor U. Melissa Anyiwo wrote an in-depth essay about the impact *Low-Fat Love* has made on her life and her teaching.

I am amazed and deeply honored by the impact the book continues to have and am honored it will now reach audiences in Taiwan.

Patricia Leavy

序四
我們之間的相遇

　　我與派翠西亞的相遇，是在美國伊利諾州大學香檳校區所舉辦的國際質性研究論壇上。在這之前，我對派翠西亞的認識僅止於拜讀她的書籍，包括研究方法專書和研究類小說等。

　　二〇一八年，我帶著三位學生前往美國發表論文，我們提早一天抵達，想先稍事安頓一下。研討會當天的報到處人山人海，我的學生又好奇又興奮，大家都忙著到處探索，我在不知不覺中走到了大會活動附屬的書展會場，發現了好幾本大師之作，還有許多在臺灣的圖書館尚未上架的研究類書籍。我彷彿是不小心闖進寶庫般驚嘆連連，也忍不住隨手翻看，心裡還不斷盤算著行李重量，想挑選最適合帶回臺灣的書籍。

　　就在我以虔誠膜拜的心情翻閱時，突然聽到身旁有一陣寒暄，抬頭一看，原本站我身邊的一位學者，竟然跟遠遠走過來的派翠西亞打招呼！剎那間，我彷彿開啟了「粉絲迷妹」功能，等待著加入聊天的機會。更巧的是，當我成功加入聊天時，我的手上正好拿著派翠西亞的新書 *Handbook of Arts-based Research*（《藝術跨領域研究大全》），於是我們順利開啟了話題。

　　回國後我與派翠西亞成為了筆友，不時書信往返。當時有個小小的

願望，期望能將派翠西亞的書籍翻譯成中文，一方面可以造福不方便使用英文閱讀的大眾，另一方面也讓研究生參考使用，幫助我教學更為順利。然而，就在與國內出版社洽詢的過程中，Covid-19 的疫情開始在全球肆虐，不但造成大恐慌，也使得諸多計畫停擺下來。疫情後，很幸運地認識了萬卷樓，在總編輯與同仁的大力支持下，國內第一本派翠西亞的小說終於有機會問世了！

感謝能與派翠西亞相遇，造就了我們在學術研究上的交流，也讓我有機會用我的語言來介紹她的小說。很榮幸能與派翠西亞的相遇，很榮幸能與派翠西亞的小說相遇，也很榮幸藉由引進這本小說與臺灣的讀者們相遇。

姜敏君

引言
寫在翻譯之前

　　很榮幸獲得小說的原作者的獨家授權，成為第一本華語繁體翻譯。原本翻譯這篇小說時只是為了教學方便，但到了真的付諸實行，才發現工作的不易。要如何在保留原意的情況之下找到相對應的中文用字？要如何在中文用字遣詞中傳達原文的內在意涵？要如何適當地將英文轉化成中文的思考模式，而不會變成英文式中文？要如何因地制宜地使用生活化的用字來傳遞故事中的情境？需要刪減一些冗詞嗎？需要多增加一些解說嗎？諸如此類的反覆思索，不斷斟酌拿捏之後才勉強定稿。

　　在多方請教並同儕學者反覆討論之後，最終決定將翻譯的風格定調在方便教學的角度。也因此，在用語上捨棄直譯而改用意譯的方式，並盡量找到語意雷同的臺灣現代社會慣用語，以便貼近年輕人的生活用語以及普羅大眾的日常經驗。例如：「無言」、「戀愛腦」等表達方式。

　　另外，在排版上也有一點更動。原著使用斜體字的時機，是為了突顯該角色的內心戲，而在中文翻譯時，為了前後語意順暢並描述該角色自我對話的心路歷程，使用了傳統標點符號中的冒號、上引號及下引號來表示。

　　在文章的對話當中，原著作者為了突顯角色性格，刻意使用一些次

文化用語。而在故事情節當中，作者在描述一些情感表達的階段，也有較露骨的語彙。但是考量中文語境和社會習慣中沒有這樣子的用語，例如床上的雲雨細節等，因此在翻譯上也使用較含蓄的詞彙作修飾。

由於這是一篇學術研究之後改寫的社會小說，故事中的角色眾多，在故事情節中的也有不同的層次。如果把這些人的名字直接從英文讀音翻譯為中文，難免拗口或不順暢。因此在翻譯時，我改用貼近英文原始讀音的字詞重新命名，並盡量讓這個再命名的中文字詞呈現給讀者一些聯想空間，以便一窺該角色在小說中的性格。例如：女主角命名為碧麗，但依照英文讀音或許可以翻譯成普莉莉，但是女主角一直嚮往一種「人生勝利組」的生活型態，這時候以碧麗為名，更能聯想到她心中對「金碧輝煌、絢麗燦爛」的渴望。另外，處理小說中的配角時，也盡量將英文名字簡化。例如：某些與男女主角相比年紀較長的男性，都以哥字輩稱呼，例如都華哥；而年紀較長的女性則是以姐字輩稱呼，例如珍妮姐。此外，與男女主角相比，年紀相仿的男性名字以阿為開頭，例如阿麥；年紀相仿的女性則是以小做為稱呼的開頭，例如小琪。而某些只出現一兩次的名字，但是在故事當中扮演某個轉折點，則會把他的名字讀音翻譯出來，例如：查爾斯。

這一篇小說是派翠西亞早期的作品，從內容中可以看到社會學者採訪大眾的生命經驗時所蒐集到的資料，並將這些資料以水晶化（Crystallization）的方式做處理，再以多元並置（Juxtaposed）的概念作書寫，形成一篇探討關於愛的人性真實面，包括卡在不上不下之中的生活現實面，以及面對人際關係尺度中的拿捏等，最後提出作者本身的觀點與建議，也就是「減愛」的哲學。

而在故事末尾所使用的雙關語 Mind the Gap，讓我想到一則英國的新聞報導。在倫敦的某個地鐵站每天都有個老婦人準時來報到，她看起來並不像遊民，因為她每天都穿著整齊且看起來很有教養。她總是靜靜地待在地鐵的某個角落，在聽到廣播時她的眼睛有時閃耀著光芒、有時泛著淚水。直到有一天，她在聽完廣播之後匆忙跑去服務臺求助，焦慮的神情跟以往的從容完全不同。直到服務人員聽完她的描述之後，才終於瞭解她每天來聽的廣播 Mind the Gap，其實是她過世的丈夫為英國地鐵所錄製的。這句話是在提醒匆忙上下車的旅客小心腳下，因為在車廂與月臺之間有無可避免的鐵軌縫隙，所以旅客在通過時務必抬起腳跨越過去。但是在地鐵的廣播系統更新後也換了一個新的錄音，所以這位老婦人才聽不到她丈夫的聲音。後來相關單位做了一個溫暖的決定，他們找到了這個舊錄音並且複製了一份送給老婦人，而且在老婦人每天都會去的那一個地鐵站仍然保留舊的播音系統，直到老婦人過世為止。很難想像就這麼短短的一句 Mind the Gap，在牽涉到人與人之間的關係與愛的交流之後，因為不同面向的相遇就有了不同面向的情境，而在小說最後的這句話，彷彿就像學術論文最後的結論與建議般，提醒我們人生雖然難免有遺憾，人跟人之間雖然難免有差異，但是只要我們一步一腳印，小心踩穩腳下，並且適時努力抬起腳跨過那個鴻溝，就會走出屬於自己的一條路！

姜敏君

目次

相遇

她知道在他們相遇的那個星期四，她就愛上他了。

第一章
人生勝利組

「什麼叫做『凱西一抓起她的行事曆就往城裡衝？』」總編連珠砲般地批評說：「這真的是我看過最糟糕的小說開場了！沒錯，你的記事本掉了，然後你就只會坐在那邊發呆？文章一開頭就沒頭沒腦地冒出這一句話，也沒有交代上下文情境……這樣的文筆真令人無言以對！難道他以為隨便什麼人都可以當作家嗎？這個時代到底還有沒有真正的作家啊？」他一邊碎碎念，一邊氣憤地將稿件扔到碧麗桌上。

「就……只好依賴出版社的編輯來補破網，是吧？都華哥！」

「唉！碧麗，妳老是這麼容易心軟，會把他們寵壞的。而且這樣下去，我們大家都會被搞死。」

碧麗扮了一個鬼臉，表示認同總編這個無可奈何的決定，然後說：「好的，沒問題。我會轉告他，我們無法幫他出版這一本新書。」

「好！那就麻煩你了！喔！對了，我們要來開始調整一下行銷策略了。有些書雖然寫得不怎麼樣，但是能帶來超過百萬的銷量，那就擺著讓它繼續生錢。但是那些寫不好又賣不出去的，放任不管會害出版社賠錢，這樣的後果我們無法承擔，所以一定要好好處理。這不用我提醒妳吧？」

碧麗思考著他所謂的「寫得不好又賣不出去」的說法，覺得真是不

留情面的一針見血。然後笑了笑說：「好！我會妥善處理的。」

總編交代完就走出碧麗的小辦公室，但因為空間太擁擠了，一不小心就掃到一疊信件，這些信原本就亂七八糟地堆放在辦公桌上，打翻在地上後更是散落一地，這一片狼藉彷彿像在嘲弄著碧麗一團混亂的生活節奏。其實碧麗也希望自己的桌子可以井井有條，但每次整理好都只能維持幾天而已。她依稀記得有位專家在歐普拉的脫口秀中說過：「如果一個人的辦公室或家裡雜亂無章，就意味著他在情緒或精神生活中也一片混亂。」她一邊思考著這句話有沒有道理，一邊分心重讀那份稿件，心裡嘀咕著：「這句開場白真的有那麼糟糕嗎？」

＊

終於下班了。碧麗一進家門就直接踢掉腳上的高跟鞋，換上數十年如一日的家居服。雖然這一身黑色睡褲和破舊的毛拖鞋都是平價品牌[1]，但是穿起來沒有束縛。她倒了一杯酒躺在沙發上，拿起電視遙控器，在平常會看的那幾台之間轉來轉去，最後終於停在「走進好萊塢」這個頻道。今天這集剛好是布萊德彼特和安潔莉娜裘莉的專題報導，這個主題很吸引她。每次只要這對銀色夫妻登上雜誌封面，碧麗就會買下當期雜誌。雖然她認為喜歡這種表面的形象很膚淺，但是又忍不住被吸引。有時候她會幻想，到底安潔莉娜的真實生活是什麼樣貌？她似乎比其他名人擁有更多令人羨慕的地方，比如那個營造出來的美好形象，就好像她的美麗永遠不會褪色、不會變老一樣。她的家庭成員人數眾多，而且來自各種文化背景。而且，她可能也不用特別費心顧家，因為她有許多佣

---

[1] 原文中提及的平價品牌Old Navy和Ugg是美國大眾化的服飾品牌，通常物美價廉，在賣場中就可以買到。

人、褓姆和助理幫忙打理。她還擁有完美的另一半，以及了不起的事業成就，真的算得上是成功的藝人和商人。大家都很喜歡安潔莉娜營造出來的形象，很多粉絲也像碧麗一樣的崇拜她⋯⋯每次想到這裡，碧麗的心中總會五味雜陳，除了羨慕之外，還有嫉妒、渴望和自我厭惡。

「走進好萊塢」的下一個節目是「每週電影」，今天播放的影片，講述一位在報社擔任記者的女人，在報導當地的犯罪事件時，竟然被精神病患鎖定為攻擊目標。碧麗趁著廣告時間炒了一盤菜，一邊配節目一邊吃，想著：「其實就某些方面來說，那位記者也滿幸運的，至少她的人生有過一段刺激的生活。」

碧麗對自己的評價總是徘徊在「我究竟是誰」和「我到底想成為誰」之間。她為了有朝一日變成「人生勝利組」[2]，特地從波士頓搬到曼哈頓來。她一直覺得自己應該要擁有一段燦爛的人生，可是如今年過而立，她還是過著汲汲營營的普通生活。儘管她是無神論者，她還是會把自己所有的問題都歸咎於上帝，不然就是怪罪她父母。她認為這一切都跟外表以及基因有關。她深信漂亮的人才有機會活成「人生勝利組」的樣子，而長得醜的人根本不可能有機會。至於那些長得不上不下的，就只能像碧麗一樣，需要透過很大的努力才有機會圓夢。

碧麗從七歲開始就知道自己長得很普通，所以一直對上帝這個造物者和生她的父母有諸多埋怨。從青春期開始，她就很羨慕那些又漂亮又受歡迎的女生。她認為這些女生就是因為得到上天的眷顧，人生才充滿

2　原文為"A big life"，指的不只是物質上的富足和充實，也包括夢想、興趣愛好、人際關係等社交和精神層面的豐富和滿足。對照臺灣的日常生活用語，接近「人生勝利組」在社會集體共識上的意義。

著無限可能。她相信只要妳長得漂亮，就有機會擁有好的起跑點，在這條件下只要稍微努力就能輕鬆得到想要的；但如果妳長得不漂亮，那就要更辛苦的經營，盡力去彌補這個天生的缺憾。碧麗有時候也會忌妒那些長得更醜一點的女孩子，因為如果妳早就知道自己長得醜，妳對人生就不會抱有任何希望，這樣一來，妳會有自知之明，也就能早一點解脫，不會浪費時間或金錢打扮，不論是化妝、護髮、健身、美容和追逐流行都沒有意義。她認為，雖然大家都不會拒絕美的事物，不過當這些醜女孩接受了自己的處境，就能早點獲得自由。而最可悲的，其實是那些卡在中間不上不下的女孩，因為她們以為只要有足夠的努力，就算長得不夠好看或不夠漂亮，也有機會接觸到不平凡的人生。她們自以為距離完美的生活比較接近，就會抱著希望渴求它、接近它。而碧麗，就是屬於這種類型的女生。

*

皮特拿起了尼爾蓋曼的最新著作，他打算接下來的幾個小時，要一邊看這本書，一邊享受手中的咖啡。他很愛煮咖啡時的味道，那是他最喜歡的氣味。

在等著咖啡煮好的空檔，他又想起昨晚吵架之後，瑞秋怒氣沖沖離開的樣子。他已經決定封鎖她了，因為這段關係沒什麼好留戀的。皮特的「追女哲學」是：「只要她們夠愛你，你就能掌控全局；但是如果她們太愛你，那就會變成一場災難。」在他過往的情史中就有好幾場所謂的「災難」。例如其中有一位叫愛麗絲的，曾在聚餐時喝得爛醉如泥，然後大吼大叫地誣賴皮特有性病；還有一任女友叫做喬治亞，是平面模特兒，她在分手時剪爛了他收藏的經典復刻紀念衫，還把他家砸得亂七

八糟。說到這個就不得不提蘇菲，她把喬治亞和皮特抓姦在床，然後氣到把皮特的髒衣服拿到房子外面點火燒掉；還有其中一個最恐怖的前任叫做莎迪，會埋伏在皮特平常出沒的地方，像是茶館、簡餐店、酒吧等地，每當看皮特跟其他女人的有親密舉動時，她就會大聲尖叫，就像是看到整個世界都陷入了火海一樣歇斯底里。有點可笑的是，莎迪的瘋狂卻會讓皮特新交往的女生產生罪惡感，反而不能果斷和皮特分開。

皮特的生活重心主要有三個：第一，和某人交往。他總是能和某人維持一段穩定又緊密的關係，但所謂的穩定，是指維持一段時間，而不是永遠，通常大約持續兩個月左右；第二，混夜店。已經三十八歲的他，顯然比所謂的夜店咖大了至少二十歲以上，他還是很難抗拒夜店的魅力，所以常常徹夜不歸的在那鬼混；第三，不穩定的工作。他對於任何會干擾他「藝術發展」的長期契約或「正職」都很抗拒，只是偶爾做做電話行銷，或在相片快速沖印店打打零工而已，但這些工作通通都不會超過兩個月。他總是表現出一副憂鬱小生的氣質，有著莫名的天才情結，以及懷才不遇的傲骨。

因為昨晚的爭執，皮特已經做好心理準備，今天應該是自己一個人度過了。

他租的房子是沒有隔間的大套房[3]，這個空間可以同時當作主臥室和工作室使用。房間裡還有一個小廚房，使用穿透性的簡易隔間，隔出

3　Studio apartment相較於Apartment的租金便宜很多，因為房間不大，所以通常內部不會隔間，有些內部會以簡易半隔間做區格，以便分出起居空間、簡易烹煮空間和休息空間等。在華人的社會中這一類型的租房比較少見，在概念上比較像是可開伙的無隔間單身套房。

廚房和臥室兩個空間。房子裡有一個小走道，兩端連通浴室和前門。房子的主要活動區有兩扇大窗戶，其中一扇的外面就是火災逃生通道，他把這個空間當作一個小花臺，偶爾會在那裡種一些盆栽，但經常會被鄰居偷走。

他有一個半舊不新的雙人床，但下面沒有床架，所以他的床貼著地面，顯得比較低。他穿著黑白格紋的四角褲和印著大衛鮑伊的舊上衣，拿起蓋曼的書，靠著兩個懶骨頭抱枕，沿著白灰色的牆邊坐下來。在他床鋪右邊的煤渣磚上有一個特大馬克杯，上面寫著「我愛紐約」。皮特翻開了書，依照慣例先看致謝篇章，因為他覺得閱讀這種致謝辭的時候，可以更靠近作者，也更能體會到整本書的靈魂所在，所以，如果一本書沒有致謝感言，他就會感覺很失望。

當他正翻開書的第一頁時，前門傳來了敲門聲。

他走到門口，大聲問：「是誰啊？」

「我是阿麥。」

皮特開了門，什麼話也沒有說，轉身提了一下往下滑的褲頭，沿著狹長的走道回到臥室區。阿麥鎖上門，跟在他後面。皮特撲到床墊上，拿起咖啡。阿麥把床對面的電腦椅從書桌下拉出來，面向皮特坐下，然後他又站起來，脫掉外套，再一次坐下，並將他的橘色外套蓋在大腿上。

「你找我什麼事？」

「沒有什麼啦！我剛剛去市區找我的表哥，然後就想順路過來你這裡坐一下，我在想我們或許可以喝個咖啡之類的。你在忙嗎？」

「不忙，只不過我剛拿到蓋曼的新書，正要開始看。」

「其實我有管道可以幫你拿到優惠的價格，別跟我說你是用定價買的精裝版。我知道有家店可以買到半價的精裝書，連新上市的都有。如果你要買二手的，也才幾塊美金而已。反正我覺得精裝本都是在把消費者當盤子啦！」

阿麥就如往常一樣喋喋不休、自顧自地說話，而皮特則只想要他閉嘴。阿麥是他認識的人裡面最寒酸的，自皮特認識他超過十年以來，他都一直穿著有破洞的毛衣，總是披著一件破舊又難看的橘色外套。皮特討厭跟他一起出去吃飯，因為阿麥都不會好好給小費。通常阿麥的習慣是，在用完餐之後會把找回來的零錢放在桌上當小費，但是這些小費不多，通常不會超過全部餐費的百分之四。其實，皮特私底下也是一個小氣的人，只不過他在公眾場合時，會刻意營造一個大方的形象而已。皮特會不經意地佔朋友的便宜，也會刻意佔房東便宜。像是當他租的房子需要維修時，不管是真的還是他想像出來的，他都會和房東討價還價。他有錢花在大吃大喝、隨意購物和各種娛樂支出，卻沒有錢去繳某些費用，如健康保險、牙科保險、人壽保險等。他所擁有的，除了租屋處裡的書和其他零星物件以外，沒有任何財產。他經常會在街角的咖啡館買一杯貴得要命的卡布奇諾，但往往喝了一口之後就擺到忘記。他無法按時繳納水電費，不但常常在繳逾期罰款，甚至會重新申請新的水電帳號來逃避繳費。有一種人，看別人的缺點總是比看自己的來得明顯，皮特就是這種人。他總希望阿麥不要一副酸儒的模樣，不但小氣，而且很愛喋喋不休。他自認高人一等，覺得阿麥高攀了他這個朋友。皮特自視甚高地認為自己這樣任性是在追逐繆思，是跟隨著最新的思想潮流，並且活在當下。對皮特而言，阿麥的生活樣貌就是他所鄙視的一切，而且阿

麥還是個與社會脫節的宅男，皮特甚至還懷疑阿麥活到了三十六歲還是母胎單身。儘管他對阿麥的評價如此的不堪，他卻是皮特生活中唯一可以信賴的朋友。

對於阿麥那些買書的話題，皮特覺得毫無意義。他直接轉移話題道：「我們去吃點什麼東西吧！我先去沖澡，你可以自己去煮咖啡等我一下。咖啡濾紙用完了，但那邊還有一些紙巾。如果你很無聊也可以去翻一下那本書，或幫我看一下那個檔案夾裡面的文章……」他指著阿麥背後散落在書桌上的一疊稿紙繼續說：「我把故事裡關於嘉年華的部分做了一些延伸，想問一下你的看法。這個原稿我還沒有給其他人看過，就先給你看了。那我去沖澡，等我一下。」皮特邊大聲說著，邊拿起咖啡杯走進浴室。

大約四十五分鐘之後，他們已經坐在三條街以外的一家小餐館裡。皮特算是餐館的熟客，有時候他會幾乎每天去那家餐館報到，甚至一天不止去一次，但接下來他又會好幾個月都不去。皮特會突然消失的原因，只是因為服務生開始認得他，他覺得很不自在，就會躲著一陣子，直到他認為餐館裡的人應該都忘了他的時候就會再出現。這次餐館有個新來的服務生，皮特忍不住一直打量她。他很喜歡觀察不同人的外貌，而眼前的這張臉就引起了他的好奇。他猜這位服務生算是上了年紀嗎？還是她只是看起來比較老而已。她的臉型很長，鼻子引人注目。皮特更仔細地觀察過後，覺得那個鼻型醜得很好看。接著他期待的是服務生的口音，但當她一開口說：「請問要點餐了嗎？」時，卻發現只是他聽到已經厭倦的紐約口音。

「我要兩個荷包蛋，全麥土司。麻煩把果醬放在盤子上，我要橘皮

果醬不要一般果醬[4]。還要點一杯咖啡，附上鮮奶油。」

「先生你呢？」她看向阿麥，而他還盯著那本厚厚的菜單猶豫不決。

「嗯……特製蛋三明治好了，有附餐嗎？」

「有附送薯條。」

「有附飲料嗎？」

「沒有，只有附薯條。」

「嗯！好吧，我就點這個。」

「需要點飲料嗎？」

「白開水就好了。」

皮特對這種對話感到厭煩和不自在，所以他打開隨身攜帶的小冊子隨手塗鴉來打發時間。等到阿麥點完餐時，皮特已經神遊到另一個世界了。

「對了，我剛才已經看過你修改的稿子。」

「真的？所以？」皮特問道，既期待聽到他的感想，又覺得要放低姿態來討教對方很麻煩。

4　Marmalade和Jam是兩種不同質地的果醬。Marmalade通常是以柑橘類水果熬製成的果醬，需要保留至少三分之一的果皮，果醬的質地有較多纖維質。Jam指的是有果膠的果醬，製作時將水果搗碎或者切塊，與糖、檸檬汁熬煮而成，質地柔軟易塗抹在麵包上。皮特在這裡選擇Marmalade，似乎在自我暗示一個獨具品味的人設。

「寫得很好，但需要加一些逗點，我可以告訴你要加在什麼位置。」（阿麥大學的時候主修英文，但是讀到大二就休學了。）

「逗點？講到標點符號就讓我想要罵髒話。你只能給我這樣的意見嗎？我根本不在乎逗點！我討厭逗點！你可以提一些有用的意見嗎？不然我會覺得你只是在應付我。」

雖然皮特這樣亂發脾氣讓阿麥覺得有點受傷，但是他也已經習慣了，所以乾脆自動忽略那種感受。他想讓皮特知道自己的想法有建設性，而不是來「刷存在感」的，所以他馬上反駁說：「嗯！其實我看不太懂你要把主角的故事線拉到哪裡？你的文筆很好，但內容有點空洞。」

「哈！你不繼續講逗點了啊？」皮特有點挑釁地說。

阿麥無奈地聳聳肩，低下頭不想繼續說下去，以避免衝突。但皮特根本沒在意這個動作背後所傳達的訊號，甚至他從來都沒有發現，每當他們意見不合時，阿麥總是避免和他對到眼，不是往下看就是把眼神飄走。

不過，阿麥還是一口氣地把他的想法講下去：「等到你所有角色和情節安排都布局好，整個故事就明朗了。那是你目前需要克服的重點，你要把所有想說的東西都先攤出來，以便找到故事主軸！不過，你也不用太擔心，通常寫著寫著就會找到方向了。」

說到一半，服務生端來他們的早餐了，剛好讓他們不用再繼續這個話題。阿麥轉而專心吃他的餐點，而且吃得很快。皮特則在吃之前花了好幾分鐘將土司的邊邊沾上蛋液。

餐後為了付帳，皮特又耍了個小心機。通常一般人用完餐，都會把多餘的零錢留在桌上當作小費，阿麥也跟平常一樣打算給餐費的百分之四當小費。但想省錢並順便佔便宜的皮特，故意耍了情感勒索的手段，迫使阿麥多付一些小費。阿麥後來為了想讓他趕快閉嘴，只好放棄繼續爭辯。關於這個讓步，不知道皮特是真的沒有發覺，還是他根本不在意。其實阿麥後來妥協是因為他在某方面蠻羨慕皮特的，尤其是他的女人緣，但他發現皮特其實經濟上也不太寬裕，所以就不想再計較了。

走出餐館時，皮特注意到餐館門口有張傳單，上面寫著星期六下午在書店有一場珍妮特溫特森的簽書會。他撕下傳單說：「我們應該多參加這種活動，去聽聽真正作家的作品，對你也會有好處。沒有人能像溫特森那樣運用隱喻，她超厲害的。」

阿麥刻意忽略不舒服的心情，簡單地回答說：「喔！好。」

*

阿麥靜靜地坐在火車上，準備前往他的新家。他在幾個禮拜以前才剛搬過去，那是弟弟阿扣在布魯克林區租的房子，他們還有一位室友阿瑞，是一名怪咖。

阿麥在一家醫療保險公司擔任電話銷售員，一星期只排班二十八小時，這麼少的工時是不會享有醫療保險等員工福利的。因為他的收入僅能糊口，所以過去三年他只租得起地下室。他的租約是比較有保障的月繳方案，而不像有些租客是週繳制。他租的房間算是半地下室，有一半在地面上，另一半則在地下。房間右邊的牆壁開了兩扇長方形的窗戶，在接近天花板的地方圍了生鏽的鐵欄杆。窗戶的下方有個小冰箱，就是

學生宿舍裡會看到的那種，還有一個微波爐和一個電子鍋。窗戶的對面是一張單人床，套著陳舊的米白色床單，上面有一個扁掉的枕頭，還有一條已經磨損且破了幾個洞的被子。早上起床時，他偶爾會在頭髮裡面撿到幾根從被子裡掉出來的羽毛，他猜這被子應該是用雞毛代替羽毛的劣質品。床的左邊放了一張小木桌和棕色的皮椅，桌上放了一疊圖書館借來的舊書、一些舊郵件、筆記本、筆、一臺一九九五年生產的文字處理機和一個帶 CD 播放器的小鬧鐘。桌底下有成堆的 CD，床的右邊則放了一盞落地鹵素燈。共用的浴室在外面的走道上，雖然阿麥有分配到一個在浴室裡面的儲物櫃，可以用來放他的私人物品，但是他還是覺得不太方便。

原本阿麥是可以在這邊一直將就著住下去的，但上個月底他接到強制退租的通知。主要是因為有一個女住客向管理員投訴，說她發現阿麥在公用浴室偷窺他人洗澡。她堅持自己洗澡時有把門關好，但是後來浴室門被打開了一條縫，她認為阿麥一定有偷偷把門推開。其實大約兩年前另一個女生也對阿麥作出類似的指控，但阿麥以他一貫的沉默態度否認此事。那時候管理員因為同情阿麥的處境而讓他繼續留下來，但現在又有第二宗投訴，所以他必須要離開。當阿麥跟皮特抱怨整件事時，皮特說：「偷窺？你怎麼會想偷看那些女孩？哼！」阿麥堅持說他沒有，但皮特表現出一副無所謂的樣子，懶得再說一句話。他先入為主的認為阿麥就是有錯，但不是錯在被誤認為偷窺狂，而是錯在臉皮薄、嘴巴笨，而且不擅於社交。

阿扣原本並不想讓阿麥搬進來跟他一起住，但他又能怎樣呢？他哥哥已經無家可歸了，更何況他們還是親兄弟。再者，他們合住可以分攤租金和水電費，這樣就能省更多的錢來買「好貨」，或許還有多餘的錢

可以去買「超級好貨」[5]。阿扣目前二十四歲，在華盛頓廣場公園附近當店員，阿扣說這是一家充滿復古風味的「懷舊音樂商店」，店裡主要出售稀有的舊唱片和二手CD。阿麥很好奇像這樣的商店，要如何在eBay和iTunes的電子商務年代生存？他曾經一度詢問過阿扣這個問題，但只得到「關你什麼事」這樣的回應，所以他也就閉口不提了。另外，阿麥也不知道阿扣的室友阿瑞是靠什麼維生的，因為他看起來大部分的時間都只是待在房間睡覺。不過每個星期二的早上八點，阿瑞都會出門，直到下午六點後才會回來。雖然有點神祕，但是阿麥沒有打算過問太多他的私生活。

　　阿麥整個早上都跟皮特混在一起，直到下午三點才回家，並且一回到家就鑽進自己的小房間。這間公寓有兩間臥室、一個小客廳連接一個小廚房、和一個淋浴間。公寓裡有一個陽臺外推的小空間[6]，這就是阿麥住的臥室。這個房間小到放不下一張床，所以阿麥只能睡沙發床。這個房間很通風，讓阿麥有點擔心到了冬天會不會太冷？他一直都掛心這件事，但是看來也沒什麼解決辦法。阿麥跟平常一樣，走進他的房間，脫掉運動鞋，拿出普契尼的CD，夾克沒脫掉就躺到了沙發上聽音樂。

5　這裡的「好貨」指的是毒品。原文將毒品以鍋碗瓢盆和蘑菇作為代稱，表面上好像在講健康食材等餐食相關內容，但其實和故事中的非法生意有關。作者希望在此給予讀者更多空間，不論聯想到毒品的品項、商業模式，或是呼應標題的低脂肪（Low-fat）減愛觀點，都可以成立。

6　"The sunroom"在美國的公寓中，通常是指一種有玻璃採光罩的小型陽光房，可以在這裡享受陽光，也可以讓房子通風。這裡通常會栽種一些盆栽植物，擺上地毯、靠墊、咖啡桌等，可以成為居家放鬆、閱讀或休閒的場所。在臺灣的建築當中，比較類似陽臺外推的概念。

*

　　碧麗想要變成「人生勝利組」的願望還沒有任何進展，她的生活總是一成不變。每個星期一到星期五的早上八點到下午六點半，她都會待在辦公室認真上班；下了班回到家，就邊看「走進好萊塢」，邊吃一頓健康的晚餐。有時候也會忍不住一邊追劇一邊吃垃圾食物。影集內容也沒有什麼營養，不是在講一個女人偷了另一個女人的嬰兒，不然就是在講一個女人謀殺了小鮮肉水電工。雖然她已經在紐約住了好幾年，但是她沒有交到幾個知心朋友，也沒有興趣多費心思去維繫友誼。這種不積極的交朋友態度，就像在高中時半推半就和一位胖女孩成為朋友那樣被動。她公司的單身女性經常相約一起去附近的酒吧續攤，也常常邀請她，但她一次都沒去過。因為碧麗覺得這樣很不自在，而且也很擔心會不小心把關係搞壞。碧麗後來覺得他們並不是真的要邀她一起去，只是禮貌性地隨口說一句：「要不要一起去麥斯威爾酒吧？」每次聽到這種話，她內心的小劇場就在疑惑：他們應該是歡迎她加入吧？不然為什麼會對著她呼朋引伴呢？

　　她也嘗試過網路交友。網路會吸引她主要有兩個原因：第一，沒有人會知道這件事，所以如果失敗了，她也不需要向任何人解釋。第二，她可以設定好收入、教育程度、長相和興趣等條件來過濾男生。她想要找一個收入比她高的男生，不是因為想要完全依賴男人，而是因為要在曼哈頓成為人生勝利組，沒有錢是沒辦法做到的。她也想釣個金龜婿，能夠幫她還清卡債，因為她有時候會突然想買醉而亂花錢。她也希望能遇到對藝術感興趣的人，這樣就可以帶她去看最好的表演。她還希望能夠和帥哥交往，因為這樣表示自己這種普妹還是很有吸引力。但是，她又不希望自己的男人太過出眾，因為她擔心這樣的男人可能招來過多的

競爭，給她帶來不必要的壓力。她也很擔心自己這種普妹跟帥哥修成正果之後，其他女人會在背後品頭論足：「那個男的怎麼會跟她在一起啊？」

於是她付了一九九美元加入網路相親會員，並花了整個週末的時間在網路上過濾符合條件的名單，好不容易才配對成功，但是之後的約會卻是慘不忍睹和難以啟齒的丟臉。她配對成功的對象是亨利，看起來是一名蠻有前途的會計師，靠著自己的能力在紐約買了一間小房子，並聲稱每部上映的外國電影都會看。他們約定在離她公司只有幾條街之外的西班牙餐酒館見面，打算一起吃個便餐、喝點飲料。在約會的前五天她就一直忙著準備這場約會，包括去修了指甲和做比基尼線蜜蠟除毛，而且還買了兩套新衣服。但到了最後她這兩套都沒穿，因為她覺得一套穿起來意圖太明顯，另一套看起來又好像太隆重了一點。

在他們預定要見面的那個晚上，她抵達餐廳門口後，突然開始猶豫了起來，然後在餐廳外面晃來晃去。她想著如果亨利來到，看到她這樣子不知所措，一定會覺得她是個怪咖，所以後來她就逃回家了。當晚她幾乎灌掉了一整瓶的酒，打開賀曼頻道一口氣看了四小時的《推理女神探》，差一點就把總共九小時的影集追完一半。隔天早上，她收到亨利寄來的站內信，關心詢問她爽約的原因，但她沒有回信，並且驚嚇到馬上把相親網站上的個人檔案刪掉。之後有好幾個月，她只要一想到亨利，就充滿罪惡感。

碧麗的生活顯得相當孤單，因為沒有多少朋友陪伴，也沒有真正努力去約會。她決定要利用週末來培養一些習慣，因為她相信：只要讓自己過著有趣的生活，就會遇到有趣的人，所以碧麗開始要讓她的週末忙

碌有趣起來。對她而言，沒有什麼比藝術更能吸引她了。如果當初更勇敢一點，也許她也是某方面的藝術家了，或至少能當上記者，她就可以用其他人的幸福圍繞著自己。平日單調的生活很快就能夠用豐富的週末調劑，包括芭蕾、戲劇、演唱會、畫廊、工藝市集、相聲表演、獨立電影、博物館、讀書會等，可以讓你忙得不亦樂乎！

*

在出版社，查爾斯和碧麗正在辦公室中促膝長談。

「真是不好意思！我想要親口跟你說出我們的決定，但請你千萬要保持冷靜。我們出版社的規模不是很大，所以對於每一本要出版的書，都很嚴格把關，尤其是評估市場的反應。通常沒有邀約的作品，我們是不會考慮的。」

「可是我上一本書，你們剛賣出了一萬五千本，這也應該可以算是小有成績吧？所以我這次一寫完就先把稿件送到你們這邊來。我不明白，是我哪裡做得不夠好？」

「我很理解你的感受。」碧麗溫柔地說，「但之前那本書是地理的入門教材，那是已經有一定市場規模也有固定銷售對象的學校用書。如果你和瑪西姐聊一聊，我相信她可以解釋其中的差異。一般的通路銷售市場是很不一樣的，每年，我們只會出版少量新進作家的小說。我很遺憾，我們真的沒有辦法出版你的書，而且我也不想浪費你的時間。我建議你可以再向別的出版社投稿。」

一段尷尬的沉默中，碧麗甚至可以聽到自己的呼吸聲，最後查爾斯失落地說：「好吧！我很失望，但是我懂了。」說罷，他站起身來，伸

手越過碧麗的桌面，用滿是汗水的手和她握了一下，垂頭喪氣地轉身離開。

碧麗覺得很難受，她通常會透過電子郵件或寄信，以便委婉回絕作者的投稿，但她從沒試過當面拒絕。因為查爾斯的前一本書有和出版社合作過，所以都華哥提議，當查爾斯來洽談再出版事宜時，可以搬出之前合作過的瑪西姐來當擋箭牌。

在碧麗還沒回過神來之前，珍妮姐突然闖了進來，原來是查爾斯離開的時候沒有把門關上。每一次看到珍妮姐，就讓碧麗覺得胃痛。珍妮姐是公司的組稿編輯，碧麗曾經當了她九個月的助理，後來才升職為編輯，那是她生命中最難熬的九個月。一開始，她覺得自己簡直太幸運了，因為有人告訴她，很少有女人在出版行業可以達到珍妮姐一樣的成就和地位。珍妮姐之前在地理部門工作了十年之後，公司給她一份新的工作項目，屬於歷史系列，是公司從未涉足的出版類別。珍妮姐有歷史學的學位，所以她對這個工作非常期待。她自詡為女性主義捍衛者，而且很大膽地說：「碧麗，在這個以男性為主導的產業中，我們很艱難，但總會有我們的出頭天的，所以我們必須要互相扶持。」她也很自豪於能將女性歷史和黑人歷史納入她的出版計畫，並且堅信其他編輯不會有這個慧眼。

碧麗很快就發現，對珍妮姐而言，女性主義只是個裝飾品的概念。她很喜歡大談「支持婦女議題」，但她其實並沒有打從內心尊重婦女。碧麗發現，在和珍妮姐共事的過程中，她會習慣性打壓其他女性，以免這些人比她更成功，甚至不希望有人不如她努力卻比她成功，所以珍妮姐會不自覺地苛刻對待和她一起工作的女性。珍妮姐從大學時期就很看

不慣那些「綠茶婊」[7]，因為珍妮姐認為想得到的應該自己努力，而不是耍小手段獲得。在職場上她喜歡和那些職位比她低的女性共事，這樣她就可以輕易利用，進而控制比較弱勢的女性。

珍妮姐一開始很喜歡碧麗，但當她發現碧麗並不甘於當助理，她就開始厭煩。這種厭煩慢慢演變成不滿。有時候碧麗會發現自己持續的加班，只是在幫珍妮姐處理一些秘書性的事務，而這些並不屬於她的工作範疇。這樣分派工作，珍妮姐可以達到兩種效果。第一，她在讓碧麗還有其他人知道，她才是有權責的人，是碧麗的老闆；第二，更重要的是，這樣杜絕了碧麗去碰一切能讓碧麗出頭天的工作。但珍妮姐沒有注意到，其實老闆本來就有意讓碧麗擔任編輯工作。讓她先當助理只是希望她先歷練一下，等到擔任編輯的時候，也比較不會有其他人抱怨。因為很瞭解珍妮姐，所以當碧麗一升職，就馬上去找珍妮姐說開，以免以後不愉快。

「珍妮姐，真的很謝謝妳。如果沒有妳的教導，我應該永遠都無法升職。」

「嗯！其實我有幫妳講好話，我必須推薦妳讓妳晉升，不過這是妳

---

7 這裡的原文spoiled bitch屬於日常生活當中的次文化語言，在整篇小說當中"bitch"這個字一共出現四次，前兩次發生在珍妮姐身上。珍妮姐很看不慣某些女孩的手段，還特別用爭寵（spoiled）來形容她們。在她的視角中，這些年輕女孩的撒嬌和搔首弄姿，就是為了吸引異性所耍的心機，所以用spoiled bitch來稱呼她們，而這種社會脈絡恰好跟華人近年流行用語中的「綠茶婊」（或稱「綠茶」）不謀而合。故事中的第三次出自碧麗之口，但也跟珍妮姐有關。當時的場景是碧麗在跟她的男朋友皮特抱怨，並且評論珍妮姐是雙面人，在挫折的情緒下脫口而出。第四次是整篇故事中唯一由男生口中說出來的話，當時這幾個男生做了違法的事情，其中一個男生因為熱戀而出包，其他男生就用bitch來指稱這位女友。

應得的。」珍妮姐用她一貫平靜和單調的聲音回答。

　　儘管知道珍妮姐只是在說客套話，但是碧麗還是表示感謝。其實她懷疑珍妮姐根本沒有給她好的考績，好讓她能一直擔任自己的助理。自從她升職以後，珍妮姐對碧麗的態度表現得非常友好，使碧麗感到驚訝不安。珍妮姐會在假裝提供幫助的掩飾下說一些帶刺的話，比如一再提起她不得不說服老闆給她升職這樣的話。所以也難怪只要看到珍妮姐站在門邊，就足以讓碧麗感到脊椎發涼了。

　　「嗨碧麗，怎麼了？查爾斯離開的時候看起來很不開心，妳知道他曾經是我負責的其中一名作家吧？」

　　碧麗稍稍放下戒心，期望珍妮姐只是想要八卦，就像她平常一樣，興致一來，就只想要閒聊。

　　「喔！對啊！他現在被分配到了瑪西姐的部門。他想從學者轉型為小說家，但我必須要讓他知道他的稿子不適合我們。這很難接受，但是也沒有辦法。」

　　珍妮姐的身體靠著門稍微挪動了一下，好讓她的背可以輕輕頂著門，並順勢把門悄悄關上。碧麗看到她的肢體語言立刻直覺想到：「我就知道，妳又想在我身上動歪腦筋了。」

　　迫於無奈之下，碧麗只好假裝禮貌的問道：「妳想要進來坐一下嗎？」

　　「好哇！等我一下。」

　　珍妮姐總是有辦法讓事情看起來是別人主動邀約，然後她只是配合

的樣子。

「碧麗，我希望妳幫我一個忙。」

「什麼事？」

「我想做一個『回憶錄系列』，聚焦在一些籍籍無名的女作家身上。」

「聽起來很好啊！珍妮姐，妳要不要先寫一份計畫書給都華哥看？」

「其實我之前已經跟總編都華哥提案過了，他說回憶錄屬於你們的部門，要納入現有的小說出版計畫，原則上應該要有一個你們部門的人跟我一起合作這個案子。」

「嗯……」碧麗隨口禮貌性回應著。

「所以我就提議我們一起做這個案子。我們可以把它做成系列叢書，而不單是單行本，也算一種市場行銷的投石問路。如果我們徵召一些已經在起草的作者，就有可以在明年第一季搶先出版。妳和我可以擔任叢書的共同主編，我的名字會列在前面。做得好的話，我們最後可以出版全系列，我覺得這對妳來說是個為履歷增色的好機會。」

碧麗心想：「哼！我就知道，妳又想利用別人。」她早就已經知道珍妮姐只關心自己，每當她把一件事包裝成給其他人的好機會時，碧麗就會想，那個可憐的人應該要趕快落跑。然而碧麗也覺察到自己在某程度上跟珍妮姐很相似，甚至有時候她對珍妮姐的好感，會隨著珍妮姐操控別人的程度而增加。雖然她似乎跟珍妮姐不是同一類人，但她知道，

在她個性中的某處，她們很相像。某部分的她們都曾被利用被不公平的對待，而想要盡力擺脫這樣的局面，而她們都知道該如何脫離那樣的局面，只是珍妮姐技高一籌。她也很想相信珍妮姐所謂出版界女性菁英的論調，縱然她知道那全是謊言。碧麗常暗想：如果珍妮姐是個更直率的人，說不定她們可以成為好朋友。

「聽起來蠻有意思的。還是妳先給我看看計畫書？我會仔細看過一遍，然後我們就可以更深入討論了。雖然我已經快要被工作淹沒了，但是我絕對會先看妳的計畫書。」

「我告訴妳，這對妳真的是一個絕佳的機會。其實原本都華哥不認為妳有這個實力，是我一直說服他，他才願意讓妳試試看的。」

碧麗以一種拿到聖誕襪的孩子感謝父母的口吻回應說：「真的很謝謝妳……聽起來是個很棒的機會，但是我還是想要先仔細看過，然後再認真考慮。」

珍妮姐無法掩飾她的不耐煩，不斷撥弄自己那一頭淡棕色的直髮，但還是從善如流地回應：「好吧！我會把計畫書和都華哥的批示用電子郵件寄給你。那我們下禮拜一或二再談談吧！」

「那太好了，謝謝妳，珍妮姐。」

珍妮姐終於走出她的辦公室，出去時沒有回頭好好掩上門，而是直接讓門在背後自己彈回去。然後，碧麗連吞了四顆止痛藥。

*

對碧麗來說，等待週末的到來實在太過難熬，下班回到家後，點了

外賣的中國菜，搭配半瓶紅酒喝掉。她會直接用免洗筷吃外賣餐盒的食物，因為她覺得這樣顯得她見多識廣，雖然根本也沒人在看，而且她其實不太會用筷子，所以食物總是會掉到沙發上。因為她無法用筷子好好吃飯，所以乾脆不再點愛吃的蔬菜炒飯。到了星期六早上，她因為宿醉和吃多了味精，所以一醒來就覺得頭痛，賴床後又再吃了兩顆止痛藥。

　　直到星期日她才有個跟老朋友吃午餐的約，之前一再改期，今天終於見到面。她一邊喝著深度烘焙咖啡一邊瀏覽網站，尋找感興趣的活動。她後來決定要去參加下午四點鐘珍妮特・溫特森的簽書會。簽書會在書店舉行，附近就是修鞋店，她有一雙銀色高跟鞋送修，剛好可以順路取回。碧麗喜歡一次做好幾件事情，而且她覺得，在簽書會現場一定會遇到一些有趣的人。

第二章
簽書會

門口傳來一陣敲門聲，而皮特正在講電話。

「等一下！煩欸！是阿麥在用力敲門。沒什麼，就是我們約好要去簽書會，可是我還沒換好衣服，所以我要動作快點了。再打給你，先這樣，掰！」

皮特掛上電話，一邊碎碎念，一邊走過去開門，然後回頭朝廚房走過去。阿麥自己關上門，跟在他身後。

皮特沒好氣地說：「拜託喔！阿麥！我剛才在講電話，你就不能稍等一下嗎？」然後又用一種明顯不期待任何回應的口氣問道：「我在煮咖啡，你要喝嗎？」

「不用了，謝謝。」阿麥隨手在皮特的桌上拿了本漫畫，窩在椅子裡翻著。他並不在意漫畫的內容，覺得這些都很幼稚又沒有營養。但一如以往，他不會和其他人分享這個想法。

「我只要把衣服套上就好了，咖啡我會帶著走。」

「好。」阿麥一面隨意盯著某頁漫畫，一面隨口回應皮特。

＊

書店擠滿了人，皮特和阿麥遲到了十五分鐘，幸好活動還沒開始。

會場已經沒多少空的空位了，阿麥有點埋怨皮特，因為他總是不準時。他們最後選定後方靠著牆壁站著，皮特因為昨晚熬夜而感到疲勞，所以正啜飲著他的咖啡。

溫特森走出來的時候，大家紛紛站起來熱烈鼓掌。她從她的新書開始講起，然後朗讀了其中幾段。然後她回答了幾個現場觀眾提出的問題，主要都圍繞在她的第一本小說《橘子不是唯一的水果》和最受讀者歡迎的小說《賦予櫻桃性別》。碧麗坐在後排角落，她有好幾本溫特森的小說，但都沒讀過。這些都是列在她認為每個人都該有的「重要藝術作品」書單上，也是總有一天要看的書。

在問答環節之後就是簽書會，人潮開始湧向前方排隊，長長的隊伍在書店轉了好幾個彎。碧麗討厭排隊，而且她沒有帶任何書來，也不打算買新書。她轉身離開書店，拿起牛皮紙袋，裡面放的是之前在書店隔壁送修的鞋子。牛皮紙袋沒有提把，不太好拿，碧麗試著用一隻手臂夾住紙袋，而另一邊的肩膀背起包包。用這樣的姿勢穿過成排的座位，有點綁手綁腳。與皮特一起靠在牆邊的阿麥被碧麗這一連串的動作吸引，心想：「這個小迷糊的女生怎麼這麼可愛啊？」這時候，皮特隨著阿麥的目光也注意到了碧麗，所以當碧麗終於穿越重圍來到他們身旁時，皮特脫口而出搭訕了一句：「妳不先買一本書再離開嗎？」

「不好意思，你在跟我講話嗎？」碧麗嚇一跳，才瞥見皮特。他有一雙引人注目的藍綠色眼睛，眼角魚尾紋的線條，讓她聯想到這是一個有故事的人。

「對呀！我剛剛是想問妳，怎麼沒有像其他人一樣拿著書去簽名？」

「喔！」對話到這裡，她突然發現這個男人的聲音蠻性感的。「因為我不喜歡排隊，人太多了。」

「我和我朋友現在要去喝點咖啡，順便討論一下剛剛的簽書會，妳要一起來嗎？」

面對這個突如其來的邀約，碧麗有點吃驚，所以結結巴巴起來。皮特卻很快的說：「沒關係，不用在意，只是如果妳沒事的話，就一起來吧。」

皮特走在碧麗前面，開了門讓她先離開，然後也走出書店，阿麥跟在他後面。她看著這個風度翩翩、高大黑髮的男士，突然感到心跳加速。

「那就祝妳有個美好的晚上囉！」說著，皮特轉身離開。

碧麗目送他和阿麥走進半條街外的咖啡廳，然後轉身往反方向離開。可是不知怎麼地，她好像中邪一樣，才走沒有幾步，回頭走向咖啡廳。她告訴自己：如果我不去搞清楚這是怎麼一回事，我一定會恨自己的。當她走進咖啡廳的時候，看到皮特坐在一張長長的紅色天鵝絨沙發上。他看到碧麗就微笑著說：「看來妳改變主意了。」

「我想我應該可以簡單的喝杯咖啡。」

「好啊！」他跳起來走向正在排隊點餐的阿麥旁邊，直接在幾個看起來並不在意的人前面插隊。

碧麗放下她的牛皮紙袋，坐在皮特位置對面的木椅上。

他隔空大聲詢問：「妳要喝什麼？」

「喔！卡布奇諾，低脂的卡布奇諾，謝謝！」

他們只花了一分鐘就點好餐，也很快帶著飲料回來了。「謝謝！」她接過皮特遞過來的飲料，向他道謝。

「我是皮特，他是阿麥，是我的編輯。」皮特一邊微笑地說話，一邊慵懶地躺進沙發。

「我叫碧麗，碧麗·葛林。」她轉向坐在她右邊的阿麥，說：「你是編輯嗎？我也是，那也太有趣了。我在智者出版社上班，你呢？」

皮特有點頑皮地回答說：「阿扣家的出版社。」

阿麥聽到噗嗤地一聲笑了出來，但是碧麗沒有抓到笑點，乾脆直接忽略繼續和皮特聊：「你是作家嗎？」

「對，主要是創作圖像小說，但其他領域我也會涉獵一點。」

碧麗聽著就走神了，她想：「他怎麼這麼性感？他好有魅力喔！而且他看起來竟然對我有意思。」雖然他們才剛認識不久，但是碧麗對皮特的印象好到簡直沒有邏輯可言。她對自己的暈船感到有點害羞，但又深深地為他的英式口音著迷。他讓她聯想起八十年代阿哈樂團的主唱，她一直很愛他們的 "Take Me On" 歌曲 MV 中，用動畫呈現主唱愛上普妹服務生的故事。每次看到這裡，她都想不透，為什麼導演不找一個正妹來演這場愛情戲呢？但也因為這段影片帶給了她希望，讓她對這個 MV 情有獨鍾。同樣的，她現在面對皮特，也有著完全一樣的感受。

雖然這樣說好像有點自滿，但皮特很清楚，碧麗已經上鉤了。他們討論了一下那場簽書會後，決定一起去吃晚餐。碧麗說她想回她的公寓

放下她剛修好的鞋子，但其實她是希望梳洗一下自己，順便把牙刷和一些化妝品帶著，以便在外面過夜。她並沒有刻意想要跟皮特過夜，但這是寂寞了很長一段時間以來，最讓她感到振奮的事了，她希望自己能充分準備好。

其他兩人先陪她回家放東西，但等來到碧麗家門口時，她突然為自己貿然邀請兩個陌生人進家門而感到擔心。當她猶豫地用鑰匙打開門時，既覺得不安，同時又感到興奮。「我很快就好了，你們可以看那邊的書打發一下時間。」她指了指她的書架，然後直奔浴室。十分鐘後，她提著一個大一點的手提包，並放下那個一路讓她不自在的牛皮紙袋。然後對他們說：「我好了，可以走了嗎？」

「我要回家了，我忘了我答應了我弟，今晚要跟他一起看電影。」阿麥突然說：「他租好片子了。」

「喔！好吧！」碧麗回應，她在猜這到底是真話，還是皮特請他先離開，好讓他們可以獨處。她希望是後者，但這想法也使她緊張，因為她從來沒有和這麼帥的男生相處過。

他們三個人一起走出她家，阿麥往左邊走，而皮特和碧麗則向右走。

*

阿麥回落腳處時，看見阿扣和另外三個人坐在沙發上。這幾個人看起來有點面熟，但阿扣從來沒有為阿麥介紹他們。他們在一起吸著大麻和聽著鄉村音樂。阿麥走到冰箱，拿出一小瓶氣泡果汁和一個保鮮盒，

裡頭裝著他前幾天吃剩的義大利筆管麵[1]。他把餐盒放進微波爐加熱，在等微波好的九十秒卻度秒如年，因為阿扣在沙發那頭大聲問他：「嘿！我以為你今天晚上會跟皮特一起出去玩。怎麼回事，他又把你丟包啦？」一瞬間，所有人都盯著他看。

阿麥小聲地說：「他認識了一個女生，想跟她獨處。那個女的很漂亮。」他覺得有點尷尬，因為這是一種又被丟下的感覺。阿扣和他的朋友又將全副心思回到呼麻，而阿麥拿著他的晚餐回房間，聽著史特拉汶斯基的音樂，一邊想著碧麗，一邊吃著他的晚餐。

*

「『凱西一抓起她的行事曆就往城裡衝……』哈！這樣的描述也太語焉不詳了吧！」皮特提高了聲量說，發出呵呵的笑聲。

「你真的也這樣想？雖然他不是普立茲獎等級，但他在我們公司已經算是出道的作家了，應該沒有那麼糟糕吧？如果你當時在場，就會看到他的反應……他故作堅強的樣子，讓我覺得對他超抱歉的！」

「妳在開玩笑吧！這樣的文筆太可怕了，簡直可以拿來當成負面教材，告訴大家如何寫出一個超爛的小說開場。還是說你要考慮一下，乾脆幫他出工具書？」皮特一邊嘲笑一邊批評。

---

1 Macaroni是義大利麵條形狀的一種，麵條為中空的形狀，每一根麵條的比例大約一個手指節大小，被稱作「通心粉」或是「筆管麵」。因為義大利麵條大多數使用杜蘭全麥粉製造，較難以煮透，也因此形成有嚼勁的口感，而「筆管麵」的麵條做成中空狀，可以在烹煮時使熱能迅速通過，使煮好的麵條呈現偏軟的口感，有些人還會加上起司焗烤，成為頗受歡迎的一道西方料理。

皮特這種高傲的態度讓碧麗感覺到有點受傷，但她後來選擇忽視這個感覺。接話說道：「好吧！可能這樣的文筆真的很糟。」即便她還是不能理解，到底哪裡寫得不好。

　　他們待在皮特提議的一家酒吧大約兩個小時，一起在這吃晚餐，然後各付各的。之後，他們回到皮特的租屋處，共飲一瓶在回家路上買的紅酒（酒是碧麗付錢的，因為在結帳時，皮特突然被櫃檯的打火機吸引了注意力）。皮特家這種破舊的屋況通常不被碧麗喜歡，但那晚，她對這種極簡風格有不同的見解。她想，這應該是藝術家生活的樣貌。

　　房子裡只有一張椅子可以坐，於是皮特讓碧麗坐在床上。當她在猶豫的時候，他說：「別擔心，妳不用和我過夜或做任何事的。」然後他又突然大笑了起來。她開始發現，這種玩世不恭的態度是他習慣的表達方式。

　　她坐到床上，小心翼翼地不要打翻酒杯，有點不自在的說：「嗯！我知道。」碧麗想要換個話題，就問說：「你寫過什麼作品？你剛剛說是圖像小說。我不太瞭解那個類型，你可以跟我解說一下你的作品嗎？」

　　「其實，我還沒準備好出版任何作品，還沒有交稿，但快了。」

　　身為一名編輯，她每天接觸到的作家都非常渴望可以盡快出版，比起任何事情都更渴望，所以碧麗無法想像眼前的這個狀況。「你說你還沒準備好，是說你還沒寫完，還是你也算是完美主義者，會希望非常滿意之後才交稿？你可能不知道潤稿的文字編輯有多少能耐，能做多少事。」

　　「好吧，這樣說好了：假設我是個園丁，我會讓那些最美，最特別

的花以最意想不到的炫目色彩綻放，大家看我的眼光會展示出這讓人難以置信的奇蹟。不過，我不會記得澆水，最後所有花都會枯萎，」他大笑說：「還有，阿麥就是我的文字編輯。」

「啊！對！」碧麗一面回答，一面選擇性忽略一個全宇宙都在警告她的重點，也就是皮特到底是以什麼維生？她更在意的是，他這種玩世不恭的態度，讓她感到很惋惜。過幾天之後，她鼓起勇氣問了前面的疑惑，他表示自己的主要收入來源是繼承父母的遺產。他父母很年輕的時候就死於肺癌，雖然他們都沒有抽菸。

他們又聊到童年的事，他分享了自己在秋天吃棉花糖[2]的故事，雖然她不知道什麼是棉花糖，但聽起來很美好；他們還聊到他大學的事，得知他主修哲學，但大三的時候覺得從教授身上學不到什麼，就休學了；他們的話題也談到他在倫敦的冒險，包括他在倫敦認識了很多染上毒癮的叛逆藝術家；最後他們的話題談到他來紐約是為了獲得「靈感的滋養」。她則簡略說了自己對目前工作的熱愛，但大部分的時間她都是當聽眾的角色。聊了好幾個小時之後，他播放了新浪潮音樂，碧麗不敢相信她從沒聽過這種音樂。她也翻閱了皮特的文稿，發現裡面就是一些天馬行空的手稿，還夾雜著一些神奇的元素。看著看著，碧麗發現已經半夜了。

「我差不多要走了。」

2　棉花糖（Candy floss）是英式英文，這種糖果與我們文化印象中的形象很雷同，就是一根插著如雲朵造型的糖糰，香甜可口、入口即化，是許多人童年的回憶。而美國的棉花糖稱作"marshmallow"，通常做成類似方形塊狀，雖然也是軟糯的口感，卻和皮特所敘述的大不相同，所以身為美國人的碧麗不太懂這是什麼。

「別說傻話了，留下來過夜吧！我們早上可以一起去吃早餐，這附近有家很不錯的小餐館，裡面的服務生也是一流的。她長得很與眾不同，妳一定要去看看。妳明天有什麼計畫嗎？」

原本碧麗跟閨蜜阿芳有約，也不確定自己是不是想跟皮特過夜，但她還是回答說：「沒有，沒計畫。」

「那好！我只有一張床，所以我們就一起睡，但也不用想太多，就只是睡覺。我先拿件 T 恤給妳換吧！」

碧麗走進浴室，換上他給的特大號史密斯樂團 T 恤。她看著在洗手臺上那面小小的，濺滿牙膏的鏡子，心裡想著，我在幹嘛？還好我有帶自己的牙刷。

之後，她怯怯地回到床上，小心地爬進被窩。皮特對她微笑說：「晚安。」然後關了燈。她清醒地躺了好幾個小時，卻假裝自己已經睡著。

第二天早上，她聽見皮特在床上翻來覆去。她慢慢轉向他，小心不要讓他聞到她起床時嘴巴的氣味。

他盯著她的雙眼輕聲說：「早安。」

碧麗低著頭小聲說：「早安」，以免呼氣到他的臉上。

她轉過身去，背對著他躺著。他伸手摟住她的肩，以便讓彼此更靠近一點。接著，他把手滑進她的 T 恤裡輕輕搓揉。慢慢地，他的手向下移，輕輕脫下她的衣物。然後他握住她的手，開始緩緩移動，直到滑進她體內。他們從頭到尾都沒有面向彼此，也沒有互相親吻。

第三章
金龜婿

　　碧麗簡單傳了一個簡訊跟朋友取消見面，以便剩下的週末時光都能夠跟皮特一起度過。到了星期一上班的時候，她的心情顯得非常好。雖然皮特算不上什麼成功人士，但只要一想到他有多性感，她就很慶幸自己能與他相遇。碧麗興奮地思考下班後再去找皮特時的打扮，打算要穿上幸運戰袍，一雙青銅色的露踝包鞋。就在她心不在焉的打開電腦時，珍妮姐已經踏進她的辦公室了。

　　「現在是九點十五分。妳平常八點就到了，我有點擔心妳。還在想晚一點要打給妳，看看妳是不是出了什麼狀況？」

　　她們其實沒什麼交情，所以碧麗不太清楚珍妮姐為什麼假裝關心她？也因為她心不在焉，所以也就沒有多加思考：為什麼珍妮姐會在意她進辦公室的時間呢？

　　「喔！我昨天比較晚睡，所以就決定今天晚一點進辦公室。」碧麗一邊回答，一邊突然意識到這根本不關珍妮姐的事。

　　因為碧麗的心裡正盤算著今晚的約會，所以對珍妮姐的刺探顯得招架不住。珍妮姐冷不防的開口問：「對了，妳怎麼看？」

　　「關於什麼事？」

　　聽到這句話，珍妮姐翻了個白眼，她撥了撥頭髮，嘆了口氣。這個

動作讓碧麗擔心自己是不是無心冒犯了她。珍妮姐伸手抓了一張椅子坐下，轉頭看著碧麗，不耐煩地說：「關於回憶錄。」

「啊！對，不好意思，我這個週末太忙了，還沒有機會看那些資料。我這星期晚一點再回覆妳可以嗎？」

「碧麗，這是個很棒的機會，而且時間緊迫。我們要快點開始進行了。」

「時間緊迫？」碧麗心想：「這根本不急啊！」但她發現珍妮姐對這個計畫志在必得，如果碧麗拒絕她，珍妮姐可能會因為惱羞成怒而刁難她；可是如果她這次又答應合作，那麼到最後，她可能會因為受不了而想要殺了自己，這真是個兩難的局面。經歷了昨晚前所未有的美好後，碧麗轉念一想，如果她的私生活能遇上這天上掉下來的禮物，那麼似乎工作上的新挑戰也還可以接受，也或許這個系列的出版會一鳴驚人，回憶錄確實很有趣，而且搞不好還能讓皮特刮目相看。

「好！我會再認真看一遍那些資料，確認權責範圍及績效獎金，不過我覺得這是很好的企畫案。我想，我應該可以跟你一起合作完成這個案子。」

「太好了！這對妳來說真是個極好的機會啊！我是說，我其實也沒有多少時間可以放在這個案子上，但我覺得這真的會讓我們的團隊更好，也能幫助到妳的事業。」當碧麗還在細想著最後一句話時，珍妮姐已經起身了。她笑著說：「我會告訴都華哥妳的決定。這禮拜找一天開個會吧！我們要調整一下工作流程和草擬工作進度。」珍妮姐踩著她的高跟鞋離開了碧麗的辦公室，關上了門。碧麗則在擔心，自己是不是又傻傻地把自己賣了。

＊

因為成功把碧麗拐進回憶錄系列的工作團隊，所以那天晚上珍妮姐的心情很好。下班後，她一隻手扛著裝滿食材的購物袋，另一隻手拎著深紅色皮套的筆電，在大約七點四十五分左右回到家。到家門口時她十萬火急地衝進去，因為肩膀上的購物袋已經快要滑下來了。她走到廚房裡大喊：「阿查，你在家嗎？」同時把葡萄、火雞肉片、全麥吐司、還有三瓶氣泡水的包裝拆掉。家裡很安靜，好像大家都不在。於是她又大喊：「阿凱，阿凱，你來一下。」還是沒有回應。她想：「可能他又跟朋友出去玩了吧？」她整理完食材就順手做了一份火雞肉三明治，還抹了厚厚的一層沙拉醬，這種口味是她童年的味道，讓她覺得很安心。她將帆布購物袋扔到大門附近的衣帽架上，抓起了她丟在那邊的筆電，然後走進餐廳，在不知不覺中，她已經把餐廳當作辦公室了。她在那張長方形的餐桌找了一個角落坐下，桌上還堆著成疊的文件夾和一些書籍。她抽出一個資料夾，上面貼著標著「回憶錄系列構想」的標籤，然後開始工作了起來。而那份三明治，被她放到一邊，就一直忘了吃。

＊

被大家稱作珍妮姐的珍妮絲・戈爾德溫對自己的三個成就很自豪：事業、家庭、和不動產。說得更明白一點，她對自己在職場上的表現感到驕傲，也對目前的家庭狀況很滿意，並同時非常得意在打拼之下能擁有目前的豪宅。然而，她也擔心自己的日子會過得太安逸，以至於會不知不覺軟爛在舒適圈裡面。

珍妮姐的成長過程並不順遂，她住在底特律的郊區，父親是一個長期酗酒的醉漢。珍妮姐非常渴望能獲得他的認同，所以非常努力地在學

校保持優秀的成績。每天放學以後，她都蹦蹦跳跳地走進家門，只要看到父親斜躺在那張陳舊的藍色躺椅上，一邊喝著啤酒，一邊看綜藝節目時，她就會輕拍一下父親的肩膀（更小的時候還會直接跳到他前面，但這樣會擋到他看電視），然後興高采烈地說：「把拔！把拔！你知道嗎？我今天的地理測驗得到 A 喔！」或是「把拔！把拔！你猜發生了什麼好事？墨菲老師把我的畫掛在教室嘍！」或是「把拔！我今天的體育成績竟然破了我上次的紀錄，說不定哪一天會跟你一樣當個海軍耶！」雖然小珍妮拼命討好，但是他的父親總是表現得一副滿不在乎的樣子。

父親的回應，總是一貫冷漠的說：「小屁孩，到底有什麼好大驚小怪的？」面對這樣的父親，珍妮姐的妹妹小琪則有不同的態度，她懶得取悅，也不在乎。日復一日，年復一年，這樣的情境一再重覆。時間久了，珍妮姐開始怨恨母親蜜拉。她覺得這種冷淡的親子關係是母親的錯，她覺得母親能力不足又軟弱，總是逃避現狀。但是當母親得意的把小珍妮的蠟筆畫貼在冰箱上展示時，珍妮姐卻又覺得她太小題大做。其實母親很辛苦，每天都要轉兩趟車去城市的另一頭上班，下班之後，又要從遙遠的工廠轉兩趟車回家。除了在工廠上全天班之外，回到家之後還要負責家務，包括料理三餐、居家清潔、和各種縫縫補補，以及數不盡的生活瑣事。除此之外，蜜拉還要照顧一個無所事事的酒鬼丈夫，以及不時面對女兒鄙視的眼神，這些都讓她覺得自己處在可憐的深淵中。但作為一位虔誠的天主教徒，她默默的承擔照顧家人的責任，並且把自己的慾望降到最低。對於這些苦難，她都無怨無悔地忍受下來。

珍妮姐對這樣的家庭感到憤憤不平，也因此充滿雄心壯志。她想用優秀的表現來吸引父親的注意，在大學入學申請中，她獲得七所名校錄取，而這些學校都離她的原生家庭很遠。她的大學生活很忙碌，所以根

本沒有時間跟朋友出去玩。為了存夠學費，她同時打兩份工，還申請獎學金和助學貸款。她的工讀工作之一是研究助理，但其實就是打雜而已，可是她每星期打電話回家時，都會跟妹妹吹噓這個「很重要的工作」，而且宣稱將來還會有機會出版著作。她的另一份工讀是在學校健身房擔任櫃檯人員，她看著那些「搔首弄姿的綠茶婊和下半身思考的運動員」打情罵俏，覺得很浪費生命。她只會把時間花在課業上，閱讀普魯斯特或杜斯妥也夫斯基之類的課堂文本，而並不把文學真正當作消遣或興趣。

她整個大學生活的重心就是工作和讀書，而且常常熬夜。有一個晚上，她坐在書桌前苦讀亞當．史密斯的經濟理論時，感覺自己快要撐不下去了，她抽出一張黃色便條紙，寫下這句為自己打氣的話：「至死方休」，然後把便條紙貼在書桌前面顯眼的地方。她的任何一科成績只要沒有獲得 A 的高分，就會覺得自我價值被摧毀，所以她都會自願補救或繳交加分作業。如果教授告訴她「成績不代表一切」，她就會覺得教授很機車，並且一改乖乖牌的態度，抱怨教授「故意低估」她。

她緊湊的時間安排不是造成她沒有朋友的原因，而是因為個性問題。她會在不知不覺中對同儕表現出敵意，很容易把別人禮貌性的問候和對談誤解成隱含的批評，造成她常常說出傷人和不必要的言辭。例如有一次，她室友說「可以借她衣櫃裡任何東西」時，珍妮姐就解讀成她室友在嘲笑她的衣櫃裡沒有什麼像樣的衣服（她有自知之明，知道自己買不起昂貴或時下流行的衣服），於是她回應說：「謝了，但我想我比妳小隻。」這種酸言酸語，讓她在不知不覺總得罪人。在戀情方面，雖然她有過三段索然無味的經驗，但她卻從未擁有過任何深入的關係或真正的友誼。

建立自己的事業是珍妮姐人生中最重要的事情，她的工作態度始終如一，就是竭盡所能的做到最好。她相信沒有任何一件事情是唾手可得的，也一直認為要不是職場中的玻璃天花板，她的升遷一定會更順利，不用讓位給表現比她差勁的男性。可是當有女性比她先升職，她則會認定對方有玩潛規則，或只是被控制的棋子。珍妮姐沒有意識到，雖然她在工作上有得到認可的才能，但她也用錯誤的方式得罪人。唯一阻擋著珍妮姐發展的，其實就是她自己。

　　由於珍妮姐的個性有點難相處，所以她的升遷之路並不順遂。她一直卡在組稿編輯這職位很長一段時間，好像永遠都沒有升遷的希望。直到最近她終於得到開發新系列的機會，但是她仍舊需要親力親為地去處理很多瑣事，包括邀約作者、擬定合約和創新的靈感。看起來汲汲營營的忙碌好像變得更有意義了，但其實這些新工作也是換湯不換藥。她其實早就為這個系列準備了快四年時間，但都華哥原本並不打算交給她負責，而是想要把這個機會交給出版社裡的其他人。珍妮姐非常憤怒，就威脅說要告他性騷擾，他才同意把這個計畫交給珍妮姐，並且要求碧麗加入擔任共同編輯，以便能夠平衡珍妮姐的負能量。珍妮姐當下同意這個安排，因為她曾經是碧麗的主管，很清楚怎麼拿捏碧麗，能讓碧麗乖乖當她的小跟班。

　　珍妮姐常向她的丈夫阿查吹噓自己有多成功，但他知道那只是空話。因為他看過她的薪水單，也陪她一起出席過智者出版社的年終派對，在那裡很明顯可以看出她既不重要、亦不受歡迎。阿查是個成功的投資銀行家，從來就沒有想過自己會遇到怎樣的交往對象。當初他們在

貝果店萍水相逢，一起在等出爐的經典款貝果[1]。她對他的第一印象是身材矮小，只有一六五公分（珍妮姐比他還高五公分），有著一頭稀疏的深色卷髮。

對阿查來說，和珍妮姐的第一次其實並不是被吸引或想交往，而是純粹想約炮。他原本的想法是：「只是玩玩而已，有何不可？」可是不到一個禮拜，珍妮姐竟連續打了兩次電話給他，撩得他心癢難耐，所以又一起約去海鮮餐廳吃大餐，再回家速戰速決。到第三次約會的時候，他原本是想來個分手炮，所以看完電影回家以後就很隨便地進行。他連衣服都沒脫，只把她的內褲從裙子裡拉下來，把自己的褲子脫到腳踝，就進去了。他緊閉雙眼，幻想這是他最近迷上的口腔專科護理師，那名紅髮、皮膚白皙，會在牙醫鑽他牙齒時摸著他手臂安撫他的女人。珍妮姐則是幻想之前在大學健身房打工時常接待的橄欖球隊員，他常常對著她微笑，臉上有酒窩，身上有雪松木的味道。

自那晚之後，阿查就沒有再跟她聯絡。但是三個禮拜之後，他突然收到她的簡訊，告訴她月事晚了一星期。當醫生確認她懷孕之後，阿查問她是否要拿掉。她拒絕了，說她信天主教，雖然她很久之前就已經拋棄了某些教義，像是只信奉上帝是唯一的神、愛世人等等。阿查覺得自己沒有辦法跟另一半以外的人共同撫養小孩，再加上他年邁母親老是催他要「做對的事」，他決定要用理性的方法來化解這個令人尷尬的麻煩。他們嘗試了約會一段時間，建立一種了不溫不火的友誼關係，然後

---

[1] 這裡用「經典款貝果」來表達原文所提及罌粟種子（fresh batch of poppy seeds）的橋段。傳統的貝果製作方式，會先在發酵好的麵糰上撒上罌粟籽，然後再送入烤箱烘烤。後來因為研發出不同的口味，又因為各國法令不同，所以現在只要不是傳統口味的貝果，就不會撒上罌粟籽。

就去登記公證結婚了。那時，珍妮姐已經懷孕七個月了，當時只有小琪到場觀禮。兒子出生之後，他們為兒子取名為阿凱。阿查和珍妮簽了一份婚前協議，保有各自獨立的財產。她得到一顆二點五克拉的蒂芙妮祖母綠式切割的鑽戒，並且編了一個在聖馬丁豔遇的浪漫故事來麻醉自己，但其實他們彼此之間沒有愛，到目前為止都已經分房四年了。

阿凱現在是一名高中生，一直以來都被珍妮姐管得死死的。她不顧一切想要把阿凱培養成「某種菁英」，雖然他長相普通，留著一頭笨重的黑髮，有一個大鼻子，還有容易出油的皮膚。她常帶兒子去參觀博物館，看體育賽事，和品嘗各種風味的餐館。她讓他學鋼琴（雖然他既無興趣亦無天份）和空手道（儘管他肢體不協調）。雖然阿查原生家庭非常富有，也有一份薪水優渥的職業，他們還是送阿凱去公立學校。這一點讓珍妮姐很生氣，但同時也讓她有立場告訴那些願意聽她說話的人，他們有多支持公立學校系統。至於阿凱，他一直以來都是個比較安靜的孩子，而近幾年他又更疏遠家人了，多半自己待在房間或跟朋友出門。珍妮姐一開始也很擔心，但慢慢地，她也接受了這是一個青春期男孩的正常表現。她很開心他有朋友陪伴，因為她太忙了，沒辦法一直把關注的焦點放在他身上。阿查每天在辦公室工作十二小時，其餘包括週末的空閒時間，他會把自己關在家裡的書房，獨自觀看高爾夫球節目。

他們的豪宅是阿查在九十年代房地產經濟起飛時買的，前屋主是一位大使館文化專員的遺孀。這間樓中樓豪宅有著褐砂岩的外牆[2]，還有

---

2 brownstone為褐砂岩，在北美地區喜歡用來裝飾豪宅的外牆，以便提升建築外觀的質感，這和臺灣高級建案使用崗石外牆有異曲同工之妙。接續下一句的原文mahogany floors指的是建築物內部的桃花心木地板，這也是名貴的建材，作者用這些描述來暗示這個家庭的財富。

挑高的天花板和桃花心木地板，裡面擺設的家具有很多古董（多是阿查的傳家寶）。這樣的居住環境，讓很多人都相當羨慕。珍妮姐真心喜歡這房子，甚至認為她那些不知惜福的社區住戶可能都沒意識到自己有多幸運。每當她經過那華麗的雕刻大門時，她都很感恩自己擁有這些，也常常抬頭欣賞天花板的維多利亞風裝飾線板，覺得非常滿足。

珍妮姐只要一有機會就會讓別人知道她嫁得很好，她會炫耀自己的老公是銀行家，會刻意戴著鑽戒，每星期都以近乎宗教般崇拜的心情打磨鑽戒，好讓它發出最耀眼的光芒。她每年一定都會帶阿查出席年終派對，並要求阿查穿著阿瑪尼西裝。她也愛到處炫耀自己的兒子，拿出模糊的照片（因為她很清楚阿凱是什麼樣子，所以她總是用模糊的照片蒙混），然後吹噓著他既是音樂天才，也很有運動天分。總而言之，珍妮姐總是沉溺在自己編織而成的完美人設當中，並試圖壓抑那股恐懼，擔心這一切會像紙紮的房屋，一吹就倒。

*

接下來的幾個星期，碧麗的行程都很充實。每天下班後，她會先趕回家整理自己，然後帶著過夜要用的東西去皮特家，或是先到他常去的茶館等他。有時候他們會外帶印度餐回家，在皮特的床上邊吃晚餐，邊聽音樂、聊藝術和政治。有時候他們會去舞廳玩樂，他牽著她的手走來走去，那裡的大家好像都認識皮特，尤其是女人，那種感覺非常特別。

碧麗發現自己現在的生活超出了以前的經驗。這個星期六，他們去逛格林威治村的一家復刻服裝店時，皮特堅持要她試穿一件黑色皮褲，她拒絕不了，於是試穿了。穿上之後皮特說：「哇！看看妳，妳太性感了，寶貝！」碧麗聽了就開心地買了那件褲子，幾天以後她就穿那件褲

子和皮特約會，去一家舞廳聽著從來沒有聽過的癡哈音樂[3]，一起跳舞到凌晨三點。碧麗還聽從皮特的建議，在自己的脖子和手臂上抹上亮粉。這種嘗試新事物的興奮一直延續到隔天，在辦公室開會時，她一直克制自己不要脫口而出說：「我昨晚在自己身上抹了亮粉，全身都閃閃發光！你們能相信嗎？」

碧麗覺得現在的每一個晚上都很美好。除非從背後抱著她，否則皮特總是很大方地看她的身體，她從來沒有過這種全然被關注的感覺。有好幾次約會到忘我，搞到凌晨四點左右才攔計程車回家，有時候就乾脆和皮特一起過夜。她內心總會掙扎許久，她覺得沒什麼比能跟皮特一起入睡，一起醒來來得更開心（兩人依偎的時刻讓她的心更加陶醉），但如果她在皮特家過夜，隔天上班就會遲到。有時候她會睡過頭，遲到很久才到公司。有一天她直到十點十五分才到辦公室，珍妮姐立刻發現了，當然，是出自於關心。碧麗認為遲到是她對於突來的小確幸所必須付出的代價。她幻想著再過一星期左右，事情就會更穩定，她也就可以更好地安排好一切。

她知道在他們相遇的那個星期四，她就愛上他了。那個早上，他們在他的床上同榻而眠，他睡得很沉，她則清醒的等待鬧鐘響起。他的其中一個鬧鐘，要響的時候一開始會有四聲很小聲的嗶嗶聲，然後以七分鐘為間距逐漸變得大聲。她總在擔心她聽不到鬧鐘，所以會在鬧鐘響起前不久先醒來。加上她日益忙碌，她很清楚這種蠟燭兩頭燒的時間安

---

3 癡哈音樂的原文是Trip-hop music，也有人稱之為「神遊舞曲」，其中的trip代表迷幻神遊的狀態，樂曲是比較慢速的電子音樂，融合R＆B和雷鬼的曲風後，再與嘻哈混合成帶有迷離又具實驗性質的曲風。癡哈曲風出現在二十世紀末，尤以英國布里斯托發跡的Portishead樂團最為著名。

排，會讓她精疲力竭。皮特在她去上班後還會再睡好幾個小時，但她卻要趕著去上班，又趕著去跟他約會。皮特好像都是在晚上十點後才開始他的生活，而碧麗也因此頂著越來越大的黑眼圈，最後用遮瑕膏也難以掩蓋了。那天早上，她已經醒來，等著鬧鐘響，她不禁想著：「再讓我多睡幾分鐘，再幾分鐘就好。讓我在他旁邊多躺幾分鐘吧！我好捨不得！」躺在那張舊床墊上的當下，她有一種活著的感受，覺得自己終於踏上了「人生勝利組」之路。

在他們持續約會了一個星期之後的某個晚上，他們背靠著背，皮特小聲地說：「我愛妳。」那個當下安靜到她以為一切都只是她的想像。她讓自己保持清醒，緊抓住這個美好的感覺。兩天後，當他入睡前又對她說出那句話時，她小聲回應：「我也愛你。」

*

碧麗意識到自己在努力維持皮特對她的興趣，讓她不自覺陷入了無窮無盡的付出，以便維持外表的絕佳狀態，包括：腿部除毛、比基尼線蜜蠟除毛、化妝、補妝、穿高跟鞋和配合皮特的品味，穿那些看起來很隨性、標謗「藝術」的服裝。皮特常常說出來的話都讓她覺得既聰明又有洞見，例如，當他們去逛現代藝術博物館的莫迪里阿尼展覽時，他可以解釋畫作中表現眼睛技法的特別之處。她也試著提出她對畫作中特殊身體形狀的看法，但顯然那是一個「外行人」的評論。有時候，他也很欽佩她，尤其是她能快速觀察到語言的運用（她大部分的想法都是借用自她的作家）。她沉醉於備受肯定。而其他時候，他會以一種用近乎寵溺的眼神看著她，就好像心疼一隻髒兮兮的小狗，想要把她洗乾淨般。她感覺有種永保青春的靈藥滲透她的血管，而她願意做任何事，好讓這些神奇的感覺在她血液裡繼續流動。為此，她似乎需要付出很大的代價。

第四章
閃耀的心

「嘿！阿麥，在這邊。」

阿麥都已經在整間店晃了兩次圈之後，才看見對他招手的皮特。當阿麥走過去時，皮特跟他半開玩笑地說：「你怎麼找半天？眼睛瞎了嗎？」

阿麥沒有正面回應，把外套掛在椅背上坐下，然後轉移話題問：「你最近在忙什麼？怎麼都沒看到你。」

「你想要點什麼喝的？」

「不用了，我沒有想點東西。如果等一下我口渴，會去找飲水機。」

「如果你不消費，你就不應該坐下，你想別人會怎麼看你？」皮特一邊說，一邊指著那些在咖啡吧台後面的店員：「你覺得他們會希望你只是進來坐坐嗎？」

阿麥默默站起來去排隊點餐，幾分鐘後拿著一杯濃縮咖啡走回來。他平常不喝濃縮咖啡的，但那是價目表上最便宜的品項，而他也買不起其他東西。當他回到座位上面時，皮特正在看書。他陪在旁邊坐了一會，忍不住又再問了一次：「你最近在忙什麼？怎麼都沒看到你？」

「在寫東西。我快要把文章裡提到嘉年華的那個部分弄好了。我最

近也在忙著跟碧麗交往，你記得她嗎？就是我們上次去讀書會認識的那個。」

「記得嗎？」阿麥好像瞬間被打一拳似的，腦袋一片空白，於是故作鎮定地回答說：「記得啊！她看起來人還不錯。」

「對啊！我很喜歡她。而且她在出版社工作，跟我有共同話題。她最近常來我家過夜，等一下大約一小時候之後她也會過來找我，如果你有空也可以跟我們一起喝杯咖啡。」

「好哇！」

「你記得克萊德嗎？她最近一直打給我，聽說她跟原來那個渣男分手了，但還沒走出情傷，所以常喝到爛醉如泥。」

皮特說完感覺自己好像有點歪樓了，就低下頭繼續看書。阿麥也從外套口袋裡拿出一本平裝小說，假裝閱讀了起來。

*

碧麗坐在都華哥的辦公室裡，不斷偷瞄自己的手錶，或煩躁的用筆敲著腿上的速記本。一開始，她只想著二十分鐘後就要跟皮特見面，她快要遲到了。後來，她又在猜都華哥找她來辦公室的原因。一想到自己最近常遲到早退，忍不住緊張了起來。擔心最近的工作表現會惹來麻煩，不知不覺手心開始冒汗時，都華哥終於走進來了。

「不好意思，讓妳等這麼久。瑪西姐剛在收發室堵我，妳也知道要擺脫她有多難。」

「沒關係，你找我有什麼事嗎？」碧麗說著，有種胃脹氣的感覺。

「我想知道你最近和珍妮姐合作得怎麼樣？」

「噢！」碧麗鬆了口氣：「很好啊！一切都很順利。她提出了很多想法，我其實也是順著她的指示來做而已。」其實這是客套話，因為珍妮姐常用電子郵件和語音簡訊轟炸她，而且隨時一想到就要開會。簡單的說，她就是把碧麗當個人助理使喚，讓碧麗做大部分繁瑣的工作。然而，碧麗不想撕破臉，相比於自己近來的幸福感，她能夠用同情珍妮姐的心情來與她共事。

「聽到妳這樣說，我真的太高興了。我前陣子碰到她時，她說話的樣子讓我誤以為妳們的合作或分工可能有些小摩擦。我告訴她，我有信心這些都是可以解決的。」

「噢，」碧麗停頓了一下說：「我很驚訝聽你這樣說。」

「我沒有預設立場，我猜因為珍妮姐本身是工作狂，所以恨不得每一個人都能夠達到她的超高標準。現在我就放心了，一切肯定都會好的。」

「都華哥，我很認真在工作，只是一下子所有事都一起堆在一起，我一時忙不過來，而且這個系列佔了我很多的時間。」

「我知道，我知道的。不用擔心，我只是要瞭解一下目前的狀況，也想讓妳知道，如果有任何需要都可以來找我。」

碧麗謝過都華哥後馬上站起來，她一想到跟皮特的約會已經遲到，就恨不得飛奔過去。

＊

阿凱站在餐桌的另一端，盯著正在認真工作的母親說：「我要出門了。」

「嗯，晚點見。」珍妮姐回應時，眼睛沒有離開過筆電。

阿凱拿起他的綠背包就出門，走過兩條街，往地鐵站走去。在月臺等車的時候，他從背包裡拿出他的紅色 iPod，聽著 Cocteau Twins 的 BBC 錄音專輯。一分鐘後，他搭上列車，坐在兩名老婦人中間。他過了五站之後下車，戴著耳機，走到地面層，看著早已等在那邊的小娜。

「嘿！」

「嘿！」

＊

碧麗約會時通常都會提早十五分鐘到，但今天實在太晚下班，所以沒有像平常一樣先回家，而是直接去茶館。她有在皮特家放一支牙刷和一些衣服，就是為了應付這種緊急狀況。她的公事包有塞化妝包可以應急，因為擔心剛下班的臉色看起來比較憔悴，她還先到附近的星巴克借廁所。廁所外面有好幾個人在排隊，好不容易才終於輪到她。在散發著惡臭的男女通用廁所中，快速補好妝之後，她就衝去見皮特了。

皮特看到碧麗時對她大喊：「嘿！寶貝！」要她來他們位於角落的座位。

碧麗一邊走過去一邊想著：「咦！阿麥也在。」她試著不讓她的大

包包撞到擁擠的桌椅或他人。她總是覺得阿麥凹陷下垂的眼睛看起來像個怪咖，而且還很不愛講話。想著想著，她心情開始不好了起來，因為她只想跟皮特獨處。

「嘿，」她把包包放到她上，坐進一張空椅子裡說：「你們等很久了嗎？真不好意思，我被工作耽擱了，下班前處理了一些小麻煩。」

「沒關係，別擔心。我在看一本超棒的書。」皮特回答。

「我今天心情不太好，我們外帶去你家吃，可以嗎？」

「好啊，當然可以！」他一邊說一邊穿上外套，隨口跟阿麥說了一句：「那我們再約喔！」就和碧麗一起離開了。

*

碧麗一邊想辦法把撈麵塞緊嘴裡、一邊抱怨說：「她就是個雙面人。」

皮特根本沒有在意她說什麼，只是一味地指導她拿筷子的動作：「看這裡，我做給妳看。妳拿的方式不對」。

碧麗覺得有點尷尬，她試著模彷他的動作，但失敗幾次之後就決定還是使用自己原來的方法。

皮特不客氣地問道：「嗯！妳這樣批評她有什麼根據？妳有盡力做好自己的份內事嗎？」說著說著不小心打翻了一罐辣味小菜，灑落在鋪在床上充當桌布的舊毛巾上。

皮特的回應讓碧麗感受到無可抑制的挫折感，就像是同一天被狠狠

傷害了兩次一樣，所以她憤恨地說：「她就是個綠茶心機婊！你知道嗎？大部分的工作都是我在做，不是只有一點點，而是大部分！更何況這些都不是我主動攬下來的任務，而是她硬塞給我的。然後還跑去老闆面前打我的小報告？她真的很過份！」

「對！那妳應該要反抗她，撕掉她的假面具。」皮特還沒講完，電話就響了。他彎下腰，撿起丟在地上的電話。「喂？」他轉過身並降低音量說。「嘿！現在我沒有空，我正在跟朋友吃飯。哪裡？地址是什麼？我看一下能不能過來，但不保證喔！好，再見！」

「朋友！？」碧麗想：「我只是個朋友？」她累積的怨氣就像即將失控的雲霄飛車一樣。

她忍住情緒問：「誰打來？」

「克萊德，我一個朋友。她最近心情不好，就是跟某人分手之類的。她想約我去夜店買醉，想要我去陪她。」

「噢！好吧！我還想說今晚是我們的專屬時間。我又累又難過，真的不太想去夜店之類的。」

「還是這樣？妳待在這裡休息，好好放鬆一下，看要看書或補眠都可以，我出去幾小時之後就回來，妳覺得呢？」皮特問。

碧麗不知道該說什麼，她心裡在想：「我真不敢相信自己會被一個人丟在這裡！這個女人是誰？他怎麼寧願丟下我出去？而且還對她說我只是朋友？」她覺得快要哭出來了，但也不願意讓他知道自己有多難過，所以冷冷地說：「你想去就去，我就回家好了。」

「不用，不用回家，妳就留在這裡。妳就放放鬆、聽聽音樂，吃吃東西，然後我很快就回來了。」

皮特跳起來，一邊狼吞虎嚥地把撈麵吃完，一邊走進浴室。碧麗坐在那裡，聽著蓮蓬頭打開又關上的聲音；聽著水龍頭打開又關起來的聲音；聽著浴室門打開又關關起來的聲音。她還聽到自己頭腦裡湧現的聲音，一陣一陣憤怒到停不下來的尖叫聲。她就坐在那裡，生著悶氣。她一整天最想做的就是跟皮特膩在一起，但現在他為了其他女人丟下她。他走進房間故作沒事地說：「嘿！寶貝！」他笑著，就像他完全沒有發現她生氣一樣。他將吃到見底的餐盒放到床邊說：「太好吃了，我忍不住全部吃光。」他笑著彎下身時，她聞到他身上剛噴過古龍水的味道。她多想保持沉默，保持冷靜。他在浴室的那二十五分鐘內，她一遍又一遍地告訴自己，她需要冷靜以待。但聞到他的古龍水讓她脫口而出：「這個朋友是誰？是前女友嗎？」

他喀喀地笑了。「如果你是問我有沒有跟她上過床，有，當然有，但我們就只是朋友。她現在經歷很艱難的過程，需要人陪。我覺得我應該要帶妳一起過去，但妳不想去。其實就算妳想跟，我也覺得這個時機不太好。我和她已經分手了，現在她跟另一個人也分手了，就是這樣。」

碧麗心想：「我不知道！我突然不認識眼前這個男人了，這個我為他瘋狂的男人，這個我不顧一切向他奔去的男人。當我筋疲力盡的時候，他竟然選擇把我丟下，就是為了去陪一個跟他上過床，可能還對他有感覺的女人！」她能感覺到怒火在醞釀，也害怕自己會衝口而出地說些傷害性的話。她竭盡所能地控制自己的情緒，也擔心自己再忍下去會中風。

他彎下腰吻了她的額頭，就在彎腰的時候，她聽到他身上那件黑色皮褲摩擦布料發出的聲音。那是一條緊身褲，搭配那件長版銀黑色的長袖 T 恤，看起來真是太性感了。他聞起來很香，看起來也很性感。想著想著，她越來越生氣。

*

皮特只說了一句「待會兒見，寶貝」，然後就出門了。碧麗全身癱軟，氣到全身發抖。她的腦海不斷地重覆這句話：「發生什麼事？到底發生什麼事？」她因為克萊德而覺得煩躁不已，而且想不通皮特怎麼就這麼急不可耐地去見這個女人？她當然也知道他跟很多女人有過關係，就憑他那無人可敵的吸引力，相信他的前任一定非常多。但她不想去思考這件事，她不想參與這些過去式，更不願意相信他還在乎她們。克萊德，克萊德。可能她真的很漂亮，聽起來就很漂亮。可能她很大方，可能她根本就不在意自己的男友去見前女友。碧麗就坐在那個小公寓裡胡思亂想，房子裡充滿著外賣餐盒的氣味，那是一股就算把空餐盒清掉也無法擺脫的氣味，這讓她很不舒服。她越等越生氣的想：「他以為自己是哪一位大爺？怎麼可以就這樣把我丟在這裡？這算哪門子男人？他根本不用心！他根本不在乎我的感受！」

她決定要去床上躺著，在他回家的時候假裝已經睡著。她想要看起來漂漂亮亮，想著他回來的時候會跟她道歉，然後陪她一整夜，告訴她，她有多棒。她刷了牙，帶著妝睡覺。她不想真的睡著，因為擔心等到皮特回來時會聞到自己的口臭和看到亂翹的頭髮，所以她只是躺在床上，思前想後、翻來覆去、生著悶氣。這樣煎熬的時間大約過了四個半小時，每分鐘都像是一個垂死婦人在苟延殘喘。她起來用漱口水漱了兩

次口，也補了兩次妝。她覺得自己很可悲，真的很可悲，她也知道她應該硬起來，不留任何紙條、不打電話就離開，但她卻只是躺在那邊算著到底過了多久。她的思緒從皮特跳到克萊德，再跳到珍妮姐，還跳到都華哥。她對人生勝利組的嚮往，正在崩塌。

剛過兩點半，她聽到鑰匙插進門把的聲音。皮特直直走進浴室，十分鐘後，他走到床邊，碧麗還在裝睡，她擔心他會聽到她那無法抑制的心跳聲。當他上床睡覺時，她翻來覆去弄出些聲音，讓他覺得他吵醒她了。他什麼也沒說，她感覺到了他背對著她，最後她也睡著了。凌晨五點，她冒著冷汗醒來，後來又再睡著了。

第二天早上碧麗起床後，沖了澡，換好衣服，用皮特的單杯咖啡機準備了兩杯咖啡。鮮奶油只剩下一點點，她把大部分都放進自己的咖啡裡，心裡想著：「管你去死！」她站在廚房，透過那面半隔間牆看過去，望著他睡著的樣子，試圖猜想他的心思。然後又忍不住自己在想：「我是不是過度反應了？我太敏感了嗎？那真的代表什麼嗎？為什麼他回到家之後沒有試著安撫我？」她希望他能夠趕快醒來，能夠做些彌補。

等了大約一小時四十五分鐘之後，她試著假裝不小心發出一點噪音吵醒他。好不容易終於等到他醒了，他揉揉眼睛、清了清喉嚨，說：「嘿！我聞到咖啡香了。」

「對啊！我幫你煮了一杯。你要再加熱一下，因為可能涼掉了。」

「謝啦！克寶貝[1]！」他一邊說一邊站起來，套上昨晚出門穿的那

---

[1] 這裡算是原作者埋下的一個梗，讓讀者隱約感受到皮特想出軌的企圖或是把柄。在這個故事情節之前他是去見失戀的前女友克萊德，在遇見克萊德之後，起床的第一句話

長袖 T 恤。然後舉起手，伸了個大大的懶腰，也打了一個大大的哈欠。「我先去上個廁所，等一下就過去喝。」

不知道為什麼，接下來的兩分鐘似乎比他們曾經相處過的時間還要久一百倍。碧麗站在廚房，啜飲著冷掉的咖啡，顯得不知所措。皮特進來後，吻了她的額頭，拿起咖啡，走到冰箱想拿鮮奶油。他把最後幾滴鮮奶油都倒進他的杯子裡，然後說：「我們的鮮奶油用完了。」

「好，知道了。」

他拿著他的杯子，從他身邊經過往臥房走過去。他把枕頭靠在牆上，坐到床上，伸出雙腿，喝著他的咖啡。碧麗的怒氣值已經破表，她用力嘆了一口氣，也拿著她的杯子走進臥房。她在電腦椅坐下時，皮特一如往常對她微笑，但已經壓不住碧麗的怒火了，她說：「所以，你昨晚很晚才回家。」

「對啊，對不起。我想都這麼晚，妳應該早就睡著了。所以我更晚一點回來應該也沒有關係吧？我不想吵到妳睡覺。」

她用帶著諷刺的語調回應說：「嗯哼！你昨過玩得開心嗎？你的朋友應該沒事了吧？」

「噢！妳也知道，現在是她最痛苦的時期。妳知道嗎？當時她看起來實在很脆弱，會讓你覺得她就像一隻無助的小鳥，需要你好好的呵護她。」

不小心衝口而出的"K. Thanks"（謝啦！克寶貝），這個K的發音是克萊德名字的第一個音節，所以對於皮特與克萊德之間的關係界線如何？這些都充滿著想像空間。

碧麗聽到這樣的說法，氣到快要腦充血，她心想：「這到底是哪門子的理論？難道他不知道這會讓我多難過嗎？」接著，她內心的小劇場從憤怒變成受傷的情緒，想著：「脆弱？小鳥？難道她比我正很多嗎？怎麼聽起來他很愛她？他還愛著她嗎？」儘管腦海裡充滿著各種想法，碧麗還是讓自己保持沉默。她拼盡全力克制自己，克萊德聽起來有多特別，她就多不想透露自己對這一切的不滿。

　　「那家夜店很酷，妳應該會喜歡，下次我們找機會一起去。那間店很小，很昏暗，牆壁用暗紫色的布料裝飾，是像輕紗一樣的半透明布料。那裡的音樂超棒，DJ 超厲害的。他播放了很多類似 Portishead 樂團風格的癡哈音樂，讓我不知不覺就跳了一整夜的舞。」

　　她努力克制住自己的情緒，靜靜地，只是看著他，內心在吶喊：「你到底有什麼毛病啊？」

　　「我要先沖個澡，快餓死了，妳想要去哪裡吃飯？要不要去服務很好的那家？」

　　「好哇！」聽到終於可以和皮特度過一整天，她感到鬆了一口氣，卻又同時感到憤怒，和徹頭徹尾的困惑。

　　皮特從床上爬起來，走進浴室沖澡。

*

　　一小時後，他們坐在餐館裡，等著點餐。皮特說：「我餓瘋了，感覺可以吃掉一頭牛。」碧麗心想：「他今天早上好像特別開心。」

　　「嗯！你說了算。」

服務生走過來的時候，皮特對碧麗嘻嘻地笑了一下。這位非常年輕的服務生不是超級大美女類型，她沒有漂亮的臉蛋，她的臉又長又瘦，長長的五官配上有如小精靈般的耳朵。

　　碧麗心想：「她長得有點像鳥，雖然不是漂亮的鳥，但就是一隻鳥。」她看著她鮮黃色制服上的名牌上寫著：露絲。碧麗還糾結在皮特的小鳥理論中，心裡想著：「或許克萊德是一隻美麗的小鳥。」

　　「我要吃歐姆蛋。」皮特好似覺得這位服務生知道他的口味，或在意他平常會吃的餐點般，繼續說道：「記得要加蘑菇和起司，要切達起司。」

　　「要什麼土司？」

　　「全麥土司，搭配橘皮果醬，不要一般果醬。」

　　「妳呢？」

　　「噢，嗯！我要藍莓鬆餅，謝謝」

　　碧麗心想：「完蛋了！我到底在我在幹嘛？先是撈麵，現在是鬆餅。我整天都得用力收小腹了。」

　　「妳今天想要做什麼？在古根漢美術館有謝帕德·費爾雷的展覽，我超想去的。妳知道他的作品嗎？」

　　「不知道。」

　　「喔！他超棒的。他因為一張歐巴馬的海報而出名，但其他的作品，那些他真正的作品，也很令人驚嘆。他的作品很具顛覆性，跟我那

些在倫敦做街頭藝術[2]的朋友一樣。他的作品意象充分結合理念[3]，尖銳又諷刺。而且古根漢美術館，那棟建築物本身就充滿魅力。」

碧麗隨口應了一句：「嗯哼！」但她完全沒辦法集中精神。她脫口而出問道：「昨晚發生了什麼事？我是說，你丟下我了，跟一個曾經和你上床的女人跑出去，直到凌晨才回來。你知道我的感受嗎？」她一講完就後悔了，但她又迫不急待想要知道他的想法。

他笑了，他張開嘴大笑一聲，然後馬上閉上嘴忍住，這些動作讓她覺得自己很可悲。「這根本就沒什麼，就只是一個朋友打給我，她需要我陪他。妳也可以一起來啊！但妳不想。妳知道我對妳的感覺，我們是我們，克萊德是外人。無論我有沒有和她交往過，這些並不重要。」

「如果我們立場對調，你就不會這樣想了。」

「如果是這樣，我不會在意。我知道我們之間的關係，所以我根本不會擔心妳去陪別人，我不想阻止妳做任何事。」

碧麗繼續追問：「那，你還愛著她嗎？」

「愛？我甚至不知道什麼是愛。愛只是一個字，只是人們會對別人說的字。當然，我關心她。」

2　原文"guerrilla art"直接翻譯是「游擊藝術」，也就是在臺灣比較熟知的「街頭藝術」。這些藝術通常是在未經授權的地點進行，藝術家以匿名作品表達他們的觀點和意見，常用來表達社會批判或政治立場。作品呈現的方式不限於噴漆塗鴉，各種表現形式包括裝置藝術或影片都有。

3　原文"Marriage between word and image"中的"Marriage"意指作品中的文字與圖像的完美結合。但這個"Marriage"也是作者埋下的伏筆，用來批判和呼應後續情節當中角色對婚姻的想像。

「愛只是一個字，只是人們會對別人說的字？他甚至不懂什麼是愛？他知道他在說什麼鬼話嗎？他怎麼能在說愛我之後，還講出這樣的話？他對我說愛我不止一遍。他怎麼可以這麼隨便？」碧麗對這些很疑惑，但她大聲說出口的是：「我覺得好像被你拋棄了。我昨天很難過，你也知道工作一整天之後，很期待我們的約會。然後你就離開了。更糟的是，你是要去見前女友。你覺得這會讓我有什麼感覺？」

露絲走過來上菜了，皮特跟她道了謝就立刻開動，他灑了些鹽巴在他的歐姆蛋上，同時吃了一口隨餐薯條和其他食物。碧麗就坐在那裡，盯著他。

半晌，他放下叉子，說：「好吧，如果讓妳覺得難過，那我道歉。但坦白說，我不覺得有什麼大不了的，我以為妳可以很懂事。」

「好吧，我想我們可以不談這個了。」碧麗不太確定自己是不是把事情越搞越糟，但她不想讓事情變得無法收拾。她把鬆餅切好，淋上楓糖漿，開始吃了起來。她試著說服自己，其實也沒那麼難受。

再吃了幾口之後，皮特說：「妳知道的，我不信傳統的那套一夫一妻制。我覺得我們都是很放得開的人，我們有默契和共識，但可能把話說明白一點會更好。」碧麗已經缺氧到無法思考，她沒辦法做出反應，只能靜靜地坐著。皮特繼續說：「我的意思是說，我們在一起度過了很開心的時光，那些都是很特別的時刻，不需要什麼原因去貼上標籤。一個人和另一個人之間有的關係，並不會影響他們和其他人之間的聯繫。就像克萊德，我跟她之間跟我對妳之間是不同的，完全不一樣！」

碧麗內心一片狂亂地想著：「太顛覆了，超過我的理解，資訊量快

破表了。」她咬了一口藍莓鬆餅，想讓自己有多一點時間鎮定下來。她身體往前傾，放低聲音說：「我不明白。自從我們認識對方之後，我們每天都在一起，然後你說過你愛我的。」

他聽了又笑起來，是抿著嘴的笑，他說：「我說的都是在那個當下，我心裡的真實感受。我常這樣做，而且都是真的，妳可以相信我。所以，當妳已經擁有這些之後，誰還需要虛假的承諾？」

她心裡想，可能這個叫克萊德的女人（感覺就是個正妹）可以領略皮特所說的美好，她或許可以，因為她有一顆「閃耀的心」。但對碧麗來說，她只覺得很受傷，非常非常的受傷。她不知道他們是不是真的擁有一段關係，她覺得自己蠢斃了。

「我還是不懂。你是說你可以同時發展好幾段關係？還是說你已經這麼做了？你昨晚到底和克萊德發生了什麼事？所以你才這麼晚回家？」

他再給了個不張開嘴巴的笑容說：「沒有，沒有。如果是這件事，我和克萊德之間什麼都沒發生，但即使有，也不會改變我和妳的關係。克萊德曾經是我生命中一個很特別的人，而現在，在我的生命裡，她還算是某種特別的存在，但我跟她分手之後，遇見妳之前，也都沒有再跟她聯絡。我猜她昨天有想要跟我發生一夜情，因為她看起來是那麼的脆弱。但說真的，當時我滿腦子都是妳在我家等著我。我覺得妳放我出來的舉動，讓我覺得很貼心。」

碧麗心想：「又來了，又是這種謬論，這簡直超出我的理解範圍。」碧麗覺得頭腦都快爆炸了。她無法理解這種謬論，很擔心自己要

接受他。她想要很放得開，想成為那個在關係當中甜美、貼心、又閃閃發光的女孩。但她不是，所以她直截了當地說：「這些對我而言很重要。」

「妳想，兩個人能走在一起過一輩子，只跟對方在一起的事實，根本不是口頭上的承諾而已，我才不屑這麼做。當然，妳可以找到一大堆會給承諾的男人，但那不會是我。妳要活在當下，而這無數個當下是串連在一起，就很美好。妳不需要口惠而不實的承諾，妳要忠於本心、忠於靈魂。就像有句老話說的一樣，妳不能把鳥關在籠子裡啊！」

碧麗想：「很好，又講到鳥。」接著說：「對我而言，如果你想要跟好幾個人同時建立關係，那就不是我想要的。」

他再度笑了笑，就好像是覺得她太保守，或是覺得無法認同，還是因為無法處理她的安全感？或許是後者吧！

「好吧，我明白了。如果我想同時和其他人建立關係，或是我想要發生點什麼，我都會告訴妳。我保證我和妳在一起時都是誠實的，妳如果需要的話，也可以這樣做。」

「好。」碧麗輕聲說，不知道該怎樣結束這場可怕的對話，只能一直坐著，期待有個方法讓她麻掉的雙腿恢復知覺。

「但我現在並不想跟別人交往，我只想跟妳在一起。」他說這句話的口氣，就像在恩賜禮物。這種不舒服的感覺，讓她覺得自己就好像漫畫中的查理布朗，在充滿期待中打開聖誕襪，卻發現裡面只有煤炭一樣，心情也隨之跌到谷底。

*

在往古根漢美術館的路上，皮特想要「衝進星巴克點一杯雙份濃縮咖啡」。因為他覺得「餐館的附餐咖啡太難喝了」。他和碧麗匆匆忙忙走進去時，她發現阿麥坐在窗邊的位置。這一次，她很高興可以看到他。她坐到阿麥旁邊並對皮特說：「我只要一瓶水，謝謝。」皮特伸出手要錢，這讓碧麗覺得很尷尬了，她把手伸進從皮包裡翻找錢包，然後抽了一張五美元的鈔票給他。「你要什麼嗎？」她問阿麥。他不習慣其他人給他東西，只是搖搖頭。「那麼，最近怎麼樣？」她問道。

「喔！沒什麼特別的，最近在看一本書。」他害羞地回答。

碧麗從他手上拿過書，說：「哇，這看起來不錯。我喜歡以維多利亞時期為背景的小說。」她瞥了一眼皮特，發現他正在跟在吧臺的漂亮美眉打情罵俏。突然地，她在腦海裡回想起他們之間的一切。她曾經覺得這是她生命中最美好的幾個星期，但現在，當她再次回憶時，她滿腦子都是他跟其他人調情、曖昧、說悄悄話的畫面。她突然覺得自己這種極度的不安全感需要獲得慰藉，所以她看著阿麥，心裡隱隱約約認為他是喜歡她的，碧麗說：「阿麥，你還記得嗎？我遇見皮特的同時你也在。你有沒有想過，如果我沒有跟皮特在一起，我們有可能發展下去嗎？」

他瞬間傻住，掩飾著自己的驚訝，結結巴巴地說：「嗯！妳跟皮特看起來就像天生一對。」但其實他內心忍不住回答：「對，是的。我其實蠻喜歡妳，但是我恨我自己不敢跟妳搭訕，失去了那個機會。」

她被那句「天生一對」所打動，沒有意識到阿麥的情緒變化。她手

肘撐在桌上，把頭埋進手裡，喃喃自語說：「是啊！好吧！一對⋯⋯什麼天生一對，是吧？」

阿麥也陷在自己的思緒中，沒注意到她有多語無倫次。就如大部分的人一樣，碧麗在腦子裡跟自己對話，沒有人會聽見。然後他接著問：「嘿！阿麥，你知道克萊德嗎？」

「知道啊！當然知道。」

碧麗朝他靠近一點，繼續問：「她跟皮特曾經在一起，對吧？」

「嗯！是啊！他們交往過。」

阿麥聞到碧麗頭髮飄過來的洗髮精香味之後，心跳開始加速，而碧麗的心則掉到谷底，她證實了她最害怕的：皮特曾經愛過克萊德。

突然，碧麗聽皮特用他一貫性感的聲音對咖啡師說：「謝啦！親愛的。」她往後靠，覺得很挫敗。當皮特回來之後，他把瓶裝水遞給碧麗，但這一次她注意到，皮特沒有把找剩的零錢交給她。皮特說：「妳知道這些東西裡的塑化劑可能比自來水還可怕。哈！這都是號稱做環保的人在喝的，但他們又有沒有想過，寶特瓶對環境有什麼影響嗎？他們就是雙標啊！」皮特斷斷續續，邊笑邊說。

碧麗沒有心情回應，她感到自己都已經心碎了，而他還在為她選的飲料說教。

「要走了嗎？」皮特問道。

碧麗心想，他還是一樣，完全沒有發現。「好啊！阿麥要不要一

起？」她突然做出這個大家都意想不到的提議。

短暫地想了一下之後，阿麥說：「還是不太好吧。」

「不會啊，來吧！我們要去古根漢美術館，那邊有個皮特很想看的展覽。跟我們一起來吧，會很有趣的。」

皮特也說：「一起來吧！不要只是在這邊坐著。」不知道為什麼，阿麥覺得自己沒辦法拒絕。

「好吧。」

就那樣，他們三個一起朝向古根漢美術館走過去。

第五章
爸爸的車禍

　　珍妮姐在家的時候會做的事情都蠻固定的。每個星期六，她會興沖沖的起個大早，然後發現自己必須獨處。她的先生一早就出門了，通常是去壁球俱樂部，這是他週末早上的例行活動。阿凱不是在睡回籠覺，就是已經出去了，她其實也不太確定兒子到底是一大早出門，還是昨天晚上根本沒有回家。一直以來，她都不是很肯定他們到底在不在家，所以總是會習慣性地在家找找看，以便確認他們是不是真的出門去了。

　　然後，她會穿著「亞洲風」盛行時所買的橘紅色長和服，跑進廚房，煮一壺無咖啡因的咖啡。她沒有喝固定品牌，只在大特價的時候隨便亂買，通常都會買到貨架角落的哥倫比亞綜合咖啡豆。在等咖啡煮好的時候，她順手清理了一下洗碗機。然後把煮好的咖啡倒進一個康乃爾大學的杯子裡，放一顆代糖，然後快步走回臥室整理床鋪，並且將床角摺成像軍隊規定般方方正正的豆腐乾狀。接著她走回餐廳，在她的臨時辦公室坐下，檢查郵件，瀏覽喜歡的部落格，尤其是一個加拿大作家的文章，她是一個很幽默的流行女性主義者，珍妮姐常偷用她的點子。接下來，她決定「做點事」。她通常會工作好幾個小時，中間會起來倒一些咖啡或抓一串葡萄來吃。她很少需要耗費長時間的工作，所以她沉醉在工作中只是為了享受一種「很認真」的感覺，腦中冒出一大堆「新點子」，只是通常後來都會被都華哥否決。她很享受為她的不同案子列出「待辦事項清單」，也會列出哪些是可以外包的事情（大部分都是外包給碧麗）。

忙了一下工作之後，她會需要「清醒一下腦袋」，於是穿過二樓臥室，走到沒有窗戶的客房裡，騎她那臺健身腳踏車。有時候她會打開房間裡那臺又小又舊的電視，看一下公共電視頻道的節目。運動完，她會沖個澡。接下來就是午餐了，一般來說她會吃三明治，通常她會在餐桌吃，同時會想說「既然都坐下來了，就多做一點事吧」。下午更晚的時候，阿凱出現了，他會走到餐廳跟她說幾句話，但她太專注於自己的工作，所以連頭也不會抬，然後阿凱就離開了。大約傍晚五點半的時候，她沒辦法再盯著電腦螢幕，就會開始在家裡走來走去，等待要跟她先生一起出門的時間。他們通常會跟阿查的同事應酬吃晚餐。她會盡力去跟其他人聊天，但這讓她感到疲憊。偶爾她會向阿查的同事抱怨說她有太多工作。她會說：「我又要工作整天了，你能相信嗎？我都想不起來上次放假是什麼時候了。」她想讓其他人覺得她很辛苦，很不容易。她也很樂意談論出版業對於她職位的需求。考慮到她承受的壓力，有這些應酬總是不錯的。沒有應酬的晚上，他們有時候也會出去吃晚餐，稍微聊一下什麼時候要驗車或帶阿凱看牙醫等家庭瑣事。其他時候珍妮姐會花上整個傍晚獨處，在床上吃外賣跟看電視。星期天的行程也幾乎是一樣，不過她會打電話給她妹妹，只是她們從來都不會約出去吃晚餐。

　　星期一，當她再回到公司，她會因為週末被工作綁住，沒辦法好好享受而非常憤怒。所以當她不小心聽到有同事分享快樂的週末時光時，她的行為舉止會變得特別難搞。

　　只有在下面這兩種情況下，珍妮姐的週末行程才會偶爾有所更動。其中一個行程是阿查和她每一年兩次的旅行，通常是訂在春天，他們會去鳳凰城待上一個星期，順便拜訪阿查的姊姊小薇和姊夫阿詹。珍妮姐會花整個下午的時間和小薇逛當地的手工市集，買美國原住民製作的銀

飾和綠松石飾品。她在買的時候一直討價還價，誇張程度讓人難以接受，這讓小薇覺得很不好意思，但也沒說什麼，反正偶而「才需要」見一次，忍一忍就過去了。吃過午餐後，珍妮姐繼續表演她喜歡「購買當地工藝以支持美國原住民」的人設，讓小薇覺得需要抒發壓力，於是點了餐後白酒，表示說這是一個「特殊的節日，是個屬於女孩的日子」。

另一方面，阿查和阿詹則去當地一家健身俱樂部耗整個早上。阿詹討厭和阿查一起打壁球，因為阿查太認真了，每次都害阿詹滿場跑。他們回到住處後，阿查藉口說他需要工作，然後就找個地方躲起來。他出遊時不僅帶著筆電、黑莓機和藍芽耳機，還安排了冗長的電話會議。下午稍晚的時候，小薇說她午餐喝了酒，所以有點累了，就先回房間休息，但其實會躺在床上，開著靜音模式看旅遊頻道，避免再跟珍妮姐繼續社交下去。珍妮姐則坐在豪宅門口，欣賞豪宅外美麗的天然景觀，欣賞各種不同的褐色所構成的美景，這種壯麗深深打動她。在跟阿查結婚之前，她從來沒有機會欣賞這樣的景觀。在走廊上待了大概半小時後，她就拿起筆電，又在餐桌上工作起來。

到了傍晚，他們一起出去吃晚餐。在阿凱和小娜表姊還小時，父母們在聚餐時需要分心照顧孩子，所以大人彼此之間也就不太需要互相講話。自從兩年前小娜去紐約大學就讀電影研究後，阿凱也拒絕一起去鳳凰城度假，於是當他們的「晚餐也太好吃了」和「能跟家人一起度個假真是太好了」之類寒暄話題聊到無話可說時，還可以談論一下自己的孩子。小薇悄悄在心裡對珍妮姐和阿查感到不滿，她覺得小娜住在紐約的時候，他們沒有多幫忙照顧。她住在紐約兩年了，他們只邀請過小娜到家裡一次（吃越式料理外賣）和帶她去看過一次百老匯音樂劇（《綠野仙蹤女巫前傳》）。阿詹則是搞不懂，為什麼小薇覺得他們這樣很過份。

珍妮姐和阿查的另一次年度旅遊會去一個充滿異國情調的加勒比小島，待上一個星期。他們住的五星期度假村服務很周到，總是有人隨時提供服務的感覺，讓珍妮姐樂在其中。在尼維斯島上的四季酒店時，海邊小屋的服務生會在沙灘上不斷巡邏，並為賓客灑名貴的愛維養礦泉水降溫保濕。她非常享受這些服務，雖然還是會感覺好像偷偷溜進一個高級的俱樂部，隨時都可能被發現似的。為了彌補她的不安全感，她不斷使喚那些服務生，以便確認自己是有資格的會員。這也是一年下來，珍妮姐和阿查真正花時間相處的時候。大部分時間他們會懶洋洋地躺在海灘上，各自讀著自己的書。阿查通常會在晚餐後的時間用他的筆電工作，珍妮姐則會一個人去睡覺。當她結束旅程，再回到公司時，她就會向每一個在辦公室遇到的人，連續好幾週不斷吹噓她那一趟美妙的旅途。

　　如果她和女性朋友約了要吃午餐，也會更改她一貫的週末行程。通常吃完午餐，她們也會一起去逛街或去博物館。她只有三個朋友，有時候會跟她們一起打發時間，但她更習慣花時間在自己身上。她會偶爾和朋友一起享受一頓午餐，聊聊工作、孩子，還有其他事，但她也不會跟她們真的交心。她們之間的對話，至少她自己說出來的話，都常都很膚淺。她喜歡會跟她分享問題的朋友，她也可以跟她們抱怨自己的工作有多辛苦，她有多被看低了。這些對話讓她自我感覺非常良好。

　　這個星期六，她約了一位朋友吃飯。這位朋友叫莎拉・柯恩，是在幾年前參加智者出版活動時認識的，是一位倡導女性主義的歷史學者。跟平常一樣，她早上起來的時候發現阿查已經出門了。她心想：「他應該又去俱樂部打壁球了吧！」煮好了無咖啡因咖啡、檢查了郵件之後，她決定先騎一小時的健身自行車，然後再出發。她選了最喜歡的灰黑色

鉛筆裙，搭配合身的 V 領毛衣。換好衣服以後，她突然開始覺得後悔，因為她實在沒有心情聽莎拉講情史。莎拉的男友是一所公立學校的老師，和珍妮姐在讀書會有一面之緣。和莎拉相處的時，珍妮姐總是覺得心很累，當她把腳伸進黑色緊身褲時，聯想到她的喋喋不休，就覺得非常煩躁。珍妮姐多希望自己可以待在家裡就好，這樣就有時間好好完成一些工作。

珍妮姐不管去哪裡都會提早到。當她週末要出門時，會帶著阿查兩年前的聖誕送她的 Prada 時尚黑色手提包。阿查常在她生日、聖誕節、結婚紀念日時送她「限量款精品」，這些禮物她都非常喜歡。她把一個文件夾塞進這個包包的內袋，這樣如果需要等人，就可以趁機做一點事情打發時間，也可以化解等待時的不自在。同時這樣的舉動也可以隱晦的提醒遲到者，讓對方知道因為遲到而浪費她的時間。對珍妮姐而言，「遲到」指的是比她更晚到。只是說她都習慣提早十五分鐘到，這讓任何正常人都不可能不「遲到」。

當她提早到餐廳，打開手上的資料假裝閱讀時，還是立刻注意到了十二點鐘準時踏進餐廳的莎拉（珍妮姐理所當然認為莎拉遲到了十五分鐘）。要一眼認出莎拉並不困難，她曾經是嬉皮，總會穿著色彩繽紛、印第安風格的多層次飄逸長裙，還有串著很多裝飾鍊子或大顆彩豆的背心。今天她穿了一件梅洛紅長裙，裙子上有些看不出來是什麼的黑色圖案，搭配一件白色背心，還有四串不同長度的銀幣項鍊，她每走一步或只要一移動，都會發出像風鈴的聲音。莎拉個子很小，長得很漂亮，有一頭及腰、近乎黑色的自然捲長髮。珍妮姐認為，如果莎拉穿得更講究一些，頭髮也梳得順一些就會更美。但矛盾的是，她還是很欣賞莎拉擁有自己獨特的風格。珍妮姐每次在跟莎拉碰面之前總是有些煩，但當她

們見面後，她又覺得莎拉有些特質讓她滿喜歡的。這天見面之後，莎拉又跟平常一樣，興高采烈地講個不停。

回到進門的場景，莎拉一邊喊一邊從服務生身旁溜出來，指著遠處角落裡的珍妮姐說：「哦！我朋友在那邊！」「嗨，嗨，嗨！不用站起來啦！」她說著，滑進珍妮姐對面的位置，把她的大帆布包扔進旁邊的椅子裡。「希望妳沒有等太久囉！我快餓死了。」

「哦！不會啦！還好，我偷空趕了些工作。」

「很忙嗎？」莎拉一面看著菜單一面問道。

珍妮姐嘆了口氣，輕輕撥開了刺進她眼睛的頭髮。說：「我快被工作淹死了。沒跟妳說的話，妳一定想像不到。」

「我希望妳公司的人會感激妳的付出。」

「哈！妳無法想像的。事情根本多到一團亂。我比誰都做得多，但他們不喜歡。可能他們覺得我很有威脅性吧？我是一個高產量的人，這又讓事情看起來更糟了，所以他們想要盡他們所能地排擠我。當然啦，沒有人會幫我。如果不是對我旗下的作家們有承諾，我跟妳說，我才不幹呢！」

「聽起來真可怕，對女性偏見也真的很多。我敢打賭，如果妳是男人，他們一定會很尊重妳，但妳是女人，他們就會覺得受威脅。」

「絕對是。」珍妮姐邊點頭邊說，她心裡想，有時候莎拉很一針見血。

「好啦！我也有事要跟妳說，讓妳先不要想工作的事。」莎拉說，

服務生這時候走過來問她們需不需要先點飲料。

「其實，我想我們準備好點餐了。」珍妮姐回答說，莎拉點點頭，同時看了一下菜單。珍妮姐說：「我要蘇打水加萊姆，還有墨西哥雞肉捲沙拉。」

「這位小姐，妳呢？」服務生問道，他無法將視線移離莎拉。

「無糖冰茶，甜菜沙拉不加起司。謝謝。」

「好的。」

「我已經有一個月前都不吃奶製品了，現在身體感覺很清爽。」莎拉跟珍妮姐說，就像在解釋她的餐點一樣。

「這叫什麼？素食主義者？」珍妮姐問。

「是啊！我現在是個完完全全的素食主義者。我看一篇《紐約時報》專欄報導說，只要減少攝取百分之二十的肉類，就會大量減少碳排放量，就像從傳統汽車改成油電混合車一樣，妳相信嗎？所以我在想，既然我對肉類的依賴度沒有很高，那我開始不吃肉的時候，也順便試試不吃奶製品好了。現在感覺很好，我全身充滿活力！」

「嗯哼！」珍妮姐隨口應著，突然，她覺得莎拉聽起來很蠢。

「那我們換個話題吧！妳記不記得，我參加的以巴和平組織？」

「嗯哼！」珍妮姐敷衍的回應，其實她根本就不記得了。莎拉熱衷於參加很多活動，但珍妮姐對那些通通沒興趣，所以她根本不可能放在心上。

「是這樣的，我們安排了一系列的演講，會在紐約市人權節進行。妳有收到我轉寄給妳的郵件嗎？」

珍妮姐點點頭。

「反正，我自願加入開幕接待小組。那算是一個低調的社交活動，就是喝點酒、吃些開胃菜之類。我們幾乎沒有什麼預算，所以能做的也只有那麼多。有人建議採用一人帶一道菜的方式，我認為這是個很好的主意，一來省錢，再來也讓成員有更多的互動，對我而言省事很多。」

「嗯哼。」珍妮姐回答，儘管她已經聽不下去了，還是很認真地看著莎拉。

「然後，在開幕酒會的前幾天，我接到喬安的電話，她也是接待小組成員，而且還是我們小組的主要策畫人。主要是因為有些猶太人也想要來參與這個活動，但他們不是我們的成員，又要求只能提供猶太潔食[1]。喬安跟他們說這是不可能的，因為我們早就安排好了，但他們可以自備猶太潔食。」

「嗯哼！那他們怎麼說呢？對這樣安排滿意嗎？」珍妮姐問，試著表示她有在專心聽。

「不，完全不滿意。他們堅持要準備猶太潔食。細節我就不說了，我只想說，喬安想讓他們放棄，所以叫那個人打給我。我跟那個人講了

---

[1] Kosher較常見的翻譯是「潔食」，指的是食物符合猶太教規定的「潔淨、完整、無瑕」。能夠達到「潔食」的標準並不容易，不但對肉品的種類有規範，連屠宰及烹調方式也必須符合規定。這些規定使得猶太潔食在美國有健康烹調的聯想，也因此一度在健康飲食界掀起風潮。

很久，也瞭解到在聚餐當中提供猶太潔食代表什麼意義，也知道僅追加一道猶太菜份量不夠。但我也告訴他，我們不打算做培根蝦，但我們會有一些巴勒斯坦的成員，他們會帶鷹嘴豆泥和沙拉來。我以為不含肉的菜單也許是就沒問題了。」

「然後呢？」珍妮姐問，完全沒發現莎拉所謂的培根蝦是在諷刺。

「他說，他明白了，但也沒辦法參加了。在這個和平組織做了一年半的志願者之後，我甚至沒辦法讓人同意參加一個在政治和文化上都可以接受的餐會！妳覺得呢？」

珍妮姐笑了。「宗教是很難去爭論的，而且大家都對這議題很敏感。」她很正經八百地說，和莎拉的熱情截然不同。

「這讓我覺得世界和平有點遙遠。」莎拉一面說，一面忍不住笑了出來。這時候，服務生端著她們點的沙拉過來了，於是她們開始用餐。

莎拉那天下午準備去跟男友約會，他們會去附近一家獨立電影院，看一系列的紀錄短片。她邀請珍妮姐一起去，但珍妮姐堅持說她要回家做完一些工作。她們在餐廳門口互相擁抱了一下，然後就道別了。那天天氣很好，氣候很清爽，所以珍妮姐決定要走路回家。她在路上經過街角的一家雜貨店時，停了下來，看到裡面有很多花。她不喜歡花錢在這麼稍縱即逝的東西上，所以最後，她買了一些蘋果和一瓶蔓越莓汁就回家了。

*

那一晚，阿麥很不情願地回到家。他才走到樓下走廊，就聽到家裡

傳來大聲又刺耳的嘻哈音樂，他知道阿扣又在開趴了。當他打開家門時，一陣令人窒息的煙味向他撲來。他一邊穿過那又小又暗的客廳，一邊咳嗽，客廳裡有一大堆他從沒見過的人。他直接走回自己的房間，好像沒有人注意到他。他把外套扔到椅子上，渴望地看著桌上的莫札特 CD 盒。他躺在沙發上，雙手放到腦後。傳過來的重低音，就好像會把房子拆了一樣。最後，他閉上眼，想找個樂子紓壓，但又擔心會有人突然闖進來。他把被子拉高到胸前，解開褲子拉鍊，隨便玩弄一下就結束了。

*

他們一起回到皮特的家之後，碧麗不爽的心情越來越強烈。她滿腦子都是皮特昨天晚上丟下她跑出去的畫面，克萊德這個女人到底有什麼吸引力呢？還有最糟糕的是，碧麗滿腦子都在重複皮特剛剛在餐廳講的話：「愛只是一個字……我甚至不知道什麼是愛……我不相信承諾……如果我想和別人在一起，我會告訴妳的。」她一遍又一遍的讓皮特的話在腦海裡播放，還一直想著阿麥說的，皮特跟克萊德之間曾經「有過一段」。她的腦袋一片混亂，穿插著這些，還有當他們在一起時，皮特眼裡全都是她的畫面，那些都太真實了，她甚至感受到那些畫面活生生地呈現在她面前。

她心不在焉地跟著皮特走進家裡，但是他的話題還在剛剛去看的展覽。

「這種探討資本主義的作品有點平凡，雖然整體表現還算不錯啦！我記得好像看過類似的作品，但是更有創意。雖然這次的展出不是頂尖

優秀，但還要給予肯定和鼓勵啦[2]！至少他有站穩他的官方立場。」

「嗯哼！」

「不過，我覺得還是有一些小小的遺憾。就像那些音樂家的肖像畫蠻有趣的，但跟其他的作品之間沒有什麼關聯。雖然這些都是比較前衛的音樂家，但說實在的跟他們的政治批判沒有什麼關聯。我能夠理解那些藝術家顛覆性的想法，但沒有跟作品主題相關。如果是我，我會以另一種方式呈現。」

「嗯哼，對啊，不過我喜歡那幾幅。音樂是用另一種方式打動人心。」碧麗一邊隨口附和，一邊將包包丟到地上，然後撲到床上。

皮特正在廚房牛飲一瓶提神飲料，當他從半隔間牆看到她的動作，就故作性感的說：「嘿！小壞蛋，你想做什麼？」

她對他笑了一下。

當他走近她時，碧麗沒有辦法讓自己冷靜下來，滿腦子胡思亂想：「發生什麼事了？這又是什麼？我在這裡幹嘛？他想幹嘛？如果他不愛我，為什麼他會那樣看我？為什麼？他怎麼可以在我全心全意只有他的時候，還想跑出去陪別人？」

當他的手碰觸到她的肩膀，她直接暈船了，她抬頭看著他，頭腦一片空白。當他們抱在一起四目相接時，她想：「他應該會懂我的心意

---

2 "…you gotta hand it to him…"是一種口語表達，表面的意思是伸出友誼之手，根據前後文可知，故事中的皮特想表達他對作品的批評，認為雖然有一些缺點，但還是值得給予肯定。

吧？他會知道我的感受，也會讓我知道他的感受吧？他會的，他一定會的！」

她躺在他的懷裡，盡量讓自己保持理智。她天真地想，只要他們互相擁抱夠久，他們就能真正擁有彼此。

「妳好美。」

她溫柔地笑了，看著他的眼睛。

「妳餓嗎？我很餓，我想吃義大利麵，弄點辣蕃茄醬，加點橄欖和酸豆。妳要跟我一起來嗎？」他問道，然後坐了起來，穿起在地上的四角褲。

「好，聽起來不錯。」她坐起來說。皮特走向廚房時，碧麗也穿好了衣服。

他們在床上吃了義大利麵和喝紅酒當作晚餐，皮特朗讀了他最近寫好的幾頁文章，然後他們再睡了兩小時。碧麗當下覺得很滿足，但一整個晚上都沒有睡好，半夜因為冒冷汗而醒了三次。在第三次驚醒時，他發現皮特根本就抱著她睡死了。

早上醒來時，她很驚訝地發現皮特已經不在床上。「嘿！寶貝，妳睡過頭囉！我煮了咖啡給妳喝。」

「幾點了？」她揉著眼睛問。「才十點半。我早上有些靈感想寫點什麼，就先起床了。大腦的運作真的很妙，我們昨天看的展覽帶給我一些新的點子。」

「那真是太棒了！」碧麗說，她坐起來翻到床的另一邊，要找她的內衣。

「我研究圖像小說已經好幾年了，要把文字跟圖像結合很不容易，但是看了昨天的展覽之後，我發現他在文字和圖像的搭配真的很妙！」

「嗯哼！」碧麗回應的同時，發現自己把上衣穿反了，趕忙把衣服翻回來。她去浴室刷牙的時候，皮特還在喋喋不休地講。通常都是她先起床，趁他醒過來以前把自己整理打扮好。她弄好走出來的時候，他說：「來，看看這個。」然後從電腦前起身走到她身旁。

「等一下，我先去拿我的咖啡。」她帶著睡意說道。

她拿了咖啡後，走過去站在皮特旁邊，皮特右手摟著她，左手指著螢幕。她邊喝咖啡邊看眼前的文字說：「還不錯，蠻有諷刺性，對吧？」

「對，但其實應該是幽默才對。你看我的用字遣詞，考量得很周到，對吧？」

「嗯！還不錯，我建議……」碧麗還來不及說完，電話就響了。

皮特跳起來，擠過去接電話的同時說道：「寶貝，等我一下。不要忘記這個想法。」碧麗坐到電腦前，開始看著螢幕並往下滑。「嘿！現在不方便。嗯！當然，會啦，掰！」他掛了電話回到電腦前，「那麼，寶貝，告訴我妳的想法吧！」

「是誰？」

「克萊德。」他若無其事回答。

「喔！」

「我跟她說晚一點再打給她。」他說著，親了一下碧麗的頭。「我知道妳對這些很反感，所以我等到妳走了之後再跟她聊。」

「你是說你會背著我跟她聯絡？」她跳起來，用力推了一下皮特。

「你神經病！」

碧麗衝勁房間，撿起散落的衣服，非常生氣的怒吼：「你就是不懂。你不明白我的感受，你根本不在乎。」她憤怒的隨手抓起她的東西，塞進她的過夜大包包裡。

「妳到底在說什麼？」皮特說，他口氣也不耐煩了。「我當然關心妳的感受，所以才不會現在跟她聊啊！我就是不想上演像這樣的八點檔！我沒有騙妳任何事，這不是什麼背著妳做的事！」他越講越大聲。

她用最快的速度穿上鞋子，大吼著：「你不懂！你他媽的不懂！」然後拿起她的包包往門外衝去。

「神經！妳在搞什麼鬼？我又沒有做錯什麼，肖查某！」皮特大叫。

碧麗衝出去，用力甩門，那聲音大到皮特以為房門快要解體了。

*

碧麗全身無力地踏進自己的家，覺得連多走一步都沒有力氣。在回家的路上，她感覺到自己的憤怒消失，被一種從未有過的沉重感覺取

代。她把包包丟在門邊，直接走進臥房。脫了鞋，躺上床，用床單蓋住自己，閉上眼，求上帝讓她趕快睡著。幾小時後她醒來了，她開始哭，忍不住的一直哭。啜泣了好幾小時後，她起床，罩了件睡袍走到了廚房。她打開了一瓶酒，把魚肉冷凍包放進微波爐。她拖著沉重的腳步，將晚餐帶到客廳，一邊吃飯，一邊配電視。她看了兩部 LifeTime 頻道的電影，都是由瓦萊麗·貝蒂內利主演的。其中第二部是真實事件改編，講述一個有精神病的女人，帶著槍衝進校園，隨機射殺一個小孩的事件。電影前半，有一幕碧麗無法忘記，就是這個脆弱的女人強迫自己去雜貨店買生肉，用來填滿空無一物的冰箱，她買的肉，多到從冰箱裡滿出來。那個畫面超瘋狂的！碧麗在想為什麼那個女人要這樣做？難道這樣會讓她感覺好一點嗎？於是，她想像自己的手穿過一團絞肉的感覺。

*

下午兩點半，珍妮姐的電話響了。通常這個時候家裡都很安靜，但現在卻被刺耳的電話鈴聲打破了。她本來正在餐桌看郵件，站起來走到廚房接起電話：「喂？」

「嘿！姊，是我。」

珍妮姐覺得有點驚訝，因為她們每個禮拜只通一次電話，而她們才通過話。她有點結巴地說：「喔！嗨！怎麼啦？妳忘了說什麼嗎？」

「不是，有急事。」

珍妮姐靠在牆上，降低音量說：「小琪，怎麼了？發生什麼事了？」

「爸爸發生車禍了，有點嚴重。」

珍妮姐靠著牆站好，呼吸變慢並思考著小琪說的話。「有多糟？他在哪裡？」她問道。

「他在仁愛醫院，現在正在急救。珍，不知道他有沒有辦法撐過去，也還不知道他傷得有多重。他雙腿都毀了，即使人救活了，以後也可能沒辦法再走路了。媽現在很歇斯底里。我跟媽在這邊等消息，阿葛在家照顧小孩，我們會看狀況輪班。」

「嗯！那就好，那就好。」珍妮姐喃喃自語，頭腦瞬間空白。冷靜下來之後她問：「事情是怎樣發生的？」

「撞到爸的那個人說，爸跑到高速公路上面去。肇事者是個大學生。珍，他也嚇壞了。我也為他感到難過，因為誰能想到高速公路上會突然出現一個老人？那又不是一般的馬路，是高速公路欸！」

「高速公路？爸爸怎麼會跑到高速公路上？」

「媽說天氣很好，他想要走去湖邊坐一下。我們一年也沒多少天有這種好天氣的。她說，他想去賞鳥。那邊是有一條行人天橋可以穿過高速公路，但媽說，爸常在抱怨那條天橋太長了。我猜他想要抄小路，就直接穿過高速公路。瘋了，我是說，怎麼這麼笨？誰會用走的穿越高速公路啦！阿葛跟我都覺得撞到爸的那個孩子真很可憐。」

「真可怕。」

小琪繼續說：「那可能是他平常喝酒的地方，珍，想想，賞鳥？拜託，我從來都不知道爸有那麼愛大自然。」小琪深吸了很長的一口氣，然後繼續說：「我沒有心情跟媽說什麼了，她相信他的鬼話。珍，他很

可能是喝醉了，根本不知道自己在幹嘛，這也是我想到唯一合理的解釋。」

「如果他喝醉，醫生應該會說吧？他們都有測試的儀器。小琪，我們還不知道發生什麼事，先等著，再看看怎麼樣吧！」

小琪嘆了口氣，她知道珍妮姐不會跟他有共鳴。隨著母親年紀漸長，小琪跟她的關係也更靠近，她比較可以同情這老婦人了。她們姊妹很早就有共識不再探討有關父母的事。「我覺得妳應該回家一趟，應該搭最早的那一班飛機回來，也叫阿查跟妳一起回來。」

珍妮姐感到一陣慌亂，她匆忙回應說：「我不能。我已經被工作淹沒了，沒辦法就這樣打包離開。我扛了太多責任，有太多承諾了，而且，我出現了，又能幫上什麼忙嗎？我其實也做不了什麼啊！阿查也是，幫不上忙的，就算他想，他也沒辦法從工作抽身。阿查甚至不認識爸。而且妳也還不知道他目前的病況到底是怎樣吧？」

沉默了好一會兒，小琪試著整理自己的思緒，她說：「媽可能需要妳在，珍，妳可以給她精神鼓勵。」

「好，我會打給她。等她一回到家妳就告訴我，我會立刻打過去。如果事情真的變得更糟，我會回去，但我現在就是不能丟下一切不管，我沒得選。妳可以理解我吧？」

小琪對她的回應並不意外，說：「我會再打給妳，讓妳隨時知道最新的情況，但妳考慮一下回來一趟，珍，妳回來也能幫上我的忙。」

「好，隨時告訴我情況。妳自己也保重。」珍妮姐小聲說。

「嗯，我會的。掰。」

「掰。」

珍妮姐掛上電話，她突然感到一陣頭昏，就站著，試著讓自己恢復平衡，也試著讓自己冷靜下來。然後她走回餐廳，坐到電腦前，打開備忘錄，又再開始工作了。

阿凱五點半到家。「媽。」他邊走上樓梯回房間邊大聲叫道。

「嗨。」她說，還緊緊盯住電腦螢幕。

半小時後，阿查也到家了。他最近在忙一個大案子，整天都待在辦公室裡。他走進廚房，經過她身旁。

「我們要叫中餐外賣嗎？」他一邊撐開小瓶維他命水的瓶蓋，一邊問道。

「好，可以。我也吃跟平常一樣吧。」

「阿凱在家嗎？」

「他在，在房間裡。」她說話的時候，眼睛並沒有離開過電腦。

「阿凱，凱爾！」阿查大喊。

「爸，怎麼了？」他從樓上回答。

「我們叫中餐外賣，你要吃什麼？」

「花椰菜炒牛肉，還要義大利麵餃[3]，我要炸的。謝謝！」

「好。」

阿查拿起電話，按下三號快捷鍵，點了餐。

一小時後，他們安靜地聚在餐桌一起吃晚餐，餐桌另一頭則放滿了珍妮姐工作用的資料夾。他們用免洗餐具，晚餐後，阿凱回到自己的房間休息，阿查在客廳看足球比賽，珍妮姐則在床上看了一集公共電視的特別節目，是有關愛爾蘭踢踏舞的報導。十一點半左右，阿查回到房間。他們沒有交談，只是很有默契地輪流使用洗手臺和刷牙。一直到阿查關燈準備睡覺時，珍妮姐才說：「我爸今天出車禍了，他被車撞到了。」

阿查聽到後轉向她大聲說：「太可怕了，怎麼會這樣？」

仰臥著，盯著天花板，珍妮姐開口說：「嗯！是啊！小琪很難過，真讓人擔心！」

「他嚴重嗎？」

「不知道。」

「怎麼發生的？」

「我不知道。他就只是在過馬路。」她輕聲說，然後翻身，離阿查更遠了一點，說：「晚安。」

3　這道餐點ravioli是一種義大利傳統的麵食，通常由麵粉和蛋揉合的麵糰製成。餃子通常呈方形或圓形，內部可填充各種餡料，例如肉、奶酪、蔬菜或海鮮等。烹調方法為水煮或煎炸，並附上伴醬汁或醬料沾著吃。這道麵餃可以作為主菜或配菜，在義大利料理中很常見。

他看著她的背，想了一下也說：「晚安。」再轉回去，背對背睡覺。

第二天早上八點十五分，珍妮姐已經抵達她的辦公室了。

*

自從在智者出版上班後，這是碧麗第二次請病假（她的第一次病假是吃到壞掉的壽司，那天凌晨三點她就醒了，直到隔天中午都無法離開廁所）。這一次她賴在沙發上一整天，把自己包進毛毯裡面，拿著電視遙控器亂轉。她一直期待皮特會打來道歉，但他沒有。又過了幾個小時後，她思考著他對她說的話，她想：「會不會是我反應過度了？他也有自己的交友圈啊！」到傍晚的時候，碧麗投降了，她認定自己是反應過度，她決定要打給皮特，但又突然間愣住，因為她不知道要說什麼，他覺得尷尬極了。到晚上時，她開始告訴自己不要一直想著皮特，而是要想著工作，不然明天會沒有辦法進辦公室。她覺得自己的狀況很糟，而且根本就還沒準備好面對這個世界。她決定把鬧鐘調到平常的起床時間，讓自己的心情重新出發。第二天早上六點，她按掉鬧鐘之後，感覺自己還是累到無法下床，所以又打電話進辦公室請了一次病假，她一面躺在沙發上，一面心不在焉地拿著電視遙控器不斷地轉臺。

星期三早上，她九點十五分到公司，珍妮姐馬上去她辦公室堵她，沒有敲門也沒有說一句什麼就直接開門進去了。

「喔，嗨，珍妮姐，妳好！」

「碧麗，妳還好嗎？」珍妮姐用她一貫霸氣的語調問道。

「嗯，還好。」

在接著開口之前，珍妮姐有點兇地問：「好，那妳去了哪裡呢？我在這裡忙得不可開交，忙到焦頭爛額，妳卻不見蹤影？」

「我生病了，一直都在家。我感冒了，也有打電話請假。」

「那麼，妳也應該要打給我，或寄郵件跟我說。碧麗，我們現在是隊友，我需要全然信任妳。那些作者一直寄信問我事情，那些代理商也寄計畫書來了，然後我卻找不到妳。我一個人要處理這麼多事，而且我還有別的工作啊。我寄了好幾封郵件給妳了。」

碧麗對珍妮姐為什麼會這麼生氣毫無頭緒，她從來就沒有錯過任何截止期限或會議。「我這幾天都還沒看信箱。如果妳因為我兩天沒進辦公室，而突然有太多工作，我跟妳道歉。我是真的很不舒服，沒辦法來上班。妳也知道我從來不會蹺班，總之，很不好意思。」

「嗯哼。」珍妮姐點著頭站起來，然後用命令的語調說：「那請妳現在先處理我轉寄給妳的郵件。」

「好。」珍妮姐走到門口的時候，碧麗回答。

珍妮姐離開前轉過身來對著碧麗說：「碧麗，我有試著在罩妳，可是其他人在說閒話，想知道妳到底去哪裡了。我不想看到妳有太大的壓力。」她氣憤地離開，留下錯愕的碧麗。碧麗忍不住在想，我怎麼會答應和珍妮姐一起負責這個案子呢？還有，其他人到底在講我什麼？

接下來的整個禮拜，碧麗都試著專心工作。她每天晚上都在辦公室待到八點半。珍妮姐覺得碧麗是在表現她有在把每件事都盯緊。但事實是，碧麗白天的時候花太多時間做白日夢了，她一直幻想皮特也一直責

備自己，所以她沒辦法專心工作，只能每天加班，至少要把當天該做的事給完成。她也無法忍受一個人待在家裡等電話。就在不久之前，她還是幸福的女孩，享受跟皮特在一起的每分每秒。想不到才經過短短的一個月，她竟然又需要面對孤單，而且在這些孤獨的時間當中不停責怪自己。她幸福過，也失去了。她太害怕了，不敢把幸福握在手裡。

星期六早上，她睡到十一點。因為沒有地方可以去，她也不急著洗澡。穿著近來在家裡都會穿的那件睡袍，她喝了咖啡，然後決定要做些很猛的事。她決定要殺去皮特常去的茶館，希望能製造個不期而遇。她知道這樣做很可悲，也很痛恨自己竟然想這樣做。經過一番心理掙扎之後，她還是花了兩小時精心打扮，準備好之後（確定她的頭髮很亮麗，穿搭是混合藝術、性感和隨性於一身），她才意識到自己正往茶館前進。

她心跳加快，手心冒汗。她怕自己會昏倒，擔心自己這樣做錯了，可能錯得很離譜。當她的手握住茶館門把時，她腦海裡不斷浮現這些恐懼，她的汗還多到讓她在那金色手把上留下了手印。她試著表現得好像沒什麼，但當她快步走到櫃臺時，她僵硬到完全不敢看其他地方，以便確認他在不在。輪到她點餐的時候，她結結巴巴：「呃，嗯，我要……要一杯拿鐵，要去脂的。呃，小杯，謝謝。」

她在等飲料的時候，發現阿麥靠坐在窗前的角落。他正在筆記本上寫東西，而且看起來沒注意到她。碧麗在調味吧臺要拿紙巾時，她快速掃視了一遍整家店，發現皮特不在。她覺得自己很笨，然後就決定要跟阿麥講講話。她不知道他是否已經知道她跟皮特的事，這一點讓她有點焦慮。

「嗨。」她站在阿麥旁邊說。

他抖了一下，因為太專注在筆記本上，以致根本沒注意到她的存在。「噢，呃，嗨，碧麗。」他結結巴巴地回應。蓋上筆記本，放回背包裡。

突然也不知道該說什麼或做什麼，碧麗開口說：「喔，我剛看到你在這邊，就想說走過來打聲招呼。我有些工作要做，打算在那邊坐一下。」她指向茶館後方，但其實那邊都坐滿了，完全沒有空座位。阿麥似乎沒發現這個小破綻，他說：「如果妳想的話，也可以坐在這邊。」

「喔，好啊，謝謝。」她說，然後拉出一張椅子，發出幾聲嘎吱嘎吱的聲響。她把拿鐵放在那張有點搖晃的桌子，又開始緊張起來，因為手滑，不小心灑了一點在桌上。

「噢，沒關係。」阿麥放了些紙巾在咖啡灑出來的地方。

「謝謝。」她說，已經坐下來了。她直直盯著阿麥的眼睛，這讓他覺得不自在所以低下頭看自己的手。「你在做什麼？」

「我在等皮特，妳也是吧？」他問道。

阿麥會這麼說，表示不知道他們正在鬧分手。碧麗聽了之後緊張到心跳得更快了，她擔心要面對皮特，也在想著萬一他出現了要怎麼應對。後來又想，如果阿麥不知道他們之間的爭執，表示皮特沒有跟阿麥抱怨訴苦，也就是說或許情況沒有太糟，可能會有轉圜的餘地。她發現自己在發呆，所以趕緊說說：「不是，沒有，我今天沒有跟他約，我是順路過來。我等等要去參觀一個藝術展，想先來喝杯咖啡，做點事情來殺殺時間。」一講完她立刻就後悔了，因為她擔心如果阿麥繼續聊藝術展的話題，她這個謊言就會被拆穿。

就在阿麥接話之前，碧麗聽到皮特那辨識度很高的聲音在身後大聲打著招呼說：「嘿！」她轉身，察覺到皮特不是自己一個人。她轉過頭去，看見他和一個女生一起。這個女生長得很高挑，有一頭長長的紅髮，穿著一身黑，在白皙的脖子上戴著像小狗項圈般的頸環。她看起來像是只有二十歲。

皮特一邊朝這裡走來，一邊打招呼說：「噢，嘿！」講完才注意到碧麗也在。

碧麗手足無措地簡單回應了一句：「嗨！」

皮特若無其事的說：「嘿！看到妳太好了。」接著又說：「阿麥、碧麗，跟你介紹一下，這是我的朋友，維蘿妮卡。」

碧麗禮貌性地伸出手來握手說：「嗨！很高興認識妳。」但同時也擔心這是他的曖昧對象。

維蘿妮卡回應：「嘿！嗯！我也很高興認識你。」但說話的同時，依舊把手放在口袋裡。接著對皮特說：「我該走了，快遲到了。我再打給你。」

「好的，寶貝。」皮特抱了抱她，跟她道別。然後說：「我要濃縮咖啡。你們都點好了嗎？」

碧麗和阿麥有點尷尬地點點頭，然後皮特就去點餐了。接下來的四分鐘就像是一輩子那麼長，碧麗試著讓自己假裝什麼事都沒有。但是她的胃在翻滾，感覺就像生病一樣難受。那種不安的感覺，很像是正在蹲廁所時，外面有想上廁所的人一直在敲門一樣。

等到皮特回來時，已經沒有空位了，他只好站在碧麗和阿麥中間。碧麗害怕他會問些什麼，不知不覺脫口而出說：「我剛剛經過這裡，想說進來買杯咖啡，然後就碰到阿麥了。」

　　他聽了又擺出那個不露齒的招牌笑容，把她的心撩得癢癢的，他說：「我很高興可以在這邊見到妳。其實我一直想要打給妳，但，妳知道的。」

　　「是的，是的，我知道。好了我要走了。」她跳起來準備離開。

　　「別走，妳不跟我們一起嗎？我們要去一個詩友會。」

　　「喔！不用，我真的沒辦法去，我有事。下次吧！」她驚慌地從地上抓起她的包包，刻意避免撞到桌子，以免讓桌上的咖啡溢出。「那麼，謝謝邀請！很開心看到你。再見！阿麥，你也再見喔！」她一面結結巴巴地說話，一面快速走向大門。

　　「碧麗，妳確定要走嗎？」皮特在她身後大喊。

　　「對啊！不好意思我還有事。看到你真好。」

　　「嗯！好吧！」他一面說話又一面微笑，真是迷死人了。

　　碧麗在茶館外匆匆攔了一臺計程車，就直奔回家。一路上她都在胡思亂想，一下子覺得自己很可悲，一下又覺得皮特超性感，一下子很懊悔自己沒有留下來，一下又擔心皮特和維蘿妮卡上床。她的思緒一直停不下來，到最後覺得他們一定搞在一起了。後來她試著看電視來轉移注意力，看到一部電影，是講述一個女人和她的醫療保險公司爭取治療乳癌標靶藥物的費用，但是到了最後，那個女生還是死了，碧麗看著看著

也睡著了。

第二天早上七點，電話聲吵醒了她。她睡眼惺忪地走進廚房接起電話。

「喂？」她帶著睡意接起電話。

「嘿！我有吵醒妳嗎？」皮特問。

「嗯！沒關係。」她小聲地說，思考著他是不是故意用撒嬌的語氣說話？讓自己的聲音聽起來更有魅力，還是就自然而然地回答。

「不好意思，我以為妳還在睡，以為電話會轉到語音信箱。其實我昨天整晚都睡不著，都在想著妳，妳可以過來我家嗎？」

碧麗愣住了，她這時候的心情，就像是一個正在爬樹的孩子，想要爬得更高，但又因為害怕而不敢往下看。她知道往上爬很危險，但是她還是無法克制，堅持著不敢放手。

她在電話裡只遲疑了一會兒，然後說：「我沖個澡，簡單弄一下，等一下就過去。」

「好哦！快點唷！」

*

大約三小時之後，碧麗已經來到皮特家。他穿著四角褲、浴袍，頂著他的招牌笑容迎接她。「嘿！來這裡，我有東西要給妳。我寫了個短篇故事，是要給妳的。」他說著，碧麗跟著他走進臥室。「就在那裡。」他指了指床上。「妳先看，我去泡杯咖啡給妳。我花了一整個星

期，才寫完這篇故事。」

碧麗把她的大包包扔到地上，包包裡放了化妝包、牙刷、還有換洗內衣褲，以備不時之需。她拿起床上的稿紙，看到整篇故事只有兩頁，而且使用單行行距，心中忍不住嘀咕：「這樣的內容需要花一整個星期？」

皮特拿著咖啡再走進來的時候，她已經看完了。那篇文章充滿了華麗的詞藻，講述一個男人，在入夜後漫遊到一個墓地去保護那些「睡死人」。她完全無法理解這樣的故事內容怎麼可能是送給她的？她試著把這篇故事想成一個隱喻或寓言，但想不透跟她到底有什麼關連？

「妳覺得怎樣？」他坐在床邊問道。

「還可以，讀起來很有畫面，很美。每一字每一句都呈現出清晰的畫面。」

他有點臉紅，低著頭。「因為我用文字來作畫。」

「謝謝你送給我。」

她坐在他旁邊，感覺就像是他們剛認識的時候，她又活過來了，只是她腦海裡充滿了問題、恐懼和困惑。她還是不太清楚到底發生了什麼事，為什麼他上星期都沒有打給她？誰又是維蘿妮卡？

「自從上星期發生了那些事，我一直都很難過。」

「我們都忘了吧！我們難免偶爾會反應過度。我很抱歉我吼了妳。我也覺得很難過，因為妳那樣說，讓我有被侮辱的感覺，我以為妳懂我。」

碧麗希望他再講多一點，她說：「我也反應過度，對不起。」

他靠向她，用鼻尖磨著她的鼻尖，再往後一坐，微笑著。碧麗低著頭，問他：「昨天那女人是誰？」講完，她抬起頭來等著答案。

皮特再一次微笑，簡單地回答：「就朋友啊！她就單純只是一個朋友而已。」

探究

他會說：「我跟妳在一起很開心，好吧！至少現在是。」
說完又會擺出他那迷死人不償命的笑容。

第六章
放飛自我

十七歲的阿凱其實並不普通，雖然他媽媽常常不自覺地焦慮，總是擔心他在各個方面都可能表現得不夠完美，但其實這個孩子很優秀，他有非常敏銳的觀察力，不僅能看到別人忽略的細節，還常常會有獨到的觀點。

這個特質在阿凱三歲的時候就可以明顯看到，當時學校有一個大孩子常常欺負他，會趁阿凱蓋城堡的時候故意去踢倒，還會嘲笑他。有次趁他在盪鞦韆的時候故意推了一把，害他跌倒並且膝蓋破皮。當珍妮姐知道這件事之後跑去學校大鬧一場，不但跟校長拍桌子，還威脅說如果沒有處理好就會去告學校，害校長此後看到她都戰戰兢兢的。

當時珍妮姐跟阿凱說：「我們不要跟壞小孩玩。」

阿凱竟然回答說：「我覺得他一定過得很不開心，所以才會想欺負別的小孩。」

珍妮姐聽了只是翻了個白眼，覺得阿凱真是個扶不起的阿斗。

還有一次是阿凱八歲讀三年級的時候，在學校聽老師講關於聖誕節的故事，他回家後就和媽媽探討耶穌基督被殺的原因。珍妮姐不太有耐心引導，只聽一半就回答說：「聖經就是這樣寫的，就是這樣，你不同意的話也不需要去認同。」

阿凱則回答說：「我想耶穌基督一定是個很特別的人，可能他的想法特別到嚇壞了其他人，所以其他人才想讓他消失。」那時候珍妮姐的心思都放在處理垃圾郵件上，所以就隨口回應說：「是啊！」於是阿凱跑上樓回到自己的房間，整個下午都躺在床上，努力思考著到底有哪些想法會使人感到害怕？

接下來的幾年間，珍妮姐帶著他去逛不同的博物館，希望「引發他的興趣」時，阿凱也是用不一樣的視角看世界。當珍妮姐拿到免費的導覽耳機給阿凱，想要讓他「有可能學到偉大的藝術知識」時，他總是按下靜音，自己安靜地欣賞那些畫作、雕像、還有照片，試著想像那些藝術家來自哪裡？他們是怎麼長大的？他們怎麼看待這個世界？以及他們如何將自己看到的放進作品的框架內？這個過程讓他思考不同的文化，還有這些文化怎麼形塑不同類型的人。他想知道創新從何而來，為什麼有些人的作品看起來就像是模仿品，而有些人的就獨樹一幟，無法輕易定義或評斷。他學會看懂精心包裝之下的美，也學會看穿包裝之下的虛偽。

阿凱能很敏銳地意識到人的內在情緒，擅長立刻覺察到其他人的情感。他心地善良，只會將這樣的能力用於為別人帶來好處，而從來不為私利。這種覺察天賦在許多方面都幫助了他，尤其是在跟他母親相關的事情上。阿凱在成長過程不斷覺察的練習中發現，有時候最需要的是沉默。所以，阿凱知道他能對母親最大限度的善意就是沉默，絕不要讓她知道他看透的事物，這樣就會很安全。

雖然在傳統意義而言，阿凱很安靜，也不是那麼好看，但他在同儕中並不是沒有吸引力的。和父母的想像相反，他曾跟好幾個女生約會過（包括幾個廝混過的，和兩個上過床的），他在學校有很多朋友，更重

要的是，他沒有敵人。

　　阿凱最好的朋友是阿山，除了學校生活以外的時間他們都在一起。

　　他們會去中央公園裡打牌，或一起去唱片行逛黑膠唱片。他們也會一起去逛前衛藝術村，談論有組織的宗教或政治弊端，他們的立場相當靠左，卻對大部分的政客不以為然，也沒有其他左翼青年常有的理想主義幻想。他們也會結伴去朋友家參加聚會或去電影院認識新的女生。他們還常常去阿山家看電影，阿凱最喜歡窩在阿山房間裡的一張小躺椅上。

　　阿山跟他母親梅蘭妮住在一起，他們的公寓是很小的兩房格局。梅蘭妮在華爾街一間律師事務所當助理，留著一頭金色的長髮，阿凱覺得她美得讓人難以置信，而且以一位母親而言，她看起來實在太年輕了，不過他從來沒跟阿山說這些想法。

　　阿凱和阿山有時候會一起去紐約大學的宿舍找阿凱的表姊小娜，他們小時候都被大人無聊的聚餐荼毒過，所以後來就成了好朋友，不過阿凱和小娜的父母都不知道他們玩在一起。他們每個星期（甚至每天）都會互傳訊息，自從小娜搬到紐約後，更是每個月至少見面一次。當他們其中一個有困擾、煩惱或需要找人一起討論時，就相約在他們最喜歡的簡餐店門口，然後一起排隊等座位。他們會點一盤藍莓起士薄餅捲和一壺淡咖啡分著吃，還會一起吐槽他們的餐點。

　　小娜的外在形象看起來很單純，因為她有一臉雀斑，而且又喜歡穿學院派風格的服裝，這個形象和她所住的龐克風社區格格不入，但事實上，她的內心很狂野。有時候阿凱發現她好像總是「和某個男人勾搭在一起」時，她總會用崇尚「性自由」來頂回去。甚至還會一邊回答

一邊開玩笑說，如果他們的關係不是親戚，她也一定會順便吃下去。這使得阿凱覺得，小娜在性方面真的是太隨心所欲了，他真的很擔心她會玩過頭。

小娜還有一張假的身份證，有一次她拿來買啤酒給阿凱和阿山時，阿凱才知道。阿凱跟阿山在飲酒方面都很節制，每次都不會喝超過兩罐。小娜有時候也會抽大麻，這時候阿山也會陪著試抽一兩口，但阿凱從來都不碰。小娜常笑稱阿凱是個正人君子，但他不碰大麻並不是想表現自己的清高，而是擔心萬一臨時發生緊急狀況，他們之間至少要有一個人保持清醒。而在當下，也就只剩他能負起這個責任了。

阿凱漸漸地發現，小娜在放飛自我的時候，比較容易忽略其他人的感受。但直到萬聖節，他都沒有特別在意這件事。小娜極力推薦阿凱和阿山去參加一個地下夜店的萬聖趴，並堅持大家都要變裝去參加，阿凱和阿山都扮成默劇演員前往。他們去宿舍接她的時候，阿凱立刻發現小娜看起來不太對勁，因為她在給他們啤酒的時候，眼神很渙散，他猜她應該抽了一些大麻。她穿著花花公子的兔女郎裝，還戴著白色絨毛尾巴，白色漁網長筒襪，和條紋白色漆皮高跟鞋。她平滑粉嫩的臉上畫了濃妝，配上一頭淺棕色又長又直的秀髮，讓阿山覺得她超性感的，就像是琳賽·蘿涵這一類的女神。但是阿凱不這麼想，他覺得表姊應該穿露肩長裙小禮服就好，不然這身所謂性感的打扮真的滿像阻街女郎的，不過他把這想法藏在心底，以免被取笑說他太保守。他覺得小娜本身就已經夠漂亮，不需要打扮得這麼誇張來吸引目光。

「你們覺得怎麼樣？」她問道，舉起雙手，擺出一副誇張的模特兒姿勢。

「妳看起來棒透了。」阿山雀躍地回答。

「那你覺得呢?」她看著阿凱問道。

「我覺得妳美到一個新境界。」他回答。她聽了笑得很燦爛,開心地說:「我們走吧!今晚應該會很難叫到車。」

三小時後,阿凱和阿山就開始覺得無聊了。這個大型夜店到處充滿紅色的元素,還裝飾著大量的黑色飾帶和掛著紙骷髏,而且整個空間擠得水洩不通,再加上電子舞曲的重低音環繞四周,這些都在折磨著他們的神經。

於是阿山先開口說:「嘿!兄弟,我們離開這裡好不好?」。

「好啊!我來找小娜告訴她一聲,也看看她是不是有辦法自己搭到計程車。」

「我在這裡等你。」

「好。」阿凱大喊著回應阿山,希望能壓過吵雜的聲響。

他走向大約一小時之前有看到小娜的地方,可是她不在那裡,於是阿凱抬起頭到東張西望地搜尋,舞池的強光打在他臉上,他只好瞇起眼睛張望。他也跑去站在女廁外等了十五分鐘,想著如果她在裡面的話,那就可以在這堵到她。他還傳了三封簡訊,但小娜都沒有回應。因為到處都找不到她,最後只好放棄,回到阿山身邊。

「嘿!兄弟,你怎麼了?我以為你不會回來。」

「我找不到小娜,可是又不想放她一個人在這兒,我擔心她會喝到

爛醉。」

「嗯！是她帶我們來的，我猜她能照顧好自己。走吧！回我家去。我媽又跟那個混蛋出去約會了，所以整個家都是我們的，我們可以想幹嘛就幹嘛。」

阿凱再看了一眼舞廳，也同意離開的決定：「嗯！好吧！那我們走吧！」

他在地鐵裡又傳了兩封簡訊給小娜，並且整晚都守著手機，幾乎沒連續睡超過一小時，希望中間能小娜會回他訊息。

第二天下午五點，小娜終於回訊息了：「嘿！不好意思，讓你擔心啦！我認識了新朋友，希望你們也玩得開心。抱一個。娜。」

阿凱不是那種會生氣的人，當然也不會對一件小事耿耿於懷，但是自從那天晚上起，他內心開始產生一些不滿的情緒，不過他沒有對小娜或其他人提起這種心情。

*

萬聖節對皮特和碧麗而言也是個轉折點。自從碧麗和皮特復合後，他們就形影不離。她星期五下班後就膩在皮特家，直到星期一早上需要上班才離開，但是平日下班後的晚上也幾乎在皮特家。他們一起準備浪漫的晚餐、讀詩、看電影。他們聽音樂、喝廉價的酒、不說一個愛字卻做愛。

他們之間慢慢浮現了兩個問題，但皮特似乎都沒察覺到。

第一，碧麗對她自己工作的投入度降低了，因為她一心只想著皮特，不知不覺皮特已經成為她生活的重心。她每天到要從皮特家和公司之間往返，導致她上班經常遲到。她無法克制地總想跟他膩在一起，所以一下班就趕去他家，週末也不再確認郵件往來。簡單來說，她工作時間變少了。疲憊加上無法專注，讓她的工作效率大大下降。她自己也知道，現在的工作品質大大降低，但為了能變成「人生勝利組」，這小小而且必須的代價還是要付出的。她深深地相信，除了皮特之外再也不會有任何人能帶給她這種感覺。

第二，她總是疑神疑鬼，不信任皮特。有好幾次在夜深人靜時，她躺在床上，腦海裡不斷重覆著皮特說過的、或沒說出口的話。他說的一字一句都越來越可疑，她不斷在想：他有試著跟我解釋什麼嗎？我們的關係會破裂嗎？他跟我在一起開心嗎？他是不是劈腿了？這些問題不斷在頭腦裡跑出來，而且會在不適當的時機害她分心，例如她在和珍妮姐開會時、她跟家人通電話時、或是她正在照鏡子看看有什麼地方需要遮瑕時。她腦袋裡的聲音越大，她越能找出更多的缺點。皮特對這事根本無法幫上忙，他還是習慣性地和每一個遇到的女生調情，甚至會在碧麗面前這樣做。之前她會覺得和皮特去夜店跳舞的時光很幸福，但現在卻成為一場「我是間諜」遊戲了。因為每當有女生搔首弄姿時，碧麗就發現皮特盯著她，甚至跟她說話。這些諜對諜的遊戲讓她累透了，原本維持關係的新鮮度已經很累了，現在還要跟那麼多女人競爭，這簡直榨乾了她全部的精力。她害怕有人比她更漂亮，這讓她覺得很無力。她也懷疑皮特其實知道她的痛苦，只是故意想讓她忌妒而已。有時氣氛好的時候，他會說：「我跟妳在一起很開心，好吧！至少現在是。」說完又會擺出他那迷死人不償命的笑容。但是才剛說完不久，他又會和碧麗分享對

他人的品頭論足:「那女人真美,妳不覺得嗎?她的身材超讚!」碧麗會吃驚地看著他,不確定要給他什麼反應才對。她曾經問過皮特,他這樣是不是故意的。他卻笑著說:「只有妳自己能讓自己感到不安。那不是我的問題啊!寶貝。」於是她一直壓抑不愉快的心情,忍耐到萬聖節。

萬聖節是星期五。皮特想去他朋友辦的化妝舞會。他試著說服碧麗跟他一起去,說:「我朋友阿克是個超棒的插畫家,風格非常前衛。他的作品都很讚!有很多大女主角色,妳會喜歡的。他是有點鴉片癮,但嘿!每個人都有自己的罩門啊!你說是不是?」

「什麼?鴉片嗎?像海洛因的?呃!不好吧?」碧麗聽到這件事,又看到皮特那稀鬆平常的態度,瞬間感到震驚。「不是每個人都會有毒癮之類的,這讓我有點不想去這個人的家,聽起來就不太好。」

皮特翻了個白眼,用他最不耐煩的口吻說:「他不是癮君子,他就偶爾會嘗一下,但他可以控制自己。不是每個抽鴉片的人都會上癮,妳不要相信媒體誇大的報導。他是個藝術家,他非常成功,是個很優秀的人。我不想跟你說教,妳就答應跟我一起去吧!我保證一定會玩得很開心的。走出舒適圈吧!寶貝。」

碧麗聽了以後也懷疑自己是不是思想太狹隘了。她熱愛藝術,現在又有個機會認識一群很酷的藝術家,為什麼還要猶豫呢?像這種時刻,她就會揣測皮特對自己的看法。他似乎會覺得她太拘謹,甚至有時候,他是刻意讓她有這種想法的。她從來都沒有搞清楚這是什麼一回事,到底是她無法跳脫傳統思維,還是他太擅長合理化各種不良行為,包括他自己的。每一次她好不容易認同皮特了,但皮特總是會說些傷人的話來打擊她的不安全感,於是她又會忍不住一直偷偷檢討自己。但即使她注

意到了這樣的相處模式，她還是分不出來該責怪誰。最後，她只好說服自己，都是她自己的問題。

這次的萬聖趴造型一切都聽皮特的，他們裝扮成席德與南西[1]。皮特把頭髮稍微梳高梳尖，穿上黑色皮褲和白色 T 恤，再搭上一件黑皮夾克，就讓他看起來更有型了。碧麗戴了一頂金色假髮，那是皮特放在抽屜裡的，她沒有問為什麼會有這頂假髮，她害怕知道答案。她穿了件緊身黑色牛仔褲，上半身穿長袖的黑色襯衫，脖子上戴著一條有亮片的黑色皮鍊，手上戴著一大串她在藥局兒童專區買到的銀色手環，還用黑色眼線液和亮粉色口紅畫了個大濃妝。

「哇！寶貝，妳看起來就是龐克遇上普普風啊！」

「什麼意思？我看起來很蠢嗎？是嗎？」

「妳棒透了！」

他們搭計程車前往派對，在路上，碧麗心想：「這種角色扮演的活動其實也滿有趣的。我應該忘掉鴉片癮君子的鬼話，好好享受才對。」她靠向皮特，握住他的手，路上的起伏讓她一頭撞上了皮特的下巴。

他們手牽手走進去派對場地，碧麗覺得她是全場最幸運的女人。這座工業風的挑高公寓大得驚人，磚塊暴露在外，天花板上的管線也意外

---

[1] 席德與南西是一對知名情侶，席德（Sid Vicious）是英國龐克搖滾樂團 Sex Pistols 的貝斯手，南西（Nancy Spungen）是他來自美國費城的女友，最後在男友的家中暴斃，而席德也在開庭之前因為酗酒和吸毒過量致死，之後兩人的故事在一九八六年拍攝成電影《崩之戀》（Sid and Nancy）。小說中的男主角皮特是英國人，女主角碧麗是美國人，所以他們在萬聖節的時候選擇扮演席德與南西的角色。

的巨大。碧麗心想，皮特是對的，這個人真的混得很好。牆上有大片的窗戶，不過看出去只能俯瞰隔壁的建築。房子裡掛滿了暗紅色的燈泡，和現場播放的挑逗性音樂相得益彰。就在他們試著穿越大約三四十人的群眾時，有個人抓住皮特的手臂大喊：「嘿！兄弟！你來了？真是太棒了！」這個人穿著鐵藍色上衣，在幾乎只有三分之一扣好的胸膛露出了胸毛，穿著緊身黑色牛仔褲。

皮特回應說：「嘿！阿克！你這個地方真的超超超級讚的啦！」接著指向左邊問道：「那些作品都是你的嗎？」

「對啊！那是我好幾年前的創作，我懶得裝裱新作品。」

碧麗覺得站在那邊讓她有點不安，她故作不在意地碰了碰皮特的手臂。「噢！阿克，這是我的女朋友，碧麗。」

碧麗微笑著伸出手說：「很高興認識你。你這間房子很棒。」

阿克摟住碧麗的肩膀，親了親她的雙頰，表示歡迎。碧麗還來不及再說些什麼寒暄，皮特就笑著說：「所以兄弟，你到底是扮演誰啊？」

「少煩啦！」阿克回答。「我就是我，兄弟，我就是我自己。」說著說著他就走開了，碧麗看到他興高采烈地招呼其他客人。

「妳看，他很正常啊。」皮特說。

「真的。這個地方也是，太棒了。」她環顧整個空間。

「我找一下吧臺。妳想喝什麼？喝酒嗎？」

「當然，那最好了。但我想跟你一起去。」她不想一個人待在一群

陌生人當中。

「看到那邊的皮沙發了嗎？」他指著房間的另一邊。「妳去幫我也佔個位吧，我等等就來。」

「好。」她說，然後他們就分開走了。

在等待的這二十分鐘左右，碧麗經歷了兩次尷尬的交流。有一個人一直想討論太空飛鼠是不是有吸可卡因？後來，來了一對同性戀情侶，希望碧麗能讓個位置給他們（她被擠到角落，沙發已經被坐到陷進去）。她等著等著有點不耐煩，想著皮特到底在哪裡，決定起身去找他。這時剛好看到他正朝著自己走過來，可是旁邊跟著一個女生。那個女生穿著一件飄逸的透視白色長裙，綴有綠色花瓣，跟她的眼睛顏色很相配，她的妝很白，留有一頭很長的棕色頭髮，旁分的瀏海幾乎蓋住一邊眼睛。皮特在微笑，碧麗已經知道他接下來要說什麼了。

「碧麗，這是我朋友，克萊德。」

碧麗覺得她的五臟六腑在翻滾，她覺得很熱，也有點頭暈。克萊德比她所想像的要更漂亮。天啊！她穿得像奧菲莉亞[2]，是奧菲莉亞！她在心中大聲吶喊，感覺就快要世界末日了。

「這邊。」皮特說著，遞給碧麗一個小塑膠杯裝的紅酒，自己留了

2　奧菲莉亞這個角色出自英國莎士比亞的戲劇哈姆雷特，奧菲莉亞在劇中是無辜和無助的犧牲者，這種等待拯救和保護的情境，也呼應皮特對克萊德所謂「脆弱的小鳥」這種形容。另外，奧菲莉亞的形象在維多利亞時期是瘋狂與美麗的象徵，對於在愛情與親情之間的糾葛和痛苦，有著難以掙脫的宿命感。這也呼應了小說中皮特、碧麗和克萊德之間的三角關係。

一杯。她拿了杯子，然後說：「嗨！很高興認識妳。」

「我也是。」克萊德的聲音就跟她的臉一樣可愛。

「克萊德打扮成奧菲莉亞的樣子，真的很貼切，妳是不是也這麼覺得呢？」皮特笑著問。

「對啊，是的。我一眼就看出那是奧菲莉亞。妳的裝扮太棒了。」她結結巴巴地說，拼命想掩飾自己的慌亂。

「克萊德是跟一個朋友來的。他正在廚房裡試著做一杯不加苦艾酒的馬丁尼。」皮特邊笑邊說。克萊德看著他，也微笑著。

「那不就是伏特加嗎？」碧麗問，緊張地喝了一口自己手上的酒。

皮特和克萊德突然大笑了起來。碧麗不知道有什麼好笑的，她覺得她自己很尷尬，好像被排擠一樣，而且越來越反胃。

「好了，很高興見到妳。」克萊德的誇張笑聲平靜下來了。然後轉向皮特說：「我之後再跟你談吧。」她在他的臉上親了一下。

「當然。」他說。

「我也很高興見到妳。」碧麗在克萊德要走的時候說。

皮特看她離開，就示意也想要坐下，說：「嘿！挪過去一點，寶貝。」

「沒位置了。我有試著幫你留個位置，但太擠了，沒辦法。」

「沒關係。」他一邊說，一邊坐在沙發左邊的大扶手上。「對不

起，我遇到了熟人。剛才我原本想去廚房拿飲料，就遇到克萊德了。她跟我聊了一些最近發現的樂團，然後又東拉西扯了一些東西，我不想表現得太沒禮貌，就哈拉了一下。」

「沒關係。」碧麗輕聲回答。

皮特靠近她，用他另一隻手托住她的下巴，直接親了下去。

他們在派對上待了近四個小時，跟阿克聊了天，和一些漫畫家和音樂家聊了一下，翻了翻攝影集，吃了些鷹嘴豆泥、皮塔餅和橄欖，偶爾還會牽一下手。雖然後來都沒有再見到她了，但克萊德已經變成了碧麗揮之不去的陰影。

＊

碧麗不知不覺中已經把皮特家當作自己家了，在回家的計程車上，她煩惱著要不要跟他攤牌。她無法將克萊德從腦海中趕走，她害怕會脫口而出，講出一些無法收回的話。她咬著舌頭，靜靜地坐在後座，握著皮特的手，讓皮特的頭枕在她頭上。

回到他家後，皮特放了音樂，微笑著說：「來這裡。」她向他伸出的雙臂走過去。他牽起她的手，她靠在他胸前，兩個人開始跳起舞來。

她敵不過自己的情緒，忍不住詢問：「你早就知道她會在那裡嗎？」

「什麼？」他問，往後靠一下，依然握住她的手。

「克萊德。你是早知道她會去那裡嗎？因為如果你……」

他打斷她：「這是妳在想的事情嗎？」他放開她的手，說道。「我們

現在這麼美好的氣氛，妳卻在想這件事？」他用厭惡的語氣問，然後走進了廚房。

碧麗很氣自己破壞了這一刻，也很氣他，她站在那裡，更大聲地說：「如果你早就知道她也會去，你應該該要先跟我說一聲的。」

「妳又來了，碧麗。」他打開冰箱，看著近乎全空的架子說：「有什麼不一樣嗎？不，我不知道她會去。我是說，我猜她也是有可能會去。因為她認識阿克，也認識很多我認識的人，但我們事先都沒有約好啊！」他邊說邊大力甩上冰箱的門。

「好吧！我只是覺得措手不及。我認為你應該先跟我打一聲招呼，讓我有心理準備。」

他一邊打開水龍頭倒水，一邊說：「我跟妳在一起，她跟其他人在一起。有什麼要避諱的？到底是什麼原因讓妳這麼不安？」他關了水龍頭，喝了起來。

「你很渣耶！要是我，就不會帶你去任何我前男友可能會出現的聚會，也不會什麼都不說，讓你沒有心理準備！你消失了一大段時間，然後，我突然就要面對你和你的前女友。」

「我渣？我？很渣嗎？」他大吼，從廚房往客廳狠狠地盯著她說：「幹！」

碧麗聽到後發瘋似地從地上抓起她的過夜包包，衝進浴室把她的化妝品和牙刷都塞進去，然後甩門離開。

*

　　碧麗衝下樓梯，她想快速離開皮特家，結果一不小心就摔倒了。爬起來的時候，她的內臟在翻滾，像被火燒一樣。

　　當她猛地推開大樓大門時，一陣冷空氣拍打在她臉上，隨後聽到身後傳來一聲：「等一下……碧麗。」

　　她轉過身去，看到皮特追了過來說：「不要就這樣走掉，我們不要這樣就分手。」

　　她無法動彈，克制住咒罵他的憤怒，也壓抑著想撲進他懷裡的衝動。她想要有自尊的離開，但又擔心再也無法回頭。所以，她只是站在那裡發楞。

　　「回來吧！外面很冷。回來這裡面吧！我剛剛不應該對妳大吼大叫的，對不起啦！進來吧！」

　　碧麗就像中邪一樣，聽到這番話，又傻傻地跟著皮特走回去，這下她似乎再也沒有回頭路了。

第七章
渣男

在與皮特復合後的一個半月之間，碧麗深受煎熬，並開始有越來越瘋狂的舉動。她會趁著皮特洗澡的時候，偷偷翻看他的黑莓機，有時候覺得這樣還是不夠，她就會偷看他的郵件、簡訊，還有通話紀錄。只要他家的電話響起，她都會搶著接起來。她知道這樣的行為可能會令人反感，所以她還會裝傻。因為越來越沒有安全感，所以她變得越來越黏人。她試著讓自己變得更有吸引力，變得更性感，而且總是待在皮特家不走。下班後，她再也不想浪費時間，跑回家拿包包和精心打扮了，她乾脆帶著化妝箱去公司，也放了兩抽屜的衣服在皮特家。每天下班時間一到，她都立刻離開辦公室，趕著去見皮特。而每當撞見他跟其他女人交談後，她就會找些方法折磨他，但卻不會攤牌說出真正的原因。

某個星期五的晚上，在他們常去的茶館裡，看見他正在為一個女生朗讀自己的文章。碧麗就故意對那個女生找碴，那個女生很識相，找個理由就離開了。皮特若無其事地笑著解釋說：「寶貝，剛剛她只是對我的塗鴉感興趣，隨口問我那是什麼，我們就小聊了一下，然後順便讀一下我寫的東西而已。我們又沒有怎麼樣。」

碧麗裝作沒事淡淡地回答說：「我又沒有說什麼。」那個晚上她還假裝很開心的樣子，可是在那之後好幾天，她都故意表現得很不合作，拒絕陪皮特去他想去的聚會，還有他們一起去參觀畫廊，當皮特說他很喜歡某些作品時，她卻說那些作品畫得很醜。那幾天的早上，她都裝作

沒有要吵醒他，卻又弄出噪音來吵他睡覺。比起他對皮特做的這些無言的抗議，她對自己的精神折磨更可怕。其中最大的折磨，就是每當家裡的電話一響起，她都會擔心那是克萊德打來的，而這一切的小劇場，她都沒有和皮特提起過。

直到某個星期五快下班之前，她突然接到一通電話。

「喂？」

「嘿！寶貝。」

「皮特？」

「喔！對啊！是我。」

「咦？你從來都沒有在我上班的時候打給我。怎麼了？還好嗎？」

「別擔心，沒事。是這樣的，我想要跟妳說，今天妳先留在自己家吧！我有些事情要去處理。」

「怎麼了？」碧麗有點緊張的問道。

「沒什麼，就是要去處理一些事情。妳明天再過來吧！然後我們可以整個週末都膩在一起，這樣好嗎？」

「好啊！可以。也希望你那邊一切順利。如果你需要幫忙，可以隨時打給我吧。」

「謝啦，掰。」

「掰。」

碧麗掛了電話，滿腹狐疑，整個腦袋都一直在想著同一件事：「這會跟我有關的嗎？會跟我們有關嗎？」

　　那天傍晚回到家，碧麗才發現已經好久沒有在自己家裡過夜了。她一進門先發現廚房很臭，後來才知道，原來是因為已經一個禮拜都沒有倒垃圾，所以整個空間都充斥著腐敗的味道。她把整包垃圾從桶子裡拿出來的時候，被薰到差點暈過去。她跑去廚房水槽下拼命翻找清潔用品，想看看有什麼可以除臭的，在遍尋不著之下，乾脆抓起一瓶香水，在家裡的每一角落到處亂噴，可是好像效果還是不大。最後她放棄地坐在沙發上，想著乾脆叫外賣來吃，以便轉移注意力。可是即使如此，她還是滿腦子都是皮特：「他在做什麼呢？他為什麼不讓我過去？」她越想越焦慮，連家裡的腐臭味就好像在嘲笑她。她心裡似乎還有一個聲音說：「我不該待在這裡的，我應該要去皮特家才對。」她還想：「還是乾脆去皮特家附近的茶館，說不定可以裝作不期而遇。」但她知道，這樣的操作太明顯了，想著想著，決定還是先叫外賣，然後窩在沙發裡殺時間。一小時後，外賣送來了她訂的中國菜。她一邊用筷子夾著紅燒辣雞吃，一邊配著電視，這是描述一個女生和閨密的老公外遇的狗血劇。不知不覺中，她喝掉了半瓶紅酒，最後連上班的衣服都來不及換掉就醉倒了。

　　第二天早上，她把之前早上固定會做的例行活動照表操課一番，先喝了一杯法式烘焙咖啡，然後在她喜歡的網站之間亂逛。她並沒有真的要找什麼事來做，只是想要打發一下，熬過沒有皮特的時間。其實，她好像並不一定要和他黏在一起，只是很迫不及待想知道他昨晚到底發生什麼事而已。她掙扎了一個晚上，試著說服自己一切都沒事，不要自己嚇自己。她告訴自己：「照以前的經驗來看，如果他想跟別的女人鬼混，就會先編好理由，可是這一次沒有，所以應該沒事。」

她先沖澡，把自己打理好後，就呆坐在沙發上，不知道接下來該做什麼。她今天的髮型很漂亮，衣服也配得很好，這是一件長袖的黑色緊身連身裙，搭配新的紫紅色瑪莉珍高跟鞋[1]，看起來很美。她盤算著：「我不應該浪費時間坐在家裡等，我應該主動去找皮特，讓他看到我精心的打扮，而且要在我狀態最好的時候見到面，不然等晚一點我會看起來比較憔悴。我可以拿些未完成的工作放在袋子裡，帶著去皮特家附近的茶館。不然我就帶著珍妮姐一直催我的那三份草稿好了，我去那邊裝忙等他，如果夠幸運，應該就會在我狀況還很好的時候遇到皮特了。」

　　一小時後，下個路口就要抵達茶館時，她緊張到整隻手都麻掉了。她最近常會有這種熟悉的感受，但很快就會沒事。當她越來越接近茶館時，剛好看到皮特走出來。她正想著皮特看到她會有什麼反應時，緊張到腎上腺素都在飆升。這時，克萊德出現了！等皮特轉過身和碧麗對到眼時，碧麗全身都在發抖，一度想乾脆轉身就走，但礙於面子，她硬著頭皮走向皮特。

　　「嗨！碧麗，這麼巧你也在這附近。妳記得我朋友克萊德吧？」他一邊為雙方做介紹，一邊撫摸克萊德的手臂。

　　碧麗結結巴巴地說：「嗯！我有些工作要忙，然後我家又有一些狀況……所以就想說來這邊做事。嗯！其實是……我家好臭，臭到我受不了了，影響到我的工作，所以……我沒有想到會在這裡遇到你。」

　　「我正要送克萊德去搭地鐵，妳等我一下，我送完她就回來找

1　Mary Jane high heels是一款高跟鞋的設計款式，通常是鞋跟比較粗，腳面上還有一條鞋帶，外觀看起來類似芭蕾舞鞋。

你。」皮特自顧自說著，就像沒發生什麼事一樣。

克萊德插嘴說：「皮特人真的很好！昨天晚上幫了我很大的忙，所以我想至少請他來喝杯咖啡作為感謝。」她一邊說，還一邊輕柔地撥瀏海。

碧麗看著美麗的克萊德在賣弄風騷，一整個火都快冒出來了。皮特很清楚地感受到氣氛不對勁，所以他趕緊說：「對啊！那我們待會聊，等我一下好嗎？」

她已經控制不住憤怒了，脫口而出說：「不用，不用！我不想聽，我也不想等。」她生氣地轉身離開，因為走得太急躁，還不小心踉蹌了兩次。

皮特在她身後大喊：「別這樣！」但碧麗只是舉起一隻手對著身後用力甩了甩，繼續大步向前走。

當她回到家後，直接走進臥室躺下，但是因為太激動了，翻來翻去也無法入睡。過了幾個小時後，皮特打電話來了。電話一接起來，只聽到他在那一頭生硬地說了聲：「喂？」

碧麗氣到大吼了一聲：「渣男！」之後就掛了電話，等著他再打過來，可是左等右等都沒有再打來，於是碧麗想，他們應該是走不下去了。

第八章
保持距離

　　珍妮姐的父親住院了，妹妹小琪會固定跟她說明最新病況。小琪要求珍妮姐每個禮拜天都要打電話回家，尤其在萬聖節的那個週日，還對珍妮姐施壓。因為那時候父親已經出院了，但是因為吃喝拉撒都要在輪椅上，所以有很多瑣事要協助，母親也照顧得很累。小琪一次又一次地催促珍妮姐回家，但珍妮姐一直用工作忙碌來搪塞。甚至每次要打電話回家，都會覺得心裡很不舒服，只能一邊講電話一邊無力地靠在廚房的牆壁上。有時還會聽到小琪在電話那頭碎念：「爸要用紙尿褲了！姊，紙尿褲耶！」她覺得聽到這些好殘酷。

　　「喂？」蜜拉接了電話。

　　「嗨！媽。」

　　「喔！嗨！珍。」

　　「爸還好嗎？」

　　「嗯！看起來不太好。」

　　「為什麼？怎麼了嗎？」

　　「他現在回家休養了，但行動還是不方便。我想，如果他能像以前那樣吃東西，還有看電視，他會快樂很多。不過，他之前在醫院也不能

盡情看電視，因為跟他同一間病房的人整天都在睡覺。哦！對了！他沒有住單人房，我們沒有排到病床。那時候因為你爸擔心看電視會吵到人，阿葛就拿了耳機給他可以用，可是他不想。所以……」

珍妮姐試著打斷她：「媽，等一下！」聽到父親被迫要和他人同房，讓她覺得很挫敗。她試著說服自己，她母親只是在裝可憐，是哄他回去看父親的戰術。「媽，妳跟我說爸的近況就好。」

「喔！好。我想他應該很高興，回到家以後終於可以看電視和吃喜歡的束西了。我做了他最愛的焗烤麵[1]，可是他沒吃完。平常他可以吃到兩三碗的，這次卻只吃了幾口。我還放了他很喜歡的炸洋蔥在上面，也做了奶油焗馬鈴薯，這些都是他平常愛吃的。我也準備了他愛吃的果凍，紅色的那款，但都沒有用，他都是只吃幾口。鄰居艾莉嬸也送雞湯來給他喝，但他都沒有胃口，只是一直坐在客廳的椅子上睡覺。」

「這樣喔！」

「妳知道嗎？我覺得他不喜歡讓我來照顧他。在醫院的時候，好像一切都比較容易。住院的那一個禮拜，有個護士每天都會來幫他做一次檢查。那個護士叫做小蓓。妳知道的，妳爸沒辦法自己一個人，所以還好有小蓓，不然我會走不開，還好有妳妹和阿葛輪替。妳懂妳爸的，他那麼頑固。」

---

[1] Casserole是法式砂鍋料理，屬於家常菜的一種，傳統上使用平底陶鍋裝盛，但食材不限，肉類海鮮皆可，而鄉村料理則偏向什錦雜菜類。通常烹調時會在食材上方鋪滿起司，放入烤箱中焗烤。後來以同樣的烹調手法為基礎，根據食材不同就延伸出不同的稱呼，例如：焗烤麵、雜菜煲、砂鍋煲等。

「媽，妳需要錢嗎？我寄錢和一些物資過去，妳可以僱個人來幫忙。」

「不，不用了，珍。我們很好，我們可以的。」

「媽，妳沒辦法做一輩子。這樣久了會影響到你的生活品質，妳一定要請人來幫忙啊！」

「我知道，我知道。我們會再看看的，再看看事情怎麼發展，就像我常說的，順其自然吧！」

「喔！好！對了，媽，聽起來爸好像有一點憂鬱傾向。畢竟這樣突然的轉變實在令人措手不及，難以調適。他現在還常常覺得很痛嗎？他有沒有對症下藥？」

「妳也知道他是個悶葫蘆，醫生開的藥他都有吃，我也有盯著。不過我猜，他應該心也很累吧！」

「媽，別擔心！爸一定會好起來的。好了我要先掛了，我還有很多工作要忙，下星期天再打給妳，妳有什麼狀況也可以隨時打給我。」

「妳還要工作？今天是星期天啊！妳工作太辛苦了，珍，妳要好好照顧自己，我也很擔心妳，還有……」

珍妮姐打斷她說：「知道，知道了，媽，我很好，就是很忙而已。好了真的要掛電話了，下星期再打給妳，幫我跟爸打聲招呼！」

「好，再見。我愛妳。」

「再見。」

珍妮姐掛了電話。鬆了一口氣，就朝廚房的流理臺走過去，看到上面有一大碗水果，她翻找了一下，最後選了一顆蘋果，在衣服上擦了擦，就邊啃邊走向餐廳的桌子旁。她盯著電腦隨便瀏覽一下，又站起來穿過走廊進入客廳。她開了電視，躺進沙發，開始觀賞某個爵士音樂紀錄片的後半段節目。

　　就這樣大約持續了了六個禮拜，珍妮姐開始覺得每個禮拜都要打電話給母親有點煩，這是她最近最不想做的事。她還沒有準備好要維持這種問候的習慣，也沒有辦法面對目前她與娘家之間的親密度。在一個不穩定的家庭關係中長大的她，很小就懂得行禮如儀和保持距離的好處。她早已習慣保持固定行程，也已經養成一切都保持距離的行為模式。她不會讓人看見她被打亂計畫時的不舒服，也從不會跟別人討論這方面的需求。不過，只要珍妮姐不爽，認識她的外人即使不知道原因，也蠻容易察覺她的情緒。這時候，她的丈夫阿查感覺到他今天應該刻意加個班，以免掃到颱風尾。從珍妮姐關廚房櫃門的力道，他也知道現在不該提起跟同事的聚餐安排。但很遺憾的是，他無法看穿她的心，在她心碎的時候，他看不出來。他們的兒子阿凱也知道什麼時候要當透明人，只有他知道媽媽其實是難過，而不是在生氣，即使他並不知道原因，他也會不動聲色地盡量躲開，盡量不被看見或聽見。當她不爽時，她的同事也看得出她「有些狀況」，因為她從辦公室走到印表機時會大聲嘆氣，也會把沒吃完的鮪魚三明治垃圾沒分類就直接丟進垃圾桶，搞得辦公室臭氣薰天。最可怕的是，她會探頭進其他人的辦公室，說出某些話，像是：「小心點，我聽說上頭在削減經費、精簡人力」之類的話等等。而當珍妮姐隨意發脾氣時，碧麗總是被迫當情緒垃圾桶。

第九章
怎麼可以叫我兄弟？

　　自從萬聖節之後，阿凱就沒和小娜約了。他們偶爾會互傳簡訊問候，但各自都有事要忙。小娜忙著準備期末考，所以沒心思找阿凱玩，阿凱倒是覺得突然有大把自己的時間很開心，雖然他偶爾還是會記掛她。直到聖誕節前的星期六，阿凱收到她的簡訊：「嘿！陌生人。我們兩家在聖誕節又有家庭節目了，我被叫回去。你明早有空嗎？在老地方簡餐店見面如何？我有很多事情想跟你說。」

　　阿凱回：「好。明早十一點見。」

　　第二天早上，當阿凱下樓要出發去找小娜時，聽到媽媽講電話的聲音有點奇怪，所以樓梯走到一半就停了下來。他靜靜地站著，等對話結束。媽媽壓低喉嚨講得非常小聲，就好像正在講一件天大的秘密或正在從事一個麻煩的交易。

　　「小琪，我沒辦法，我做不到，真的很對不起。幾個禮拜以前我就已經跟你說了，我必須要陪阿查參加他同事的聖誕聚餐，他說了那很重要，那是跟他工作有關的應酬……嗯！我知道，我知道，可是我沒有辦法。我明天會打給媽解釋的，我也寄了些錢給她……嗯！好，掰！」

　　珍妮姐掛了電話後，站在那裡，一動也不動。阿凱在等著聽到她移動的聲響，因為這樣表示她還好，但他什麼聲音都沒有聽到，只是一片寂靜。他考慮著要不要走過去安慰她，因為他記得爸爸告訴過他外公出

了意外，媽媽這通電話應該就是那件事。那一天阿凱一聽到就立刻安慰媽媽說：「我聽說了外公的事，還滿難過的。」

媽媽回答說：「喔！謝謝，我沒事。」然後她就沉默了，他也沒有再追問。他常會覺得媽媽對自己娘家人的態度很奇怪。雖然外婆每逢他生日、聖誕節和復活節都會寄卡片和十五元美金給他，但他和外祖父母從來都沒有見面過。那些微薄的十五元美金、媽媽的沉默、還有小琪這麼多年來告訴過他的玩笑話，都讓他知道，其實外祖父母過得並不富裕。他知道中間應該還有更多的故事，但他沒有去深究。他很喜歡小琪阿姨來訪的那幾次，因為她很風趣，而且很平易近人。她還會告訴他一些新鮮事，包括媽媽小時候的事情。她也會罵媽媽以前做錯的事，這讓他覺得很新奇。他希望她能更常來，因為他想要更瞭解媽媽的家庭。

阿凱站在那邊等了一下，都沒聽到媽媽情緒好轉的聲音，決定先給她空間獨處。以他平常的習慣會直接出門，但那天，他大聲喊著說：「媽，掰，我跟小娜出門了，晚點見。」

珍妮姐被招呼聲嚇了一跳，她從靠著的廚房牆壁跳開，大聲回應：「掰！」這時已經只有關門的聲音了，她沒聽清楚他要跟誰出門。

二十分鐘之後，阿凱抵達簡餐店，發現小娜已經排到座位了。她看到阿凱時馬上對他微笑和招手，這個小動作提醒著他，他們在一起打打鬧鬧蠻有樂趣的。當他來到桌子旁邊時，她跳起來抱了抱他。

「兄弟，我們幾百年不見，真是瘋了。」

「欸！你亂來，怎麼可以叫我兄弟？」阿凱先裝作一臉不認同，然後實在忍不住，大笑了起來。「妳最近在忙什麼？考試考得怎麼樣了？」

「我的期末考簡直是個笑話，全部都太簡單了。我還有一份期末作業規定要寫二十頁，我寫得很爛，可是管他的。我覺得應該還是可以過關啦！」她邊說邊調皮地翻白眼。「喔！對了！我有好多好多事想要跟你分享。」

服務生走過來，打斷了小娜：「你們想好要點什麼了嗎？還是要再等一下？」她放下免費續盤的貝果切片和抹醬問道。

小娜看了阿凱一眼，問：「照舊？」他點頭。「我們要一份大的藍莓起司薄餅，兩杯咖啡，謝謝。」小娜點好餐，把菜單還給服務生。

「怎麼啦？妳是把自己捲入什麼麻煩事了嗎？」阿凱邊問，邊將一片貝果切片在起司橄欖醬裡沾了一下。

小娜正拿起一塊貝果片，撕下一角，聽到後就把它扔向阿凱，笑著說：「麻煩？什麼麻煩？我才不會惹麻煩。我很乖，你知道的。」她笑著說。

「好吧！妳說了算。好了，所以，妳最近又惹了什麼麻煩啊？」阿凱大笑著問。

小娜再撕下一片貝果丟向他，卻從他肩膀旁邊飛過去。「喔！真遜！」他被勾起了調皮的慾望。

坐在阿凱後面的那個男生轉過身來看了一眼小娜，她看到趕快小聲對他說：「不好意思。」然後阿凱繼續朝她做鬼臉，想讓她再朝自己多丟幾片。「你好壞喔！」她說。

服務生回來了，放下兩杯咖啡。「好，我要開始講了。」小娜一面

倒奶精一面說：「我認識了一個很酷的人，你一定要見見他。」

「他也是紐約大學的嗎？」阿凱問。

「不是，是我朋友小蕊介紹的……」

阿凱打斷她：「小蕊？妳真的有朋友名字是小蕊？」

「對啦！她的名字就是小蕊。怎樣啦？」小娜說著，撕了一片貝果丟向他，他因為笑得太厲害了，竟忘了要躲開，結果那片貝果直接命中他的臉。

「好啦！正經一點，小蕊和我一起去藝術村，我們逛到一家二手唱片行。她想賣掉她那堆又舊又沒有用的九十年代唱片，然後想把錢拿去 eBay 買一雙貴得要命的 Gucci 靴子，所以找我去碰運氣。其實一開始是她和那個櫃臺人員講話，然後，你知道嗎？我們竟然就聊起天來了。他後來還跟我要了電子郵件，然後我們就一起約會去了，他很可愛，我們約會了差不多三個禮拜吧！他真的很棒，你一定要認識他。」

服務生端上他們的藍莓起司薄餅，並給他們兩個小盤子。阿凱還沒反應過來，她問道：「這樣可以嗎？還需要什麼嗎？」

阿凱回答：「這樣就好了，謝謝。」

「看起來好好吃喔！」小娜擠了一團酸奶油在薄餅上。

「對啊，我有一陣子沒吃這些了。」阿凱說。他切開薄餅，看著一些藍莓起司內餡流出來。繼續問：「他還是學生嗎？還是年紀更大？」

「他是音樂家，玩吉他的，只比我大幾歲而已，還好啦！」小娜邊

說邊塞了一大口的薄餅。

「如果妳隨便跟一個在唱片行的人約會，妳爸媽應該不會高興吧？先祝妳好運囉！」阿凱說著，給她一個頑皮的笑容。

「喔！那倒還好。別想得那麼嚴肅嘛。還有，為什麼一定要告訴他們，對吧？」她說完也笑了笑。「他會在自己家辦一個跨年派對，你要跟我一起去嗎？這樣你就可以見到他了，他住在布魯克林區。」

「我以為妳那時候會回家。」

「嗯！我會啊，但我跟我爸媽說我十二月底要再回來參加冬季研討會。你覺得呢？要跟我一起來嗎？你可以找阿山一起來！」

「阿山要跟他媽媽一起搭遊輪去玩啦！他媽媽的男朋友也一起。」

「喔！阿山好可憐，聽起來就覺得煩。」小娜皺了皺眉頭說。「所以你要不要來？」

「嗯，當然，我會去。」

「謝啦！太好了。那你最近又怎樣啊？」小娜一邊問一邊吃另一片薄餅。

「馬馬虎虎！」接下來的幾分鐘，他們邊吃邊分享最近的生活瑣事。然後阿凱盯著盤子，脫口而出說：「我外公出意外了，妳有聽說嗎？」

「沒有，我沒聽到任何消息。天啊，我為你感到難過。他還好嗎？」

「其實我也不知道。我媽不太喜歡講這件事。」阿凱說，視線依然朝下。

「你其實不太認識你外公，對吧？」小娜問。

「嗯，我沒見過他。」

「瘋了。」

「對啊，我媽應該是蠻難過的，我早上有聽到她跟阿姨在講電話。但是她也還沒回去探望或怎樣的。」

「可能她覺得太難受吧！」小娜說罷，很慎重地把叉子放在盤子上，有點嚴肅地看著阿凱的眼睛，阿凱也抬頭看著她，她低聲說：「很久之前，我爸媽跟我說過，你媽的家庭狀況……好像住在拖車停車場一樣。我不知道這是不是真的，但是……」

阿凱打斷小娜說：「對啊！我知道，我猜她是覺得很丟臉之類的吧！好了，我們聊別的吧！我也不想在這邊掃興。」阿凱再次低著頭，看著他的盤子，又吃了一大口。

「好喔！」小娜拿起她的叉子說：「我想要再點一杯咖啡。服務生在哪？」

第十章
大女主爽劇

　　這一次分手之後，碧麗變得很消沉。沒上班的時候，她就邋遢地穿著一件破舊的睡褲和灰色汗衫，窩在沙發裡看電視、打盹和喝悶酒，然後星期一再拖著疲憊的身體去上班。上班的時候，她盡量把精神集中在工作上，希望利用工作麻木自己。她這種與世隔絕的技能，早在小學三年級在操場被欺負時，就已經學會了。她學會對某些事情保持麻木，這樣跟人相處會比較自在，這項技能也很適合用來應付珍妮姐，尤其當珍妮姐發脾氣的時候更管用。

　　珍妮姐一直催她處理女性作家回憶錄系列的稿件。她處理的進度越快，珍妮姐就越開心。碧麗其實對初稿很滿意，稿件裡面的生命故事能帶給她安慰。其中有個喬依絲的故事，讓她很有共鳴。她已婚，有兩個成年的孩子，是一名大學教授，曾與同事一起參與九一一事件的援助工作。這個慈善團隊的發起人，大多是九一一事件的遺孀，還有一些從事改善阿富汗女性生活的志工。後來喬依絲去了阿富汗，在那邊遇到一個斷腿的貧困男子，悄悄地和他談了三年遠距離戀愛。她與這個男人瘋狂相戀，似乎是她這輩子最有深度、最真摯和甜蜜的感情，但是她的丈夫卻被蒙在鼓裡。碧麗深深為這個故事著迷。

　　碧麗最新發現裝沒事的妙方很快就失效了，她仍得面對現實。原本她已經安排一段較長的休假，可以從平安夜一直放假到元旦。她原本打算休假期間要和皮特在一起的，所以還不顧父母的失望，直接告訴父母

放假期間不會回去。但跟皮特分手後，她瞬間落單，只能自己過節，也沒有和任何人提起她的計畫有變。她在想乾脆回去加班，以免浪費掉假期，但當她向總編都華哥提到時，他拒絕了，並吩咐她要好好享受假期。他很擔心她的狀態，因為她最近看起來太累了。

平安夜的早上，碧麗在辦公室裡收拾東西，準備帶點工作回家，以免最後她還是得要做事，收拾到一半，突然發現珍妮姐站在她的辦公室門口。

「碧麗，妳有沒有時間？」

「喔！嗨！珍妮姐。」碧麗有點結巴地回答。「當然有，怎麼了？」珍妮姐走進來，站在碧麗桌子前方的椅子後。「妳要坐嗎？」碧麗問。

「嗯！不用了，沒關係。」珍妮姐回答。碧麗覺得她今天的態度有點過於正經八百。

「我想我們要開始春季發行的計畫了。」珍妮姐一本正經的說：「這次發行很重要，會將整個系列定調，我是真的很想好好安排這事。」

「好啊，當然。」碧麗回答說。「妳打算怎麼做？」

珍妮姐轉一下眼珠思索片刻說：「我們需要安排攤位、背景板、作者簽書會、支援的員工，還有所有其他的事都要好好規畫。我們不能只是放幾本書出來做展示，我們要引起轟動才行。」

「一定要的。」碧麗說。「但如果那些書到時候還沒印好怎麼辦？

如果到時候還沒準備好呢？整個時間表會不會設得太緊湊了？」

「做得到的。時間緊迫，但我們只會先發行少量的第一批書籍，還有做好第二批書的封面跟宣傳單，這樣我們就可以不用拿到書，也可以先做宣傳了。一切都要做得好。」

珍妮姐轉身離開的時候，碧麗才發現辦公室裡只剩總編都華哥和她們兩個還沒下班。她問：「妳聖誕節打算做什麼嗎？」珍妮姐沒有回答，碧麗只好說：「祝妳假期愉快。」

珍妮姐輕聲說：「謝謝。」然後就離開了。

*

一小時後，珍妮姐回家了，家裡一個人也沒有。阿查突然心血來潮地決定要去他們在佛蒙特州位於斯托的度假屋滑雪，珍妮姐說她太忙了，決定不去。阿查對她的回應也不意外，畢竟她不擅長滑雪。

阿查和阿凱那天很早就出門了，他們會去四天。珍妮姐早就習慣自己一個人在家了，但她那天還是感到特別孤單。她去附近的一家雜貨店，在沙拉吧裡挑了些現成的食物，還有一瓶冰的白仙粉黛葡萄酒。她再回到家時，把公事包丟在前門，然後就直接走進廚房，打開食物包裝。她倒了一杯酒，穿過餐廳，走回前門去拿公事包。坐下來，喝著酒，然後開始工作。

第二天，珍妮姐煮好了一壺無咖啡因的咖啡，然後打給妹妹，跟她說聲聖誕快樂。小琪在她們母親家裡，所以珍妮姐被迫也要和母親寒暄。接下來的時間她都用來工作，騎健身腳踏車，和打開電視看了兩部

連續放映的聖誕特輯電影：《34街的奇蹟》和《風雲人物》。在播第二部電影的時候，阿查和阿凱打電話回來跟她說聖誕快樂，而且都邀請她隔天一起去玩，但她都說她事情太多了，他們自己好好玩就好。她打算第二天就回去辦公室工作了，還對請特休長達一星期的某同事感到有點不滿。

*

到了聖誕節，碧麗已經知道她將陷入憂鬱的狀態。她提起精神打電話給父母，勉強自己和他們聊了大約三分鐘左右，算是盡了很大的努力。接下來好幾天，她都窩在沙發，看大女主爽劇、吃著外賣、喝酒、和一直想著皮特。她會猜他在做什麼，是不是跟別人約會、或有沒有在想她。她沒有洗澡，也沒有檢查郵件，連頭髮也不梳。

日子一天天的過，她的感覺也更糟了。她只是還活著，但沒有在生活，這一刻，她只是還活著。這星期，皮特就象徵著一種值得過的生活模式，是她夢寐以求的生活。在這種情況下，當記憶隨著時間的過去而使出小把戲時，皮特就顯得更常出現在她的腦海中。她所能記得的只有那些音樂、舞蹈和做愛的美好時刻，從未有人能讓她有那樣的感受。皮特讓她有了人生勝利組的感受。

就在跨年當天的早上，她一起床就下定決心要與皮特復合。她需要知道現在是否還可以挽回？她決定衝一波賭賭看，反正目前的生活已經糟得不能再糟了，也不可能比現在更絕望了，她已經沒什麼可以失去了。

第十一章
耶誕驚魂

感覺碧麗和皮特好像分手了好幾百年一樣，但其實就在分手前不久，他們才在討論跨年的計畫。碧麗覺得皮特願意跟她討論不久的將來，應該是想維持關係的訊號。所以當皮特提議到時候去一家舉辦跨年派對的夜店玩時，她立刻在網路上搶下兩張門票，皮特也因此對她大為讚嘆。對她而言，能得到皮特的肯定，已經遠遠超過了入場券的價值。但當他們分手後，碧麗一度想取消門票，但那時才發現沒有退票機制。她常常會因一件小事不順心而糾結，就像這件事，她一開始只是不想把錢浪費在這，但後來發現難以退票後，越想越生氣，氣到一整晚都睡不好。但是當她這一刻決定要找皮特復合時，突然覺得退票不順利這件事，根本就是老天爺在幫忙。

瞬間，碧麗從一個瀕臨崩潰的女人搖身一變，成了一隻有謀略且目光銳利的小狐狸。她要盡可能把自己打扮到最完美，然後去派對跟皮特來個不期而遇。

當碧麗出門當下，她覺得自己一定會戰無不勝。她的下半身是一件黑色蕾絲裙擺的長裙，上半身是閃亮的白色背心，搭上黑色緊身褲和亮面高跟皮靴。這件裙子的來歷有點誇張，有一次她看到皮特站在鬧區商店的櫥窗前欣賞這件裙子，於是幾天以後，她就跑去那家店買了下來，雖然這件裙子超出預算，但她還是買了。她的頭髮又長又柔順，精心化的全妝在黑色煙燻眼線和紫色閃亮唇蜜之下也完美無暇。走到大門口，

她在鏡子前再做最後檢查，心裡想：「我看起來真是美呆了，加油！」

這是尖峰時間，碧麗好不容易才攔到計程車。路上車有點多，她塞在車陣中，不知不覺胡思亂想了起來：「如果他不在會場怎麼辦？如果我看起來很蠢怎麼辦？還有，最糟糕的是，如果他有了新歡怎麼辦？」碧麗後來決定什麼都不管就直接衝一波，而且這些想法絕對不能掛在臉上，以免被他看出這些小劇場。

一抵達會場就看到門口大排長龍，碧麗跟著排在後面，等著檢查證件入場。天氣太冷了，她只穿一件薄薄的黑色風衣和一雙皮製黑手套。她沒穿上厚重的大衣，也沒有圍圍巾和戴帽子，因為這些冬天的衣服和她精心打扮的造型不搭，她怕還沒入場就碰見皮特，這樣就無法在第一時間展現自己最完美的那一面。好不容易終於輪到她入場，門口的工作人員卻在訂位名單上找不到她的名字。她開始不知所措起來，幸好沒過多久，工作人員終於看到了她的名字，就放她進場了。

碧麗一進門，就擔心起自己是不是犯了大錯。她從沒單獨一個人去過夜店、舞廳，或任何這類型的地方，她不知道應該要做什麼，所以就站在原地發起呆來，無法決定下一步，可是後面的人已經迫不及待地往前推擠，這讓擋路的她覺得有點尷尬。她抬起頭，看到一個藍色的霓虹燈指示牌，指引來賓到樓梯下方寄放大衣的位置。走廊很暗，天花板上掛著藍色的指示燈。她順著往下走，然後站在一條有著灰色牆壁的走廊裡，這讓她想起了小學校園外廉價的水泥牆。她靠在右手的牆面上，排在長長的外套寄存處隊伍後面。對面是排隊等候上洗手間的女生，旁邊是男用洗手間，門口沒有人排隊，男生們自由的進出。走廊很窄，兩邊都排滿了人，她感到有點幽閉恐懼，不知不覺開始感到燥熱，開始擔心

自己美美的妝容會因為流汗而花掉。她開始焦躁不安了起來，這也勾起了她兒時發生在學校的記憶。

等她終於寄放好外套之後，決定先去上個廁所，順便整理一下妝容，順便殺一下時間。她在走廊左邊的隊伍排了一陣子之後，好不容易進入超級擁擠的女廁，才發現三個馬桶間只有兩個有門。自然而然地，沒有門的那間不會有人上，難怪無法消化人龍。她擠到一旁的隊伍去等另一間廁所，輪到她進去時，看到馬桶髒得好像很久沒沖水似的，而且整個地板都黏黏的。她只好提起長裙，艱難地維持懸空上廁所的平衡，以確保裙襬不會沾到髒污的地板。洗手時，她照了一下模糊又充滿水氣的鏡子，看了看自己，覺得雖然看起來沒有像剛出門的時候那麼漂亮，但還可以。她覺得有點洩氣，不過還是就這樣上樓了。

爬上樓梯的最後一階之後，終於可以觀察到整個會場的全貌。首先映入眼簾的是一個寬敞的空間，主要的色調是偏紅的深紫色，還放著絨布沙發和一些椅子，彷彿是在營造著某種情調，四處都有人或坐或站，左邊是一間很大的房間，中間有個舞池。她偷往裡面瞥了一眼，發現裡面非常吵，電子音樂的聲響震耳欲聾。在黑暗的舞池擠了滿滿的人，她只看到很多人的脖子上都閃著藍色的亮光，應該是夜店發給客人的項鍊。她往回走，穿過那間很有情調氣氛的房間，來到最裡面的房間。這間房間非常大，有一個開放空間，裡面有一個沒那麼擠的舞池，正播著哥德風格的音樂。房間的左邊是一個長條型的酒吧，也擠滿了人。碧麗往那邊走，在嘈雜的笑鬧聲中，她認出了皮特的笑聲，那是一種她絕不會聽錯的聲音，因為當他笑得很大聲時，他會發出一種你不會認錯的喀喀笑聲。她的目光落在酒吧的最遠處，看到皮特坐在一張凳子上，在跟他身邊的一些人講話。她有點緊張了起來，想著應該要直接走過去跟

他打招呼，還是假裝沒注意到他，當作沒事的走向酒吧，然後讓他主動發現自己。她才剛決定好要選擇後者，皮特就看到她了。「嘿，寶貝！」聽到他大聲的招呼，她心想：「看起來他很高興在這裡遇到我。」

她害羞地微微低下頭，微笑著。她希望他會起來並走向她，但他只是揮揮手，示意她走過去他那邊。她管不住自己的腳，不知不覺走到皮特那邊，覺得他好像比記憶中更性感了一些。他跳起來擁抱她，在她耳朵旁輕柔地說：「妳看起來好美。」一陣溫暖的氣透過她的耳朵震了一下，於是她瞬間投降了。

擁抱完後，他開心地向她介紹旁邊的人：「碧麗，這是阿杰、萊西、金姆，還有妳見過的維蘿妮卡。」

碧麗保持友善的微笑打招呼，接著說：「我正要去拿杯喝的。」她有點緊張，想找個理由喘口氣。

他說：「親愛的，讓我來吧！」這種語調在碧麗聽起來真是性感。

他走向前面的酒吧，點了杯紅酒，這些一舉一動都讓碧麗覺得性感到不行。過了一會兒，他回來把酒遞給碧麗。

這時候其中一個朋友阿杰說：「皮特，我們要去跳舞，你要一起嗎？」

碧麗屏住呼吸等著，也想知道他的決定。

「不了，你們先去，我等等會去找你們的。」

等他們走遠後，皮特轉向碧麗，貼著她說：「這裡太吵了，我們去找個安靜一點的地方好嗎？」

「嗯！好！」

他一隻手拿起桌上的紅色飲料，另一手牽著碧麗。他們從人群中擠出一條路，走向前面那個充滿情調的房間。一路上她試著不要打翻手上的酒，好不容易穿過人群卻發現沒有空位可以坐。皮特抬頭看到最遠的角落裡有張沙發空著，他急忙牽著碧麗往那邊走，對她說：「來這，寶貝！」

他們在小沙發坐定後，他專注地看著她的眼睛說：「我真高興妳有來，我很期待能在這裡遇見妳，妳看起來美極了。」

碧麗笑著，低下頭害羞的說：「你看起來也很帥！」

他輕撫她的臉，她抬起她的頭，他輕吻了她，然後又露出他那迷死人不償命的笑容。

「對了，所以妳最近過得怎麼樣？」他問道，然後大口喝著他的飲料。

「還不錯，你呢？」她問，小口抿著她的酒。

「啊！妳知道的，追逐繆思。」他頓了一下，朝下看了一會兒，然後再看著她的眼睛說：「我這段時間一直在想妳，我非常想念妳。」

「我也是。」

她覺得真是開心極了，那些恐懼不安瞬間煙消雲散。她覺得來這裡是正確的決定，因為好不容易鼓起的勇氣終於得到回報。她有滿腦子的話想說，但她決心要慢慢來，不想讓他發現自己正在一點一滴地投降。

正當她準備再說些什麼的時候，旁邊有一個人走了過來打斷他們。

原來是維蘿妮卡，她穿著一身黑走過來。「喔！嘿！」皮特簡單打了個招呼。

「皮特，我沒有要打擾你們，只是想跟你講一聲我們要去另一個房間裡了，免得你等等找不到我們。」

「好啊！謝啦！我們先聊一下，等等去找你們。」

碧麗很開心，因為這次皮特把她放在第一位！她看到維蘿妮卡的表情，明顯就是一臉吃醋的樣子。

維蘿妮卡離開後，碧麗喝了一大口酒。皮特溫柔地對她說：「等一下再喝。」她照他的話做了，他握起她的手，輕聲說：「嘿！我真的很想妳。」

「我也是。」她接著說：「不曉得我有沒有打亂你的跨年計畫？」

他聳聳肩微笑道：「不會不會，我很高興妳也在這裡。」

她帶著一點情緒說：「我希望你的朋友們不會介意。」皮特再次聳肩，她接著說：「維蘿妮卡看起來不太高興。」

「沒有啊，她很豁達。」皮特說道。「好了寶貝，妳最近都在忙什麼？」

他們聊了工作、音樂、藝術，還有他們有多想念對方。聊了快一小時之後，他們的飲料也喝完了。

皮特說：「我們去續杯吧！」

「好啊！」

他們走回那間超大的哥德風格房間，走到酒吧，剛好遇到皮特的朋友們，他們表示也正要找個地方坐下來。「我們一起！」他邊提議，邊朝著朋友的方向走過去。

「好。」她興奮地回答。

他們花了二十分鐘，喝著飲料，聽著其他人講在電音舞廳裡發生的倒霉事。照理說碧麗應該算是玩得很開心的，但是她一直感受到維蘿妮卡不太友善的目光，雖然她已經盡量忽視了，但那種微妙的感覺一直困擾著她，讓她感到很不舒服。

維蘿妮卡靠向皮特說：「嘿！兄弟，我要跟你聊一下。」她聲音大到剛好讓碧麗聽到。

「好。」他轉向碧麗跟她說：「不要走遠，我等等就回來了。妳去跳支舞吧。」

皮特和維蘿妮卡走開時，碧麗看著他們。阿杰問碧麗想不想跳舞。「不用了，謝謝，我這樣就好。」她微笑著回答。阿杰和萊西去跳舞了，金姆在四處晃晃。碧麗又剩自己一個人了，但也只有幾分鐘。皮特再回來的時候，他也是自己一個人。

「嘿！寶貝，不好意思讓你久等了。」

「沒關係，都還好嗎？維蘿妮卡呢？」碧麗問。

「她需要透透氣，我猜她是去外面抽菸了，等等就會回來。」皮特一面說，一面看著他在舞池裡的朋友。

「皮特，你們之間是不是有些什麼？你們是在約會之類的嗎？」

皮特微笑著看碧麗。「不，不，我們沒有在約會。我們就只是好朋友而已。」

「喔！因為她看起來好像有點難過，她剛剛一直瞪我。」

「什麼？」皮特大聲問道。裡面的音樂太大聲了，他聽不清楚。

碧麗靠近他，近到可以嗅到他身上的古龍水香味。「我們可以走回那邊說話嗎？」

「好啊，走吧！」

他們走回去前面那房間，發現沒有位置可以坐了。他們隨意靠在一面牆上，皮特說：「妳剛想要說什麼？我聽不清楚。」

「我剛剛是說，維蘿妮卡用奇怪的眼神看著我，我在想到底是怎麼回事？」

「她有點像是在保護我吧，就這麼簡單。」

碧麗聽得更疑惑了：「保護你？因為我？為什麼？我不明白。」

「我們上一次分手之後，我算是過得有點糟。我猜她是不希望我受到傷害，就這樣。」

碧麗聽到皮特分手後過得不好，她反而感到開心，因為代表自己在

他心目中的地位。原來分手之後不只有碧麗自己一個人傷心而已，而是雙方都過得不好。皮特說著又做了個鬼臉說：「或許⋯⋯可能也有點嫉妒吧？」

聽到這裡，碧麗心裡剛冒頭的喜悅又被澆熄。她說：「嫉妒？為什麼？」頓了一下，繼續問：「她對你有什麼想法嗎？」

「我不知道。」他見怪不怪地說：「我們只是一起過了幾次夜，就像朋友一樣，也沒什麼特殊關係，不過我覺得她好像有點想更進一步交往。」

「我以為你們只是普通朋友。」碧麗著急地回應，並試著隱藏她吃味的心情。

「我們是啊！就是一種朋友間互助的關係嘛！就是偶爾互相止癢一下而已，妳瞭解吧？」

「什麼時候？是什麼時候發生的？」碧麗追問。

「這很重要嗎？」

「對！非常重要！」

「我跟妳分手後有發生過幾次吧！但是不代表什麼啊！我只是想分散想妳的注意力。我太想念妳了。」

碧麗聽了心都碎了。當她因為分手而傷心欲絕的時候，他竟然跟一個嫩妹上床？她現在的情緒有點難以控制。

「我無法想像，我竟然犯了這麼可怕的錯誤。」她瘋狂地大吼，立

刻站起來想走。

皮特抓住她的肩膀說：「不要這樣！我都跟你解釋過了，明明沒什麼。我心裡的位置一直都是妳的啊！」他語氣也急促了起來：「別鬧了，寶貝。」

聽著他那些傷人的話語，她轉身，直接走出了夜店。她知道她忘了拿大衣和手套，但現在回去實在太尷尬了。

街上滿滿都是人，所以她怎麼樣都攔不到計程車。路上的燈很亮，但她感覺自己整個人都快四分五裂。地面很滑，她因為情緒太激動，不小心腳滑了好幾下，兩個腳踝都扭到了。外面的天氣很冷，好不容易發現有一家便利商店，就急忙地走進去吹暖氣。後來乾脆花三十五美元，買了一件特大號的白色長袖運動衫，上面還印著「我愛紐約」的標語。她把運動衫套在身上，以便將身上的小禮服遮住，然後走回街上繼續攔車。十分鐘後，她很幸運地攔到車了。坐上車後突然有點想吐，所以即使外面很冷，她還是打開了車窗。她剛好在午夜前到家。她把家裡的暖氣開得很強，想讓自己暖和，然後脫掉長靴、緊身褲和長裙，爬進被窩裡。想哭，卻哭不出來。

她躺在床上，想著多希望從未遇見他，那樣，她也許還能保有希望，還能相信會有好事發生，也不會那麼失落，但這一切都來不及了。

*

跨年當天，阿凱和小娜相約八點在她的宿舍外集合。見面時他有點驚訝，因為她這次竟然會提早出來等。她的父母給她一些零用錢過節，但她是一有錢就想花的個性，所以當然就大大方方地預訂了一輛計程車

來接送。

　　小娜穿著一件貼身黑色牛仔褲，緊身到阿凱在想，她到底是怎麼穿上的。她上車的時候把阿凱擠到另一邊，阿凱原本想說些什麼，但後來他決定算了。他也注意到她穿了一雙恨天高的黑色漆皮高跟鞋，心裡偷偷地想著，等妳喝到爛醉，還穿這麼不方便，鐵定會跌跌撞撞，那個需要攙扶的樣子一定很搞笑。她在已經很漂亮的臉上化了一層厚厚的妝，藍色的眼睛也化了黑色煙燻妝，嘴唇還塗著亮粉色唇蜜。她穿著一件銀色、低胸、鑲滿亮片的長版上衣和一件機車夾克。他從來沒見她這樣打扮過。小娜跟司機報了路線之後，開始翻著她的鑲銀黑色水餃包。

　　「妳在找什麼？」阿凱問。

　　「口香糖，我包包塞了太多雜物，害我怎麼找都找不到。」她咯咯地笑，說：「我好像需要一種包包專用的探照燈。你有沒有看過？就是在電視購物頻道有的那種。那些都超好笑的。」阿凱還沒回答，小娜就邊翻著她的包包邊繼續說：「天啊！我愛死那種購物頻道了。你不覺得嗎？」她興奮地問。「有時候如果晚上我睡不著，我就會起來看好幾個小時的購物頻道。他們賣的東西通常一開始看始來都沒什麼用，但是等看到第四或第五個試用經驗談後，我就入坑了！還有看他們賣力的表演，那個部分最吸引人。就像在看偶像劇或是色情片之類的，一開始都知道一切都是假的，但繼續發展下去就會越來越覺得這是真的。你有這種感覺嗎？」

　　「對啊！就像在看摔角。我和阿山有時候也會開玩笑說……」

　　阿凱還沒講完，小娜就插話了：「啊哈！」她說著，然後從包包裡

拿出一包特大包口香糖。「要來一片嗎？」她問阿凱，然後開了兩片塞進嘴巴裡。

「不用了，謝謝。」阿凱回答說。「是說……小娜，我們要去的派對到底是什麼樣的類型？」

「什麼意思？」她問道，拉上包包的拉鍊。「我跟你說過啦！我之前遇到的那個人，他會跟他的室友一起辦個派對。我也看過他的幾個朋友了，他們都很酷，就像獨立音樂人那樣，你一定會喜歡他們的。」

「我跟你一起去好像有點怪！我又不認識他們，而且……」他停頓了一下，繼續說：「我比較想跟妳在一起。」他說道，目光從窗外轉向小娜。

她把那一大塊口香糖吐到包裝紙上，包起來之後隨手丟到計程車裡，快速的回說：「別擔心，你去到那裡就做你自己就好了。一定會很好玩，那個地方很小，你不會找不到我的，如果你願意，我們也可以玩個通宵再走。」

阿凱移開他的視線。他頭靠在車門上，盯著窗外，默默祈禱這個晚上不會過得太糟，也希望自己不會睡倒在不知道誰家的地板上，或是聽到那些人對他的表姊做不好的事。

他們終於到了。阿凱先下車，小娜付車費。他一下車，站上人行道，就能聽到前方傳來非常大聲的嘻哈音樂。外面太冷了，他心裡想著希望小娜可以動作快一點。小娜下車時，她緊緊地抓住阿凱的手，說：「走吧！」大樓的前門用幾塊磚頭撐著打開。當他們上樓時，阿凱能感覺到樓梯被嘈雜的聲音震動。他想，這裡的住戶難道都耳聾了？還是都

出門去跨年了，所以沒有人抗議噪音。這裡看起來就像是那些沒有跨年計畫的人住的，整棟房子都充滿霉味，還發出惡臭。當他回過神來，他已經跟著走到一個擠滿人但漆黑一片的公寓，裡面充滿了菸和大麻的臭味。那些味道似乎已經黏在傢俱和牆壁了，他也懷疑那氣味在派對結束的多年以後還是不會散去。到處都是人，他們全都在移動。在這小小的房子裡，從這端擠到那端都是人，震耳欲聾的音樂聲好像有自己的脈膊一樣在跳動。小娜拉著阿凱穿過人群走過客廳，朝向一扇關著的門走過去，直接打開門。裡面的亮光和大麻的味道瞬間迎面而來，小娜放開了阿凱的手，揮著她的手臂，大聲呼喊：「嘿！寶貝，我到了！」

在那張單人床上擠了四到五個人，還有一些女孩坐在房間另一邊的地上。其中一個男生伸出手說：「我剛剛還在等妳，後來我們決定直接先開始。」

「嘿！兄弟，你好嗎？」他看到阿凱禮貌性地問，並伸出他的手。

「嘿！」阿凱小聲地回答。

小娜插嘴說：「他是我表弟，阿凱。」

「嗯！我是阿扣，這是我的房間。」他說著，習慣性地揮著一隻手臂。「這些是我的朋友，那是我的寶物¹。哈！哈！好有趣，我突然發現小娜寶貝和寶物的英文發音有點像耶！所以現在我有寶物，也有小娜寶貝。」他牽起小娜的手，興奮地說著。其他坐在床上的人也開始笑了起來。阿扣轉向阿凱說：「嘿！兄弟，認真的啦！歡迎光臨寒舍。我家就

---

¹ 這裡的寶物（stash）通常指的是非法或隱藏的物品。這個詞通常與毒品、現金、或其他非法物品有關聯。

是你家。在客廳有啤酒之類的東西，也有些派對上常有的零食，希望你玩的愉快！」

「謝啦！」阿凱一面回應，一面打量這個人。說實在他長得不怎麼樣，算是矮個子，而且看起來油油的，還留著一頭稻草色的頭髮，看起來應該是很久沒剪了。他穿著一件淺藍色牛仔褲，還有一件完全過時的法蘭絨襯衫。他一面跟阿凱說話，一面從椅子的角落抓起一頂塑膠牛仔帽戴上。他將帽子朝向小娜拉了拉說：「妳看起來超正的，寶貝。」這些一舉一動在阿凱的眼裡，總覺得阿扣就像個沒有上進心的魯蛇。他很高興後來阿扣終於把帽子戴好，不然會一直幻想他頭上會有頭虱之類的跳出來。

「我們在這玩一下吧！」小娜對阿凱說。阿凱向她點了點頭，然後她跟阿扣一起跳到床上。其他在床上的人稍微移動了一下，讓出點空間給他們。「阿凱，來坐這邊吧！」小娜一面說，裡面充滿期待的看著他。

「我坐這就好。」他拉了剛才放阿扣的帽子的那張椅子，轉向大家之後就坐下了。

「兄弟，分一點『那個』給小娜吧。」阿扣對拿著大麻的人說。那個人將大麻傳給阿扣，小娜伸手想要接，但阿扣故意說了聲「喔喔」，笑著搖搖頭。他拿著「那個」，深深吸了一口，然後空出來的那隻手把小娜一把抱住，將自己的唇貼上她的，再往她嘴裡吹氣。其他在沙發上的人交換著心領神會的笑容。小娜深深吸氣，然後給了個微笑，暫時屏住呼吸，直到快要喘不過氣來，才笑著把煙霧從她嘴邊呼出。阿扣轉向阿凱，把大麻遞給他說：「換你了，兄弟。」

「不用了，謝謝，我不想抽。」阿凱說。

「好的，那你自便！」阿扣說著，再將大麻傳給下一個人。

「阿凱是正人君子啦！」小娜邊笑邊說。

「嘿！那太酷了。妳知道，每個人想法都不一樣的。」阿扣說。

接下來的大概一小時裡，他們談了一點音樂（包括他們全都太懶得去隔壁房間叫他們小聲一點）、電影（大部分是青少年電影）、還有政治（但這部分的對話少得可憐）。那個房間最大亮點就是源源不絕的大麻。抽了一小時的大麻和談話後，阿扣從他牛仔褲前面的口袋中拿出一個夾鍊袋，裡面有一些藥丸。「寶貝！我們來嗨一下。」他對小娜說。他將夾鍊袋傳遍房間，除了阿凱之外，每個人都拿了一顆。

小娜跟阿凱說：「凱，這是搖頭丸！會讓你覺得非常非常爽喔！感覺超棒的。你要不要來試試看？現在是跨年趴，你可以藉機放鬆一點！」

「不要啦！我不想。我這樣很好。」阿凱搖著頭說。

「好吧！隨便你。」小娜在說話的時候，阿扣丟了一顆進她嘴巴。

「我不知道妳竟然會玩得這麼瘋。」阿凱一臉嚴肅地跟小娜說。

「嗯！我就是一個神祕的女人。」小娜用誘惑人的聲音說，然後又笑得像個孩子。

在後來的時間，阿凱覺得度日如年，因為超無聊的。小娜整個人都貼在阿扣身上，而阿扣也不怎麼避諱地亂摸。看到那些放肆的行為，以及待在這空氣不流通的房間，都讓阿凱再也受不了。他站起來跟小娜

說：「我去拿些喝的，順便去聽一下音樂。」

　　小娜根本沒在意他離開，可是就在他快要走出房間門時，阿扣在後面大喊：「嘿！你自己安心的玩！我會照顧好小娜的。」

　　阿凱不太確定要不要留下來照顧小娜，這時候不知道是誰把門打開，他就跟著走出去，關上門之後，還聽得見小娜在咯咯笑。阿凱站在門外，發現自己站在一間又漆黑、又滿是陌生人、又吵雜的房間裡，尤其還放著他最厭惡的音樂，讓他覺得來這裡是非常錯誤的決定。他走到那個雜亂的廚房，看到堆滿了小山一樣高的烈酒，還有一大堆吃完的玉米片包裝袋和多力多滋，廚房水槽裡塞滿了融化掉的冰塊和啤酒罐，以及許多用完就亂丟進去的紅色塑膠杯。阿凱找了一個乾淨的杯子，接著想在那堆飲料裡選了一款看起來比較乾淨的。他想要喝沒有酒精的飲料，就去打開冰箱尋找，沒想到竟然聞到一陣令人作嘔的氣味，他驚恐並出於本能地往後退了一大步，迅速地抓了其中一瓶剩一半的汽水，然後用力關上冰箱門。外面的菸味快要讓他無法呼吸了，他需要喝點什麼。他把飲料倒進杯子，一口氣喝光，又續杯了一次，才把剩下的放回去。

　　他環顧了房間，但找不到任何可以坐的位置，也看不到任何值得聊天的對象。所以，他就站在廚房的中島，慢慢喝著他第二杯已經沒氣的汽水。他想要找廁所，然後看到一間關上門的房間，就想著應該是了。公寓裡的音樂大到在街上也能聽到，他也不指望敲門能有什麼作用，所以就直接轉開門把，慢慢地打開門。那是一間很小的臥室，有個男的閉著眼睛躺在沙發上，頭上戴著大顆的舊款耳機。當阿凱想關門時，那個人突然睜開眼睛。「嘿！不好意思，我在找廁所。」阿凱站著了一下，猜想那個人或許會有回應，可是那個人就只是默默的看了他一眼。阿凱

之後再說了一次：「不好意思。」然後關上門。

上完廁所之後，阿凱看到有人要起來去拿啤酒，於是他在沙發上有位置坐了。他幾乎整晚都自己坐在那邊，偶爾和一些走過來坐他旁邊的人聊個幾句。大約到了兩點左右，有些人開始離開了，也總算有人大發慈悲地將音樂關掉。這時候他希望小娜會從阿扣的房間走出來，他不想要走進去找她，因為他害怕看到尷尬的一面。剛好在他差不多要去找她的時候，小娜跌跌撞撞地走出阿扣的房間，直奔廁所。五分鐘後，她出來了，又想往阿扣的房間走進去，於是阿凱跳起來去攔截她。

「嘿！時間差不多了！妳要走了嗎？」

「喔！阿凱。你還在喔？我玩得太開心了，沒有顧到你。」她說著，眼神看起來有點迷離，雙頰泛紅，眼妝已經花掉了。

阿凱說：「妳知道我不會丟下妳一個人，妳現在看起來狀況不太好。走吧！我先帶妳離開。」

「不要，我沒事，我是真的、真的、真的沒事。我想要睡在這裡，我記得告訴過你，我今晚要住這裡的，記得嗎？如果你想要，也一樣可以留下來。」

阿凱不喜歡這個決定，所以提議：「算了！我帶妳去我家吧！我還有空房間可以給妳睡，然後明天一早我們再一起去吃薄餅捲。」

「不要，我可以自己住在這裡，如果你想走，你可以自己先回家，別管我。」

他想，也許她來過這裡很多次，早就熟門熟路了，他有沒有陪在旁

邊根本不重要。他其實很討厭待在這個老鼠窩，但是在這樣的情況之下，他無法丟下她不管。

他嘆了口氣，說：「好吧！那我也留下。」

「喔！你真好。」小娜說著，再用力地抱了他一下，半個人都掛在他身上了。「我們早上還是可以去吃薄餅捲，對吧？」她口齒不清地說。

「嗯哼！」阿凱點了點頭。「那我要睡哪裡？」

「你等我一下，我去問問看。」

小娜走回去阿扣的房間。阿凱等了差不多十分鐘，然後阿扣抱著一顆枕頭出來說：「兄弟，等其他人走了，你就可以睡在沙發上。沙發後面有些被子之類的可以用。可以嗎？沒問題吧？」

「好，我知道了。」阿凱說，感覺到阿扣其實喝的蠻醉的。阿凱抱著一顆髒髒的枕頭，坐在沙發上等了大約一個半小時左右，大家才陸續離開。到了後面，雖然還有一些人在房子裡面晃來晃去，但沙發總算是清空了。阿凱這時候已經累透了，他拿著那顆有菸燙過痕跡的枕頭躺下，但找不到阿扣所謂「被子之類的東西」，所以乾脆脫掉外套蓋在胸口當作被子用。

*

第二天早上，阿凱醒後，聽到附近有人在走動。他睜開了一下眼睛，覺得照進房間的陽光太刺眼，他又閉上眼睛，揉了揉眼睛，擦掉眼角乾掉的眼屎，再慢慢張開眼睛。他看到有個男的站在廚房，把早餐麥片倒進一個碗裡，很像是昨晚在小房間的那個人。阿凱瞇著眼睛觀察，

看到那個人從冰箱裡拿了一盒牛奶，聞了一下，倒進那碗麥片，然後又在抽屜裡摸來摸去，看起來應該是想要找湯匙吧？這時候旁邊發出了別的聲響，吸引了阿凱的注意，他半閉著眼睛轉向右邊，看到阿扣的房門打開了，有個穿著四角褲的男生走了出來，然後進到另一個房間，再關上門。他回過頭再去觀察剛剛那個神祕的麥片男，發現他帶著早餐回到自己的房間了。阿凱躺在沙發上，雖然好像是醒了，卻不想張開眼睛，大約就這樣躺了一個半小時之後，小娜從阿扣的房間出來了。小娜搖搖晃晃地走出房間，身上穿著超大的 T 恤，他猜那是阿扣的。阿凱假裝自己還在睡，看到小娜直接走進廁所，十分鐘後，她出來了，躡手躡腳地想走回阿扣的房間，這時候阿凱故意伸了個懶腰，發出了點聲音，假裝自己才剛醒來。

「喔！嘿！不好意思，我是不是吵醒你了？」小娜說。

「沒關係。」他裡面伸懶腰一面說：「我也該起床了。」阿凱坐起來問：「阿扣呢？」

「哦！他還在睡。他常會睡懶覺，昨晚真的玩得很瘋。」

小娜走到沙發，坐在阿凱旁邊。她有點縮起肩膀，看起來像是很冷。阿凱將自己的外套放在她沒穿褲子的腿上。「謝啦！」她說。她看起來超級累，又粗又黑的眼線早就已經暈開了，讓她看起來就像一頭瞪大眼睛的浣熊。

「妳餓嗎？」阿凱問。

「不會，不怎麼餓，只是快累癱了。我是因為想上廁所才起床的。你想走了嗎？」

「好!」

「那我去穿個衣服,等等就出來。」

　　小娜起來走回阿扣的房間。阿凱上了廁所,當他出來時,小娜已經換好衣服,戴上太陽眼鏡在等他了,阿凱拿了外套,他們就出去了。阿凱叫車的時候,小娜靠在牆上抽菸,因為已經攔了快二十分鐘的車。

　　他們在計程車裡一開始的幾分鐘都沒有說話。阿凱覺得很不自在,所以就開口說:「昨晚我想找廁所的時候,不小心走進了一個男生的房間,今天早上還看到他在做麥片早餐。妳知道這個人是誰嗎?為什麼他一整個晚都待在自己的房間?」

　　「喔!那是阿扣的哥哥,叫做麥維恩,還是麥爾維爾,還是阿麥什麼的。他是個怪咖,借住在阿扣家,因為他有點像是……無家可歸之類的。」小娜靠著車門,看向阿凱的方向回答,但她戴著太陽眼鏡,所以讓人看不出她的眼睛是不是張開的。

　　「喔!我覺得他有點可憐,因為昨天晚上真的太吵了。」

　　小娜不屑地說:「不用可憐他,他就是個魯蛇。能待在那邊,有個地方睡覺已經很不錯了。」

　　阿凱沉默了一分鐘,想著接下來該說什麼。過了一下,他問:「所以還有誰住在那邊?阿扣有幾個室友?」

　　「你今天真的很多問題。」小娜有點不耐煩了。「他有一個室友叫阿瑞,阿瑞、阿扣、還有他的魯蛇哥哥住在一起,不過那個哥哥其實也算不上是室友啦!」

阿凱猜，阿瑞應該就是今天早上幾乎全裸從阿扣房間出來的那個人，阿凱試探性地問：「喔！那昨晚阿瑞也有一起開趴嗎？」

　　「有啊！就是我們在阿扣房間遇到的那個人，坐在沙發的。他這個人有點難搞。」她頓了一下繼續說：「我超累的，都要累炸了。可以都先不聊了嗎？」

　　「好，那你休息！」阿凱回答。這也許是閃開話題最適當的時機點了。

　　過沒多久他們就回到了小娜的宿舍。車子停在路邊後，她開始在包包裡到處翻找，手忙腳亂地摸索，想要找到她的錢包。後來她乾脆把包包裡的東西全都倒出來，可是還是找不到錢包。她只好說：「阿凱，我……」

　　他打斷她說：「別擔心，我來處理！」

　　「我不知道我的錢包跑到哪裡去了，可能從我的包包掉出來了。不好意思！」她這話說得有點言不由衷，想著錢包或許是被偷了，然後她靠向阿凱，給了他一個禮貌但不太熱情的擁抱。

　　她下車時，阿凱靠著門邊跟她說：「薄餅捲，下次一起吃。」

　　「嗯！好，再約。」

　　計程車接著載阿凱回到家，在門口他請司機等他進去拿錢。他匆忙走進家門，大門沒關就衝上樓去。老媽坐在餐廳裡，穿著一件絲質長袍，正用她的筆電工作。她大喊：「你沒關門！」

就在她還來不及起身，或叫阿凱去關門之前，阿凱就已經像箭一樣衝下樓又衝出門了。等他再進來時候才解釋：「嘿！媽。不好意思，我剛剛身上沒帶夠計程車錢。」

　　「搭計程車太貴了。這城市裡還有另一樣很棒的東西，就是地鐵。」珍妮姐一面平靜地說，一面盯著她的電腦。

　　「嗯！我知道了。」他回答，然後往上樓自己的房間走去。走到一半，他突然想到什麼地停住，說：「嘿！媽，新年快樂。」

　　「你也是，寶貝。」

　　阿凱脫掉他的鞋，隨意地丟到床下，然後拿起手機。手機裡顯示有一則好朋友阿山寄來的簡訊，祝他新年快樂，並且抱怨自己的遊輪之旅。

　　阿凱回覆他：「兄弟，我回來了，昨天那個在布魯克林區的趴踢真的不怎麼樣。我一整個晚上都跟小娜待在那裡，她玩瘋了，我一定要跟你吐一下苦水。」

　　他跟阿山一五一十地講了那場派對讓他不舒服的地方，包括小娜抽菸和嗑藥的事，但他沒有講到，其實他發現還有一個人也在阿扣的房間混了一個晚上。

　　抱怨完後，他躺在床上，一直想著小娜的神情看起來很憔悴，還有阿扣呼喚小娜時的口氣，也讓他很反感。他很不願意去想，到底阿扣和小娜他們，在那扇門後面做了什麼事。

第十二章
墜樓

　　第二天早上碧麗睡到快中午才起床，醒來時滿身大汗，身上還穿著前一天晚上買的超大號運動衫。她很想上廁所，可是又很懶得起床，還一度想著乾脆尿在床上好了，但她知道自己一定會後悔，所以最後還是忍住了。她起身去上廁所，坐在馬桶上把運動衫脫下來，直接丟在地上。上完廁所後，她沒有洗手也懶得沖馬桶，無精打采地走回房間，打開櫥櫃抽屜，拿出一條灰色的瑜伽褲和同一套的長袖棉上衣，換上衣服，爬回床上，強迫自己繼續睡。

　　過了大約兩個小時後，她感到頭痛欲裂，只好又起床。吞了四顆止痛藥之後，她決定去煮一壺咖啡。她站在廚房等咖啡煮好的時候，不知不覺盯著旁邊的答錄機看，卻有點失望地發現「沒有留言」。她倒了一杯咖啡，拿了一盒餅乾去客廳，坐在沙發上，按著遙控器一直轉臺，想隨便找一個節目來看，卻對什麼都不感興趣。不知怎麼的，所有平常喜愛的節目，現在好像都在嘲笑她，包括最愛的週末電影節目。她最後選了循環播放的購物頻道，就這樣心不在焉地看了好幾個小時，偶爾起來只是為了去拿零食或上廁所。元旦是星期四，所以她還有幾天的時間讓自己振作起來，希望到了下星期一，能恢復好上班的狀態。除了上下班，她無法想像自己還能去別的地方。她覺得自己已經死掉了，因為整個人都覺得像被抽乾了一樣，感覺自己已經沒有價值，也失去了生命力。她接下來的幾天都窩在家裡看電視、睡覺、吃冷凍食品當晚餐，還有強迫

自己不能打電話給皮特。「別打給他！」已經成為她的口頭禪。

*

在元旦假期之後的第一個上班日，珍妮姐把鬧鐘調到五點，早上鬧鐘一響就跳起來準備上班。她穿上最喜歡的灰色鉛筆裙，搭配白色襯衫和長版黑色羊毛衫，大約七點以前就已經進到辦公室了。

碧麗大約九點十分左右抵達辦公室，在上班日的前一天，她已經為自己做好心理建設，告訴自己只要自己保持節奏，像是起床、沖澡、出門上班等，這一切都會好轉的。她希望自己能準時上班，但不巧的是地鐵誤點了，讓她遲到了十分鐘。她急急忙忙衝進辦公室，把公事包丟到地上，就一屁股坐進椅子裡，就在這時候，珍妮姐突然在她門邊出現了。

「妳聽說了嗎？」珍妮姐問。

「呃！嗨！珍妮姐。」碧麗有點緊張地跟珍妮姐打招呼，同時按下電腦開機。她想，明眼人都能看得出來她現在超忙亂的。

「妳聽說了嗎？」珍妮姐又問了一次，但這次顯得有點激動。

「呃！不好意思。嗯！我不知道，發生什麼事了？」碧麗一邊回答，一邊在輸入她的信箱密碼。

「查爾斯在跨年那天自殺了。」珍妮姐淡淡地說出這件事。

碧麗瞬間愣住，抬起頭，正在敲鍵盤的手指微微發抖，她問：「什麼？妳說什麼？」

「查爾斯自殺了。他跨年夜的時候在自己家跳樓。我說碧麗啊！這

幾天的新聞都有報導欸！都華哥因為這件事，還在前幾天寄電子郵件給大家說明。」她有點諷刺地繼續說：「妳不知道？妳是去閉關了嗎？」

乍聽到這個消息，碧麗實在太震驚了，她根本不知道要怎麼接話。

「我記得他是妳旗下的一名作家，對吧？聽說妳最近拒絕了他一本新書是嗎？」雖然珍妮姐這樣問，但是她的心中早就有了答案。

「啊！對，是啊！因為都華哥不同意出版。」碧麗忍著顫抖的語氣回答，盡量不讓人感到她情緒的波動。

「喔！那就不是妳的問題，他這樣的反應太極端了。」珍妮姐在走出碧麗的辦公室之前，丟下這句話。

碧麗呆坐在那裡，過了不到一分鐘左右，她的電腦發出來信的提示音。那是珍妮姐寄來的，信上寫：「碧麗，我們要繼續忙我們這個系列的出版工作了。為了這個，我已經忙了好幾天，今天早上也很早就到公司。做好妳的分內工作，不要想太多。今天下班前給我看一下妳的進度吧！我也會把我的工作進度，和最近來往的郵件一起轉寄給妳。珍。」

碧麗看完後打開抽屜，拿出了止痛藥。她把玩著藥瓶子，卻連打開瓶蓋的力氣都沒有，最後她乾脆趴在桌上。

大約過了幾分鐘之後，她聽到都華哥的聲音在耳邊響起：「嘿！妳還好嗎？」

碧麗跳了起來：「呃！都華哥，沒事，我只是……」

「沒關係，我明白的。」他走進來，關上門，坐到她的對面。

「我懂，這件事對妳帶來很大的衝擊。但坦白說，碧麗，這不是妳的錯，也跟妳或跟我們都沒有關係。他生病了，且長期地壓抑著自己的憂鬱，他需要專業的幫助。」

「嗯！我能理解你說的。」碧麗回答，她不知道該說些什麼，只是希望一直以來都對她很好的都華哥，在這一刻可以給她一點獨處的空間。

他們相對而坐，誰都沒有辦法再開口說些什麼，氣氛顯得尷尬了起來。都華哥說：「碧麗，我知道這件事對妳來說很難放下，如果妳覺得很痛苦，妳可能會需要找個人聊一聊，我可以介紹一些專業人士幫妳。」

他的提議讓她感到有點不好意思，但她更希望自己能趕快平復情緒。「我很感謝你的關心，謝謝你！但我真的沒事，我甚至根本和他不熟。」雖然她的內心洶湧澎湃，但是她盡量讓自己看起來很冷靜的樣子。

都華哥和她已經共事十多年了，他一直很照顧這位後輩。他很喜歡這個下屬，也覺得自己有責任保護她。

「好吧！但如果有什麼我可以幫上忙的話，妳隨時都可以找我。」說罷站起來，將椅子靠上。當他走到門邊，又回頭對碧麗說：「對了，新年快樂！希望妳在這個假期有好好的休息。珍妮姐說妳們正在忙一些很厲害的東西，我很期待可以看到。」

「都華哥，謝謝！呃！新年快樂。」碧麗在他離開的時候小聲說道。

她留在座位上再坐了一會兒之後，發現自己竟然還握著那瓶止痛藥。她打開抽屜，把沒開的藥瓶完好如初地放回去。然而內心的波濤洶湧難以停止，只要一想到查爾斯，就覺得有很有罪惡感。她覺得，拒絕

幫查爾斯出版新書，應該也是造成意外的其中一個因素。後來她又想到皮特，想到最近幾天發生在自己身上的事，想到自己有多麼心碎，就在某一個瞬間，她忽然有點羨慕查爾斯，因為可以就這樣一了百了。

電腦再傳來了新郵件的嗶聲，打斷了她的思緒。那是珍妮姐寄來的郵件：「碧，我的最新進度來了，等一下還有下半段。珍。」碧麗查了一下電子郵件，發現未讀的郵件多達七十九封，而且這還不包含珍妮姐寄來的，她真的沒有時間暗自傷神了。

她忙了一整天，看完了所有郵件，也做好了新系列稿件最後的編輯工作。大約六點十五分左右，珍妮姐又進了她的辦公室，邀請她明天一起吃午餐，順道檢視目前的進度和制定發行計畫。碧麗很贊成這個提議，於是珍妮姐叫她預約明天中午的尼可餐館，那是一家在公司附近的義大利餐廳。碧麗發現自己不知不覺中好像又被珍妮姐使喚，但是她已經沒有力氣再說些什麼，所以只回了一句：「好，沒問題。」

「我很高興看到妳到現在還沒下班。」珍妮姐走之前轉身對碧麗說：「明天見。」

其實碧麗正要收拾東西離開，但她發現自己一下班就離開好像太明顯了，所以又在辦公室摸來摸去，多混了半小時才走。

她一回到家時，就換回舒適的居家服，做了一份烤奶酪三明治，倒了杯紅酒，再走到電腦前。她憋了一整天，現在終於時間可以好好看一下關於查爾斯的新聞。她在公司不敢搜索這些新聞，因為擔心公司的網路系統會監控員工瀏覽過的網站，所以才等到下班。在等電腦開機的同時，她吃了幾口三明治，然後放到一邊。她在電腦輸入關鍵字「查爾

斯」，一大堆新聞報導和 YouTube 影片就跳出來。她坐著、讀著、喝著……不斷重複看著這些影片，不知不覺就過了兩個小時。

看完後，她在腦海中不斷播放著自己根據新聞所拼湊出來的情節：那天晚上，查爾斯一個人待在自己的單身無隔間小套房，房子裡面有成堆的書籍，書桌上有一臺電腦。他穿著白色的汗衫、睡褲和睡袍。塑膠電視架上的舊電視，播放著世界各地的跨年節目。他一杯又一杯地灌著威士忌，希望強烈的灼熱感能夠麻痺自己。其實他準備結束自己生命的念頭，已經持續了好一陣子，但是在這個跨年的最後時刻，他似乎還期待有奇蹟出現，就像是一個中樂透般的變化，可以將之前的失敗一掃而空。可是幸運之神並沒有降臨，到了十一點半，他喝完杯子裡的最後一口烈酒，把空杯子摔到地板上，走到房子裡唯一的一扇窗戶邊，打開窗，爬出去，然後一躍而下。碧麗還想，他是不是曾想等到半夜看是不是有奇蹟出現，只是再也撐不下去了呢？

看完好幾份報導後，碧麗拼湊這些資訊，也越來越認識他生前的狀態。查爾斯四十八歲，未婚，沒有小孩。可以說在他的生命中，好像已經沒有需要牽掛的人。他來自康乃狄克州，是獨生子。受訪者都對於這個噩耗感到意外，在這些人的印象中，他是一個安靜的人，習慣把心事藏在心裡。他的主管、同事、學生等也都被採訪，有些記者想知道他是不是因為升遷不順才想不開。他工作的大學校長發表官方發言說：「向他的母親致以最深切的慰問」和「相信我們可以一起攜手走過這段悲傷的時刻」。碧麗想，一個四十八歲的男人留下七十四歲的老母親而去，是多麼的悲傷啊！她突然覺得自己在某些層面跟他很像，也越來越感到內疚起來。

那個晚上她躺在床上難以入睡，輾轉反側了一個小時才睡著。一開始她在想，查爾斯一定是覺得自己生活得很孤獨，對生命很失望，所以一點小小的挫折就會被放大。然後她又想到自己，覺得自己好像也會走上一樣的路。「天啊！我好像也是這種走進死胡同的處境！」她自言自語，想著自己孤獨了多長的時間，還有跟皮特之間的關係。她無法理解，自己怎麼會愛上這樣的一個人，一個對她的感受漠不關心的人。她想，也許皮特「曾經」愛過自己，但因為她無腦的愛，讓自己變得很廉價，這一切都是她自找的。有可能他真的很愛自己吧！但是這一切都不重要了。現在她又是孤身一人了，這種深刻的寂寞，或許除了已故的查爾斯，沒人能夠瞭解她吧？

*

第二天中午，碧麗提早五分鐘到達在與珍妮姐相約的餐廳。因為前一個晚上，她滿腦子都想著查爾斯和皮特的事，所以沒有睡好，而在這個可怕的午餐會議之前，她也為了整理工作日誌，辛苦熬了一個早上。就在跟服務生報訂位名字後，她看到珍妮姐已經在餐廳的另一頭坐著了。她直接跟服務生說已經有位置了，然後就走向珍妮姐。珍妮姐正在低頭寫東西，然後她抬起頭來說：「喔！妳來了。」這個語氣就好像碧麗已經遲到的樣子。

碧麗說：「喔！讓妳久等了，不好意思！」她的態度讓碧麗差一點也懷疑起自己。珍妮姐的態度總是這樣，都會先發制人讓對方自以為理虧。珍妮姐坐的位置是一個半隔間包廂的四人桌，前面放了一本空白的黃色便條紙和一支筆，右手邊還有一疊文件夾。碧麗在她對面坐下，把帶來的文件放到旁邊的椅子上。珍妮姐後面的牆壁上鑲了一面很長的鏡

子，碧麗擔心自己會一直被這面鏡子分心，因為只要看著珍妮姐講話，就會一直看到鏡子裡的自己。她心想「我現在看起來狀況好差喔」，接著碧麗一邊把餐巾放在膝蓋上，一邊繼續問道：「所以，妳今天一切都好嗎？」

「嗯！就那樣，是知道的，一直忙忙忙。我快忙翻了，忙到昏天暗地的。我們等一下馬上就來進行，因為真的太多東西要做了。你有想好要點什麼了嗎？等服務生來的時候我可以直接點餐了。」

「嗯！我還沒看菜單。妳想要點什麼？」碧麗翻開菜單邊問。

「義大利麵餃[1]特餐。」珍妮姐說。

「喔！聽起來不錯吃，那我也一樣的好了。」碧麗才剛打開菜單，又馬上闔上了。她從包包裡拿出筆電和筆，剛好服務生走過來問她們要不要先點飲料。珍妮姐回應說：「我們可以點餐了。我要蘇打水加一片青檸，還有義大利麵餃。」

「我要義大利麵餃和健怡可樂，謝謝！」碧麗抬頭看著服務生說。

「好的，我等一下會拿些麵包過來。」服務生拿走她們手上的菜單。

「好了，我們開始吧。」珍妮姐跟碧麗說。

他們接下來的一個半小時都在審核她們最近收到的稿件，也討論了最終校訂、行銷、索書方案和其他事宜。珍妮姐主要負責講話，而碧麗

---

[1] 阿凱之前在家裡與父親一起叫外賣時也點過這道ravioli，我們可以發現阿凱和珍妮姐母子都很喜愛義大利麵餃。

則負責紀錄。然而碧麗覺得和珍妮姐的合作有種奇異的感覺。她們的想法互相激盪，似乎帶出了讓人耳目一新的書籍編排方式和創新銷售策略。他們邊享用美味的菠菜起司義大利麵餃，邊沾蕃茄醬繼續討論。碧麗已經好幾星期沒吃過像樣的一餐了，這才意識到自己極需這種有營養的食物。她吃得意猶未盡，還拿了一片麵包，沾起盤子裡剩下的醬料吃，但當她看到珍妮姐露出一絲不屑的目光時，她覺得有點尷尬。

她們正準備收拾離開的時候，服務生走過來問還需不需要再加點些什麼。珍妮姐點了一杯無咖啡因的卡布奇諾。

碧麗說：「聽起來不錯，我也要一杯。我要一般的熱卡布，謝謝！」

「好了，我想我們在這邊進度不錯。接下來就是交給生產團隊，趕快把書印刷好。」珍妮姐將資料夾放回她的 LV 公事包裡說。

「嗯！我也覺得。這個產量應該算蠻大的，等我一回到辦公室，就會著手開始安排書評家的名單。」碧麗說著，也將她的便條紙和筆都放回包包裡。

服務生走過來送上她們的卡布奇諾，並附贈兩片義大利杏仁脆餅。珍妮姐拿了一片泡在她的卡布奇諾裡，說：「希望這杯沒咖啡因！妳永遠都不知道他們有沒有照做。」說完，她就發出了一陣很高分貝的笑聲。

原本微笑著的碧麗，也假裝認同地大聲笑了一下。她也在想，其實自己也蠻不希望珍妮姐攝取太多咖啡因，不然她一直電力十足也頗讓人吃不消的。她放了兩塊方糖進自己的卡布奇諾，然後攪拌了一下。

「所以，妳最近過得怎麼樣？」珍妮姐一邊問，一邊她吃掉最後一

口杏仁脆餅。

「喔！普普通通。就像妳也知道的，沒什麼特別的。」碧麗一面說，一面無意識地玩著她的杏仁脆餅。珍妮姐沒有任何表情，一臉不信的樣子。碧麗將她的脆餅泡進卡布奇諾裡，低著頭，然後開口說：「好吧！我最近其實很難熬，因為我分手了。」她吃了一口被咖啡泡軟的脆餅，發現原來說出來，心裡會好受很多。在某種程度上，把分手的事情說出來，好像就能夠讓分手這件事更有真實感，也能讓自己從這段感情中徹底解脫。雖然她從來就沒有想過要和珍妮姐講自己的私生活，也沒想過會提到皮特的事，但她在不知不覺中就說出來了：「我這個年假過得很痛苦，過年期間過得……有點糟，我原本以為會和他在一起。」

在她吞下泡爛的脆餅時，珍妮姐說：「蛤？聽到這個覺得很難過，你們之間發生了什麼嗎？」

「嗯！」碧麗啜了一口她的卡布奇諾，說：「其實我也不知道問題出在哪，我猜可能是因為他不太懂承諾之類的事吧！」

「喔！這樣啊！」珍妮姐說。

「他是一個很做自己的人，他是藝術家，非常有才華，是那種自由奔放的藝術家個性，妳知道那種嗎？但是他這種自由讓我很沒有安全感。」碧麗下意識地停下來，再喝一口，想知道珍妮姐會說些什麼。

「藝術家的個性通常都有點難應付。」珍妮姐笑著說，碧麗也笑了。然後珍妮姐突然收住笑容，一臉正經地看著碧麗，問道：「所以妳是認真的？還是只是玩玩？」

「我很認真！我以為他就是我要找的那個人。」

珍妮姐露出深表同情的臉，這讓碧麗覺得說出來是對的。

「如果緣分沒有到，那就是沒有到，真的是強求不來。就算是勉強在一起，也不會有太大的意義。有時候果斷離開，繼續往前走，反而會比較好。有些想不開的女生會不斷的強求，但最後只會更痛苦。而且浪費更多的時間，做了很多沒有意義的事，到最後連自己都不知道到底要的是什麼。」她說完之後，突然笑了起來。她說：「有時候某些挫折可能只是為了讓更好的事發生。剛好現在可以讓妳轉移焦點，專注在你的工作上，妳可以好好表現妳自己。」珍妮姐堅定地說。

碧麗一輩子都是個浪漫的人。她渴望找到靈魂伴侶，希望擁有美好的愛情，也希望可以成為人生勝利組。她知道在現實世界當中不可能事事如意，所以她只追求中庸之道，至少能夠沾上一點邊。她一度試著想像自己，如果沒有愛情、沒有人陪，會是怎麼樣的生活？她意識到珍妮姐無法理解她的個性，也不能體會到她的痛苦，所以碧麗不打算跟她分享更多的心事。只是她還是覺得，珍妮姐身上一定有值得學習的東西，因為她永遠都能夠把事業放在最重要的位置，而且她還能同時照顧好家庭，看起來就是一個成功女性的典範。

「謝謝！我接受妳的建議。我也正在試著只專注在工作上面，也會照顧好自己，這真的很不容易。」

「有時候，我們能做的最好的事情，就是振作起來，然後繼續走下去。那也是妳要做的事。碧麗，妳想想看，當妳認真工作了一整天之後，妳期待自己有什麼收穫？現在這項工作對妳而言就是一個轉移注意

力的好機會。妳要告訴自己一定要做到最好，絕對不要為不值得的事情分心。」珍妮姐認真地說：「我們各自努力、盡力而為。」

「喔！好。」碧麗說，發現聊著聊著，對話的主題已經不再圍繞在自己身上了。「一定會的，我會專心工作。其實我很開心可以專注在這項工作上，讓我不再胡思亂想。」雖然碧麗覺得自己講這句話好像只是場面話，但其實在講的當下她真心感謝有這個可以讓她專注的工作。

「都華哥對我們期望很高，我還答應他會幫他摘下太陽和月亮呢！」珍妮姐開了這個玩笑後笑了起來說：「我們走吧！去跟老闆簡報一下。」

「好，我覺得我們規畫得很好，一定會打開市場的。」碧麗突然覺得自己產生了新的信心。

「我們接下來還有很多瑣事要做，但我想應該不會有太大的問題，我們可以順利完成的。」珍妮姐帶著一個不尋常的微笑說道。

「嗯！那妳呢？妳的假期過得怎麼樣了？」碧麗問。

「喔！很好啊！過得很好。我老公跟兒子也都好。我們今年沒有安排出外度假，因為我們最近的工作都太忙了。他的工作很高強度，一刻都不能放鬆。」珍妮姐說完，再喝了一口卡布奇諾。

「有時候待在家裡加班也不錯。」碧麗說。

珍妮姐找不到其他話題可以講，就問說：「妳好了嗎？我想我們該回去了，要趕快接著做後面的計畫了。」

第十三章
那個危險的地方

接下來的五個禮拜，碧麗嚴格規定自己要照行事曆的規畫做事，就好像她全部的生活重心就只是行事曆上面的工作一樣。她每天早上八點半就進公司，但珍妮姐比她更早，通常八點就會在，有時候甚至還會更早。她會突然就出現在碧麗的辦公室，找她一起討論自己的構思。碧麗很勤奮工作，一方面是出於責任感，但她自己也非常想做好這部回憶錄系列的出版工作。

她下定決心要好好拼一下，因為珍妮姐也一直告訴她，出版業的處境越來越不好，隨著經濟的衰退，近幾年國內實體書的銷量也下滑，全世界都走向電子書的市場，所以員工只要一個不小心，隨時都可能會被裁員。碧麗有把珍妮姐的話聽進去，所以她一直以來都非常認真工作。這幾年碧麗都依賴信用卡過日子，她把卡費從一張低利息的卡轉到另一張卡上，而那些累積的費用，她選擇「以後再想」。她的收入只能勉強應付現在的生活，所以她絕不能失去這份工作。

碧麗對於最近和珍妮姐之間的工作互動也覺得很感激。她們花了很多時間開會討論，頻繁地來往電子郵件，偶爾還會相約去尼可餐館邊吃午餐邊討論。珍妮姐總是點義大利麵餃，碧麗也常常跟她點一樣。還有些時候，她們會叫三明治外賣，然後在碧麗的辦公室邊吃邊開會。碧麗有時候還是會覺得和珍妮姐一起工作有點困擾，例如會有源源不絕的電子郵件需要處理，很多事會在最後一分鐘還無法定案，還會被「強迫認

領」爆炸的工作量等等。儘管如此,碧麗發現她不知不覺中地享受著珍妮姐的陪伴而忘了失戀的寂寞,更重要的是,她喜歡有人和她合作。這種充實的感覺,和前一段時間的生活形成了鮮明的對比。

不過下班以後情況就不同了,因為沒有工作抓住她的注意力,就變成了行屍走肉。每天碧麗回到家以後,照慣例換上居家服,先喝一點酒,然後叫外賣,或者吃前一天剩下的外賣。她不去實體店鋪採購,除非酒、咖啡或鮮奶油用完時,她才會順路去街角的商店裡購買。她有時候也會隨手買一份奶油起司加鹹貝果當做早餐,但吃完後又覺得有點罪惡感。她每天晚上都窩在沙發上吃晚餐、喝酒和看電視。她只要看到劇情片就會想到皮特,每次只要一想起他,自己就會掉進一個情緒的無底洞。所以,她乾脆只看購物頻道。久而久之,她開始覺得自己好像也變成了購物專家。她認識那些主持人,瞭解她們的風格和幽默感,也清楚那些是誇大的節目效果,甚至是行銷話術,不過她一點也不在意,反正一切都是在演戲,她們的工作就是對觀眾微笑,並且用這一場戲來陪伴著大家。而大部分的時間,她就只是鎖定這個節目,因為她覺得一整天下來,至少還是有地方可以讓她關注,這樣她就不會覺得孤單。

她看購物頻道殺時間的時候,偶爾也會腦波弱的下單,買了一個床包組和一個公事包。那個床包組在推銷的時候號稱就像舊 T 恤一樣柔軟舒適,其實就是很單薄的便宜貨,不過她沒有選擇退貨,而是試著去說服自己其實這個質感還不錯。另外一個是米色的漆皮公事包,當她收到貨,打開盒子,撕開包裝泡泡紙之後,發現這完全就是她的菜。她提著這個包包去和珍妮姐開午餐會議時,珍妮姐說它「很酷」,這個稱讚讓她覺得物超所值。

週末就比較難熬了。她不想出門，覺得時間過得真的很慢。她想要整理衣櫥、打掃家裡、甚至想要工作，但她提不起勁做任何一件事，她連洗澡或換衣服也不想做。她所有的能量都在上班時間用光了，而週末就是個力氣耗盡的狀態。她儘可能更晚起床，有時候還賴床好幾個小時，就只是等時間過去。她除了在白天賴床，也會一直看購物頻道。週末最糟糕的事就是，她有更多的時間去想念皮特。他佔據了她的思緒，懷念以前一起度過的週末，她覺得那時候的她才是活著。

分手後的第六個星期六，碧麗決定要改變現在這個痛苦的狀態。但不幸的是，這個改變並沒有往好的方向去。她衝動地策畫著去「那個危險的地方」，也就是他們之前常去的那一家茶館。她要精心打扮一番讓自己看起來很美，然後故作輕鬆走進去。她不知道能不能和皮特在那裡不期而遇，也或許自己可以不必踏進茶館，只要在附近看看就好。她知道自己這樣很可悲，也知道這會讓之前的努力功虧一簣，但是當她戀愛腦一發作，就無法控制自己了。

她跳上計程車後，一路上，她的心都跳得很快，可是她覺得這個狀態很像「又活過來了」。在還沒有回過神之前，車子接近茶館，她那緊繃的神經瞬間理智斷線。因為就在那一瞬間，她剛好看見皮特和克萊德站在外面。當計程車正在靠邊的時候，她簡直不敢相信自己的眼睛，性感得不得了的皮特，竟然正在撫摸著克萊德的臉，還靠過去親吻她。碧麗在顫抖，聽到自己耳朵嗡嗡作響，覺得就快要昏過去了。

「開車！快開車！」她對司機大吼。

司機已經停好車了，所以他轉頭問：「什麼？這不是妳要去的地方嗎？」

「求你快開車，帶我回去剛才上車的地方！不好意思我忘了拿東西，我要回去。」她慌張地說。

「好！妳說了算。」

當車子離開時，碧麗忍不住從後照鏡再看了一眼。皮特和克萊德就站在那裡，她不確定他們有沒有發現她。這時候車子顛簸了一下，她瞬間覺得有點暈車，但是強忍著嘔吐的感覺。

她當下唯一想到的是，把車子開回頭，就像個落荒而逃的失敗者。她多渴望剛才皮特沒有看到她，明明知道自己剛才有多可悲，但是完全不想面對，也不想承認，更不想在克萊德面前低頭。因為不好意思讓司機找她零錢，她直接給了一張大鈔當作計程車費，然後衝回家，走到浴室。她看著浴室鏡子裡自己的樣子，她要記住自己在絕望的時候有多醜陋，她鄙視自己。接下來的週末時間裡，她還是照常看著購物頻道和睡覺。她沒有哭，試著完完全全忽視這一切。

到了上班日，碧麗讓自己振作起來，她跟珍妮姐在回憶錄系列項目上有很大的進展。星期四晚上，碧麗坐在沙發上，吃著外賣餐點的最後一個蛋捲，然後電話就響了。她嚇了一跳，因為失戀這段時間都沒有人打電話給她。她設定了勿擾模式，所以連推銷電話也很少接到。她拿起電話不出聲，把電視調到靜音，發現竟然是皮特打來的。她聽到他以最性感最低沉的嗓音留言說：「嘿！妳……我一直都在想妳，我很想妳。打給我吧，掰！」

雖然她一開始感到一陣激動，但那種感覺馬上就轉化成了屈辱，她猜想那一天他一定有看到她在計程車裡面，不然為什麼過了這麼久他又

打電話來？她告訴自己絕對不要回撥，儘管她非常想回這通電話，但她還是忍住了，這真是一場折磨。

日子一天一天的過去，過了一週又一週，碧麗仍然在掙扎著要不要回電話給皮特，她開始覺得除了叫中式外賣和鎖定購物頻道以外，或許可以再找找不同的事來做。她試著去雜貨店買東西，又試著下廚，或是去租錄影帶回家看。就在某個星期五的晚上，她在錄影帶店的外國電影區東翻西找，看到好幾部皮特跟她推薦的片子，他說過這些都是「一生必看的」電影，也說真不敢相信她竟然從沒看過。她租了好幾部電影，買了一桶奶油口味的爆米花回家。當天晚上，她煮了番茄肉醬義大利麵，又開了一瓶紅酒，然後選其中一部電影看。那是一部法國電影，講述一個有抱負的小說家和一位很情緒化的情人間互動的故事。電影拍得很唯美、浪漫、發人省思，也徹底地震撼了她。她突然覺得，之前應該要和皮特一起看這部電影才對。當電影演到一半，酒也喝到一半時，她突然覺得故事裡的情節就是她夢想中的生活，而在這個夢想中一起生活的最佳男主角當然就是皮特。想著想著，突然一句臺詞打斷了她的思緒。電影中的男主角形容他的伴侶時，說她有一顆「閃耀的心」。碧麗因為喝了酒，有點糊里糊塗的，乍聽到時差點滑下沙發。她按了暫停鍵，再次坐好，然後重播了好幾次，「閃耀的心，閃耀的心，閃耀的心」，她突然想到，她受傷得那麼深，其實並不是因為克萊德的美麗和她曾經跟皮特交往過，而是皮特在談到克萊德時的態度。他有一種本事，能把不怎麼樣的事物塑造得非常美麗，就像他也會製造疑慮一樣。他讓本身美麗的事情聽起來更美，像是克萊德。

一直到現在這一刻，她擺脫「閃耀的心」這句魔咒了。她終於意識到，原來這句話是從電影裡抄來的。突然地，她想到那些讓她崇拜的話

語，難道都不是出於他自己的思想嗎？於是整個週末，她看了其他皮特推崇的電影，也從網路上搜尋了很多他曾大力推薦的作者、藝術家和書籍。沒多久她就發現了，大部分他的想法都是從別人那裡來的，包括一些對他們看過的藝術家的看法也是，像是費爾雷和莫迪里阿尼。他所說過的有關藝術或哲學的評論，只有非常小一部分是出自自己的腦袋，即使是他那有關愛情和關係「活在當下」的想法，也是從某個作者那邊偷來的，只是剛好碧麗從沒讀過那個作品而已。到了星期天晚上，她再看了一次「閃耀的心」的片段，然後發誓她不會再看了。她放過了自己，並且覺得自己比以往任何時候都要更堅強了。

*

二月是個常常下雪的月份，整個城市都被白色覆蓋，然後是灰色，再來又是白色。下雪會讓珍妮姐想到自己的童年。二月底，她坐在餐桌邊上，正在用筆電，偶爾會分心回想起自己的童年，然後又拉回到螢幕。她想起的通常都是開心的回憶，像和妹妹一起滑雪橇，或是和母親一起煮湯的記憶。但還有一些不好的回憶，通常是父親喝醉酒，讓他們都安靜下來的可怕畫面。她曾希望父親能帶自己去滑雪，哪怕一次也好。她一想到這些就不由自主地發抖，也試著避開這種想念家人的干擾。今天的雪似乎下個不停，更是讓她感到艱難。

三月上旬裡一個嚴寒漆黑的夜晚，阿凱在廚房裡泡熱巧克力。珍妮姐走進來拿葡萄當作點心吃時，阿凱提議也幫她順便泡一杯。以前她通常會說「不用了，謝謝」，但在那個回憶湧現的晚上，她猶豫了一下就接受了，她說：「好，聽起來真不錯，謝謝！」

她走回餐廳，幾分鐘後阿凱拿著兩杯熱巧克力走進來。「我在家裡

找不到鮮奶油或棉花糖之類的配料，所以就只能這樣喝。」他一邊說，一邊遞了一杯給她。

「喔！親愛的，沒關係。聞起來真香啊！我已經忘了有多久沒喝過熱巧克力了。」

阿凱離開餐廳時問：「妳不要來客廳跟我一起嗎？我們可以看個電影之類的。」

「喔！嗯……」珍妮姐本來要說些什麼，但聞著熱巧克力的香味，忍不住回答：「嗯！好啊！我想今天應該可以很快做完我的工作。」他們走進客廳，帶著自己的杯子，然後一起坐上沙發。阿凱轉到電影臺，正播放一部老黑色電影《雙重保險》，電影才剛開始了幾分鐘。他們靜靜地坐著，一起看著電影，喝著熱巧克力。

電影結束後，珍妮姐叫了一份大的菠菜蘑菇披薩。外賣送到時，阿凱拿了幾片回房間吃。他想和小娜聯絡看看，因為自從新年過後他們就沒有再見面，只有傳了幾次簡訊而已，所以他有點擔心。他發給小娜的簡訊大多都沒有回應，更不用說要見面了。珍妮姐待在客廳裡，看著《郵差總按兩次鈴》這部影片，然後再吃了一片披薩。電影看完後，她又回到筆電旁邊，把工作的文件存檔，然後關掉檔案。她連上了Expedia購票網站，終於下定決心訂了一張回底特律的機票。

酌情酌量

一個對自己感到極度失望的人，每每望見鏡中的自己和期望中的自
己差距如此之大，就會因為這個莫大的鴻溝而暗自傷神。

第十四章
阿凱的擔憂

　　阿凱在大部分情況之下都算是很冷靜的個性，但是這次當他在等小娜的時候，感覺到某種不熟悉的情緒，也就是緊張。他已經有兩個月都沒跟她好好說話了，在約她吃早午餐之前，他還刻意用簡訊提醒她。跨年之後，他知道她狀況不好，但他並不知道到底有多糟，也不敢太刻意求證。等他喝到第三杯咖啡的時候，小娜終於出現了。

　　「嘿！不好意思我遲到了。你點餐了嗎？」她按慣例問他，然後坐到他對面。「哇！好噁！這個椅子黏到東西了。」她做了個鬼臉繼續說，然後快速地從桌上抽了一張衛生紙，把那團黏黏的東西包起來，再把椅子擦乾淨。

　　阿凱迅速地看了她一眼。她穿著又長又薄的白色毛衣，黑身緊身褲和鑲了銀釘的黑色靴子，還搭了一件黑色機車夾克。她戴了幾條長長的銀色項鍊和大圈的銀耳環，厚重的長髮看來比平常更亂，塗上了常用的亮粉紅色口紅。她看起來很瘦，比以前還瘦，而當她拿掉臉上大大的墨鏡時，他發現她臉上的黑眼圈了。

　　「嗯！妳最近怎麼了？」阿凱問。

　　「我想先喝咖啡，服務生在哪？」小娜回過頭來問：「我超級需要喝咖啡，現在，立刻，馬上！」

阿凱舉手示意服務生過來。一位頭髮斑白的婦人過來問：「你們要點什麼？」她手裡拿著本子和筆，已經準備好快速寫下他們的點餐。

　　「她要咖啡，然後我們要點一份大的藍莓起司薄餅捲，謝謝！」阿凱說完，就把兩份菜單都還給服務生。他再說了一次謝謝，然後回頭看著小娜，她還在為在她位置上的黏稠物感到噁心。

　　「好了，所以妳最近怎麼了？」阿凱再問了一次。「我猜妳最近很忙吧？」

　　「什麼？」小娜問，然後終於抬起頭。「喔！對了，我最近超忙的，不好意思我都沒有找你。我手機弄丟了一星期了，所以跟大家都失聯了。一直到最近才在阿扣家沙發上的靠墊後面找到，但是已經完全沒電了。他家也沒有我的充電器，所以……。那你呢？最近怎樣？」

　　「還好，老樣子。」阿凱說著，服務生端著小娜的咖啡和一盤附沾醬的貝果脆片。「謝謝。」阿凱抬頭對服務生說。

　　小娜馬上倒了糖和奶精進她的咖啡。「動作慢死了，老東西。」她趁服務生走遠的時候喃喃自語。

　　阿凱抓了一把罌粟籽貝果脆片，沾了奶油起司沾醬。「我好想念這些，真是太好吃了。」他說著，又吃了一口。小娜已經喝掉半杯咖啡了，她向服務生招生，示意要再續杯。「嘿！吃點貝果脆片吧！有妳喜歡的肉桂葡萄乾口味。」他指著盤子說。

　　「不要，沒心情。」她回答說。「我只是很需要再來點咖啡，這天氣也太冷了吧。」

「嗯！前段時間有一場暴風雪。」阿凱說。「那妳最近怎麼樣了？」

「喔！你也知道，老樣子啊！上學，跟阿扣出去玩，做我自己的事，就這樣。最近我跟小蕊逛街，我們在復刻服飾二手店挖了一些寶，超有趣的。我們在找瑪莉蓮夢露風格的披肩或類似的單品，所以到處挖寶。我想走精緻復古風！」她大笑著說。「小蕊跟阿扣的室友在一起了，我有跟你說過嗎？所以我們常會一起膩在他們家。阿瑞就是個混帳，不過算了。他很不尊重女生，他只想要和女生玩玩而已！結果你相信嗎？她竟然能忍受，只是因為他會買所有她想要的東西給她，而且，她覺得阿瑞超性感的。簡單來說，她就像是他的玩具，不過誰管得到她呢。好了，那你呢？有沒有什麼新鮮事？阿山還好嗎？」

小娜連珠炮的講完之後，阿凱幾乎沒辦法把全部的資訊都串在一塊。他想不通為什麼小蕊會跟這樣的人在一起，也不懂為什麼小娜覺得這種人很酷。他試著忽略她最後講的一些話，也想再集中精神專心聊下去。

「阿山快瘋了。妳還記得之前我跟妳說過，他媽媽在跟一個人交往，一起搭郵輪度假的那個嗎？」小娜點點頭，阿凱繼續說：「嗯！他現在很擔心他們可能會結婚。」

「他討厭那個人嗎？他人很不好嗎？」小娜問，然後把最後一口咖啡也喝掉。

「不是，不是這樣的。他人很好，只是有點呆。他對阿山的媽媽很好，對阿山也還不錯。我不知道阿山是怎麼想的，我覺得都是鬼話啦。」

「嗯哼！」小娜說，但顯然她心不在焉。服務生經過的時候，她又

指向空咖啡杯示意要續杯。「好吧！聽起來也不太差。可能他只是不想分掉媽媽的關愛吧！你懂的，要再跟另一個人相處。」她看到服務生帶著一壺咖啡走過來時，眼神都亮起來了。

「嗯！可能吧。」阿凱說。「我覺得應該沒有問題。他跟媽媽感情很好，也希望媽媽開心。」阿凱頓了一下，看著小娜倒了第二杯咖啡，接著說：「小娜，我其實有點擔心妳。」

小娜看起來像是沒注意到他在說她。阿凱深吸了一口氣，打算繼續說的時候，服務生來將一盤薄餅捲和兩個小盤子丟到他們眼前。

「聞起來真香。」阿凱說，慶幸有個機會先緩一下。他拿了個盤子，放了三塊薄餅捲上去。

「其實，我沒那麼餓。」小娜說。

「不行！妳要吃一點。」阿凱說，拿起叉子，像是向她宣戰一樣。

小娜發出咯咯的笑聲，「好吧！如果你一定要這樣的話，我就吃一點點吧。」

「嗯！這樣就對了。」阿凱笑著說。他又叉起一塊薄餅捲放到小娜的盤子裡，然後他們就吃了起來。吃了一陣子後，阿凱再試著說：「我有點擔心妳，妳幾乎讓人找不到，還有……」

小娜打斷他。「對啊！不好意思，我最近真的太忙了，我也跟你講了我的手機不見的事。」

「嗯！其實也不只是很難找到妳，而是……妳最近看起來變了，可

能是因為跟阿扣在一起的關係吧？我也說不上來，就是覺得擔心妳。妳真的覺得這個人真的適合妳嗎？他看起來不太可信。」

　　阿凱知道如果他講得太多，小娜可能會搞消失，所以他儘量繞著話題保持輕鬆，邊吃邊說，還在小娜還沒吃完之前再放了一些薄餅捲到她的盤子裡。

　　「嗯！我是覺得，他不會是跟我一輩子的那個人，但現在他很愛我，我也只是順其自然而已。我喜歡窩在他家好幾天，就當作放假！很酷對不對！你不用擔心我，我很好。」

　　當一個女生說「很好」時，他就知道該停止話題，因為或許已經碰到某個敏感的底線了，所以阿凱不再追問下去，說：「好，我也不想煩妳。就只是想知道妳沒事。」

　　「沒事。」她說，腼腆地笑著，想表現出原本那個小娜的樣子。「我很好，只是最近比較愛玩一點，變得很喜歡去參加派對，我會有分寸的。」

　　阿凱點了點頭。

　　「小表弟你總是這麼照顧我，超貼心的。我跟你保證，之後我不會再搞消失的。」她拿了一片肉桂葡萄乾貝果脆片，說：「好香，我忍不住要繼續吃了。」

　　阿凱笑了，但是笑得有點勉強。小娜的話證實了他的猜測：她最近得生活有點脫軌，只是強打起精神而已。

　　阿凱回到家之後，直接上樓回到自己房間，然後從口袋裡先掏出手

機，再把外套扔到地上。他原本想坐到床上去，但發現枕頭上有張摺起來的紙條。他打開紙條，三張二十元紙鈔掉出來了，紙條寫著：「阿凱，我有事要出去幾天。你自己叫外賣吃，不用管你爸，他會晚一點回家。冰箱裡有新鮮水果，趁新鮮盡快吃掉。我有帶手機的。媽留。」

　　阿凱將六十元放到梳妝檯上，踢掉運動鞋，然後躺到床上，把枕頭靠在牆上撐起自己。他傳了封簡訊給阿山：「嘿！今晚要來吃披薩嗎？我請客，家裡沒人。我終於見到小娜了。」

　　幾秒鐘後，阿山回覆了：「好啊。兩小時後見。」

第十五章
跟著感覺走

　　碧麗忍不住一次又一次地播放皮特在答錄機的留言，她很想直接刪掉，可是又很捨不得。她甚至偷偷在想，其實保留錄音這件事只有自己知道，能不斷聽重播算是一種小確幸，而且也不會對任何人造成傷害。留著這一段錄音，可以稍微安慰自己一點點，就那麼很少的一點點，就好像皮特真的很想念她的樣子，而她也能因此感到一絲慰藉。她告訴自己，不論發生什麼事，絕對不要再主動回頭找他。為了熬過失戀的日子，她發展出一套應對模式：在辦公室的時候，她會跟著珍妮姐的步調，專注在高強度的工作上。根據珍妮姐的習慣，只要碧麗一完成某項工作，她就會尖酸刻薄地挑剔批評，或是馬上再加上其他的任務。碧麗現在很喜歡珍妮姐的緊迫盯人，因為可以很有效地轉移她失戀的注意力。而下班之後，沒有了工作當重心，她就用耍廢來轉移注意力，通常回家後馬上換上輕鬆的家居服，開一瓶酒配著外賣吃，不時聽一下皮特的留言來安慰自己，然後就窩在客廳看購物頻道來打發剩下的時間。

　　在一個特別「無聊」的晚上，碧麗正在吃熱騰騰的蛋捲時，電話響了。電話聲劃破了寧靜，也把她嚇了一大跳，她馬上就想到應該是皮特打的。雖然她已經決定不再找皮特，但是當他主動打過來時，她卻不知道該怎麼應對了。她站在答錄機面前，等著電話轉成留言模式，然後就聽到皮特開始說話：「嘿！」皮特那獨特又迷人的嗓音從電話那頭傳了出來。他深吸了一口氣，清清喉嚨，慢慢地說：「想看看妳最近過得怎麼

樣？我剛剛有一些靈感，就突然想到妳了……我很想念妳。然後……」

他還沒說完，碧麗就控制不住她自己，拿起了電話說：「喂！」

「喔！」他用他特有的笑聲說：「妳在啊！」

「對啊！我沒聽到電話響，聽到有留言才知道。」碧麗緊張地回答。

「喔！好吧！」他說，又笑了一下。「對了，我剛想起妳，所以就想到打個電話給妳。妳有接電話就太好了，聽到妳的聲音真好。」他用最性感的方式說。

碧麗的心跳得很快，腦中混亂的想著：「我在幹嘛？我為什麼要接起電話？我要怎樣把電話掛掉？」

「我也很開心聽到你的聲音。」她溫順地說。

「妳可以搭計程車過來找我嗎？」他問。

「嗯……我覺得可能不太方便。」

「但妳想嗎？」他有點向她施壓。

「我只想對自己好一點，還有……」

皮特打斷她。「嘿！我們之前不是很好嗎？我們之前相處得很好啊！我以為妳也認同。」

「你打給我幹嘛？都已經過這麼久了，跨年過後你都沒跟我聯絡過了。你應該知道我有多難過吧？」

「不是那樣的，我有打過給妳。我也有留言。妳沒聽到嗎？」

「我不是在講這件事，我是在說跨年發生的事。你沒有追上來，你也沒有馬上打給我……你什麼事也沒有做。所以，現在是怎樣？」碧麗覺得自己很蠢，怎麼會讓他知道她有多期望他會追上來，但她控制不了自己。

「嗯！我猜我就是很想妳。只是在想著妳。這還需要原因嗎？」

「所以最近你還有跟誰約會嗎？」碧麗忐忑不安地問。

「喔！別這樣說。寶貝，是這樣的，我打給妳是因為我想念妳，然後妳在問我有沒有在跟別人約會？」碧麗一句話也沒說，她在等皮特繼續說。「現在，我只是很想見妳。」他最後說道。

碧麗沉默了很長一段時間，然後說：「我猜你最近應該還是約會不斷吧！是嗎？」

「天啊！我只想跟著感覺走啊！我想念妳，我們可以一起享受更多美好的事。妳不想嗎？我以為妳懂我！我確實沒有因為你的離開而哀聲嘆氣，但他媽的，現在是怎樣？」

「所以，」碧麗平靜地深吸了一口氣說：「我沒辦法再這樣下去了。我知道你還跟克萊德約會，我撞見過……」

皮特打斷了她，說：「天啊！妳又來了。開玩笑！妳是在跟蹤我嗎？」

「沒有。」碧麗很快地接話了，心裡很後悔自己這麼衝動地接起電

話。「我前陣子剛好路過那邊，就剛好看到你們……」

「好，我確實跟她上過幾次床。她很漂亮，就這樣而已，但我也跟很多人上過床，那又怎樣了？我們誰都不只擁有誰，誰也不只屬於誰。妳只要知道妳在我心中佔了最重要的位置就好啦！妳要顧全大局啊！」

「我知道你愛我，但是我才沒辦法忍受，我做不到，你不要再打給我了。」碧麗氣到發抖地掛上電話。

她靠著牆壁以免跌倒，而內心還有一點渴望皮特能再打來，但是沒有。她回到客廳，窩在沙發上，再倒了一杯酒。大約十五分鐘後，她把還沒冷掉的中餐外賣吃掉。她超級想立刻衝進一臺計程車去皮特家，就像以前一樣膩在一起，這個渴望瘋狂地襲擊她的內心，但她也知道自己不應該再忍受這樣的屈辱了，她受夠了這種折磨，也不想一再退讓而被皮特看扁。她覺得自己只要一看到皮特，就會聯想到他跟克萊德親密的樣子，他含情脈脈地看著克萊德的眼睛，看著美麗動人的克萊德，而這類調情的舉動會一直持續下去，永遠不會有所改變。這個畫面不斷提醒著碧麗：自己永遠不會是他的唯一。就在剛剛她終於直面了這個問題，很為自己腦子進水感到丟臉，希望這一切都沒有發生過。

兩天之後，她終於下定決心刪掉皮特的留言，徹底讓他消失在自己的生活中。在這之後，她持續著工作、吃外賣、看電視的規律，藉著麻木的生活來療傷。

第十六章
回家

離登機還有幾分鐘的時間，珍妮姐在候機室打了通電話給她母親。

「喂？」蜜拉接起電話。

「嗨！媽，是我啦！」

「珍妮？」蜜拉有點意外地問道。

「對！」

「喔！親愛的！妳怎麼會這個時間打回來？我太驚訝了！」蜜拉又興奮又驚訝地說。

「嗯！媽，其實我正在機場，我想回來看看妳，也看看爸。」

「機場？妳在機場了？天啊！我跟小琪說一下，看她能不能去接機。阿葛正在忙一個大案子，抽不出時間，但小琪應該可以。或是……」

蜜拉又習慣性地越扯越遠，於是珍妮姐打斷她說：「不用了媽，我在紐約的拉瓜地亞機場，要開始登機了，等等就不能再講了。」

「喔！好，那妳幾點到？我想小琪可以……」

珍妮姐再次打斷她：「媽，不用，我有租車。」

「喔！好吧！寶貝。妳會待多久？阿查跟阿凱有一起來嗎？我也很想念我的寶貝孫子。妳之前寄來孩子的照片我都貼在冰箱上。」珍妮姐試著打斷她母親的話，但當母親這樣不停講話的時候，她根本插不上話。「我要先幫妳弄好房間嗎？我放了一些妳爸的東西在裡面，不過……」

「不用，媽，不用了，沒關係的，我在家裡附近的旅館訂房了。還有，我是自己回來的，我只能待個一兩天而已。」

「好，好，好。好了，那妳到飯店先休息一下，然後再過來吃晚餐吧！我來煮一些妳愛吃的菜，妳爸看到妳一定會很開心的，他最近一直都……」

「媽，我要掛電話了，要登機了。」

「嗯！寶貝，注意安全喔！我會打給小琪看她跟孩子能不能回來……」

蜜拉還想繼續說，但珍妮姐態度比較強硬地說：「媽，我要掛電話了。幾小時後見。」

「珍妮，待會見啦。」

「媽，再見！」

*

珍妮姐帶著公事包上飛機，裡面裝著塞到快滿出來的稿件，還有新系列書籍出版的企畫案，以及有關發行回憶錄系列的筆記，她總是要讓自己隨時隨地都保持忙碌。整個航程她都在工作，只喝了一杯氣泡水和

吃一點全麥蝴蝶脆餅當零食。降落前的二十分鐘，機組人員請大家收起餐板、豎直椅背，並將個人物品收好時，珍妮姐才匆忙地將她的文件都收好。在等待飛機降落好之前，她看著窗外，第一次停下來好好地思考。突然她感到一陣恐懼，擔心父親的身體狀況變糟，也擔心在逃避了這麼久之後要如何再面對彼此。她也害怕面對小琪，即使她們小時候感情不錯，但珍妮姐心裡很清楚，自從小琪攬下照顧父母的事情後，她對小琪感到很愧疚。在父親發生意外後，小琪也頻頻施壓並阻止她再逃避。想著想著，她又想起自己曾經發誓，以後再也不要回來這個鬼地方的。不知不覺中，飛機降落在跑道上了，她把頭靠在窗戶上，看著外面，心裡雖然五味雜陳，但還是很慶幸自己做了回來的決定。

在租車的地方等了很久，又在路上塞了很久之後，珍妮姐終於抵達了飯店。進到房間後，她打開小行李箱，將錢包和鑰匙從公事包拿出來，放到隨身包包裡，然後洗手、刷牙、梳頭髮、擦止汗劑，接著就出門了。幾分鐘後，她已經在回老家的路上。

停好車之後，她先在車上轉換心情，坐在暖氣還沒退去的車子裡，仔細打量老家外觀：那棟小房子看起來舊舊的，外觀的黃色油漆剝落得很嚴重，大門口的走道也是坑坑巴巴的。她調整好心情後下車，把車鑰匙扔進包包，走到大門口，拉開紗門，然後按下那已經生鏽的舊門鈴。

門打開了。「喔！珍妮，看到妳回來我太開心了，讓我看看妳，我好好看看妳！」她母親激動地說。蜜拉穿著印有藍色小圓點的白色便服，她反覆說著「我得好好看看妳」，露出大大的笑容。

「嗨！媽。」珍妮姐柔聲說道，發現母親看起來已經很老了。

「好了好了，快進來了，親愛的。」

珍妮姐踏進家門時，她覺得自己像是電影中的慢動作踩進了失落的世界。房子看起來跟記憶中的一樣，但是又比記憶中的小很多，然而又好像跟記憶中的不太一樣。她母親從她身後關上門，她則只是站著環顧四周，感覺很不真實，因為這裡的一切都比她記憶中的小很多。她向左邊看，有個狹小的客廳，跟記憶中很像，沙發和父親的舊躺椅看起來年代久遠，金黃色的牆身和以前一樣髒髒舊舊，白色的窗簾布也是。唯一不一樣的是他們以前那部又小又舊的電視，現在換成了一臺比較輕薄的款式。在這個悲傷的小世界裡，時間彷彿停止了。

「來，讓我好好看看妳。」蜜拉再說了一次，她看著珍妮姐，而珍妮姐則看著客廳。

「喔！媽，對不起，我太久沒回來了，這很……」珍妮姐想不到該說什麼了。

蜜拉替她接話：「嗯！讓妳想起很多事吧？」

「嗯！對啊！」珍妮姐一面說一面試著讓自己冷靜下來。

蜜拉張開雙臂。「我們互相擁抱一下吧！寶貝。」

珍妮姐靠近她，抱了蜜拉。當她想抽身時，蜜拉把她抱得更緊，那是一個久違的擁抱，一個溫暖又完整的擁抱。珍妮姐已經想不起來，這樣的擁抱已經是多久以前的事了，她讓自己被好好抱著，至少在這一刻，她想讓自己被接住。

「好了，寶貝，拿妳的大衣給我吧！然後進來廚房看看妳爸。」

珍妮姐脫掉大衣，跟著蜜拉進到廚房。廚房也跟她印象中一模一樣，只是更小了。一張長方型的塑膠桌放在淺藍色廚房的中央，桌上放了一小束色彩鮮豔的花朵。珍妮姐的父親坐在桌子的另一端。「嗨！珍。」他抬頭看著她說。

　　「嗨！爸。」她說，「你還好嗎？」她走向他，彎下腰想要抱他，然後她看到他身上接著尿袋，掛在深藍色睡袍下。他張開手想抱住她時，她往後退，然後轉向站在水槽那邊的母親，她正一邊用擦手巾擦乾雙手，一邊從小小的窗戶往外看。她問：「媽，聞起來好香啊！這是什麼？」

　　「喔！妳看看珍森太太。她真的很愛管閒事。只要外面有不認識的人停車，她都會走出來查看，妳看，就連這麼冷的天她也要出來看！」

　　「媽，是什麼這麼香啊？」珍妮姐再問了一次。

　　「喔，是肉捲。親愛的，我本來想做更特別的東西給妳吃的，但小琪和孩子們都要明天才會來，我想……」

　　珍妮姐插嘴問：「小琪不來嗎？」

　　「嗯！她很想，但她不太舒服。阿雷的樂隊要練習，因為快要開演奏會了，所以沒辦法過來。我有叫小琪明天過來吃晚飯，等明天大家都在時我會做妳最喜歡吃的燉牛肉。」蜜拉興高采烈地說。

　　「嗯！其實我還沒想好，有可能要明天還是後天就要走了。」珍妮姐一面說，一面被冰箱吸引，那臺橄欖綠的舊冰箱上面貼滿了阿凱的的照片，還有一些看起來就是小琪的孩子畫的蠟筆畫。

　　「好吧，我是希望妳能多住兩天的。我們太久沒有見面了，珍妮。

妳可以留下來吧！可以嗎？」蜜拉轉向她直接問道。

「好啊！」珍妮姐說，她坐在桌邊，將她的包包掛在角落的椅子上，彷彿她只是來作客的陌生人。

蜜拉注意到了，說：「我幫妳拿去放在客廳吧！」

「沒關係的，媽，我沒事。」珍妮姐回應說。

在小花瓶的旁邊，就像以往一樣放了一大碗的葡萄。珍妮姐抓了一把，然後丟一顆進嘴裡說：「媽，妳知道嗎？如果妳把葡萄放冰箱裡，可以保存得更好的。」

「我每晚都會放冰箱，只是白天會拿出來放。我怕如果我一直放在冰箱裡，我們會忘記吃。」蜜拉一面說，一面從烤箱裡拿出紅蘿蔔肉捲，廚房內瞬間暖和了起來，也充滿了珍妮姐已經很多年沒聞到過的香味。蜜拉拿出三個大盤子，在每個盤子上面放一片肉捲，用紅蘿蔔在盤子上面裝飾一下，並且在每一盤上各挖了一球馬鈴薯泥。裝盤好後，她先拿一盤給珍妮姐。

「喔！媽，謝謝。看起來真好吃。」

食物都分好後，蜜拉從冰箱裡拿出一壺冰茶，還把料理檯上的那籃牛角麵包拿過來餐桌，忙完後，面對丈夫了坐下來。

「珍妮，我們看到妳回來太開心了，」蜜拉看了丈夫一眼說：「對吧？」

「對啊！」珍妮姐的父親堆起笑容說。

「這是神的祝福，是真正的祝福，感謝主的仁慈，帶領我們的珍妮回來。來，我們吃吧！珍妮，我幫妳倒點冰茶吧！」蜜拉說著，舉起了茶壺。

「好，謝謝！」珍妮姐遞上她的杯子。「聞起來好香，我已經不知道多久沒吃到肉捲了。」她繼續說：「妳還跟以前一樣在上面擠蕃茄醬。」她說著，咬了一口。

「像我常說的，經典就是經典。」她母親說。

「媽，真的很好吃。」珍妮姐說，吃到滿嘴都是。

他們靜靜地吃了幾分鐘後，蜜拉說：「那麼，跟我們說說妳在紐約的生活？阿查跟阿凱好嗎？」

「他們都很好，阿凱在學校也一切都很好，他很用功，而且很有才華；阿查工作上也表現得非常好，只是他常常都很忙，我們都是，但一切都很好。」她又吃了一口奶油薯泥。

「珍妮，跟我們講講妳的工作吧。聽起來好像很有趣，是出版書籍嗎？」蜜拉對著她女兒微笑問道。

「嗯！我也不只是出書，而是……」

「喔！我的意思是說……」蜜拉感到一陣尷尬。

「沒事的，媽，沒關係，我懂妳的意思。我的工作是很有趣啊！也可以說就是在出書啦！我扛了很多責任，壓力很大，但很有成就感。最近我正在策畫一個回憶錄系列，這是我們出版社的大突破，而且這都是

我的點子，我有很大的決策權。我相信這系列一定會打出一片江山，不過這個案子只剩不到兩個月的時間就要出版了，所以我最近算是承受了很大壓力。」

「喔！聽起來厲害耶！老公，你說是吧？很厲害！」蜜拉滿臉笑容，轉頭看著她丈夫。

「對啊！真的！」珍妮姐的父親說。

這個話題結束之後又陷入一片沉默，大家只好假裝專心吃自己的晚餐。終於，蜜拉問：「對了！我很好奇一件事，你突然打電話過來，而且還回來了，這讓我們很驚喜。但我想知道妳怎麼了嗎？是發生了什麼事？」

「喔！沒有什麼，但希望這麼突然，不會造成妳的麻煩。」珍妮姐說。

「不會，親愛的，當然不會啊！我們都很開心妳回家，非常開心，只是有點驚訝而已。」

「嗯！我前一段時間工作真的太忙了，還有就是我在底特律這邊有一位作家一直沒辦法簽約，所以想著回來的時候順便跟他見個面。」

蜜拉有點失望地說：「喔！原來是這樣啊！」

「這也是個機會，可以順便回來看看妳跟爸，我也想要回來一趟。」珍妮姐講完就很後悔自己撒謊，在她的潛意識中，似乎很不願意讓父母覺得自己是特地跑這一趟的，但她已經無法重新再回答一次了。

「我們真的很開心妳能抽時間回來看我們。那妳明天先好好去忙工作上的事，晚上再回來吃大餐，我們一起來好好慶祝一下。」蜜拉說。

「好。」珍妮姐不太自在地說。

吃飽後，蜜拉負責洗碗，洗好後端上一壺無咖啡因的咖啡。「我還做了磅蛋糕。」

「媽，謝謝！但我吃太飽了，而且也很累了，我看我先回旅館好了。」珍妮姐說。

「喔！就吃一小片好不好？寶貝，這是妳最喜歡的檸檬糖霜喔！」蜜拉說，切了一片放到盤子上給珍妮姐。

珍妮姐已經很撐了，但她說：「好吧！我那只吃一片，媽，這看起來好好吃。」

蜜拉把咖啡遞過去問：「要喝一點嗎？」

「好，謝謝！」

大概過了十五分鐘左右，珍妮姐站起來，走向她父親，輕輕抱了他一下說：「晚安了爸，明天見。」

她拿了包包就走向大門，而母親跟在她身後。

「妳要不要帶一些回去旅館當消夜？我可以快速幫妳打包一些。」蜜拉堅持希望她帶一些回去。

「媽，謝謝！但真的不用了。晚餐謝謝妳了，所有東西都很好吃。」

「喔！親愛的，能看到妳來真的太高興了，我們真的很開心。從接到妳的電話開始，妳爸爸就一直在念叨妳。你知道嗎？今天是自從那個意外之後，妳爸爸第一次在廚房用餐，前一段時間我都只能拿進房間給他吃。」

珍妮姐笑著：「我明天過來吃晚餐，大約六點左右到可以嗎？」她問道，也給了母親一個擁抱。

「那我們六點見。如果妳工作比較早結束就早點過來吧！我們都會在家，什麼時間來都可以。」珍妮姐走向車子的時候，她母親對著她大聲說道。

＊

珍妮姐起了個大早，先在旅館的健身房做運動，然後回到房間裡工作一整天。她剛好六點抵達老家門口，按了門鈴之後妹妹馬上就出來開門了。「嘿！珍！看到妳太好了，快進來。」

珍妮姐踏進房子時，小琪抱了抱她，但她們都還沒來得及說話，小琪十歲的兒子阿雷就拿著一架玩具飛機衝了過來，嘴裡還發出飛機引擎的聲音，後面追著他跑的是弟弟阿提。小琪的注意力被他們分散了，對著他們大吼：「我跟你們兩個說過了，不可以跑來跑去！你們給我停下來！立刻！馬上！」

「進來把大衣脫掉吧！」小琪轉回去，對還站在門口的姊姊說：「看到妳真好，真不敢相信我們已經這麼久沒見面了。」

珍妮姐走進去，關上了門，將她的大衣和包包都掛在衣帽架上。接

著問：「是什麼？好香啊！」

「媽在裡面忙得不可開交，她準備了烤牛肉、肉汁、豌豆、餡料，還有各種配菜。她已經忙進忙出一整天了。」小琪跳進沙發裡說。

「她不用那麼麻煩的。」珍妮姐說。

「別這麼說，妳我都知道，這是媽媽表達愛的方式！」小琪回答說。

蜜拉拿了兩杯冰茶走進客廳，把飲料在放茶几上，然後給珍妮姐一個大大的擁抱了說：「嗨！寶貝，我才剛弄好廚房的東西，妳們姊妹倆要進來嗎？我還買了妳們以前最喜歡的那一款波特酒切達起司醬，剛好家裡也有麗滋餅乾可以夾在一起吃。」蜜拉指著茶几上的小盤子說。

「謝謝媽！好幸福喔！晚餐有什麼我可以幫上忙的嗎？」珍妮姐問。

「喔！不用了，親愛的，妳就坐著跟小琪聊天吧！晚餐快準備好了。」蜜拉說完又走回廚房。

珍妮姐和妹妹一起坐在小沙發上。「孩子們都長這麼大了，看起來很好，妳看起來也很不錯。」她有點緊張地說，拿起她那杯冰茶喝了一口。

「妳看起來狀態也不錯，只是太瘦了一點，妳是在學那些紐約的大明星節食嗎？那個好像叫什麼節食法？是什麼區域法，還是什麼臭氧法的樣子……」小琪話都還沒說完，自己就大笑了起來。

「嗯哼！我只是吃得比較健康。」珍妮姐有點戒備地反駁。

「開玩笑的啦！我只是在表示很羨慕妳而已！」小琪馬上回應。

「阿葛呢？他怎麼沒有一起來？」

「我老公喔？他說很抱歉沒辦法來跟我們聚餐。他最近標了一個大案子，剛簽約，前幾天也動工了，然後他就從早忙到晚，坦白說……」小琪靠近珍妮姐，降低音量說：「他其實也想跟妳見面，只是我猜他受不了我們爸媽。他這幾個月一直被綁在我們家照顧爸媽，這麼長一段時間都沒有機會喘一口氣，所以這次的新工作算是找到完美的藉口吧！」

珍妮姐聽懂其中的弦外之音了。

小琪收回目光看向盤子裡的起司醬說：「妳知道嗎，只有妳在，媽才肯去買這些起司醬，我超愛吃這個的！」她一面拿起兩片餅乾塗了起司醬一面說。

珍妮姐尷尬地笑了笑，也拿起餅乾，隨便塗了塗起司醬就夾起來吃。「嗯！聽起來阿葛過得還不錯。那就好！我希望他有加班費可以領。」珍妮姐咬了一口手上的餅乾，當起司醬滑進她的齒縫時，這個似曾相識的味道讓他想起小時候的社區聖誕派對。

「對了，珍。」小琪又靠近她一點，再次小聲地說。「什麼風把妳吹回來的？」

「喔！嗯……」但當珍妮姐試著亂講出一個答案時，小琪的孩子闖進來，吵著說他們餓了。

「來吃點餅乾吧！」小琪說：「但屑屑不可以掉到地上，不然外婆會生氣喔！」孩子們拿著餅乾走進廚房，小琪回頭跟珍妮姐繼續聊天。「不好意思，妳剛說什麼？」

「喔！嗯……」

「媽說什麼妳約了一個作家見面？」小琪問。「她還告訴我說，叫我白天不能打給妳，不然會吵到妳工作。」

「對啊！我正在編輯一套新的系列，算是很大的一個系列。我跟一個潛在的作家約在底特律見面，所以想著也可以順便回家一趟。」珍妮姐說，將剩下的餅乾丟進嘴巴裡。

「珍，別繞圈子，我還不懂你嗎？」小琪小聲說：「不要編理由！跟我老實說，到底怎麼了？妳這麼久沒回來了，現在……」

她們講到一半又被打斷，這次是蜜拉走過來說：「晚餐準備好了，孩子們也都餓了，妳們兩個也進來吧！」

小琪看了珍妮姐一眼說：「我等一下再來好好地挖妳的八卦。」她們拿著冰茶，站起來走進廚房。桌子上堆滿食物，看起來就像是過感恩節或聖誕節。孩子們已經坐定在桌子的一邊，蜜拉叫小琪坐到孩子們的對面，然後讓珍妮姐坐到另一邊的位置上。

「那爸要坐哪裡？」珍妮姐問。

「喔！寶貝，妳爸今天不太舒服，沒辦法出來跟我們一起吃，我會把晚餐端進去給他。他覺得這裡太擠了，有點不自在，但晚餐後妳可以去跟他打個招呼。」蜜拉坐下來的時候解釋道，又擺上了一碗豌豆出來。

「好了，各位，我們開動吧！」

＊

晚餐過後，蜜拉正在整理餐桌。孩子們想要玩一下，小琪就說：「乖一點，不要搗亂。」然後她問：「媽，我幫妳洗碗吧。」

珍妮姐也進來問：「媽，我能幫什麼忙嗎？」

「不用，不用。我弄好咖啡就出去了。妳們拿些甜點去給爸爸吧！他應該很想跟妳說說話，珍妮。」

「媽，妳不要再弄了，我很飽了。」珍妮姐說。

「不麻煩，我做了妳最喜歡的蘋果派。我本來要做蜜桃派的，只是很可惜，現在還不是產季。妳就多少吃一點吧！寶貝。順便拿一些進去，妳爸也很想念妳。即使他心情最壞的時候，他也無法抗拒我的水果派。」蜜拉從料理檯上的烤鍋撕下保鮮膜，瞬間肉桂香充滿了整個房間，這味道把珍妮姐瞬間拉回到小時候的記憶，小時候常跟小琪一起跑去外面的秘密基地玩耍，全身髒兮兮的回家，一進門就會聞到這種香味，就是甜派剛出爐的味道。就在珍妮姐還沒回過神之前，蜜拉已經遞過來一大盤，上面還放了一大匙慢慢融化的香草冰淇淋。「這份是給妳爸的，妳跟小琪一起拿進去給他，跟他說說話。等妳們聊完後，我煮的咖啡也應該好了，然後妳們就可以出來吃甜點。我還做了些薑餅給孩子們，珍妮妳可以帶些回去給阿凱。喔！小琪，這裡還有一些食物可以留給阿葛。我待會包一個便當給他，等他下班回家就可以吃。」

「謝啦！媽。」小琪說。

珍妮姐手裡拿著她父親的甜點，但是沒有起身離開餐桌。「親愛

的，拿去吧！」蜜拉拿了餐巾紙和湯匙給她，然後說道：「再給我十分鐘，其他東西就都準備好啦！」

珍妮姐和小琪走向父母的房間。小琪敲了門。房間裡傳來一陣類似發牢騷的聲音，似乎說了一聲「進來」。珍妮姐跟著小琪走進那個小房間，但在記憶裡，她記得那個房間很大。她盯著床上躺著的老人，他顯得如此年邁和舉步維艱，與孩提時高大的形象完全不同。昏暗的房間裡，唯一的光源只有兩盞又暗又小的燈。父親墊著幾個枕頭坐在床上，小琪拉出房間裡唯一的一張椅子，靠著牆角的小窗戶坐下。珍妮姐把甜點遞給她爸後，看了一眼小琪，然後就沿著床邊坐下。

「謝謝！但我不餓。」他喃喃。

珍妮姐伸手拿回甜點，但小琪插嘴：「爸，吃一點水果派吧！這是媽特別做的，你嚐一下。」

他點點頭。

「爸，你這幾天身體怎麼樣了？」小琪有點不耐煩地問。珍妮姐想起小琪在電話裡，只要一講到父親的狀況就有多煩躁了，而很明顯地連跟他講話看起來也是這樣。儘管父親的身體狀況如此，他們之間的關係還是沒有改善。小琪還是沒辦法掩飾心裡的怨恨。

「我沒事。」他說，試著坐得更舒服地吃。「孩子們怎麼樣了？阿葛的新工作呢？」他問，然後吃了口他的甜派。

「爸，大家都很好。」小琪回答。「那，那珍妮呢？你大老遠過來。」小琪的語氣聽起來就像是幫父親開話題。

「對啊！我很開心妳回家。」他說，看著珍妮姐，試著露出微笑。

「爸，聽到你不舒服我也很難過。」珍妮姐說。

他又吃了一口甜派，說：「真的很好吃，妳們兩個有吃嗎？」

「我們等等會跟媽一起吃，現在是先拿給你吃。」珍妮姐回答。「真的很香，自從我搬出去之後，就再也沒機會吃甜派了。」她笑著對她父親說。

「對啊！難怪妳不喜歡家鄉味了。」小琪諷刺她。

「我還記得之前夏天的時候，你超愛吃媽做的蜜桃派，爸，你還記不記得？」珍妮姐說，試著將專注力放在父親身上。

「他什麼都不記得了。」小琪說。

父親對珍妮姐苦笑了一下，然後看向小琪，好像是在乞求寬恕一樣說：「妳知道我記得什麼嗎？」

「爸？什麼？你記得什麼？」珍妮姐溫柔地問。

「那個夏天我們一起去了安娜堡的一個園遊會，妳還記得嗎？這個甜派就像是那時候的味道，妳記得嗎？」

「我記得，就像那些蘋果甜甜圈。」珍妮姐說：「小琪，妳記得那些甜甜圈嗎？」她問。「我們買了一大包，然後在回家的車上把整包嗑光。」

小琪搖搖頭。

「嗯！我記得，應該就是甜甜圈。」她們的父親說，又微笑了一下。

「那天真的很好玩，是我記憶中最棒的一天。」珍妮姐感嘆地說。

「妳根本就不記得！爸當時喝掉了全部的啤酒，然後跟媽吵著要開車回家。然後在我們準備走回去開車的路上，他跳起來用力捶了一個高速公路的路牌，那是很大塊的綠色金屬製路牌。妳不記得嗎？當時到處都是血，他又一直在大吼大叫。」小琪帶著怒氣說。

空氣中一片死寂。幾分鐘後，珍妮姐說：「我記得那天很好玩，那是我到過最漂亮的地方了。我們買了所有遊樂設施的票，還有雲霄飛車。我從來沒玩得那麼開心過，而且我還記得那天爸買了很多甜點給我們。」珍妮姐說。

「對，沒錯。我記得妳拿了棉花糖，小琪拿了冰淇淋對吧？」她們父親問。

「我拿了冰淇淋鬆餅三明治。」小琪說。

「那就對了，巧克力口味的。」他說。

「不對，爸，是草莓口味。」小琪說完，生氣地衝出房間，然後用力關上門。

珍妮姐心疼地看著她父親。

「那妳的棉花糖，是粉紅色的，對吧？是亮粉紅色的？」他問。

「嗯！對啊！爸。」

「珍妮，我沒有怪妳不來看我，我知道⋯⋯」

珍妮姐不讓他講完。「我太忙了，真的，你想像不到在紐約的生活是怎樣的，根本走不開⋯⋯」

「珍妮，沒事的，我明白。」

「爸，你出事的時候，我想⋯⋯」

這一次，他握著她的手，直視著她的眼睛。「珍妮，那不是意外，那不是意外。」

珍妮姐坐得很直，她的手還放在他手心裡。「你說什麼？爸，你那時候⋯⋯」但她想不到要怎麼問。

「沒有，珍妮，我沒有喝酒。妳可能不相信，但是我都已經戒酒好幾年了。其實那時候是因為妳媽吵著要分手，而且她不是說說而已，她打包了行李，跑去教會的姊妹家住。嗯！我不能沒有她，我都已經很努力戒酒了，但是她就是不相信我。」他停頓了一下繼續說：「而且我那天也沒有喝酒。」

他把頭低了下去，珍妮姐用力的握住他的手，「什麼意思？爸，你說那不是個意外？」

「珍妮，我那時候很痛苦，很難過。在那之後很多事我都不太記得了，但我知道我是誰，我也記得我對你們所有人做過什麼。妳媽一直告訴我這些年來我有多糟糕。當我想到⋯⋯」他在發抖，也試著再振作起來。「當我認識她的時候，她年輕又漂亮，現在她年紀大了，耗費了青春和一切，她真的對我付出太多了。」

珍妮姐簡直不敢相信自己的耳朵，問道：「爸，這到底是什麼意思？」她再問了一次。

「我知道我脾氣很壞，我自己也受不了自己。我想放過妳媽，也想放過妳們所有人。也許到時候妳們會代替我照顧她，妳的妹妹也不會一直對我生氣。我害她浪費很多生命在憤怒上面，這就像一種癌症，無解又無可救藥，我自責又無助。這就是為什麼，珍，這就是為什麼當時我會跑上高速公路的原因，這就是為什麼。現在看看我，看看妳母親，我居然連這點小事都做不好。」他停了一下，繼續說：「我沒有跟妳母親說這件事，她也從來都沒有問過我。」

珍妮姐安靜地坐著，淚流不止。他們不再說話。幾分鐘後，她給了父親一個又大又久的擁抱，然後走出房間。她一臉嚴肅地回到廚房，跟小琪還有母親坐在一起。她們若無其事的在討論週末要一起去逛街，而珍妮姐則安靜地吃甜派、喝咖啡。

當珍妮姐離開時，跟她母親互相擁抱。雖然蜜拉嘴上沒有再說些什麼，但看起來還是感到很欣慰。

隔天下午，珍妮姐飛回家時，阿凱正坐在客廳裡看著電視。她從包包裡拿出裝著薑餅的夾鍊袋給他，說：「我很累，先去洗澡睡覺了。」

「嗯！媽，謝謝妳給我這些餅乾。」阿凱有點疑惑地說，神情也很凝重。他的第六感一直告訴自己，會不會是發生了什麼不好的事？他傳了很多封簡訊給小娜，希望她可以陪他聊一聊。

第十七章
糖果店

阿瑞很喜歡賴床，他的生活總是圍繞著：打電動，和室友阿扣一起抽大麻，或和女朋友小蕊床上運動，或是隨便釣個一夜情的女孩來瞎混。雖然他穿衣服邋裡邋遢又不修邊幅，但他天生就有一副好皮相，個子很高，眼睛很深邃，五官比例也很好。跟他的室友比起來，他好看很多，所以在一般女生的眼裡會覺得阿扣是個死肥宅，而阿瑞這個室友卻是大帥哥。但事實上，阿扣雖然看起來笨笨的，但其實他是個善良的好人。相反的阿瑞會耍一些小聰明，比阿扣危險多了。

阿扣和阿瑞是在一家二手唱片店認識的，當時阿瑞正在找一個冷門的雷鬼唱片。就在兩人相談甚歡之後，阿瑞向阿扣提議了一個「商機」，就是在店裡後面的房間交易毒品。由於最近的銷售業績下滑，阿扣其實蠻擔心自己會失業，加上可以免費拿到大麻，所以他很快就同意了。老實的阿扣根本就沒有意識到，其實那天阿瑞走進店裡根本就不是要買東西，而是在拉下線的。他後來還笨笨地送了一張雷鬼 CD 給阿瑞當作感謝禮物，並且自以為很聰明地將一部分賣毒品賺到的錢放到店裡的收銀機，想裝作店裡的業績還可以的樣子。雖然地下生意已經讓阿扣賺了不少，他還是想要保住唱片行的工作，這讓他覺得自己是個聰明的好人。阿瑞則只是想要留著這個交易地點。兩個人成了要好的朋友，合作一段時間之後，原本小小的大麻生意，已經轉變成提供各式各樣藥丸或藥粉的毒品販售事業了。過不了多久，阿扣和阿瑞就成了室友。阿瑞

偷偷認為，這樣會更容易掌控阿扣。

　　每週二早上，阿瑞的鬧鐘都會準時七點響起。他沖澡後，就會在八點左右戴著耳機、聽著音樂、背著一個灰色的舊背包離開家。這一整天的行程滿滿，不是搭火車就是搭公車。首先他會去一家在布魯克林區號稱最有名的麵包店，買招牌猶太麵包搭配奶油起司，然後再去探望住在皇后區一家療養院的祖母。每次他來的時候，都會看到她坐在房間窗邊一張蓋著桌巾的桌子旁。她每個星期二都會穿著洋裝，坐著等阿瑞來。她會跟療養院的員工拿一些茶，而阿瑞會分切剛才買的猶太麵包和奶油起司。他們通常會玩牌或跳棋，阿瑞大約待一小時就會離開，卻是祖母一整個星期當中最期待的一小時，因為一直以來只有阿瑞會來探望她。

　　一個月前三次的探望之後，他會順便處理一連串瑣事。每個月的第四個星期二，他會去南布朗克斯的貧民區，將背包裡的錢全部拿出來，再放滿毒品。為了這個快閃交易，他來回一趟需要花很長的時間。半路上，他會經過一家波多黎各小餐館，買一份大份的蒜味雞肉盤、一份大份的米飯和豆子、以及一大罐椰子飲料。然後背上背包，拿著食物袋，風塵僕僕地回到布魯克林區，找阿扣一起大快朵頤一番。如果這個時候阿麥剛好在家，就會在房間裡聞到外面傳過來的蒜味。到了第二天早上，阿扣就帶著阿瑞的背包去店裡上班。像這樣的固定行程一直都很順利進行，直到三月份一個寒冷的星期三早上，突然被打亂了。

　　小娜這一段時間都和阿扣黏在一起，就好像已經同居一樣，但因為她每個星期二和星期三都有課，所以通常星期一她會先回宿舍，一直到星期四晚上才會再過來。不過事情發生的這個禮拜剛好放春假，所以小娜就一直窩在阿扣家吸大麻到神智不清。她原本也想要約閨密小蕊一起

過來，但是小蕊對於不斷吸大麻的生活已經厭倦了，她覺得阿瑞跟阿扣的家就好像是漩渦，把她的精神跟時間都吸走了。小蕊對於和阿瑞的床上運動已經失去了興趣，所以他們也差不多算是分手了。她利用這一段假期，找朋友一起出城去玩，不跟阿瑞待在一起。她已經準備好要穿著比基尼、大口喝瑪格麗特酒，然後像以往一樣隨便找個運動健將等級的帥哥廝混一下。她也有約小娜一起，但小娜只想活在阿扣的世界。

跟阿扣在一起後，小娜常因為上課遲到而偷溜進教室，雖然她是個大學生，但是現在更像是借住在別人家的臨時戶口。在事情發生的這個星期三早上，她在阿扣家起床的時候，發現阿扣正準備上班，躡手躡腳的怕吵醒她，當他拉上阿瑞背包的拉鍊時，小娜轉過來，滿是睡意地問：「嘿！怎麼了？」

「我要去上班了，寶貝，妳知道的啊！那，妳再睡一下吧！妳今天放假對嗎？那我回來之後我們又可以膩在一起了。」

小娜迷迷糊糊的，她揉揉眼睛，腦袋還沒有清醒。但她突然想到，如果阿扣去上班，她就需要跟阿瑞在家一整天。她沒有說出口的是，自從跨年之後，她就害怕起阿瑞，所以不想跟他獨處在一個空間。

「等等！等我一下！我跟你一起出門。」她說，坐起來伸了一個懶腰。

「寶貝，這樣聽起來很開心，但是我真的要走了，妳每次都拖很久。而且，妳如果跟著我，會無聊到發瘋的。」阿扣一邊反駁一邊穿上外套。

小娜掀開被子，從床上跳了下來，說：「我這次會超快的，我可以

跟你一起待在店裡，如果我無聊了，我也可以去附近逛一逛。我也想順便回宿舍拿點東西，你再等我幾分鐘吧！」

　　阿扣想，如果小娜整天都跟著他的話，阿瑞應該會不高興。之前就曾經有過要跟她晚餐時間一起吃外賣，但阿瑞不太開心。可是看著眼前這個超辣的女友，他又覺得其實也沒什麼，而且也很難拒絕。所以他說：「妳動作要快一點，我不能遲到。」

　　「沒問題，給我五分鐘。」她說著，把牛仔褲穿上。

　　大約半小時後，他們已經拿著半路買的咖啡坐上火車了。儘管是尖峰時間，很幸運地過了一會還是找到兩個空位。一路上小娜都靠著阿扣的肩膀，坐著坐著就打起了瞌睡，但偶爾車箱的震動或車長的廣播還是會讓她驚醒。就在快要到站前，她又睡著了，握著咖啡杯的手不小心鬆開，咖啡打翻在阿扣的大腿上。阿扣跳了起來大喊：「哎唷喂呀！」小娜也嚇到跳起來，急著幫忙處理。她在口袋裡翻到用過的衛生紙，急忙拿出來擦阿扣的褲子。這時候火車傳來到站的廣播，在手忙腳亂中，他們和準備下車的乘客擠成一團。她拿起阿扣的咖啡，匆忙地被人潮擠下車。就在一片混亂當中，阿扣竟然忘了拿座位上的背包。直到他們已經站在月臺上他才發現，只能眼睜睜地看著火車在他眼前開走。一切都發生得太突然了，他呆呆地站在那裡，聽到自己劇烈的心跳聲。

　　「該死的！該死！」他大吼著，對著空氣猛揮拳，然後難以置信地抱著頭。

　　小娜完全搞不清楚狀況，她疑惑的問：「怎麼了？為什麼像瘋子一樣？」

「背包啊！我的背包！」他呼吸沉重地說。

「你的背包丟在車上了？」小娜問。她轉了轉眼珠，思考解決的方法。「不然我們去找工作人員，問一下可以怎麼辦。他們可能會通知列車長之類的，或許他們也有失物認領處的服務。」

阿扣站在那邊，盯著前面漆黑的隧道口。車站又擠又吵，但他只感受到深深的孤單。剛剛所有發生的事，就像是慢鏡頭一樣重播，連小娜說什麼也聽不清楚。

「阿扣，不用太擔心。我們一定可以拿回背包的。」小娜拍拍他的背說：「冷靜。」

「我死定了，要死了。」他小聲地自言自語。

「來吧！我們先離開這裡。」小娜說。

「我要去店裡，要先打給阿瑞。」

「為什麼？你不先跟這邊的工作人員說一聲嗎？」她問道。「說不定會有人撿到你的背包。」

「走吧！我們走，我要打電話給阿瑞。」

「好吧！你可以用我的手機。」她說，從她的包包裡翻找手機。

「不用了，我去店裡打。走吧！先離開，我在路上解釋給妳聽。」

＊

阿扣一臉生無可戀的坐在店內的小房間裡，關上門，他拿起電話打

給阿瑞的時候，整個人都在發抖。

「兄弟，是我，完蛋了。」阿瑞一接電話，阿扣就說。

「怎麼了？」阿瑞問。

「我把背包忘在火車上，不見了。背包不見了。」

「你說什麼？你把背包丟在火車上？」阿瑞大吼。「可惡！你怎麼可以那麼笨？」

「是意外的。小娜不小心把打翻咖啡在我身上，我就分心了，所以才會這樣。」阿扣絕望地說。

「小娜？幹，她在那邊幹嘛？她知道背包裡面是什麼東西嗎？」阿瑞暴怒地問。

「沒有，她不知道。她純粹只是想跟我膩在一起，她什麼都不知道。」阿扣說，但阿瑞懷疑他說謊。「她提議我找車站的工作人員協尋那個背包，但是你覺得我可以嗎？這麼做有可能拿得回來嗎？」阿扣說。

「喔！聽起來真是難得的好主意！你可以去大張旗鼓的問問看，是不是有人撿到裝滿毒品的背包。你到底有沒有腦子？」阿瑞怒吼著。

「嗯！我只是想說他們或許不會打開來檢查，你知道，就是撿到私人物品一樣。」阿扣說。

「你唬我嗎？你要冒這個險？十有八九會有人通報在火車上發現一個可疑背包，然後防爆小組就會出動。」

「那我們要怎麼辦？」阿扣害怕地說。

「我先想想，給我一分鐘，我想一下。」阿扣只能聽到自己沉重的呼吸聲。最後，阿瑞說：「這樣，我們還有幾個禮拜，這幾個禮拜的時間可以想一下對策。你暫時先什麼事都不要做，今天就照常去店裡上班吧！我們晚一點看看可以想出什麼辦法。」

「好，好吧！」阿扣同意了，但他還在發抖。

「還有，你不要再帶著那女的了，懂嗎？」阿瑞嚴厲地說。

「好啦！知道了。」阿扣說。他們掛了電話，阿扣靜靜地坐著，希望旋轉的房間停下來。

＊

那天晚上阿扣費了很多口舌才勸小娜回自己的宿舍，可是她很生氣。他花了一整天在想，到底事情會怎樣發展。他試著說服自己一切都會好轉的，因為每個人都應該得到一次奇蹟，他希望一切都會沒事。晚上回家後，他發現阿瑞不在家。他在客廳裡等了好幾個小時，直到準備睡了，在經過阿瑞的房間時，突然有股不祥的預感。他打開阿瑞的房門，才驚恐地發現整個房間都已經清空了，房間裡面什麼都沒有留下來。他打開了每一扇衣櫥門、每一個抽屜，但都沒有阿瑞的蹤影，也沒有他曾經住在這裡的痕跡。他待著站在原地，不斷想著到底發生了什麼事？他到底惹到了什麼麻煩？還有，接下來該怎麼辦？

接下來連著三天阿扣什麼事都沒辦法做。

恍惚中，他在廚房一度遇到阿麥。阿麥問他為什麼都不用上班，而

阿扣也只是不耐煩地說：「關你什麼事。」小娜一直打電話給他，也一直傳訊息給他，但是他通通都沒有回。他一直在想，他有一個月的時間可以想辦法，他只需要自己獨處，好好思考。

突然有一天，家裡的電話響了。他沒有接，所以跳到留言，他聽到阿瑞的聲音從電話裡傳出來說：「接電話。」

他從沙發跳了起來，衝過去接起電話：「喂？喂？阿瑞，是你嗎？」

「是我，只是通知你，要趕快離開那裡。」

「什麼意思？你在哪裡？為什麼你離開了？」阿扣有很多疑問急切的需要解答。

「聽好，你要趕快離開那裡。」

「你不是說，我們有四個禮拜可以想辦法？」阿扣說。

「他們已經在監視你那家店了，他們知道你都沒回去上班，也知道貨已經沒了。不曉得他們什麼時候會找上你住的地方，但是我猜應該快了，你要趕快走。」

「但是……但我們可以解釋啊！我們不能跟他們好好講嗎？就當作放個假之類的。我們可以……賠償呢？」阿扣語無倫次地問。

「反正你趕快走就對了。」阿瑞掛電話前最後再講了一次。

阿扣呆住了，手裡握著電話，只聽到電話裡傳來斷線的嘟嘟聲。他感受到身體裡的血液在瘋狂流竄，可是整個腦袋卻無法思考。他放回電

話，走到沙發去找出他的手機，傳了一個簡訊給小娜：「要馬上見妳。在路上。」

他沒有等她回覆，就匆忙抓了個旅行袋，隨手丟了幾件衣服和 CD 進去。他還拿了藏在床墊底下裝著現金的信封，然後轉身離開。

＊

阿扣到小娜宿舍時，驚慌到一直顫抖。原本小娜氣到不想開門放他進屋的，但當她看到他眼中的絕望和恐懼，又聽到他不斷哀求後，就心軟了。她這幾天都在生氣，還氣到連洗澡都懶，窩在宿舍不吃不喝，只有偶爾吃一下販賣機的洋芋片或零食這些不健康的東西。她覺得很莫名其妙，也對這個男朋友很失望。雖然她原本想著自己療傷，但當她一看到阿扣的狀態，就抓住他，拉他進房間了。

「到底發生什麼事了？」她抱著他問道。

他稍微拉開距離，坐到她的床上，從口袋裡拿出菸，手一邊發抖一邊點菸，而且連續點了三支火柴才能成功。他問：「妳室友呢？」

「她出去了，現在是春假，所以她出去玩了。我告訴過你的，每個人都安排了活動，就只有我被困在這裡，像沒人要一樣。」她坐在床上，面對著阿扣抱怨。然後說：「你不能在這裡抽菸，不然等一下舍監會把我轟出去的，或做類似的警告。」

「妳不是說整個宿舍都沒有人。」他很焦慮地說，同時吐出一大口菸。

「對啊！但是還是會有煙霧感應器這一類的東西啊！還有舍監管理

員會巡邏，反正就是不能在這裡抽菸。」她揉著眼睛說。

他再深深吸了一口，然後直接把菸蒂丟進旁邊一個健怡可樂罐裡，菸碰到已經沒有氣的可樂時發出了滋滋聲。

小娜坐在阿扣旁邊，他頭靠在她肩膀上說：「我得在這裡待幾天，可以嗎？」

「嗯！可以。但我室友可能明後天就回來了。阿扣，到底發生什麼事了？」

「沒什麼，就是想要待在這裡讓頭腦冷靜一下，可以嗎？」

「你告訴我到底發生了什麼事？你這個樣子很嚇人，而且你突然不理我的事，我還在生氣喔！」她帶點怒氣說。

過了一會，阿扣哭了出來，小娜被他這樣的舉動嚇到了，她手足無措地不知道該怎麼做才能幫他，只能試著輕撫他的背，語氣更為輕柔地說：「沒事的，不管怎麼樣都會沒事的。你可以放心跟我說，到底怎麼了？」然後，他就把所有的事情都和盤托出。

接下來的一整天，他們都在想辦法，小娜想也許一切都沒有那麼糟，也許他只要回去租屋處，假裝什麼都沒發生，照常上班就好。他否決了這個提議。她又建議，可能他可以試著解釋一下發生什麼事，也弄清楚那些毒品是誰的。她說她也可以跟父母要錢來補這個洞，反正她一直很擅長找理由讓父母給她錢。阿扣認為小娜不可能要得到這麼多錢，於是她又想到阿凱，她信任他，相信阿凱可以幫忙，可是阿扣不願意再讓更多人牽扯這件事。第二天晚上，他決定要離開了，但當他們躺在床

上快睡著時，她小聲地問：「你哥哥呢？」

阿扣根本忘了阿麥竟然被一個人丟在家裡。「完了！」他說：「完了！我完全忘了他，我走的時候整個嚇壞了。」

「趕快打給他，告訴他快走！」小娜小聲說。

「他不會接電話的。」阿扣說。

「他沒有手機或電子郵件嗎？或其他可以聯絡的方法？」小娜問。

「沒有，他什麼都沒有，而且我之前就跟他說過，叫他不要接任何電話。」他頓了一下，想了一下。「我試試看，我明天早上試試看，如果我對著答錄機大吼，說不定他聽到就會接了。」

小娜和阿扣一直到隔天下午兩點才起床，阿扣昏昏沉沉的，差不多一小時後，他才赫然想起他要打電話給阿麥。他打了至少六通電話回公寓，瘋狂對著答錄機吼叫，要阿麥趕快接電話，但是都沒有人回應。那時候阿麥已經出門了，他跟皮特一起在茶館裡。

「完了。」阿扣對著自己碎碎念。

小娜從浴室走出來，穿著一件白色的浴袍，頭髮用毛巾包了起來。「洗乾淨了，感覺真舒服。」說罷，她才發現阿扣看起來很焦慮。「怎麼了？」她問。

「我找不到阿麥。我打了幾百通電話給他，他都沒接，我就知道他不會接電話的。完了完了！」他大吼大叫。

「先別擔心，」小娜走過去安慰他說。「他一定會沒事的，他什麼

也沒做過，而且也什麼都不知道，你先不要太擔心吧！」

「小娜，我不能就這樣丟下他！我是說，我就是不能丟下他！我根本不知道會發生什麼事。」阿扣抱著頭說。

「好吧！那你要怎麼做？」她一邊擦乾頭髮一邊問。

「我要回去租屋處，提醒他趕快走。」阿扣回答說。

「你確定要這樣做嗎？」小娜問。

「因為我也沒有別的辦法了。我答應你，我回去的時候會先確定附近有沒有奇怪的人，然後找到他叫他快點走。」

小娜毫不猶豫地說：「我跟你一起去。」

「不要，絕對不可以。」

「我要跟你一起去。我在你房間還有一些東西，可以順便去收走。還有，沒有人會對一個女生幹嘛的。我幫你把風，萬一你有什麼需要，我也可以及時幫忙。」

阿扣很緊張，也沒辦法好好想清楚，只好回答小娜說：「好，好，好，妳也一起去吧！但是我們動作要快，沒時間讓你慢慢打包。」

「好，我只拿我的東西，然後你趕快找你哥。我們五分鐘內就可以搞定的。」小娜向他保證。

*

阿麥那天早上跟皮特約好十一點在茶館碰面。他們一起喝咖啡，皮

特則一直跟阿麥推薦現代藝術博物館的一個展覽。他們在附近的小餐館簡單吃了午餐，就跟往常一樣，他們又為帳單爭執了一下。阿麥只想付自己的那一份鮪魚三明治，但是皮特認為要平分帳單。後來皮特說他有事，要先走了，阿麥只好自己搭火車回家。阿麥回到家後，他打開冰箱拿了一小瓶氣泡果汁。他摘掉帽子，走進房間，然後關上門。他將氣泡果汁放在桌上，脫掉外套，然後將外套掛在椅子上。他沒有脫鞋子就直接躺在沙發上，把頭靠著枕頭，從桌上拿了一本書來看。

大約過了二十分鐘，然後聽到一陣很用力的敲門聲。他當作沒有聽到，猜想阿扣或阿瑞應該會去應門。但是過沒多久，敲門聲變成了撞門聲，阿麥只好闔上書，把書放在桌上，然後走去敲阿扣的門，可是沒有人在裡面，他猜想可能是阿扣忘了帶鑰匙，所以就走過去把門打開，發現是兩個穿著黑色夾克的壯漢，他們一把將他推進房子裡，害他向後踉蹌了一下，又很快地穩住了身子。他看著他們關上門，驚嚇不已。

「在哪裡？」他們質問。「到底在哪裡？」

阿麥搖搖頭，他根本不知道發生什麼事，也不知道要說什麼。

「別裝傻，不要裝模作樣。我們要拿回我們的東西，還有，糖果店也要開張。」

阿麥只是站在那裡，一臉疑惑，但這樣更激怒他們了。其中一個人說：「你相信他嗎？要信這個裝傻的人嗎？」他轉向阿麥。「我們要糖果店繼續營業，你懂不懂？」

阿麥沒有回答，那兩個人慢慢地走向他，逼著他後退，最後倒在廚房的餐桌上。那兩個人又給他最後的警告，但是阿麥根本不知道發生了

什麼事，也不知道要怎麼回應。他往後靠，隨手亂抓，抓到那瓶氣泡果汁的蓋子，他想用力把蓋子塞進其中一個壯漢的眼睛，可是角度偏了。他試著逃回房間，把房門鎖起來，可是那兩個男人破門而入。

其中一個男的抓著他，聲嘶力竭地大吼：「你到底在幹嘛？你有病嗎？」

阿麥嚇到直後退，抓住他的那個男人就直接把他扛起來大外割。阿麥騰空翻了一圈然後摔到沙發上後，突然覺得一股熱氣湧出，整個人也感到輕飄飄的，就在他還搞不清楚狀況的時候就一頭撞上書桌，然後就倒在地上，一動也不動了。這時候，血從他的頭上冒出來。

「你在做什麼？阿夫，我們只是想要他繼續開店做生意而已，你現在越搞越複雜了。」

「怎麼辦？他不動了，他竟然不動了。」阿夫說。「算了，我們清理一下現場，然後趕快走吧！」

那兩個男人在整棟屋子搜了一遍，想找東西把阿麥包起來。房子裡面沒什麼東西可以使用，只從房間裡找到兩條棉被，將阿麥全身包起來。在抬著阿麥離開前，阿夫說：「我們應該弄成有人闖空門的樣子。」於是他們故意摔壞好幾張椅子，打開廚房的櫃子，也撬開了大門的鎖。

大約一個小時後，阿扣和小娜抵達了。阿扣看到門被打開，感到很害怕。他推開門，叫小娜往後退。他慢慢地走進去，小娜則緊緊跟在他身後，關上門。全家被弄得很亂，但因為他之前走得太匆忙了，所以以為家裡原本就這樣。

「阿麥？」他小聲地叫。

「我去你房間拿些東西。」小娜說。

「阿麥？」阿扣稍微大聲叫。他敲了敲阿麥的門，然後轉動門把、慢慢打開。他希望看到哥哥就像往常一樣，戴著耳機躺在沙發上。但是，「天啊！」他尖叫，一打開房門看到的是滿桌的鮮血，地上也有一小灘血。「天啊！天啊！怎麼會這樣？到底怎麼會這樣？」他一次又一次地重覆這一句話，直到小娜衝過來，看到阿扣跪在地上。「妳看！妳看這裡！天啊！」阿扣繼續說，他哭著，用力敲打地面。

「完了，阿扣！我們要走，我們趕快走！」小娜驚恐地說。

阿扣太傷心了，小娜雙手捧住他的臉，強迫他看著自己。「我們要馬上走！要馬上離開這裡啊，阿扣！馬上！」

「但是……但是可能我們應該要先報警，或是……」阿扣說不出話了。

「什麼？你要跟他們怎麼說？」小娜繼續說：「阿扣，我們連到底發生了什麼事都不知道，也許事情並沒有看起來的嚴重！還有，你現在什麼事也沒辦法做，我們快走！」

擦乾眼淚之後，阿扣點點頭。

「我先去你房間拿東西，也順便拿一些你的東西。你不能再回來了，再也不能踏進這裡一步。你要先想一下還需要帶走什麼。」說完，她就離開那間房間了。

阿扣盯著地上那灘血，決定要拿走一些阿麥的東西。或許小娜是對的，阿麥會沒事的。阿扣從阿麥的桌底下拿了一個牛奶箱，放了一些雜物進去。他從桌上拿了一疊筆記本，一些活頁紙和幾張 CD。然後他走進自己的房間，扔了件夾克和一包大麻進箱裡。小娜站在那裡，手上掛著一些衣服，也帶著一個裝滿阿扣東西的背包。他們拿了他們要的東西，然後就靜靜地離開了。

＊

　　在回程的火車上，阿扣把箱子放在腿上坐著，卻忍不住一直瑟瑟發抖。小娜揉揉他的肩膀安撫他，但他沒有任何感覺。他們越來越接近市區時，她問：「你接下來要怎麼辦？」

　　「我要離開這裡，我可以打給阿麥最好的朋友，皮特，然後看看能不能將阿麥的東西交給他，如果有一天他出現了，就可以來拿回去了。但我一定要離開這裡了。」

　　「你想跟我一起待著直到想出辦法嗎？」小娜問。

　　他搖搖頭。「我要離開紐約一陣子。」小娜沒有回應，但臉上的表情代表她明白了。「幫我一個忙。」阿扣看著她說：「妳可以幫我查一下這裡面的資料嗎？幫我找找看有沒有一個叫皮特的人的電話號碼？」他將箱子遞給小娜。

　　「沒問題。」她將箱子放到腿上，一分鐘後，她交給阿扣一張餐巾紙，上面潦草地寫著皮特的名字和電話。

　　「謝謝。」阿扣小聲地說，然後將餐紙巾摺起來放到褲子口袋，並

拿回箱子。「我跟妳一起下車，然後我會找電話亭打給這個人，看他能不能來拿走這些東西。」

「如果他不能拿走，我可以幫你保管著。或許等你回來，你會想要再看一下這些東西。」小娜很貼心地說。

「謝了！寶貝，但我覺得妳不該留著任何我的東西，這樣不好。」

她點頭。

火車到站了。他們站在人潮擁擠的街上，阿扣放下箱子，抱了一下小娜，他們互相緊緊地抱在一起。

「你回來的時候要找我。」她小聲對他說。

「嗯！我會的。妳也要好好保重。振作起來，才不會跟我一樣慘……」

小娜打斷他：「嗯！我知道。」然後她就站好，擺了一個模特兒的姿勢，把雙手舉向空中大喊：「展開新的冒險吧！不要讓這個派對結束！」然後她給了他一個飛吻，轉身離開。他拿起箱子，喬一下肩膀，以免肩上超重的背包滑落。

第十八章
路上小心

　　大約兩小時後，皮特和阿扣在附近的一家餐館見面了。皮特不知道阿扣為什麼像發瘋一樣一定要見他，但是阿扣一直強調事關阿麥的安危，他才同意見面。皮特到的時候，阿扣已經坐在裡面，旁邊放了一個牛奶箱，他在那裡等了快兩小時，喝著加糖的黑咖啡。沒有人催他結帳離開，因為那天沒有客滿。雖然他們沒有見過面，但他們立刻就認出對方了。阿扣向皮特招手示意他過去。

　　「嘿！」皮特坐下來，對著阿扣說。「是說，我不知道你平常是什麼樣子，但你看起來狀況也太糟、太可怕了？」皮特以他一貫的笑容和無關痛癢的態度說。「那，所以到底發生什麼事了？阿麥怎麼了？」皮特舉起手示意服務生過來幫他點餐，簡短地說：「我要咖啡。」

　　深呼吸了好幾次之後，阿扣將所有事都跟皮特說了，他也求皮特一個字都不要講出去。皮特不像他平常愛發表的個性，只是靜靜坐著，默默聽阿扣講完來龍去脈。當服務生靠過來幫他們續杯時，阿扣就停下來。等到聽完後，皮特只能說，整件事讓他太震驚了：「哇哇哇！你這個資訊量超大的，可憐的阿麥，整件事都太不可思議了！」

　　「我今晚就要離開了，但我打包了一些阿麥的東西，如果可以的話，我想將這些東西交給你，算是以防萬一吧！我不知道我還能做什麼？」

　　「好，沒問題，你可以將東西留給我，但你留給你表哥不是更好

嗎？阿麥如果沒事了，會不會先打給他，你覺得呢？」皮特問。

阿扣聽不懂了。「我們在紐約沒有別的表兄弟啊！你在說什麼？」

「你們的表哥啊！你知道的吧？我聽阿麥說他常會去找他，每次找完表哥，就順路來找我，所以我們才常常一起混。你們真的是親兄弟嗎？」他開玩笑問道。

阿扣搖搖頭說：「其實，我不知道阿麥跟你說過什麼，但我們在這裡沒有任何親戚。我們的父母沒有兄弟姊妹，我們在紐約也沒有親人，你一定是有什麼誤會了。」

皮特不知道該怎麼回應，但是他同意先留住阿麥的東西，也祝福阿扣好運。

＊

碧麗一下班回家就聽到家裡的電話響了。她本來想不接，直接讓他留言，但一聽到答錄機傳來皮特的聲音，她又停下了腳步。她希望她自己有強大的意志力能控制自己，不要衝動地接起電話，只要能成功熬過去，就可以再堅持下去。但是當聽到皮特留言說，阿麥發生了一些可怕事需要跟她商量時，她放棄堅持，接起了電話。他拜託她過去他家，而她拒絕之後，他就說阿麥可能死了，需要她的幫忙。「拜託，求妳了碧麗，妳過來一下。」她答應了。她換上深藍色緊身牛仔褲和一件材質飄逸、灰色的娃娃裝上衣，補了妝之後，就出門攔計程車去他家了。她抵達的時候，差不多是皮特來電後一小時。

她覺得很刺激也很緊張，不確定她要做些什麼，所以按門鈴的時後

雙手還在發抖。當她進到皮特家時，太多心碎和興奮的片段洶湧而至。他開了門，擺出他的招牌笑容，然後用他那最性感的聲音說：「進來吧！」她坐在書桌旁邊的椅子上，看著他去廚房開了一瓶酒。

「我記得妳喜歡康帝紅酒，對吧？」他問道。

「其實我喜歡的是卡本內酒。」碧麗說。

「喔！好。」他不好意思地說。「嗯！這款味道也不錯，妳應該會喜歡，我覺得這款會比妳平常喝的更棒。」

「皮特，到底發生什麼事了？我不是來跟你閒聊的。你說阿麥可能死了？是在誇張什麼嗎？你到底在說什麼？什麼叫做『可能』？」

他倒了兩杯酒，其中一杯交給她，然後坐到床上，小口地喝著自己手上的那杯。他告訴碧麗有關阿扣打電話來，還有他所說的一切，和他怎麼拿到了一大箱阿麥的物品。碧麗不敢相信，整件事太可怕了。她突然後悔起自己過去對待阿麥的態度，甚至還曾懷疑阿麥是不是暗戀她。

碧麗努力消化這些驚人的資訊時，皮特站起來走到衣櫃，拿出一個箱子放到床上。「就這個，裡面都是他的東西。不過其實也沒什麼值錢的東西，真是可憐的傢伙。」

「我可以看嗎？」碧麗問，她想看看箱子裡有什麼。

「可以。」皮特說。

碧麗翻了一下那疊紙張，裡面都是有關書名的筆記、節目的宣傳單、還有一些按日期排列，還沒繳的帳單。皮特說：「妳知道嗎，最詭

異的是，阿扣說阿麥根本沒有表兄弟，但阿麥常常跟我說他表哥住在這個城市。我曾經在茶館裡偶遇阿麥，他也說是來找表哥的。我不懂耶？」他邊說邊搖頭，又喝了一口酒。

「其實他是去找你。他一定是想去找你，但是覺得太尷尬了，只好編這個理由。」碧麗回答，她一面翻著他的筆記本，一面感受到深深的共鳴，原來阿麥跟她有這樣的相似之處。

「酷！原來是這樣喔？哎呀！蠢斃了，這種想法雖然貼心，但也太可悲了吧？妳不覺得嗎？」皮特問。

碧麗回答說：「我不知道，可能吧！你有看過這些嗎？這像是他在寫一本書之類的。」她拿起其中一本筆記本說。

皮特搖搖頭說：「我看不像。」他笑著說。「我知道我這樣說很過分，但阿麥通常都就沒自己的主見。有可能是因為這樣，所以他才喜歡黏著我吧？」

「嗯哼！」碧麗隨口回應，專注在正在看的東西，忍住想罵皮特自戀狂的衝動。

「碧麗，你知道嗎？」皮特想要把她的注意力拉回來：「我很想念妳，真的，我覺得……」

碧麗打斷他，不讓他講完：「拜託！皮特，別這樣。我來只是因為你說阿麥發生了可怕的事。你不要想多，我不會再跟你復合了。」

「可是，如果妳對我沒感覺了，妳也不會來啊！妳自己也很明白，如果我們再那麼固執，不就很……」

「皮特，我要走了。你看起來過得很好啊！我不要再跟你有什麼牽扯了，不是我不想，是我沒辦法。」她站起來準備要離開了，然後她頓了一下，轉向皮特問：「你要怎麼處理那些東西？」

「我不知道，可能就塞進衣櫃吧！」他聳聳肩說。

「嗯！如果這樣的話，你會介意我拿走這些筆記本嗎？我想看看他都寫了什麼，如果你還要的話，我可以再寄回來給你的。」

「沒問題，妳想要就拿走，沒有關係。」皮特說。「但我告訴你，妳會失望的，不過隨你便！」

碧麗從箱子裡拿了筆記本，然後就直接走向大門了。皮特跟在她後面，在她就要踏出去之前伸手把門關了起來。她轉過身來，發現自己被皮特壁咚在門上。他低下頭想要吻她，但她把頭轉過去。他知道自己被拒絕了，只好往後退一步，讓出了空間。「我真的很希望阿麥能再出現，也希望他會沒事。」她轉身離開，留下這一句話。

在回家的計程車上，複雜的情緒翻江倒海而來。她為阿麥感到悲傷，又對阿麥有一絲感謝，因為這個意外間接證明了皮特還想要跟她在一起，也因此讓她有機會因為拒絕而贏回面子。而且，從這次的事件更能夠認清，皮特說話的內容和方式，都是無法照顧人的個性，因為他只關心他自己。她知道，這樣子的人永遠都過不了她心裡的那一關，因為他太自戀了。尤其這一次回去，她第一次正眼看那個又髒又小的房子，想不通自己之前到底怎麼會被蒙蔽了雙眼。那天晚上，她躺在沙發上，讀著阿麥的筆記手稿，像是回憶錄，漫無邊際的幻想隨筆夾雜其中，卻自然而然的形成了故事，講述一個內向又孤獨的男人，渴求著種種他渴

望卻不可得的事。她覺得這個故事寫得真美。

*

早上，當阿凱走進廚房想拿能量飲料的時候，珍妮姐正在煮她的無咖啡因咖啡。「你今天起得很早喔！」她驚訝的看著他。

「嗯！我約了朋友，要在上課前先一起去吃早餐。」

「好！」珍妮姐倒了杯咖啡說。「那不要遲到了。」

「別擔心。我第一節是空堂。」

「你跟誰約？是阿山嗎？」說完喝了一口咖啡。

「不是，是一個最近遇到一些麻煩的朋友。不過，我想她已經熬過去了，我只是想關心她的近況。」

「寶貝，你人很不錯啊！」珍妮姐說。就在他差不多要走出餐廳時，珍妮姐叫住他：「對了！阿凱。」

「嗯？」他停下來問。

「只是覺得你會這麼關心朋友真好，真的很好。我媽媽也是這樣的人，沒什麼，我就只是想說這句話而已。」

阿凱走回去她身邊，親了她額頭一下。他對珍妮姐笑了笑，就離開了。他大聲說：「祝妳今天一整天都開心。」然後關上大門。

她再喝了一口咖啡，才發現西裝口袋裡的黑莓機在震動。她拿出來查看收到的新郵件。其中一封是碧麗傳來的：「我正在去拿海報的路

上，待會在發表會現場見！碧麗。」

珍妮姐把黑莓機放回口袋，靠在流理臺上，一邊欣賞廚房的裝潢，一邊把咖啡喝完。

＊

碧麗一隻手臂抱著一大疊海報，另一個手臂的肩膀上掛著工作包，朝著發表會場走過去。海報很重，讓她不得不暫停下來喘口氣。等到她覺得休息得差不多時，發現自己竟然就在那個茶館附近。這個地方發生過太多次讓她心碎的事，害她睹物思情了起來，思緒還不知不覺飄到她遇見皮特的那一天，當時她因為要顧好裝著鞋子的牛皮紙袋而陷入尷尬。她想，原來從一開始，我在他面前就很不自在。然後，又一陣悲傷襲來，因為她想起了阿麥。他筆記本上的文字一直在她腦海中盤旋，其中有一句話是這樣的：「一個對自己感到極度失望的人，每每望見鏡中的自己和期望中的自己差距如此之大，就會因為這個莫大的鴻溝而暗自傷神。」碧麗搖了搖頭，這句話在她的腦海中不斷重覆播放，讓她覺得彼此好像是同病相憐的靈魂，如果她當時能早一點發現就好了。然後她的思緒又飄到了查爾斯悲傷的自殺事件上。世界上到底有多少孤獨的靈魂呢？又有多少人對自己的生活感到痛苦和失望呢？她一面想，一面看著忙碌的街道上行色匆匆的人們。

正當她準備收拾好繼續往會場去時，她的手機響了起來。

「喂？」

「碧麗，是我，都華哥。」

「喔！我已經拿到傳單了，正在前往發表會的路上。珍妮姐會在那裡等我。」

「這正是我想和你談的事情，雖然應該要在辦公室講，但是因為你這個星期都會在外面忙新書發表，所以我只好用電話先講了。不過我先提醒你，這件事情沒下定論，所以我就直說囉！」碧麗突然感到一股焦慮。都華哥繼續說道：「我們最近的業績很慘，就像其他同行一樣，所以我們必須精簡人事。瑪西姐剛剛被裁了……」當碧麗深深吸了一口氣時，都華哥繼續說：「然後我們決定也讓珍妮姐離職。」

「怎麼會這樣？」碧麗腦中一片空白。這些年以來，珍妮姐一直告訴她出版社有預算困難和可能裁員的消息。可是碧麗總是帶著一點點懷疑，因為她覺得這只是珍妮姐想壓榨屬下的行事作風。她從來沒有想過，甚至連珍妮姐都會失去工作。她讓自己稍微振作起來，問道：「珍妮姐知道了嗎？」

「她是我下一個要打電話的人。我打算直接找她來辦公室談，我要親口告訴她，」都華哥回答：「但我想先跟妳談，因為這意味著妳必須獨力完成這個案子，包括出版跟行銷策畫。當然，妳會得到相對應的補償，但我想確保妳有能力勝任這份工作。」

碧麗立刻想到這樣算是加薪，足以償還她全部的卡債，並且沒有珍妮姐的尖酸刻薄，她工作起來會更愉快。然而，在她的內心深處也覺得，就像她和阿麥是同一枚硬幣的兩面一樣，她和珍妮姐的工作組合也是如此。珍妮姐並不壞，她只是過得不快樂。儘管她的個性有很多問題，但是這個回憶錄系列都是她的點子，這件事沒有人比珍妮姐更努力了。碧麗深吸了一口氣說：「都華哥，這個系列是珍妮姐的心血結晶。

事實上，如果沒有她，這一切都不會發生。她有很多遠見，也致力要完成，如果這個系列能成功，她是最重要的人。當然，如果需要的話，我可以在沒有她的情況下完成，但我不想這樣做，也不認為這符合你的最佳利益。」都華哥聽了簡單抱怨了幾句，碧麗又繼續說：「你可以考慮先在其他地方做裁員嗎？請你想辦法讓她繼續留在團隊中。」

「我必須說，我其實蠻驚訝的，我以為妳會很高興看到她離職。」

「說實話有時候真的是這樣，但這件事不一樣。都華哥，拜託你千萬不要這麼決定。」

「好的，既然妳這麼堅持，我會聽從妳的判斷。不過，我們這次的談話妳要保密。」

「沒問題，都華哥，謝謝你！」

「祝你發表會順利。再見！」

「再見！」

她靠在路邊的牆上，消化這些有點沉重的訊息量。想著想著，慢慢地感受到一絲解脫，臉上也漸漸露出釋懷的微笑。就在這時，她的手機發出了一聲提醒音，她看了一眼，是珍妮姐發的簡訊，上面寫：在路上買杯咖啡給我，我要無咖啡因的卡布奇諾。碧麗翻了一下白眼，笑了起來，先把手機塞進口袋，然後把海報在手臂下重新夾好，沿著繁華的街道繼續往目的地走過去。當她經過那個充滿記憶的茶館時，腦中突然出現阿麥手稿裡的文字：路上小心。

譯者後記

翻譯結束了，但生命的故事還在繼續，我也久久不能抽離。

很難想像，這個小說的原始資料竟然來自於學術訪談，而作者派翠西亞・李維經過文學式的重組與改造，在考量倫理且保護受訪人隱私之下，產出這一部小說，真的很令人驚嘆！故事中的情節乍看很普通，就像是芸芸眾生總會遇到的人生插曲。但是一讀再讀之後，竟能不知不覺中映照到自己的生活經驗，讓人共鳴之餘也且產生出不同的體悟。

真的有這麼渣嗎？

有一天，在我的研究方法課堂上，我正在帶學生練習多重真實的分析方法，大家紛紛提出不同的案例討論。練習幾輪後，發球權回到我身上，我提議用《減愛的 N 個相遇》這本書的內容當作案例，恰好這篇小說是課堂補充資料，學生對小說中的角色都有基本認識，所以討論起來也滿熱烈的。

在大家輪流發言後，很快就鎖定在皮特的角色性格上，於是我接著大家的話尾提問：「所以，皮特真的有這麼渣嗎？」

A 同學立刻接口：「當然是啊！他應該是渣男中的極品……」

話音剛落，全班哄堂大笑，七嘴八舌地提出自己的見解。霎時，沉

悶嚴肅的研究方法課變得歡樂了起來。我請大家暫時冷靜一下，讓 A 同學講完。

「雖然皮特的外表帥氣迷人，又帶著紳士般的英國口音，一開口就能抓住迷妹的目光，但是只要女生跟皮特在一起一段時間之後就會很痛苦，甚至做出脫序的行為。像是在大庭廣眾下大吼大叫……」還沒講完，大家又迫不及待地加入自己的觀點：

「有一個女生還剪爛了他收藏的衣服……」

「是經典復刻紀念衫！那個女的這樣做，對男生來講是大雷！」

「可是，她會變成這種瘋狂一定是有原因。」

「皮特每一任女友都是溫柔的正妹，可是到了分手時都變成蕭婆……」

全班又大笑，看得出來大家對皮特這個案例的討論興趣很高。

我接著問大家：「為什麼你們覺得皮特很渣呢？」

「因為他見一個愛一個！」

「他交女朋友的節奏好像都是無縫接軌，不確定中間有沒有劈腿。」

「他很會撩妹！那時候根本就是阿麥先喜歡碧麗的，可是皮特先撩先贏，完全不管自己的好兄弟正在旁邊一面害羞，一面醞釀搭訕的勇氣。」

「所以，你們覺得皮特渣是因為：見一個愛一個、女朋友不斷、很

會撩……」我一邊聽著大家提出自己的看法，一邊走向黑板，在同儕檢核表上面填入這些見解，然後在表格前方寫下關鍵字：「渣」，並打上問號。

教室安靜了一下，大家思考了一下，B同學就開口說：「我覺得他的渣是因為自戀。他不在乎阿麥好兄弟的感受，也不尊重女朋友碧麗的感覺。」

教室瞬間又恢復討論的熱度，大家陸續提出自己的想法，有一位同學不知說了什麼，引起旁邊一陣歡呼和鼓掌，所以我邀請他跟全班分享。他說：「皮特跟碧麗都已經在一起了，還一直跟前任藕斷絲連，都分手了還叫人家寶貝……」

「哈哈哈！」全班笑成一團。

我趁機找到切入點提問：「那你們覺得碧麗跟皮特在一起時，最痛苦的是什麼？」

「被劈腿啊！」有人脫口而出。

「他跟碧麗說他沒有劈腿！他已經跟克萊德分手了，那時候他只是去安慰一下有點不順的克寶貝……」有人急著補充。

「可是，後來安慰到床上去了。」

有人狂點頭，有人發出嗯一聲表示肯定。這時候，C同學舉手，我示意他發言，他說：「我弱弱的說一下……」話音剛落，大家陸續安靜了下來。「我覺得，他最大的問題是不避嫌！」C同學繼續說：「而且忽視碧麗的痛苦，只是任性地跟著自己的感覺走！」

我走向黑板，把原本寫好的「渣」和問號圈起來，以這個圓圈為中心，向右延伸出兩條線，一條線的尾端寫上 B 同學對皮特的評論「自戀」；另一條線的尾端寫上 C 同學的評論「不避嫌」。我寫完後走下講台回頭看一下黑板，發現畫出來的圖形有點像是一半的心智圖。

我走到教室中間，用手勢把教室切一半，形成一邊一組，邀請一組討論皮特的自戀，另一組討論皮特的不避嫌，同時讓同學自行選擇一組參與，並試著將討論填入分析法的圖表中。

分組討論的氣氛很快就熱絡了起來，我觀察到各組都有不同回合的小論戰和歡笑聲，過了大約十分鐘，兩組似乎都分別有了一些共識，討論的氛圍也開始有了些許變化，逐漸變成個人情感經歷分享大會，輪流抱怨前任、互相安慰、給建議和互開玩笑起來。我給予大家一些時間抒發之後，看看狀況差不多可以收尾了，就提出一個容易做結論的問題：「如果是你，會怎麼做？」並請各組推派一位代表整合組員的意見之後，上台分享給大家。

「不避嫌」組首先推出代表，我記得這位同學剛剛用了很多強烈的形容詞來「罵」她的前任，也得到很多迴響，所以蠻期待她在與同學討論之後的想法。還沒等我把思緒拉回來，她已經開始侃侃而談：「我覺得不懂得避嫌這件事，對於一段關係而言滿傷的。故事裡面的皮特沒有和已經分手的前任保持距離，可是碧麗很在意，而且是一而再、再而三地抓到他們曖昧的現行，所以要是我也會很受不了。但是我們後來也討論到碧麗到底在怕什麼？是因為皮特是很帥的天菜，怕被其他女生搶走嗎？但是皮特是人，又不是可以搶購的物品，難道他沒有自己的判斷力，隨便就可以改變心意跟別人跑掉嗎？而且就算皮特真的避嫌了，不

再與克萊德互動，碧麗就不再焦慮嗎？我們後來發現，碧麗其實自己就比較沒有自信心和安全感，從她幻想 A big life 就可以知道她自己的問題。所以不管避不避嫌，碧麗應該要處理的是自己的議題。她要先看到自己的害怕，然後誠實跟皮特表達，讓皮特理解，並且願意自覺的調整自己的行為。這樣她就會從『抓姦』的心態解脫，把焦點放回自己，開始多注意自己、照顧自己。而皮特是愛好自由的靈魂，加上他推崇做自己的哲學，所以很怕被規範和控制。如果我是碧麗，我應該不會把焦點放在數落他不避嫌的行為，而是跟皮特承認自己的害怕，讓他知道我很在意這一段關係，而不是陷入反擊和爭辯。然後如果他願意自己決定為我畫出底線，理解這個底線對我們關係的重要性，並且主動去在意和維持，那麼他就應該不算是渣男了。」

「自戀」組代表接著說：「我們雖然主題不一樣，但是最後討論出來的觀點很像。我們覺得皮特很容易先想到自己，並忽略身邊的人。有一件事很扯，就是他直到阿麥失蹤後才知道，原來每次阿麥進城找表哥順便約皮特的說法，其實都是藉口。皮特只在乎自己的感受，習慣漠視別人的感受，自私又自戀，還刻意營造出優越迷人的形象來把妹。其實從他用法國電影的金句台詞，還有賣弄他的英國口音等行為，都可以隱約看到他對自我評價的低落，還有對真實自我的不自信。所以如果我是他，我會先探究自己本身的匱乏，找到自己最在意的點，理解自己不知不覺中養成這類模式的原因，最後找到自己真正的需求。這應該算是人生課題的大門檻，所以如果皮特能夠走過去，那麼我想他會成為一個真正迷人的帥哥！」

在一陣掌聲中，大家各自完成了這個案例的分析圖，也差不多該下課了。在回研究室的路上，我不禁思索：人生，真的是一道又一道的課

題啊！而這些課題，不見得是憂國憂民的大事，更多卻是認識自己、修練自己和強大自己的歷程。閱讀一篇好的小說，可以從中獲得神奇的力量，映照出自己某段人生歷程，並於其中得到思想的啟迪和領悟。真是酣暢淋漓啊！

原來世界可以反過來看

多年前，當我還在音樂人的生命軸線時，因為北藝大音樂系與音研所的背景，所以很榮幸獲得教授的引薦，得以擔任某翻譯書籍的審稿工作。這一本書是由頂尖學府英文系畢業的高材生翻譯的，內容在於探討某位德國浪漫派音樂家的生平和貢獻。當時我看到多處翻譯的誤解，例如：Piano Trio 被翻譯為「鋼琴的顫抖」，但這個專有名詞指的是一種室內樂組合，以義大利文紀載，指的是以鋼琴為主、搭配另外兩個樂器（通常是小提琴和大提琴各一把）的演奏曲目，和鋼琴顫抖這件事完全無關。又例如：譯者將 Matthäus Passion 翻譯成「馬太的激情」，但其實這是一部極具代表性的音樂巨著「馬太受難曲」，由赫赫有名的音樂之父巴哈所譜曲。

在挑了幾個明顯的錯誤後，當時的我總覺得這本書應該找專業音樂人翻譯才對，所以對出版社的企畫有很大的不解。我的觀點是：書中所提到的音樂知識比重較多，而這些知識對受過正統音樂訓練的人而言輕而易舉，但是對於一般音樂愛好者或業餘者而言，卻難免會有理解上的落差。在這樣的情況下，非音樂專業的人來翻譯音樂相關的書，難道不會太勉強嗎？

事過境遷，我漸漸遺忘了這段年輕時期的小插曲。直到這一次翻譯這本小說，讀到身為責任編輯的阿麥給皮特建議時，才又突然間想起這

一段往事。故事中的皮特假裝客套地邀請阿麥審閱他的文章，但實際上他根本不想聽到任何指教，所以不論阿麥在內容編排或標點用法上給予多少意見，皮特都一一駁回。他任性地說：「逗點？講到標點符號就讓我想要罵髒話。你只能給我這樣的意見嗎？我根本不在乎逗點！我討厭逗點！你可以提一些有用的意見嗎？不然我會覺得你只是在應付我。」皮特脫口而出這些話時從來沒有去想阿麥的感受，只是任性地亂發脾氣。而在皮特忙著維護自己可悲的自尊之餘，卻忘了阿麥大學主修的是正統的英國文學，他的文學造詣未必會輸給皮特。

突然，一股遙遠的記憶襲來。雖然角色有所不同，但是這種立場鮮明、竭力反抗的氛圍是如此相似。我深吸一口氣，決定泡一杯茶來轉換一下思想。站起身，走向廚房，抬頭看到櫥櫃裡的梨山茶好似對我招手。「好，就決定是你了。」我一邊自言自語，一邊伸手拿下茶罐，開始泡茶。看著茶葉在八十幾度熱水中逐漸開展的葉面，聞著隨熱氣逐漸飄散出來的茶香，在淡淡的熱氣煙霧中，我的思緒又回到了當時的情境。

在經過來來回回地討論之後，譯者表示採納我在音樂知識上的補充，企畫也認為書中的內容不只有音樂，其他部份還翻譯得不錯，用字遣詞也流暢，因此最後仍拍板使用原譯作。

回憶到這裡，我的茶湯已經在茶海裡累積到了三泡，我再勉強泡了第四泡之後才一股腦把茶渣倒掉。接著我環視一下櫥櫃上的馬克杯，選了一個粉藍色的 Le Creuset，把茶湯倒了進去。拿起茶杯走到窗前，突然心中湧現一種小孩偷偷叛逆卻沒有被抓到的小得意。我這種泡高山茶的方法在茶道中完全不及格，身為東方美人茶的家族後代，不乖乖使用傳統的泡茶方式泡一杯老人茶，反而隨興沖泡、不中不西，要是被家族

老人看到，會不會數落我暴殄天物呢？

看著窗外車水馬龍的臺北街頭，我突然領悟到人生是不一定要死死設限的。也沒有必要硬抓著某一個本位觀點不放，僵固又自以為是地以自己的一套標準來衡量他人。就像現在這一杯茶，我要的重點是暢快喝一杯無糖、溫熱又帶有清新香氣的綠茶，而不是在社交場合中營造彬彬有禮、展現氣質和品味的形象。不同需求、不同立場、不同時空背景，所需要組合的元素和比例也就有所不同。而在我無知的年輕時期所畢露的鋒芒，其實就是過於本位的考量。事實上，那一本探討音樂家的書，內容是環繞該音樂家生活為主軸，觸角面向多元，有親情議題也有音樂家本身的疾病探討。現在回想起來，當時企畫的選擇還滿專業的，也能有效抓住當時的銷售市場。想到這裡，我突然覺得對當時的譯者感到歉疚和感謝。感謝的是，這位譯者不似皮特般自我，而是很謙虛地表示音樂不是自己的領域，所以很希望謬誤之處有人指正，這種回應有效降低了我當時莫名焦慮的相對剝奪感。另一方面我感到歉疚，因為當時傲慢的主觀思考，對於跨足進來的業餘者過度嚴苛，疏忽了合作關係中的彈性與包容。

多年後的今天，我在跨領域的研究世界中浮沉浸淫，領略了互換立場看問題的重要，也更理解人會因需求不同、背景不同，所搭配跨域專業的深淺度也會有所不同，這是多元包容和共融的思想，而非單一真實的價值觀。更重要的是，看到自己身為人的不完美之處，拋開所謂的「偶包」，面對、接受、理解之後，自然會有更開闊的眼見與胸襟了。就如夏卡爾的畫作般，顛倒的村子和房舍，是為了呈現從另一的方向看過來的視角：在路上看似顛倒走路的村婦，卻是畫面中正在擠牛奶的村婦在生活中的另一個剪影。看似超現實又不合邏輯的構圖安排，反而是

真實展現生活中的點點滴滴，只是他呈現的畫面不是單一視角而已。原來，世界反著看也是如此的有趣！

人生之旅，有我也有你

我在大學開設的課程除了研究方法和跨領域主題外，因為留美雙語教育博士的學歷，所以也必須要支援通識英文課程。學校的排課單位對我非常照顧，在參與教育部的雙語分級授課計畫後，特別把分數最高的班級安排給我。而這些學生非常優秀和聰明，使得我們的授課內容不必只拘泥在聽說讀寫的技能加強階段，而是真正能夠使用英文思辨。

這些大學生雖然不如研究生般有所歷練，但是衝勁十足。在資料分享上毫不藏私，在辯論觀點上也充滿熱情，而我也在這些年輕學子身上體會到了教學相長的樂趣。同時，我也大膽地將《滅愛的 N 個相遇》的原文版納入補充教材，讓學生自由選讀。

到了學期末，好幾位優秀的學生都有意角逐書卷獎，也因此在各科結算的分數上需要斤斤計較。學生要求能給予更多加分的機會，讓自己的成績單累積漂亮的分數。我斟酌再三，給了一些自選的申論題。我的題目是參考原作者李維在附錄所建議的課後討論題庫，但是我參酌了臺灣升學文化的思考方式以及臺灣在地文化讀互動思維，給予學生更多彈性和揮灑的空間。原本擔心過多的思辨，對於一直乖乖讀書的新鮮人而言負擔太重，但是當我收到學生繳交的作業後，簡直驚艷不已。

好幾位學生都對於珍妮姐這個角色表示同情，她從小就無法正確接收到來自父親的正向回應，每次鼓起勇氣裝作沒受傷的樣子討好父親，獲得的都是冷漠無視的回應，也因此造成珍妮姐養成一種「求生模式」：表現優異，才能討到愛。有學生也呼應了自己的處境，覺得自己

一定要跳脫出這個「討好」的魔咒，因為她不想跟珍妮姐一樣，長大之後變成一個令人討厭的女強人；也不想當一個表面上的人生勝利組，但其實內心寂寞枯竭。

另外也有學生對於小娜這個角色提出自己的見解。這位學生寫道：「很難想像身為學霸的小娜，好不容易讀到紐約大學這樣的好學校，卻不全心全意念書。我覺得她偶爾和表兄弟阿凱吃飯還算正常，這至少是維持友誼的正常社交，算有意義。可是她跟阿扣鬼混的頻率就讓人不可思議，就好像一談戀愛就鬼遮眼一般，整天都在阿扣家，好像是連體嬰一樣。這樣真的很不好……」看到這裡，我原以為學生只是站在自己的角度來批評小娜的不惜福，但是看到後面話鋒一轉，他提到自己看小娜的分手態度，比較現今社會上分手不慎的擦槍走火，他覺得小娜真是太厲害了：「當一個人對自己有了充份的認識，能理解自己的需求並接納自己的情緒之後，就會長出更大的信心去應付生活中的不如意……」這個學生的觀點也讓我驚訝不已。我想，這或許也是讀過小說之後提煉出來的養份吧？

人生就是一場精采的旅程，在這個過程中有歡笑也有痛苦，有滿足也有遺憾。在這一段旅程中，或許有時候必須踽踽獨行，自行尋找克服之道和熬過煎熬；但有時候也必須與人同行，互相理解、互相搭配。有些乍看好似犧牲妥協，就像碧麗面對珍妮姐高強度工作的壓榨，但在她帶著敬佩前輩的心態誠心學習並做出成效之後，在大老闆的眼中竟不知不覺已經成了可以取代的新起之秀了！愛的樣貌不會只有一種，愛的類型也有許多面向，對於愛的渴求不是只有盲目地追逐，有智慧的增減收放，讓彼此都在最舒服的狀態，應該就是這一篇小說想傳達給我們的話語吧？

譯末收筆，我心中的感動難以言喻。這篇小說的中文版能順利完成，承載了太多人的努力與祝福。最早能獲得原作者獨家翻譯的授權原是一個意外的相遇，當初若沒有機會前往美國參加這一場國際學術會議，也不會偶遇李維。而得到萬卷樓的無條件出版的機會，也是一場美麗的相遇，在歷經疫情肆虐和風雨交加的數年後，素未謀面的萬卷樓即時伸出手，上至總編下至工作人員都給予全力協助，對於一本具學術性卻不一定有商業市場的書籍，仍然給予尊重。到了出版在即時，又很榮幸獲得多位學者的推薦，這些肯定和鼓勵讓我感受到滿滿的溫暖，霎時想到小說最後帶給我們的那一句話：Mind the gap！人生的確如此，無論前路障礙是什麼，也無論跨越過去是如何的困難，但只要帶著善良與愛，小心腳下，一步一腳印的前行，那麼這一場人生之旅終會獲得更多美好的相遇！

通識教育叢書・通識課程叢刊 0202009

減愛的 N 個相遇

作　　者　派翠西亞・李維
　　　　　（Patricia Leavy）
譯　　者　姜敏君
責任編輯　林婉菁

發 行 人　林慶彰
總 經 理　梁錦興
總 編 輯　張晏瑞
編 輯 所　萬卷樓圖書股份有限公司
排　　版　林曉敏
印　　刷　百通科技股份有限公司
封面設計　陳薈茗

發　　行　萬卷樓圖書股份有限公司
　　　　　臺北市羅斯福路二段 41 號 6 樓之 3
　　　　　電話 (02)23216565
　　　　　傳真 (02)23218698
　　　　　電郵 SERVICE@WANJUAN.COM.TW
香港經銷　香港聯合書刊物流有限公司
　　　　　電話 (852)21502100
　　　　　傳真 (852)23560735

ISBN 978-626-386-116-9
2024 年 6 月初版
定價：新臺幣 380 元

如何購買本書：

1. 劃撥購書，請透過以下郵政劃撥帳號：
　帳號：15624015
　戶名：萬卷樓圖書股份有限公司

2. 轉帳購書，請透過以下帳戶
　合作金庫銀行 古亭分行
　戶名：萬卷樓圖書股份有限公司
　帳號：0877717092596

3. 網路購書，請透過萬卷樓網站
　網址 WWW.WANJUAN.COM.TW

大量購書，請直接聯繫我們，將有專人為您
服務。客服：(02)23216565 分機 610

如有缺頁、破損或裝訂錯誤，請寄回更換

國家圖書館出版品預行編目資料

減愛的 N 個相遇 / 派翠西亞.李維(Patricia
Leavy)著；姜敏君譯. -- 初版. -- 臺北市：萬
卷樓圖書股份有限公司, 2024.06
　　面；　　公分. -- (通識教育叢書. 通識課程叢
刊；0202009)
譯自：Low-fat love
ISBN 978-626-386-116-9(平裝)

874.57　　　　　　　　　　　　113007512

生命的吶喊

陳光政 ／ 著

高雄復文圖書出版社

生命的吶喊

國家圖書館出版品預行編目（CIP）資料

生命的吶喊／陳光政著. -- 初版. -- 高雄
市 :高雄復文圖書出版社 ， 2021.09
面 ； 公分
ISBN 978-986-376-243-0（平裝）

863.51　　　　　　　　　110014450

著者・陳光政

發行人・蘇清足

總編輯・蔡國彬

出版者・高雄復文圖書出版社

　地址・80252高雄市苓雅區五福一路57號2樓之2

　TEL・07-2265267

　FAX・07-2233073

劃撥帳號・41299514

購書專線・07-2265267轉分機236、237

臺北分公司・100003臺北市中正區重慶南路一段57號10樓之12

　TEL・02-29229075

　FAX・02-29220464

法律顧問・林廷隆律師

　TEL・02-29658212

ISBN 978-986-376-243-0（平裝）　初版一刷　2021 年 9 月

定價・380 元（平裝）

行政院新聞局出版事業登記證局版台業字第 1804 號
本書如有破損、缺頁或倒裝，請寄回更換。

http://www.liwen.com.tw E-mail:order@blueocean.com.tw

序

日行一善，積蔭成德。

日知所無，造就至聖。

涓滴不廢，匯聚江海。

回收賤業，環保功臣。

半世紀以來，歷經滄桑，點滴在心頭，留下字跡思路，積案盈箱，棄之可惜，贈世人共享，是非得失，全其在我。

文體首重自由自在，如行雲流水，不設限於古今，議題、音律與平仄，意之所在，可矣。

🌸 絞刑的前夕

一

青春只不過是秋晨的寒霜，
幸福宛如佛語的紅塵，
豐功偉績和稗子有何分別呢？
憧憬的頂端是南柯一夢啊！
時不我予，
嘆三十功名塵與土，
嘆生死的距離近在咫尺啊！

二

赫赫的功名被埋沒了，
肉體終將衰老，
抱負永遠青翠，
有志氣的青春不會不再的，
一粟見滄海，

滄桑不見一粟，
未聞斷織可成疋，
嘆生死的距離近在咫尺啊！

三

敢問生？
自己去體會吧！
敢問死？
原來是一塊蔭影。
生生死死同樣起落在這個泥巴
　　上，
生因死才生啊！
來！來！
乾盡生命的苦酒，
嘆生死的距離近在咫尺啊！

🐚附記：這首詩原作為英國人，我在大三時讀到，一時感發興
　　　　起，為之另創。應屬於我的處女作吧！致謝老友汪志
　　　　勇教授年年將這首詩傳達給他的新生。

✿ 學問的樂趣

山珍海味有吃膩的時候，
學問的樂趣永無窮；
霓裳麗服經不住涮洗，
學問反而百鍊成真鋼；
宮室宏偉有一定的時限，
學問的境界卻是無涯際；
舟車飛機迅即折舊報廢，
學問的力道則越磨越光；

萬物的生態常有失衡之虞，
學問是患寡不患多；
好樂過度易於偏頗耽溺，
學問積深能濟世；
因為，
學問是至真至美與至善的綜合
　體。

✿ 歲月催人老

今日的明日很快轉化成—
後日的昨日；
今生的將來倏忽間進入—
將來的往日；
往日的豔麗而今安在？
沉魚、落雁、羞花、閉月、

盡為歷史。
傾城傾國的佳人，
——含頤被孫弄。
哦！
時乎！時乎！
歲月催人老。

✿ 寒夜列車

曠野漆黑，
乾坤莫辨，
苦雨寒窗，

淒風聲中，
朝向目的地，
前進又前進。

流墜！流墜！

致海峽兩岸同胞文

本是同根生，　　　　　　天地欲共色，
差距實太遠，　　　　　　奈何不是秋，
一在天之涯，　　　　　　奮起掃陰霾，
一在地之角，　　　　　　擡頭共青天。

悼三毛之死

同是陳家人①，　　　　　不知生辰同異否？
但未相逢與相識。　　　　人生觀點大不同，
聞耗我傷悲，　　　　　　她是任性了之，
始知同年同月同日生②，　我是慢慢品嚐。

附注：①三毛的本名叫陳平。
　　　②三毛生於1943年2月21日。

胡、趙之交

同期遊學新大陸，　　　　亦友亦師兼敬愛，
至交情誼勝李杜，　　　　有讓有責兩不渝，
天涯海角知音見，　　　　叫我如何不想她，
名揚四海薄雲天，　　　　五四紅樓民主魂。

♪ 美妙的雪花

麻州：美國最有內涵的地方，
雪花舞得美妙：
漫空碎羽飄飄，
大地含笑迎接，
行人臉龐由她輕撫，
汽車地鐵帶她招遙，

查理士河為她迷濛，
哈佛顯出典雅，
麻省理工學院臨河沉思，
那粧點，
漂白乾坤。

♪ 中國大陸去來

髒亂破舊，
陰森森的大地，
愁容滿面，
苦悶壓抑，
歷盡滄桑還是滄桑，
墨暗的盡端未見黎明，

哦！哦！
四十年猶似四千年，
盼盡望斷，
背酸了，
項歪了，
心死了。

♪ 悲歡歲月

生我者父母，
育我者寡母，
悲嘆窮困多，
歡笑溫馨少，
我是這樣長大的。
不忍續演寅吃卯糧，

立志溫飽，
決心作樂，
世事難料，
犬子失却動力，
小女屢有閃失，
老天奈我何？

苦命少年行

生來命乖，
三歲喪父，
家無恆產，
母不識丁，
賣勞力，
哪有歐陽母畫杖？
哪有孟母三遷？
寄兒女於山澤谿徑。

天不絕人，
母迫西山，
兒女斑白，
風使勁撼樹，
母垂垂不待。

天祐我家

失怙半世紀，
窘境成習，
母一肩重擔，
兄姊左右依持，

一家四口相偎，
遇事沒得指迷津，
風雨無處庇護，
竟也痴長。

四人行

先父見背，
遺我四人，
無依無靠，
寄人籬下，
顛沛流離，

母已風燭，
日迫西山，
盡孝宜早，
一路共患難，
同舟共濟。

暖慰慈母心

父親早逝，
遺下可憐蟲，
幸有外婆收留，
難兄姊弟倖免離散，
母也茹苦，
早出晚歸，
為的糊口，

有一餐沒一餐，
無一天折，
終於成長。
母老身羸，
兒女各奔前程，
孝心不墜，
足慰母心。

童少悲歌

外婆不見外，
舅家照顧特別多，
終覺寄人籬下，
不如窮窩暖。

憶當年，
悲慘歲月，
朝朝暮暮，
引頸翻轉。

遠離故鄉

殘破的戰後故鄉，
父疾已入膏肓，
藥材奇缺，
撒手西歸。
為了活下去，

舉家南遷，
山窒裡苦撐，
朝不夕保，
飢腸轆轆，
終日愁吃穿。

鄉情深深

生我所竹東，
育我所埔里，
不是我厚彼薄此。
三歲失怙，
何有父子恩情？
所以啊！
第二故鄉堪比慈母，

青少年在那兒掙扎，
青山綠水伴我哭泣，
孤雲長天慰我悲傷，
十年共患難，
情誼深厚，
千山萬水常在。

念故鄉

埔里埔里，
千山環繞，
處處清泉，
颱風不入，

皚皚白雪罩山頭，
洗肺最佳場所，
紹興凍頂加持，
沒得尋。

常相憶

外婆家最溫暖，
兼有小巫大巫，
淙淙潺潺，
鳥語花香，
雉雞走過穀場，
梯田滿舖舍前，

白雲悠悠，
飛鷹擺盪，
鷺鷥冉冉，
九二一大震已全毀，
忘不了，
常相憶。

憶童年

憶童年，
辛酸苦辣油然生，
亂逐群山，
爬遍千竿林，
鳥蛋裹腹，
看似好玩，

說來可悲，
我堪尋它千百度，
苦我心志，
空乏我身，
增益我所不能。

無它乎？

我是被蛇嚇大的：
床下盤繞，
樑上高懸，
埂間橫阻，
草叢匿藏，
溪中戲水，
窺人沐浴，

人畜遭殃，
時出性命，
…………
談蛇色變，
古人草居，
相問無它（蛇本字）乎？

野兔

半山坡，
箭竹叢裡野兔多，
啃噬咀嚼，
兩耳聳豎，

沒得接近，
倏忽間如電光閃逝，
追趕無著，
惹得家犬汪汪叫。

盜蔗

嘟嘟小火車，
蜿蜒溪行，
滿車白蔗，
村童嬉笑追逐，

跳上躍下，
公然偷竊，
盜蔗樂。

番薯

台灣地瓜相，
飽餐之餘，
葉當菜，
梗養豬，

苦日子多，
食肉者寡，
痛定思痛。

土巴樂

吃巴樂長大，
朝見巴樂，
暮見巴樂，
最怕不出恭，
百吃不厭，

莫怪台灣人盡是巴樂臉，
如今品種改良，
份量取勝，
獨缺餘香，
能不憶土巴樂？

⁂ 深山夜讀

撻望眼，
聳翠青山，
灣灣溪流，
夜裡人初靜，

孤燈伴讀，
朗朗吟誦聲，
山谷回響，
美的旋律。

⁂ 小土地公廟

座落幽篁裡，
僅容身，
慰我實多，
悲戚的避風港，
朗讀的好地方，
蹲在龕內，

編織童夢，
而今白首，
小廟安在否？，
憶難忘，
見無期。

⁂ 憶鄉園

半山坡，
幽篁峻嶺，
稻穗飄香，
五分車動地來。
天有不測風雲，

八七水災大崩盤，
九二一天翻地覆，
鄉園毀容，
嫵媚不再。

小鬼當家

大人不在家，
小鬼作亂。
盡情高歌，
空谷傳響。
自由攀爬，
玩水忘憂，
哪有約束？

覓摘巢穴，
母鳥哀哀求饒。
追鴨逐鵝，
雞犬不寧。
不亦樂乎！
真堪回味。

半山居

半畝修竹，
千隻白鷺，
滿園茶樹，
飛鳥築巢，
野兔嚙筍，

蛇迹閃現，
大人勤作，
童稚攀爬，
習習山風轉，
無心岫雲出。

憶故鄉

橫臥門檻上，
映現青山綠水閒白雲，
流水潺潺，
大白鵝無聊，

見人追啄，
盡享谷風美景，
能不憶故鄉？

牡蠣晚餐

流水庭前過，
穿視水中生態，
魚游龜行，
蝦浮蛙跳，

牡蠣開開闔闔，
趁機檢拾，
滿筐而歸，
晚餐津津鮮味。

山中歲月

雞打架，
鴨追逐，
鵝爭食，
挑水浣衣，

揮汗終日，
見床倒臥，
漫漫長夜，
鼾聲起落。

童稚之危

小時候，
樂摘蜂窩，
群蜂湧出，
螫我滿頭包。
竹林下，

弄蛇穴，
昂首吐凶，
一陣狂擊，
首裂身斷，
體無完膚。

♪ 失落的童年

綠色層層圍繞，
染遍千山萬水，
而今猶在，
離別童伴，

各奔東西，
早已失落，
嘆人生單行道上，
一去不回首。

♪ 山澗茶

後山半畝茶，
足供品茗。
澗邊野紅茶，
三三兩兩，
臨淵採擷，

一葉一險，
入口香溢，
人間極品，
餘味繞樑，
嘆為享止。

♪ 外婆的眼淚

家居半山腰，
終日雲霧繚繞，
好住處。
俯視溪畔鐵軌，
盜甘蔗時跳上躍下，

上學時追趕，
看在外婆眼裡，
怎捨得，
慈淚垂。

憶表姊妹

可憐表姊妹，
目不識丁，
日出而作，
日入而息，
無緣談情說愛，
一一出嫁了，
日子照樣過。
五穀不分的書生，
哪樣比得過？

山水遊戲

萬重山的水特別甘美，
千仞崗的泉格外清涼，
裸泳無人窺，
嬉戲忘飢餐，
蟬聲伴唱，
栖禽孤山。
哪管大千世界，
休問人間煩惱，
何等慶幸！
童年這樣過。

拾穗童子

割稻時節，
全村忙碌景象，
家家互相支援。
但見孤苦童子，
五步一粒，
十步一束，
田家喚他共享餚食，
雖然餓極，
忍飢謝絕，
不食嗟來之食。

憂患童子

生計難挨，
母也劬勞，
於心不忍，
幫養豬，
採野菜，
撈魚蝦，

撿柴木，
當牛童，
貧賤也能捱，
憂戚照樣長，
費思良。

蛇患

山野可消憂解愁，
蛇患最難逃，
青竹絲，
龜殼花，
雨傘節，
牛筋蛇，
水蛇，
草蛇，

錦蛇，
蟒蛇，
族繁不及備載。
人約黃昏後，
步步惟艱，
杯弓蛇影，
隆中高臥。

永憶外婆

慈祥婆婆，
溫暉常照，
貧孫得以驅寒，
慷慨解囊，

孝思不匱，
已到西方世界，
樹欲靜而風不止，
孫欲養而婆不待。

採茶苦

茶季熱鬧非凡，
全村婦女啟動，
盈筐匪易，
腰酸指破，
茶園何遼闊？

何時了？
吟唱山歌，
辛苦知多少？
烹茗享受時，
稍憐採茶女。

詠竹

寒歲君子，
謙德也恭，
藝家韻友，
熊貓主糧，
人類的山珍，
餐桌上的聖品，

麻竹厚嫩，
箭竹細緻，
桂竹清香，
漫山遍野搖盪，
竹林七賢何處尋？

山居縮影

舉首遙見虎頭山，
側耳靜聽潺潺聲，
左顧桂竹謙卑貌，
右望菜圃綠盎然，
回眸青松翠柏孤立，

放眼梯田層層疊疊，
家徒四壁何在意？
粗茶淡飯甘如飴，
坐擁大地似仙鄉。

山居歲月

鷹啼響徹雲霄，
白鷺立於牛脊，
畫眉不時傳唱，
秋蟬終前哀鳴，
閒惹眾鳥尋聲逐。

四季蒼蒼，
澗水日夜奔流。
山欲靜，
籟不止。

往事依依

盛暑逼人，
戲水忘歸，
摸蝦拾蜆逐魚，

水中玲瓏世界，
數十年前往事，
難再憶！

田家溫馨

外婆菩薩心腸，
舅家憨厚樸實，
村人安貧樂園，
田耕雖苦，

青溪解千愁，
新鮮空氣沁肺腑，
何處覓？
一往淒清猶作留連意。

山居夜

夕陽西下，
萬化沉寂，
一切歸靜，
明月始出，
霜滿天，

梟聲喔喔，
伴我孤燈夜讀，
間聞鼾作，
道盡白日苦辛。

憶史港國小

村童上學，
盡是赤腳小仙，
繞過山麓，
曲逕通塗，

時而誦讀聲，
間聞喪葬哭，
交織我童年。

銘心刻骨之夜

有一天，
夜黑風高雨急，
老師不來惡補，
學生樂翻天。
暴雨大漲，
跌入洪流，
倖保小命，

寒透顫抖，
歸途幽幽，
放歌壯膽，
鬼影幢幢，
銘心刻骨，
有誰知？

尷尬的午餐

便當中全是白飯，
無肉無菜，
灑些鹽巴，
甚至忍飢挨餓，

期許大任將降，
必先苦其心志，
活在希望。

咱們的本色

童稚時期，
依稀可追憶，
河畔溪谷中長大，
青山綠野中嬉戲，
與外界隔絕，

帝力何有哉！
永不變，
清純樸實，
自然真誠，
咱們的本色。

九死一生

蕃薯中毒倖險渡。
蜂螫滿包哭動天。
溺水急習狗爬式。
與蛇遭遇快閃開。
樹顛墜下突掛枝。
重物掉落腦袋猶存。
機車打滑受微傷。
岸上踩空流水載乘。

大病危急忽而甦醒。
這小命是撿來的，
豈容虛擲，
啟我手足，
膚髮未損，
仰不愧！
俯不怍！

鄉情

身置大千世界，
心繫故鄉風物，
欲斷還亂，
故舊安在？

形忘音稀意存，
故鄉啊故鄉！
遊子啊遊子！
落葉歸根了無期。

鄉愁

童伴天涯海角，
田家終歲苦，
遠走他鄉，
闖蕩出頭，

衣錦榮歸，
鄉愁無限長，
未曾忘。

山居圖

山坡人家，
蒼松翠柏，
流水魚蝦，
梯田野鴨，

竟日坐望，
谷風習習，
飛鷹盤旋，
野趣周帀。

山居樂

野菜合口味，
清泉好搭配，
山川悅鳥性，
千迴百囀，

羊腸小徑行，
哪有塵囂？
不如歸。

呼喚

少小失怙，
投靠外婆家，
舅舅寬宏大量，
表姊妹當同胞親，
終得長大，

幕幕夢中湧現，
一草一木一寸心，
銘心刻骨，
憶難忘！

故鄉戀

九九峯盡端，
依山傍水，
繞經明潭，
千巒疊翠。
玉山下，
眉溪畔，
遠眺霧社，

合歡白雪皚皚，
惠孫杉林，
蝶影翩翩，
鯉魚潭夢幻倒影，
中台禪寺巍巍聳立，
極美組合，
故鄉戀。

❀ 蓽路藍縷

小時候，
常見跋山涉水的老兵，
狀至疲憊，
稍事休止，

跨越高嶺，
開闢中橫，
大恩大德。

❀ 斯文掃地

趙老師如牛鬼蛇神，
嚇破赤子膽，
逼辱學子，
賞罰慝偏，
花邊新聞特別多，

最差示範，
四十年後恨猶在，
斯文掃地，
師道蕩然。

❀ 孤讀

書空咄咄，
空徒四壁，
慈母大字不識，
寄望兒女脫困，

兄姊無機可乘，
我獨有籬可攀，
僥倖忝到教授之列，
不忘回報大恩大德。

生於憂患

生來含辛茹苦，
童稚失怙，
先慈當家携眷，
拖過憂患歲月。
操苦力，
沿街叫賣，
路邊種菜，

野外採食，
終年飢腸轆轆，
米缸空空如也，
肉味難得幾回聞，
赤足何須鞋外掛，
這般長大，
堅靭無比。

念故鄉

遙遠的故鄉啊！
夢中常見，
難得幾回返，
我長大的地方，

情深憶切，
得意時榮歸故鄉，
失望時鄉情撫慰，
誓不忘懷。

故鄉悠思

流水源自大禹嶺，
繞經千山夢壑，
越過霧社碧湖，
注入攸攸眉溪，
泉甘水甜出自仙境，
產物口感沁人肺腑，

美女優雅傾撼江山，
氣候堪媲夏威夷，
空氣清新人人讚，
埔里是我永遠的故鄉，
我的故鄉永遠在埔里。

⁂ 臺灣陽朔

桂林山水甲天下，
陽朔山水甲桂林，
草屯埔里區段，
路千迴百轉，
山青脆繚繞，

溪清澈見底，
飛車馳騁，
九九峯來相送，
賽似桃花源。

⁂ 離鄉前夕

初中畢業，
十五出頭，
投靠大哥，
負笈前夕，
慈母遠來相送，
叮嚀再三，

雲山變色，
雷電交加，
撼我心扉，
那一夜，
發重誓，
要拼才會贏。

⁂ 初中生涯

通勤趕車忙，
寄人籬下，
外食樂消遙。
學無成，
一片空白，

慶倖未墮落，
餘悸猶存，
三年一覺初中夢，
猛省痛悔，
猶未為晚。

八七水災

負笈北讀，
逃過大劫，
山林鐵道寸斷，
舊觀永不回，

童伴沒入洪波，
哀哀無助，
家鄉經此災變，
怎堪卒睹？

路燈下的童子

夜已深，
行人稀，
那位窮小子，

路燈下借光，
行吟復行吟，
今之借光人。

青少年的呼喚

初中三年，
寡母在遠方，
迷糊中度過，
不幸染上流感，
遺害久遠，
那段空白歲月，

乏人顧育，
委實心酸，
盼天下父母，
子女成長為重，
一失教，
千古恨。

鄉情依依

故鄉再好，
終須一別，
算算已逾一甲子，
故鄉事漸稀，

故鄉人不識，
為何遠漂？
悔嘆重利輕別離。

寶島之寶

多颱之島，
颶風成習，
深居叢山峻嶺，
每當千林擺盪，

山城卻安然無恙，
好一座桃花源，
寶島之寶。

舐犢情深

母子牛，
舐犢情深，
主人貪財，
終致見棄，
當牛販牽離，

淚眼相望，
回首又重驚，
一別永遠，
步步聲喚，
淒厲哪堪聞？

放牛歌

為了減輕家計，
充當牧童，
芳草為伍，
牛群是伴，

溯溪戲水，
牛背放歌，
漫長暑假，
何曾溫習一書一字？

終日喚媽媽

山那麼高，
路那麼長，
媽媽打柴去，
稚兒緊隨，

媽不依，
終日哭鬧，
面山長嘯。

山中有我

家鄉四周山，
百看不厭，
永據遊子魂。
人事滄桑，

世事難料，
環視群嶺，
遊子訴衷情。

埔里五寶

空氣新鮮，
水質清冽，
蔬果口感佳，
紹興酒傳香，

米粉彈牙，
憶難忘，
回味無窮。

淬煉

打從稚幼，
嚐遍人間窮愁滋味：
自願放牧充飢。
扮拾穗童子。
路肩種蔬果。

上山打柴。
下河撈魚蝦。
苟延小命。
痛定思痛，
豈堪回首？

翻轉

生於憂患，
萬物匱乏，
哀哀父母，
父兮早逝，
母兮窮愁，
兄姊無以卒讀，

少小流浪飄泊。
而今，
轉危為安，
往事如烟，
奔向光芒坦途。

✏ 六畜合唱團

旭光東出，
雞鳴始歇，
爭先恐後出籠，
鴨子呀呀呼應，
白鵝展翅橫掃，

狗也東奔西竄，
牛隻哞哞低吟，
六畜大合唱，
山野孤村添熱鬧。

✏ 美美之鄉

埔里樣樣美，
蘊育創作的好地方，
甘泉處處流，
美女滿街跑，
遠山映雪，
近郊霧繞，

風候賽過夏威夷，
地靈有似維也納，
可歌可舞，
宜詩宜畫，
韻味道不盡，
境界訴無窮。

✏ 忘路之遠近

埔里草屯之間，
美景勝畫，
青山綠水連縣，
驅馳蜿蜒道，
繞過萬重山，

不捨稍事閉目，
凝視，
遠眺，
如沐似醉。

曲逕探幽

臺灣之中央，
環山不見海，
明潭攬勝，
九九峯一絕，
中埔路百折千迴，

惠蓀林場高山懸崖，
東埔溫泉如詩似畫，
中橫通達花蓮，
奇美交匯地，
曲逕通幽。

飢餐野食

飢餓難耐，
稀粥不見粒，
轆轆終日，
瀕臨填溝壑，

鄉村覓野食，
五步一飲，
十步一食，
依然度險關。

寧靜湖

雲山高聳，
常年樹茂，
湖色碧綠，
靜若瑤池，

世間難覓，
不醉不歸，
永繫心頭。

都是故鄉好

甘蔗香脆甜，
米粉嫩無比，
紹興酒味醇，
美女柔似水，

千山群螯繞，
眉溪浪浪，
四季如春，
都是故鄉好。

期盼落空

山城雷雨多，
滯留校園，
目送同窗逐一歸去，
剩我一人，

黑漆漆中，
冒雨返家，
期盼總是空。

陣陣鄉曲

度過童年的地方，
群峯翠疊似仙境，
蘊育不盡得思量，
愈遠愈切，

理還亂，
郁郁蒼蒼的故鄉啊！
遊子懸念不已。

親情療效

電話傳來慈母虛弱的求救聲：
「我病重了，
誰來照顧我？」
不孝兒星夜趕路，
時速百一十，

沿途美景虛設，
但求快快抵家，
見了面，
頓時好轉三分，
親情是最好的療效。

鄉愁

故鄉雖好，
難免一別。
白雲青山綠水，
看不厭；
鄉音鄉愁鄉味，

暫時揮揮手，憶難忘。
賺得深沉的悲愁。
期揚名立業，
結伴好返鄉。

洪峯之渡

豪雨初歇，
舟車斷絕，
行子野渡，
滾滾洪波，

心驚膽跳，
爬行勇往，
終達彼岸，
終身不忘。

❀ 長兄家督

稚幼失怙，
長兄一直是我的避風港，
安我慰我，
養我育我，
撫我顧我，
從不缺席，

我有今天，
全憑他的慨賜，
而今他已老態龍鐘，
尚及回報，
讓他成為快樂老人。

❀ 埔里美女

好風光，
鮮空氣，
醇甘泉，
青山繚繞，
田疇白屋，

美女如雲，
匪我思存，
臺灣阿信，
悠哉遊哉！
夢寐好逑。

❀ 叫我如何忘得了？

舉首山峯對，
回眸綠松竹，
河水潺潺，
溪谷夾中間，

孤鷹盤旋，
聆聽天籟，
精彩絕倫，
叫我如何忘得了？

念故鄉

童稚失怙，
年幼飢寒，
青壯苦讀，
終入佳境，

外爍漸消，
鄉愁似海，
捲起濤天浪。

寶島之珍

嵐氣蒸騰，
綠野環周，
群山聳立，
冬不寒，
夏不熱，

颱風進不來，
終年如春，
埔里啊埔里！
寶島之珍，
深藏不露。

秋色

湖水盈盈，
漣漪粼粼，
放眼望去，
紅欒列岸，

翠隄染色，
倒影映霞，
此秋意，
我獨享。

別了又依依

揮別青山，
訴情綠水，
身陷萬丈紅塵，
心飛寧靜故園，

依依復依依，
回首又重經，
孤寂無奈，
只盼早返鄉。

七歲家督

七歲家督，
慈母左右手，
提攜弟妹，

堪慰母心，
此家尊嚴在，
大哥氣度高。

故鄉傲

故鄉情濃意厚，
一花一早想童年。
山高水長，
樣樣調適，

淨潔的空氣，
溫煦的陽光，
海角天涯何處覓？
故鄉傲。

歷練四十年

十有五志於學，
高中生涯難捱，
大學風浪裡過，
軍旅苦其心志，
研究所沉潛虛度，

教學相長方敏勉，
誤人子弟之虞，
離鄉四十年，
不愧屋漏，
挺胸好返鄉。

風城

初臨風城，
家家閉戶深鎖，
勁風呼嘯，
鐵馬苦難進，

刺面穿心，
直打哆嗦，
迎賓冷冰冰。

遊學四方

家鄉處處好風光，
獨缺高學府，
行子負笈習四方，
離鄉背井，

久久一探家園，
淚潸潸，
摧心肝。

兄恩昊瀚

三年高中生涯，
投靠兄長，
衣我食我，

住我顧我，
兄恩昊瀚，
欲報罔極。

三年災患

高中生涯，
苦讀深深深幾許
擠上大學，
海闊天空樂逍遙。
痛思寒窗三載，

宛若鬼門關，
試觀今日懶散學子，
不上層樓，
心志欠磨，
大任豈降斯人也？

杏仁露翁

初離風和日麗的故鄉，
來蕭蕭颯颯的風城，
孤苦無奈，
乍聞老翁長嘯，
沿街叫賣，

聲聲呼換，
似有無限哀怨，
風扣寒窗，
鄉愁不斷。

風城吟

風乍起，
滿街舞葉飛沙，
家家閉門鎖窗，
人車難進，

淒風苦，
聲聲喚，
行子歸不歸？

不堪回首

高中生命苦，
拼死拼活，
衝衝衝，
寒窗如獄，
埋首教科書，

期盼登科，
折損青春歲月，
難拒時代洪流，
滾滾不見天日。

先後

高中生涯，
一無遺留，
百般操演，
擠入泮宮，
回憶那三年，

力爭上游，
成就下游，
奉勸後進：
暫拋安樂，
淬鍊放前頭。

失落的地平線

校工銘妹，
打從窗邊過，
魂出殼，
隨她而去，
成績從此滑落，

好生苦澀，
有一天，
芳踪忽然消逝，
如今安在？
美滿不美滿？

拼字了得

高中生涯，
拼字了得，
竹風淒淒，
學子斷腸，

師恩窗誼，
全拋腦後，
往事如煙，
茫茫悔憶中。

數學零蛋

迷迷糊糊，
渾渾噩噩，
止到有一天，
數學零蛋，
轟天雷，

無地自容，
從此旦暮演算，
翻轉聯招成績，
一念之間，
決勝千里之外。

依稀眾師相

憶高中師相：
胖都都的校長，
意氣風發的國文恩師，

目空一切的英文老師，
不知所云的數理殺手，
餘者不足夢尋。

苦讀劫數

死拼三載，
教科書之外，
一無所有，
師生不親，

同窗失聯，
校園不再踏入，
升學主義下的劫數。

讀書至上

中學生涯，
乏人擺渡，
家無書房，
唯寄圖書館，
淹留教室至黃昏，

苦我心志，
增己不能，
心酸酸，
終於達陣，
遠離鬼門關。

金榜題名

初上高中，
終日迷糊，
數學抱蛋歸，
驚心動魄，

力拼到底，
終得登科，
神氣揚揚。

再度相依

小時同一窩，
國小初中各東西，
高中又相聚，
免掉衣食愁，

拼讀了得，
期許出頭天，
那知今生好戲，
全在後頭。

愧對

十八尖山多神祕，
頭前溪畔聞嗚咽，
竹風含沙射人，
一片哀愁，
青年學子哪敢淹留？
心想目視教科書，

白了少年頭，
待回首，
往事如煙，
老少賞景各不同，
難兩全。

⁝ 三十年後

一晃三十載，
驚嘆五十秋，
而髮蒼蒼，

而膚皺綾，
老友似陌客，
動蕩一世情。

⁝ 苦讀的淒美

三年寒窗苦讀，
惟盼榜上題名，
哪管嫵媚，
不理尖山峯相連，

竹風摧心肝，
南寮海濤，
我心似鐵，
不遑一顧。

⁝ 狂狷

課後同窗盡歸去，
獨守向黃昏，
專心一意勤研習，
裝病逃避升降旗，
珍時多看數行書，
分秒必爭，

進大學之誼大矣哉！
忍心對初戀人說：
「千金難買寸光陰，
寧願陪書，
不伴妳。」

∴ 三十年後

畢業三十載，
聚首說玄宗，
身漸老邁，
卻裝青壯模樣，

煞似造作，
各奔東西，
分赴南北，
零零落落。

∴ 憶風城

東門城，
城煌廟，
南寮濁浪淘天，
十八尖山青湖見，
翠峯亭下古物琳瑯，

清交竹中繞山麓，
頭前溪的嗚咽，
竹風的呼喚，
往事怎堪回味。

∴ 一場空

勤讀三年，
怠慢了竹風頭前溪，
冷落班荊道故，
一意孤行，

好景美景虛設，
辜負青春歲月，
一場空。

﹒° 茫然渡

高中生涯，
學會讀書游泳，
其他空白，
升學至上，

夢般皆下品，
大學不歸路，
豈堪回首！
青春茫然渡。

﹒° 不堪回首

那是甚麼日子？
拼得死去活來，
步上殿堂，
名落孫山，
無臉見江東故老，

自暴自棄，
失魂落迫，
我不落人後，
一路狂飆。

﹒° 體弱多病

新竹三年，
傷風三年，
藥不離口，
兄長破費，

體弱多病的我，
壓力千斤重，
無處覓逍遙。

難忘的歲月

所有眼力攤在閱讀，
全部體力耗於寒窗，
摧殘青春，
葬送美夢，

夙興夜寐，
晨昏顛倒，
一試定終身，
隨波逐流。

揮別

俊秀美少年，
荒於嬉，
我心砰動，
條件不如，

但願苦讀脫困，
夙興夜寐，
邁入大學之道，
任我揮灑。

大專聯招試後

辛苦三年拼一試，
負笈上京趕考，
猶似科舉模樣，
告別高中災患，
更上一層樓，

那年暑假最快活，
四大奇書一一賞鑑，
返鄉樂友，
滋味美妙。

金榜題名時

走在山城街頭，
唏哩呼嚕之餘，
翻開新聞，
不意發現放榜訊息，
我的姓名高高掛，

夢寐達陣，
積勞頓消，
洞房花燭夜，
久旱逢甘霖，
足堪比擬。

誤置

恥於寄人籬下，
誤闖師大夜間部，
豈知不是公費，
延蕩整年，
夜裡上學如鍊獄，

溜之大吉，
常規大學方是夢，
及時重考，
導我正途。

臺灣師大

蒼老斑白，
狹窄緊迫，
鬱鬱校園，
令人乏味，

磨肩接踵，
灰頭土臉，
有愧師道，
百年樹人堪憂！

憶往

夜校生活，
情趣缺缺，
活動少之又少，
學生匆匆的來，
老師遑遑的去，

哪來漫工出細活？
思辯太奢求，
苦蹲經年，
溜之大吉！

苦澀

矇矇矓矓，
初上大學，
閒散無度，
調適無方，

寄人籬下，
萬般無奈，
何處訴，
萬般愁。

再見

夜校生，
痛苦　孤獨　無聊，
忍將去，
不須重別離，

勸君莫進，
日出而作，
日入而息，
常態最美妙。

中文系

毅然摔開狹隘的師大，
轉讀開放的政大，
青山繚繞，
綠水長流，

心胸舒泰，
課業愛情兼修，
邁向璀璨。

半世紀

指南山下，
仙宮廟前，
醉夢溪畔，
身置仙鄉，

別後魂夢中，
總是情牽掛肚，
政大惠我良多，
飲水思源無絕期。

熊公哲

長袍馬褂，
絕頂童顏，
手持團扇，
念念有辭，

開口孔孟，
閉口古史，
尊古賤今，
怎溝通？

郊遊

最喜郊遊，
碧潭艇上聞吹笛，
黃帝殿前沐飛泉，
遠征白沙灣，

品嚐山溪蝦，
如今各奔前程，
再會無期，
僅堪回味。

轉系潮

大專聯招，
選校不選系，
再渡轉系潮，
腰斬中文系，

落落寡歡，
從此一條心，
同甘共苦，
少而美。

龐佑民

龐女白皙清瘦，
黛玉模樣，
低首含羞，
目無他顧，
有人愛此調調，

語未入港，
早已迊迊遁逃。
撫今追昔，
美人安在否？

劉娜娜

班上有位劉娜娜，
全校男生銷魂，
登徒子何其多，

叫我如何專心上課，
慶幸轉系遠去，
危亂知多少？

賀美人

擁容華貴，
一笑傾城，
全校女生黯然收，
無緣續同窗，

音訊渺茫，
不知花落何家，
但盼伊人幸福，
美的回憶深藏痴心郎。

曲喻青

胖嘟嘟，
矮不倫敦，
含蓄寡言，
平地闖入大野狼，
馭將去，

同窗一載，
話不過三，
難再遇，
依稀當年。

⁂ 黃白眼

面貌粗黑，
不曾嫵媚，
出口不遜，
翻白眼，
男士退避，

無緣談情，
蹉跎青春，
遠遁天涯海角，
盼異國郎君有意，
神賜後半生。

⁂ 朱愛美

同是風城人，
相逢何必似相識？
格外親切，
二十年後又相遇，
各育兒女，
金山機場接送，

話從前，
溫馨有趣。
後聞車禍重傷，
天涯海角祝福，
有朝一日再重逢。

⁂ 鄭玲梅

矮不倫敦，
樸樸素素，
親和力強，
能燒好菜，
功課頂瓜瓜。
最痛研所考試，
誤傳榜上題名，

終夜載歌載舞，
結果幻滅，
怎受得住？
今已退休養老，
心臟乏力，
又曾摔跤，
寄上無限祝福。

許丹明

小巧玲瓏，
楚楚可憐，
時光遠隔，
奈何北居加拿大？

夫君封侯，
子女成材，
伊人模樣如舊，
費思量！

杜蘭馨

印尼僑生，
汽油桶之軀，
雖無異性約會，

照樣有歸處，
已弄孫，
佳人未必有福。

畢見鳳

南韓僑生，
面目怪異，
惟酒無量，

不及亂，
音訊渺茫，
只待成追憶。

凱哥

今之凱哥，
黃腔油調，
逐愛成空，
由人送作堆，
雖是中庸料，

官運亨通，
心胸峽窄，
不曾拉拔同窗後進，
一人有慶，
系所遭殃。

安郁剛

俺乃山東大老粗，
出口成章，
班上尊長，
頭疼終歲，

標準菸槍，
竟是學務主任！
髮白已幾許？

金曙凡

一生從戎，
終有退伍之日，
子女成器，
老來入太學，
彌補心願，

畢業當日，
校長親祝福，
轉載各大報，
爭相邀聘，
好風光！

汪汪

小名汪汪，
短小精幹，
君子好逑，
雄辯滔滔，
眾師寵愛在一身，

文章詩歌戲劇樣樣通，
抽菸喝酒熬夜害了他，
壯志未酬，
身先死。

周古人

師大政大中文所，
三度同窗，
志才雙全，
狂狷好學，

更風流，
齊人之福，
佳人之歌，
濟顛花和尚之流。

王厭頭

上有好生之德，
聯招會誤添分數，
僥倖榜列大學，
度過危機四伏，
竟也更上一層樓，

又中高考，
從此平步青雲，
仕途亨通，
祖上積德。

黃阿條

沉默、寡言、穩重。
粗線條模樣，
卻有藝術家風範。
法國號、小喇叭、
橫笛、洞簫，
樣樣精通，

本行卻了了，
歪打正著特別多。
四年同窗，
終身摯友，
相得益彰，
遠勝親人。

∴ 張再富

來自吉隆坡，
服務熱誠，
慘遭不良教授死當，
甘為餐廳千金端盤，
悠悠助教歲月，
晉級終身講師。

∴ 孔維益

孔子後裔，
浪蕩荒唐，
視同大學出身，
跳舞喝酒把妹，
無所不通，
預官保不住，
羞辱孔家。

∴ 陳豐哲

來自南臺，
人高馬大球員身材，
沉默寡言，
心懷不軌，
雖是同窗，保持距離，
免池殃。

❀ 大學入門

熊夫子唯孔孟是尊，
陳穎昆漫談三千年詩，
謝雲飛授桐城古文，
皮述民揭中國文學史，
外加民法概論和理哲學，
受不了全英語之貫耳，
洋洋灑灑，
美味雜陳，
眼花撩亂，
不知從何問津，
迷樣的大學入門。

❀ 張師立齋

北京八怪，
書畫篆刻樣樣精通，
古董金石如數家珍，
教活文心雕龍，
傳神老子莊周，
如坐春風歷二年，
永遠念他謝他。

❀ 葉光榮

馬來西亞僑生，
青春豆滿臉，
新詩人，
籃球迷，
授業山城，
玩石養蘭，
築別業，
樂同神仙。

❄ 皮述民師

啟我者皮師，
授我中國文學史，
觸及精彩處，
把聲壓低，
側耳傾聽。
慨借金瓶梅完整本，

灌滿我求知欲，
渡海客座星加坡，
成就其學術地位，
終又落葉歸根，
不當異國殖民。

❄ 馬小梅師不師

僅一是處，
板書龍飛鳳舞，
學養不足，
小里小氣，

極不適任，
誤人匪淺，
羞羞羞，
罰教論語。

❄ 劉太希師

學深筆健，
脫口即詩，
揮筆立就，
世間奇葩，
習作天馬行空，

盡多敷衍了事，
學子一無所得，
竟皆人人過關，
一年為師，
飲憾終身。

盧元駿師

盧師元駿字伯元，
詞曲左傳驚四方，
每歲暮春，
引領學子吟唱百家詞，
餘音回盪指南山，

呵護善誘如父母，
受業銘記在心頭，
他日有所成，
全仗栽培，
盧師可以瞑目矣。

再憶盧元駿師

盧師從不照本宣科，
雙眼一閉，
詩詞曲汨汨然出矣，
融入情境，

學子動容，
神靈蕩漾，
我欲乘風歸去，
常伴恩師左右。

王夢鷗師

學海深深深幾許？
難有匹敵。
美學冠群倫，
戲劇詩評得先知，

照亮唐代傳奇，
解讀居延汗簡，
萬丈光芒爍古今。

░ 謝雲飛師

授大一國文，
每週習作一篇，
默誦一章，

讀遍續古文辭類纂，
玩膩桐城派，
恩在啟蒙。

░ 陳穎琨師

江西口音，
古詩擺渡人，
境界時出，

一三五不論，
二四六分明，
引領詩國之旅。

░ 賴炎元師

溫文爾雅，
國家博士，
不驕不亢，
自動加時延教，
火速講授詩經，

訓詁學更加乏味，
於己克勤克儉，
於人窮極無聊，
孤寂終身，
乏味大師。

░ 應裕康師

精通聲韻，
口齒伶俐，
上課輕鬆自在，
放洋星美，

一鼻子灰回歸，
落得名譽掃地，
遺羞萬年。

師表掃地

大學講堂，
假道學可不少：
吹噓當年勇，
誇口狀元及第，
炫耀大作無罅可擊，
大言不慚能帶三萬兵馬，
板書龍飛鳳舞，

照本宣科，
瘋言瘋語，
老羞成怒，
誤人子弟，
嗨！
人師經師皆難遇。

籬下淚

怪生父早逝，
寡母無力，
連累親友，
委曲求全，

沒得暢懷，
盼天下父母，
生他務必養育他。

鄧綏寧師

講授西洋文學批評史，
卻是不講不授更無評，
兩節兩板書，
默默默！
文抄公帶領文抄生，

不知所云，
近傳已壽終，
再見啦！
愧為人師。

顏華

來自滇緬野人山，
綽號野人，
野得很！
言行不修飾，
觸耳心驚，

可憐浪迹天涯，
孤寂憂患，
除卻天邊月，
有誰知？

重責大任

山高水長的中國哲學史，
誰堪任？
難尋覓，
心虛吧！

下馬威，
自吹老娘第一名畢業，
有何用？
終年不知所云。

祈述祖師

白髮蒼蒼，
語音嫋嫋，
乍見似飽學之士，
其實濃包！

盡遵毛詩鄭箋，
宣科而已，
濫竽充數，
禮聘標準何在？

⁂ 憶淑芳

烏溜溜的眼睛，
含情脈脈，
春風一吹，

無所不摧，
年年憶。

⁂ 憶燕美

蕭蕭瑟瑟，
無春風，
乏綠意，

樂不起，
悠悠蒼天啊！
總是愁。

⁂ 憶和美

天有浮雲，
水有游萍，
地有無根蘭花，
飄飄何所似？

何必擁有？
相憶深，
不須再見，
不如永隔。

⁂ 憶美容

冤家路窄，
就欠東風，
缺那臨門一腳。

愛情是圓的，
滾向不測深淵，
好事難成雙。

縱走中橫

三餐不繼，
休言玩樂，
省下打工錢，
徒步中橫遊，
行行復行行，
峯迴又路轉，
涉清澗，

飄浮雲，
猿吟鳥囀，
盡是鬼谷神工，
緜亙百餘里，
盡端望見太平洋，
行旅的休止符，
憶難忘。

成功嶺組曲

記得那年盛暑，
踏進魔鬼兵團，
朝朝豆腐干，
暮暮戰鬥澡，

軍歌徹雲霄，
臭汗淋漓，
颱風夜聽訓，
苦中作樂。

步兵學校

揮別成功嶺，
轉訓步校，
行行復行行，
扛炮又背槍，
一再操練，

打野外，
依偎高壩，
雜草剷不盡，
消磨好時光。

春意無限好

清風徐徐，
吹皺鏡湖，
孤島繁花繞，
鯉魚跳龍門，

鵝群搔首弄姿，
白鷺享受孤獨，
柳千條搖曳，
春意濃濃。

又憶

記得那年花下，
匆匆一瞥，
美滿印像，
漸入佳境，
青山夕嵐晚霞，

憾我心弦，
可惜不經考驗，
灰飛煙滅，
空遺恨。

王永慶點滴

四年家教，
畧知一二，
經營之神，
偏好嫩草，

三字經不離口，
富可敵國，
落陌無人知。

古警探點滴

十大名探，
竊盜強樑望風生畏，
長年同流合污，

無人監督，
除卻天邊月，
沒人知。

叔嬸失和

風光上大學，
寄居小叔家，
婆媳不睦，
爭吵動粗，

籬下難挨，
如坐針氈，
訴無門，
溜之大吉。

女房東

菩薩心腸，
溫暖辛辛學子，
輕狂少年病倒，
援手不吝，
湯藥送達，
宛如慈母，

忽忽半世紀，
還在否？
我實太絕情，
一別如訣，
仰愧俯怍，
羞澀終身。

丟書記

成功嶺步校結訓，
回歸校園，
厚重書籍被盜空，
住校僑生所為，
索賠無望，
無書可讀，
被逼天天上圖書館，

丟書方知書可貴，
整整一年，
回溫所習，
助我進入國學殿堂，
奇不奇？
塞翁失馬焉知非福？

糊塗

進入大學，
如登萬叢山，
飄飄何所似，
無歸處，
任時日消逝，
空空如也，
驚悚萬分，

日讀其所無，
忽覺有神助，
摸索學術，
白了少年頭，
不禁要問，
對否？對否？

政大四年

校舍簡陋，
名師無幾，
誨我恨少，
幸環山傍水，

晨昏面林獨白，
時時越溪排愁，
尋尋覓覓，
虛擲青春歲月。

誤闖叢林

讀書樂事，
何必科舉？
一旦誤闖叢林，
終身苦，

從此與書為伍，
名堂無著，
渾渾噩噩，
欲渡無津？

無愧

師授唯微，
操諸在己，
自力救濟，
重溫四年所習，

廣涉課外讀物，
大學不虛度，
問心無愧。

畢業三十年

來時弱冠，
離日滿籮筐，
從此浮沉紅塵。
三十年後，
復經指南山麓，
或權傾蓋世，

或一貧如洗，
我仍一介書生。
彼此凝眸，
昔情又依依，
一幕幕，
再重演。

回顧一世情

同窗三十年後，
或平步青雲，
或差強人意，
或畫地自限，
或與時浮沉。
四年共習，
終身相憶。

勤學

回顧學子生涯，
懞懞懂懂，
庸庸碌碌，
竟也登上層峯，
高處不勝寒，
搖搖欲墜。

沒繳白卷

渾渾噩噩，
突然清醒，
更待何時？
橫掃千萬卷，
大學四載，
沒白過。

大學畢業三十週年同學會

同窗四載，
三十年後還依依，
總是憶當年，
千遍不煩，
甜在心頭。
重逢在望，
皺紋知多少？

關心無人

三餐不繼，
營養失調，
愛情落空，
尚能勤讀，
終至結業，

不見親人現踪，
斯人憔悴，
悽悽哀哀裡，
挺拔不墜，
天降重責。

預官淚

踏出校門，
揮別學子生涯，
投筆從容。
翻山越嶺，
餐風露宿，
航向料羅灣，
美鑑護航，
浪濤相伴，

河山如畫，
好生心痛，
親兄弟鬩牆，
千萬對抗億萬。
政客們！
塗炭何時了？
民主應是首要，
到底為誰戰？

海上長城

戎裝夜航，
明燈臥波，
海上長城，
浪濤輝映，

靜夜巡航，
一閃即逝，
獨厚我，
見奇景。

初抵戰地

夜渡黑溝，
遠眺金門，
大陸環伺，
危機四伏，
夜幕搶灘，
領畧登陸滋味，

茫茫不見鄉關，
面對敵區，
朝不保夕，
大難隨時臨頭。
逆來順受，
殷盼全首返鄉。

戰地即景

八二三砲戰後，
地道豪溝四通八達，
人在地中行，
形同捉迷藏，
真真假假，

哪好玩？
費民膏，
黃河清，
待何時？

老兵

老兵身世堪涼，
少年被虜充軍，
阻絕鄉音鄉情，
望斷秋水，
熱淚流乾，
返家無期。
反共抗俄淪為口號，

青春耗盡，
換來榮民身分，
聚居眷村，
娶原民為妻，
聊勝於無，
活著就好。

巡迴教官

萬般無奈主義是從，
當起巡迴教官，
似懂非懂，
臭蓋一通，

搭配黃腔，
阿兵哥頻頻爾笑，
臺上耍猴，
臺下全倒。

時勢報導

師團朝會，
上臺報導時勢，
短短一刻鐘，
暢論天下事，

鬍鬚沒半撇，
敢對數千人，
硬頭皮苦撐，
磨練考驗。

金廈浪濤

巨濤大浪，
來洶洶，
去滔滔，
仿佛交響重奏，
聲聲喚，

柔腸寸斷，
戍子懷鄉，
朝朝暮暮，
聽箇千萬遍。

金門菜刀

八二三砲戰隆隆，
金門幾成稀爛，
漫山遍野食彈殼，
鑄刀上等鋼材，

昔時彈雨千萬發，
今日坐享戰爭財，
禍兮福所倚。

懷念陳春滋通信官

軍中作家，
天狗公司，
男盜女娼，
贏得黑社會寫實堂主，

而今安在？
搖筆桿，
總比槍桿樂趣多。

參觀軍中樂園

戰地慰安婦，
定期撫慰大二擔，
勞苦功高，
紓通大兵蘊結，

降低不滿情緒，
皮肉生涯堪憐，
除卻海上鳥，
有誰知？

查哨

寂寂孤島，
海嘯浪濤，
恐怖悽涼，
逐一巡堡，
問今宵口令記否？

大兵不得荷槍逐夢，
天星正搖落，
臭汗淋漓，
今夜何夜？
遠戍邊疆。

夜戍古寧頭

一望無際，
曾是決戰沙場，
敵軍突擊時，
戰車來往碾壓，
血染大海。

事過境遷，
憑弔哀禱，
淒楚景象，
陣陣浪濤訴不停。

擎天廳

頂住大武山，
上帝的傑作，
鬼谷神功，

遠觀敵情，
無畏砲擊，
力與美的結合。

登大武山

登大武山兮，
隔海相望，
同屬一個國度兮，
兩種世界，

雲漫漫兮，
我獨愁，
何日言歸於好兮？
分久必合。

井水之美

沒有河川的孤島，
井水最美，
越深越冽，
可以解渴，
可以阻飢，

可以沐浴，
尤能灌溉，
又得解憂，
金門井水，
永相憶。

當兵苦

軍中酷似集中營，
訊息阻隔，
孤立滋味，
無奈無援，
數饅頭，
終日瞎掰，

浪費公帑，
放假日，
士氣最高昂，
期盼早離晚歸，
消磨青春的煉獄。

預官

天生預官命，
兵之驕寵，
四不像，
帶兵無能，

哪知茹苦？
軍中累贅，
公私落空。

搭乘 117 號兵鑑

輪調時候，
換防本島，
搭乘 117 號兵鑑，
秋浪三丈，
船似鞦韆，
上下擺盪，
橫豎顛倒，

大吐特吐，
生不如死，
及見旗津燈塔，
病態煙消雲散，
飽餐一頓，
吃相難看，
饕餮差堪似。

退伍前夕

袍澤情深，
預官例外，
來時冰臉相待，
去時宛如夕陽，
休管軍中家務事，

聽命報到，
依令接納，
不幸的結合，
能怪誰？

✨ 中文研究所

誤打誤撞，
走向不歸路。
師長驚訝，
同窗不測，
不知何處覓？

俯仰學海，
哪裡是渡津？
心勞力疲，
任飄搖。

✨ 憶王夢鷗師

美學大師，
精通文藝、戲劇、小說、古文
　字，
擅長唐代傳奇，
文學評論當代無雙，

白話文薦舉人才。
悔恨兼課混飯吃，
漏選先生課，
空留終身憾。

✨ 憶高明師

巍巍高師字仲華，
博厚配地，
高明戾天，
一代宗師，
窺堂入室領航人，
望之也儼，

即之也溫，
造化學子，
不幸續絃，
橫遭餓死，
夫子有難，
無以救之。

憶周何師

苦讀出身，
青年才俊，
可惜！
把持不住，
貪財漁色，

換得身敗名裂，
憶當年教我殷周文，
吝惜傾囊相授，
叫我如何頌師恩？

恥林尹師

少時了了，
老未必佳，
應驗由他，
哪有四十年不研讀的教授？
哪有一年僅教一篇演講稿？

哪有打牌喝酒又身兼師道？
更妙的是，
吸收入門弟子，
當代學閥。

憶研究所同窗

同窗一世，
境遇各東西，
皆為大學講師，
有的著作等身，
有的高居要津，

獨我踽踽，
突破無門，
默默以終，
孤寂淒涼。

兼職研究生

掛羊頭，
賣狗肉，
身在江海，
心繫魏闕，
誤人子弟，
河漢所學，

勸年輕學子，
應分先後輕重，
莫把厚當薄，
勿以薄作厚，
則近道矣。

高明式的教授法

一個黑板又是一個黑板，
抄完之後再抄，
永無休止，

碩博士從中提鍊，
名聞遐邇，
獨門功夫。

撰寫碩士論文

說來愧疚，
未知學問堂奧，
卻試探底事，
抄抄寫寫數萬言，
洋洋灑灑分量驚人，

論見識，
評質地，
茫然不知所云，
不是東西！

❧ 又憶研究所同窗

各懷鬼胎，　　　　　三載同窗，
入門自愛，　　　　　知音難尋，
干卿底事，　　　　　無聊組合。
曲徑通幽，

❧ 研究所秘辛

迷糊上踏不歸路，　　走出容易，
荒唐撰寫，　　　　　到底學得甚麼？
放水過關，　　　　　碩士文憑，
獨缺指津，　　　　　容我鬼混，
更乏淘汰！　　　　　愧疚終身。
進來困難，

❧ 畢業才開始

求學生涯原是夢，　　天知地知我也知，
太漫長，　　　　　　你他哪得知？
搭上師途，　　　　　教學相長，
到底幾斤量？　　　　盲點知多少？

何以言謝

熬出碩士，
普家同慶，
全仗兄長傾囊，
牛童脫困，

大哥如父，
終身銘謝，
念念之懷，
昊天罔極。

千里暮雲平

來自遠遙，
脈脈送罷，
寄語相思，
豈料風雲乍起，
一切灰飛煙滅，

從何救？
萬般無奈，
何必言別，
黯然銷魂而已。

南向誓詞

隻身南下，
托運全部家當，
朝高雄進發，
台北八年傷心地別矣，
開闢新天地，
憑本事，

此去寄終身，
一切一切，
重頭起，
無親無故，
心茫茫。

初為人師

顫抖獨上講壇，
師生年齡相若，
豈敢胡謅？
唯賴深耕易耨，
誰知夜半囁聲，

我獨醒，
一頁頁，
一段段，
身先士卒，
隔天好交待。

金延生院長

高師大創校祖師爺，
欠缺學術瞻觀，
終年臥床，
所薄者厚，

所厚者薄，
本亂而末治，
未知有也。

林院長

青年才俊，
瀟瀟灑灑，
博聞強記，
志在雲霄，

小池塘難容鯤魚，
大鵬展翅，
飄飄遠飛不回首。

薛院長

學識鴉鴉無，
裙帶因緣，
十年院長，

一場夢，
高位低成就，
充斥官場中。

張校長

真小人，
貌似巍巍峩峩，
氣量窄小，
尤嗜銅臭味，
在位十年，

人謀不臧，
校譽每況愈下，
誤大事，
怎收拾？

黃校長

溫溫爾雅，
傭傭懦懦，
秘書人才，
難大用，
聲聲慢，

靜觀其變，
喪盡先機，
少做少錯，
不做不錯，
大錯特錯。

大學校長的條件

學術地位崇高，
經師人師兼備，
熱心公益，
師長擺第一，
學生最優先，

高瞻遠矚，
日日新，
名師高徒的搖籃，
雄據一方。

國家將亡

孔曰：「小子鳴鼓而攻之。」
孟曰：「上下交征利而國危
　　矣。」
嘆舉國上下，
唯利是圖，
不知誠信為何物？，

利字擺中間，
道義置兩旁，
國家將亡必有妖孽，
一無體統，
百般無奈！

教育敗類

聚斂何其多？
掛羊頭，
賣狗肉，

百年樹人誰關心？
良心事業已罔然，
青年學子迷渡津。

撫今追昔

恩師推介，
隻身南下，
陪侍五車書，
教學後盾。
戰戰兢兢，
熱心有餘，

經歷不足，
忽忽二十年餘，
赤誠未歇，
何時站上鰲頭？
長思凝望，
白鷺悠悠劃過。

追憶胡自逢先生

老博士持重沉穩，
德高望重，
視同事為兄弟，
全系是胡家軍，
洙泗流風餘韻，

裏裏外外一團和氣，
或嫌刻板僵硬，
層峯齟齬，
哪能久安其位？
拂袖而去。

譴黃永武

青年才俊，
意氣風發，
目中無人，
陰森森，
令人發麻。
雞犬不寧，

人仰馬翻，
本性不改，
狼煙四起，
遠離國度，
風平浪靜。

譴林耀增

公子哥兒，
學閥老爸，
呼朋引類，
千杯不醉。
哪有心力辦學？
荒唐六年歲月，
系譽猛墜。
拍拍屁股，
揮揮手，
永不回首，
好壞由你，
與他何干？

譴施銘燦

克勤克儉，
農家子弟，
師範出身，
鹹魚翻身，
蔡鳥變鳳凰，
不見天日，
不知海深，
突然時來運轉，
福兮禍所伏，
要錢不要命，
一場空。

憶王師忠林

先生忠厚老實，
開闊不足，
欠缺精明，
豈堪重責大任？
鴨子上架，
任人宰割，
不如等閒自在，
兢兢過日，
何須邯鄲學步？

✎ 譴林慶勳

自鳴清高，
有禮無體，
哪經久驗？
前言不對後行，
狐狸尾巴露現，

鈎心鬥角，
太無趣，
身在海上，
心念魏闕，
不亦悲哉！

✎ 問方兄？

研所同窗，
風流倜儻，
自誇內方外圓，
廣交三教九流，

早升教授，
博士到位，
玩弄煙火滋味，
聲譽直直落。

✎ 憶郭清寰教授

哲人其頹，
一去不復回，
敦厚清逸，

君子之交，
淡如水。

譴胡世英

來自軍校，
專長查堂記名，
自己昏昏，
欲人昭昭，

爛竽充數，
窮忙俗務，
迷誤眾生。

譴馮紀澤

馮君鬧家變，
須賴老酒澆，
每喝必醉，

逢醉必哭，
隔天怎堪為師道？
愧對！

譴徐大姐

煞風景，
京片子吃定終身，
別無所長，
羞！羞！羞！
衍誤青年學子，

毒舌流涎，
到底怎麼混進的？
憑啥本事？
權貴無疑。

譴黃君

滿身酒氣，
挺著啤酒肚，
到處拈花惹草，
滿腦金錢土地，

掛羊頭，
賣狗肉，
莘莘學子何不幸？

譴郭君

完美主義，
理想國，
鏡花緣，
烏托邦，
眼高手低，

豆腐裡挑骨頭，
唯我獨尊，
卻把學生整得團團轉，
成事不足，
敗事有餘。

憶伯誠君

本是愛書人，
坐擁書城夢，
啟念生意經，
風浪險惡，
一切淘空，
官司纏身，

教職不保，
風霜凜冽，
飄零遠颺，
不知去向？
書夢還在否？
學問財富兩頭空。

憶汪汪

七年同窗，
同事一世，
真本事，
善吹噓，

古典戲曲成精，
俗文學宗師，
服了他。

讚李三容君

短小精幹，
反應迅捷，
心地善良，
雄心萬丈，
閑熟古典小說，

貫串古今聲韻，
台灣漢語如數家珍，
歌仔戲演得逼真，
此君非等閒，
自有一片天。

史君了得

學問淵博，
能力超強，
心胸淺隘，
目光如豆，

難成偉業，
幸有賢妻，
三子洋博士，
羨煞親友。

憶康君

平實義勇，
是他非凡處，
口道真言，

眾人讚嘆，
修得博士，
不上青雲路。

可憐林君

林君真可悲，
鬱鬱終身，
但教ㄅㄆㄇㄈ，

只知ㄅㄊㄋㄌ，
如器先生。

諷何女士

癡肥模樣，
心機沉重，
相交一世，
形同陌路，
半句多！

南來北往，
太匆匆，
一無是處，
誤學子。

諷曾君

仁義道德掛帥，
風花雪月處處聞，
青青子衿趨若鶩，

是何體統，
高登學府世俗化，
潛研淨化久未聞。

憶楊君

十年助教，
視同研所出身。
娘娘腔，
氣干雲，

萬事不見容，
偏愛護衛學生，
奇怪不奇怪？

憶周君昌龍

千辛萬苦，
擠破頭，
終獲應聘，
曾幾何時？
任教一年，

又悄悄地離開，
鯨鯢難養，
僅剩阿狗阿貓
還爭個甚麼？

老雍何許人也

少年老成，
貌似忠厚，
傳授老莊，

調教韓非，
裏外不一，
難融合！

譴獨行俠

同處一世，
冷若冰霜，
終身無緣，
搖搖擺擺，

天馬行空，
不知所云，
濫竽充數，
持距保安。

飄然一老江

詩人風格，
我思故我在，
我行我素，
不冷不熱，

似近實遠，
無從捉摸，
人際關係何有哉？
飄然一沙鷗。

笑面虎

此君最愛話虎卵，
工心用計，
情誼薄如膜，

無奈時時照面，
避之唯恐不及，
笑面虎！

致李栖女士

滿口京片子，
小鳥依人，
夫也虎林，

足傲之子，
授業有方，
羨煞人也。

憶汪君

酒膽天下聞，
菸霧繚繞，
吹噓不打稿，
詩詞曲兼備，

駢文小說戲曲精通，
資料汗牛充棟，
外省郎編寫歌仔戲，
堪稱一絕。

三榮兄

三榮名副其實，
古典小說一級棒，
聲韻貫通古今，
方言如數家珍。

大碗大杯灌烈酒，
可悲妻管「嚴」，
雄風難伸。

豈有此師

授業三十載，
餘暇養豬釣魚種菜，
喝酒泡妞，

師表何在，
滿身市儈氣，
誤人子弟知多少？

惜才

初出茅廬來相遇，
知他肯吃苦，
富有理想，
裁之培之，

助攻博士，
十年有成，
青出於藍，
含笑引航人。

致若鶯女弟

啟予者商也，
好問善興之緣，
千里馬巧遇伯樂，

鼎力助她一臂之力，
功德一樁。

混水摸魚

善於公關周旋，
也在學界立足，
混水摸魚，

害人誤己，
學子何辜？

致美娟

客氣隨和，
俗文學博士，
吟摽有梅之章，
唱桑田之歌，
情有獨鐘，

嫁得如意郎君，
美人不再憔悴，
良田有稼漢，
直上彩雲霄。

致宏銘

職校出身，
投戎從筆，
懂事樂群，
筆耕有成，

教學相長，
勇過博士關，
條條大路通羅馬。

小天使

參也魯，
不礙大聖，
回也智，
曇花一現。
天國使者，

引領眾生。
奮進不已，
落葉歸根時，
已非了了。

惠美之心

心地良善，
親和力佳，
美態人人讚，
一路順暢，

不猛 K，
愧對來時路，
殷殷期盼。

致珊玉

曾是我的門生，
僅存些微印象，
名列前茅，
玉般潔美，

攻心見長，
勢如破竹的法書，
絕少人知。

教育學者與白癡

窮光蛋奢談致富，
政治失意人滿口平天下，
不學無術喜探治學方法，
道可道非常道，

名可名非常名，
教育專家無異白癡，
誤後進，
渾不知。

張鳳臻神父

神父出身，
旁涉教育，
朝朝暮暮耽溺研究室，

為的是那樁，
人有形而下的須求，
也有形而上的指望。

邱誤導

目中無人，
成績操在他的情緒，
謬論時出，

遺害無窮，
滿口教育，
反教育。

陳銳面

尖頭銳面模樣，
急就章高學位，
連城身價，
歸國學人，
佩相印，

如日中天，
牛驥一糟，
伯樂去已遠，
千里馬邈無踪。

嘲張光甫教授

金光頭，
官僚氣，
甚麼愛的教育，
碰到死角，

自己子女了無藥效，
亙古皆然，
易子而教，
實不我欺。

忠天下

政大學弟，
同門之徒，
直呼光政兄，
是否唐突？
不犯上已是奢求，

年輕研易經，
少年老成，
五十以學易，
猶未遲！

寄夢田

芳名啟人遐想，
傾倒行子遊人，
些斯底里若隱若現，
醉心愛玲世界，

沉醉自閉天地，
殷盼安然脫險，
尋覓夢田仙境。

高師大命運

先天不良，
後天失調，
主管營私，
渾渾噩噩，
師生得賴自救，

未能而立，
卻已暮靄沉沉，
開明賢達何時見？
力挽狂浪。

學閥

學術殿堂醜聞多：
幫派林立，
剷除異己，
欺壓良善，

無妄之災時出，
士氣低落，
假道學橫行。

期盼

把書教好，
研究不輟，
寫作泉湧，
師生情深，
同僚交心，
夫唱婦和，
子女奮進，

近鄉相助，
生活自在，
左山右水，
鳥魚花香，
粗茶淡飯，
得失自決。

母親大人膝下

平凡村婦，
卻是偉大，
身兼雙親，
茹苦含辛，
拉拔我兄姊三人，

如今倚杖養老，
千里心繫，
異鄉行子，
萬般滋味湧心頭。

破碎之家

父也二十六歲棄世，
母也剛雙十年華為孀，
長兄鬖齔，
大姊習步，

我剛周歲，
四人顛沛流離，
備及艱辛，
各自挺下去。

大哥

長兄如父，
家督一肩挑，
護我育我，
恩比山高，

昊天罔極，
永誌不忘，
一往淒清，
常作留連意。

大姊

可憐梅花姊，
落在窮困家，
望斷更上一層樓，
江湖謀生，

遇淑人，
好歸宿，
幸福美滿度殘年。

蘭玉妹

生不養，
父之過，
流落人家，
任飄萍，

歷經顛沛流離，
硬是要得，
蘭玉妹。

✿ 貴生弟

同母異父，
情若手足，
養不起，
寄人籬下，
委曲求生，

蒸蒸日上，
婚後美滿幸福，
得來不易，
格外珍惜。

✿ 朝宗弟

年少聰慧，
身魁偉，
收豐盈，
難十全，

獨子重殘，
注定終身看護，
令人牽腸掛肚。

✿ 後叔

長樂老人，
先天下之樂而樂，
後天下之憂而憂，
南山壽，

東海福，
家累不及身，
念天地之悠悠，
獨陶然而嘯傲。

大嫂

千杯不醉，
酒后豈虛設，
大嫂母職，
含辛茹苦，

從無怨嘆，
夙興夜寐，
掙個女強人雅號。

致吾妻

進退有矩，
言語有度，
籩豆無秩，
居家髒亂，

惡言惡狀未曾有，
殘缺之美，
不應再奢求。

致女兒

生為長女，
眾親關愛，
陪家母遊走四方，
溫馨中成長，
初生之犢不畏虎，

樣樣都試，
父母擔心，
無疆之馬易逢險，
無舵之舟恐觸礁。

致犬兒

聲振偌大嬰兒室，
健康寶寶於焉誕生，
卻慘遭惡保母施虐，
經常腹瀉，
膽戰心驚，
導致成長不遂，
可奈何！可奈何！
搔首踟躕，
救援無方。

岳母大人

嫁給兵馬倥傯人，
日日望夫早歸，
征夫卻一去不復返，
早寡撫三孤，
重拾師教生涯，
青春耗盡，
再絃無心，
兒女婚嫁了，
麻將度餘生。

致內弟彭將軍

稚齡失怙，
天降大任，
萬事兼備，
強毅不阿，
啥敢擋？
全力海軍現代化，
英名永誌。

致內弟妻

小巧玲瓏，
貼心無比，
馴捍夫，
如驅牛趕羊，

婆惜不爭，
非同小可，
自有一片天。

致連襟

身世堪憐，
年幼喪父，
母也改嫁，
養父猶如酷吏，
倖有視如己出的養母，

把他帶大，
到如今，
育有三子女，
終償他夢裡度。

致妻妹

騾子脾氣，
辣湘妹，
不失賢妻良母，
籩豆井然，

子女教養皆碑，
連襟無須內顧。
我不禁要問：
姊妹花何迥然？

念父情

父親，
您在何方？
自您逝世，
我們流離失所，
為了活下去，
阿母再找飯票，

兄姊少小幹活，
我常寄人籬下，
難得團圓，
注定分崩，
各逐東西。

致大伯

陳家老大，
家大業大，
有難必應，
但也風流，

戴桃花，
根留老巢，
福蔭子孫，
簷庇三代。

致二伯

道地老二，
開天闢地，
左右逢源，
錢色蜂湧。
歷經一二八之難，

人財俱傷，
名位蕩然，
經年沉迷牌桌，
夫摔妻吊，
死不得其所。

致叔父

生為夭兒最無度，
喜怒哀樂失節制，
雞犬不寧，
妻子奈若何？

長女婚姻不諧，
次女葬身異邦，
晚年悽涼，
親友哪敢勸？

致大伯媽

不爭不競，
退讓為光，
恬淡終身，
家和萬事足。

變心漢回首，
惡媳相安，
看似容易，
做時難。

輓二伯母

驕縱番婆，
閒來惹是非，
逼夫築新巢，
離家避嘮叨，

無的之矢，
懸樑自了，
顏面盡失。

❖ 致嬸嬸

鄉村弱女，
偏逢粗魯夫婿，
反脣以對，
必遭毒打，
又逢惡婆捍姑，

萬事不遂，
百般認命，
終致夫從子順，
享富貴，
頤天年。

❖ 母親頌

典型慈母，
劬勞終身，
子東女西，
牽腸掛肚，

日迫西山，
餘暉融融，
昊天永敬。

❖ 悼後叔之一

九十高壽，
歷盡蒼桑，
臨終前，
慨送大紅包，

賀我新居，
無緣共享，
抱憾以對，
萬分懷念。

悼後叔之二

親友相送罷，
撒手西歸，
能不依依？
蓋棺之際，
淒愴不已，
別矣！

永訣！
不再眷戀人間，
天堂是從，
另覓仙鄉，
容我再次呼喚。

悼後叔之三

風雨淒淒，
哀傷呼喚，
只剩一抔土，
家愁國恨，

從此永訣，
無限思量，
重聚魂夢中。

致大嫂

豪放女，
酒膽酒量，
當今無愧。

統領家務，
井然有序，
大哥有福。

寄大弟

命苦，
寄養成長，
溫良恭檢讓，
贏得美女芳心，

築窩樂融融，
老天有眼，
垂顧有加。

寄大妹

堪憐，
生父重男輕女，
慘遭寄養，
母心淌血，

淚如泉湧，
何忍憶當年？
天祐弱女
厚福天降。

姊夫家

頂著台大法學士，
迎娶國小畢業生，
學歷懸殊，

家和萬事興，
心滿意足，
不是夢。

憶大舅媽

亡故多年，
深藏我心，
小巧玲瓏，
超高思辨，
少有差錯，

引領一家，
孝敬感人，
深得美讚，
姪娚親近，
服服貼貼。

大舅媽一家子

良哥常年裹厚衣，
肥壯是虛；
清哥小崽子模樣，
最不厚道；
貴蘭姊溫柔大方，
善解人意；
貴香姊曾遭牛吻，

嘴角疤痕永誌；
一肩挑的劬母，
代父職。
如今生死茫茫，
家園已成空，
長相憶，
不復回。

二舅一家子

養媳好養，
五女二男，
日出而作，
日入而息，
半山獨處，
門前小溪蜿蜒，
遠處大河橫流，

遙對雲深人家，
二舅撒手歸去，
落得鬩牆相爭，
半瞎母，
悽然度晚年，
景色猶在，
不堪賞。

小舅一家子

小舅終身樸樸，
舅媽三從四德，
一輩子清寒，
習作買賣，
一敗塗地，

轉營食色，
反見興隆，
晚年順暢，
乃最佳選擇。

岳母大人

時而迷糊，
時而精明，
蒼桑與她何干，
總有人撐腰，
岳父大人早逝，
她沒被擊倒，

自我圓滿，
兵來將擋，
水來土掩，
無處不自得，
尚好的人生。

連襟劉氏家

貌似彌勒佛，
圓圓滾滾，
壓抑中長大，
習慣性反彈，
時聞雞犬不寧，

偏喜遷居，
倖賴太座謹嚴，
相夫教子一流，
可欣可羨。

致內弟

世代軍旅，
家小很獨立，
內弟秉承遺志，
投筆從戎，
練就一身膽識，

軍中菁英，
晉將囊中物，
固疆保土，
攸關人物。

致妻彭氏

一向傾心，
溫柔體貼，
親友皆碑，
不為人知者，

夫須忍，
裏外懸殊，
夫最知。

致女兒

掌上明珠，
先慈覆育，
獨鍾語文音樂，
演奏講說獲獎無數，

盡情圓夢，
前無阻擋，
後無掛慮。

致犬兒

雨航艱辛，
保母不良，
遺毒深遠，
求學健康遭波及，
樣樣落空，

幾無專長，
憑啥度餘生，
生者父母，
虧欠獨多。

念故鄉

埔里是我的故鄉，
台灣之中央，
玉山腳下，
眉溪浪浪，
明潭映波，

四季如春，
騷人墨客最愛，
遊子踏遍天涯，
心永惦。

致四分五裂二舅家

二舅草草一生，
賣田產，
分不均，
子女如仇家，

老死不往來，
憐嘆悲痛，
錢財之惡，
能不戰兢？

光怪陸離之家

小舅一生淳樸，
舅媽不違如愚，
長男小崽子模樣，

幼女誤入酒家，
哪像個家？
亂糟糟。

外婆啊外婆

外婆仁慈善良，
泣我坑殺蟻垤，
不忍見我追車上學，

一生未曾步入醫院，
遺憾喪不臨，
柳營太絕情。

再寄外婆

父親早逝，
婆媳不容，
外婆展臂收留
昊昊恩情，

絲絲不盡，
外婆啊外婆！
慈暉永照。

又念外婆

思念不盡，
風不息，
樹不靜，
當年呵護的幼雛，
如今展翅，

欲報三春暉，
遲了三十年，
仰望浮雲白，
外婆在何方？

淒楚歲月

父親早逝，
撇下阿母三幼雛，
奶奶太狠，
轉依外婆，

伯叔偶伸援手，
求助須看臉色，
除卻天邊月，
有誰知？

寄語犬子

藥罐子為伍，
健康太奢求，
學習懶散，
專長無望，
人品草草，

面對生涯，
憑啥本事？
看他投閒模樣，
傷心爸。

寄語女兒

健康樂活，
風風光光，
獲獎琳琅滿目，

如今遠在異國，
隻身飄泊，
父母心七上八下。

寄語枕邊人

她，
像一首小詩，
古典型，
人緣佳，
婆婆歡欣，

不爭不吵，
卻相夫教子無方，
何必奢求？
溺水三千，
但飲一瓢！

寄語老母

鄉情可慰，
老母廝守，
子女遊四方，
端賴電訊相繫，

千拜託，
萬祈福，
慈暉長照。

水鳥頌

擡頭遠眺，
水鳥點點，
好生快活，
岸邊騷人墨客，
為啥憔瘁，

應縱情天地間，
何必自掘墳墓，
迎向大塊，
假我璀璨。

悼鵝詩

成群白鵝，
湖上飄浮，
岸湄呦呦，
一片詳和，
野狗突現，

但見殘肉散亂，
血漬斑斑，
哀鳴水上，
哪堪聞？

寫真

青蔥孤嶼，
百鳥棲息，
交相唱和，
彈弓弗屆，
樂悠悠。

堤岸筆直，
排排細柳，
白鷺翻騰，

水中倒影，
靜幽幽。

百花舖岸，
水鳥窺探，
釣翁靜候，
耐力之爭，
氣沉沉。

齊家樂

母親笑顏逐開，
子女頻頻慰問，
成家已逾二十年，

尚稱和睦，
何必三代同堂，
彼此常相念念。

❀ 阿母

甘苦與共度窮年，
而今雖有華屋佳肴，
卻落落寡歡，
老伴一去不復返，

兒女各奔遠方，
日居月諸，
何時見天涯？

❀ 五十四歲生日感言

天命知多少？
事業未騰達，
學識尚粗淺，
倖居桃花源，

雄心猶在，
體力不衰，
有本錢。

❀ 自描之一

自幼失怙，
阿母兄姊是賴，
長兄如父，
惠我良多，
沒有他，

注定淪入放牛班，
有他，
油然昇作勞心人，
終身感銘。

自描之二

雖不伶俐，
勤以補拙，
苦其心志，
跟上同儕，

天網恢恢，
疏而不漏，
自有花開果結。

自描之三

慈母生我，
大哥督我，
大姊濟我，
後叔活我，
大伯惠我，

二伯溫我，
小叔顧我，
恩師助我，
殷憂啟愚，
終身感懷。

自描之四

年逾半百，
碌碌偷生，
子女漸長，
老伴快活，

尚欠學術灘頭，
時將我予，
何愁不有，
貴在恆心。

自描之五

窮光蛋，
資質平庸，
憂患意識堅強，
熬出頭，
妻子兒女兼有，

家居別業雙全，
唯獨學術高峯未攀越，
一步一脚印，
攻頂在望。

自描之六

一生孤高，
行賄無門，
敵視權貴，

秉持天良，
憂懼不離，
苦樂參半。

自描之七

五子登科，
不虞匱乏，
何以鬱鬱寡歡？
老母如殘陽，
老伴理家無方，

女兒交友令我心寒，
犬子不學無術，
升等不遂，
無牽無掛待何時？

⁜ 自描之八

心願知多少？
老母終身樂，
兄弟姊妹無故，
一家和睦，
友朋融融，

天下久安，
教席稱職，
偶有佳作，
日日春。

⁜ 自描之九

夙興夜寐，
破曉備妥早餐，
目送子女上學，
轉往湖上，
再至研究室，
埋首教學相長，
下班後，

馳騁球場，
興盡而歸，
妻已端上晚餐，
兒正專注電玩，
飯畢清除歸我，
睡前了然天下事，
夢見周公去也。

⁜ 自描之十

坎坷半百，
逆境求生，
功名小成，

何以戚戚猶存，
思與自然融合，
飄然天地間。

自描之十一

愛讀聖賢書，
慕古今才子佳人，
未盡了然，
施效顰，

忽忽迫近耳順，
漸感力不從心，
憂樂交戰。

自描之十二

走入學術殿堂，
卻未攻讀最高學位，
良可嘆也，
從事尖端教育，
爭不到教授證書，
實可悲也；
有心志於研究，
一無創獲新知，

真可惱也，
學位或許非必要，
教授也是浪虛名，
日知所無，
月不忘所能，
重新認定真理，
建立正確方向，
我的終極目標。

自描之十三

生活快樂化，
凡事看淡些，
不求齊全，
溫飽足矣；
工作中尋奇，
從中新詮釋，
懈逅發明創造，
誠明互映；

親朋相宜，
疏密有度，
未必如醴，
爭吵嘔氣稀見；
獨來獨往，
心想事成，
逐一遂願，
風光人生旅程。

中華古史

迷樣的遠古，
盤古開天地，
遙遙遠遠，

渾渾景象，
哪個民族沒有茫茫之初，
中華文化東南流。

倉頡傳奇

倉頡造字，
天雨粟，
鬼夜哭，
形音義齊備，
東方文明賴以立，

方塊文字為之尊，
億兆人揮灑，
一字字，
一聲聲，
無限風情。

∴ 堯舜禪讓

巍巍堯舜，
禪讓伊始，
選賢舉能，
接班有人，
人治楷模，

孔夫子衷心祖述，
指佞草而今安在？
難撼巢父隱逸，
皇帝未必是人間的至愛。

∴ 虞舜

亙古孝心第一人，
感天動地堯欲讓，
五十而慕
父頑母囂弟厲，
唐女左右持護，

燒倉落井，
毫髮無傷，
孝子感化，
帝王相。

∴ 大禹的功與過

洚水者洪水也，
鯀治不成，
殛刑侍候，
子承父志，
改堵為疏，
降服滔滔橫流，
過門不入，

公而忘私，
七年不歸，
功高震主，
禪讓為之斷，
從此家天下，
蒼生變奴四千年。

桐竹山莊緣起

滾滾擾攘五十載，
切盼清寂，
偶遊月光山，
山不在高，
嵐氣蒸騰，
泉水潺潺，

方池游禽，
四季皆綠，
椰林擺蕩，
美景難再遇，
終身之所。

商湯革命

革命之父，
弒君篡國，
聞誅一夫桀，
在所不惜，
仁人殺人：
舜殛鯀，

武王逼死紂，
孔子殺少正卯，
諸葛亮揮淚斬馬謖，
不得已也，
予豈好殺哉！

甲骨文之歌

攸攸殷商故事，
一八九九年復活，
殷墟小屯村好熱鬧！
劃時代刻辭重現，
誤將龍古看待，

鐵雲先生搶救，
殷鑑不遠，
何必足徵於宋？
殷本紀該到重編時候。

桀紂何其多

聖人之後，
不絕於史，
嗜酒樂殺人，
眾叛親離，
三分天下失其二，
焉能不亡？

決戰牧野朝歌，
自焚愧兆民，
代有傳承，
照不到史鏡，
聽不進史訓。

革命之祖

老遠老遠，
三千年前，
商湯革命，
始作俑者，
歷代更迭不已，
假革命之名，

行貪婪之實，
孤魂野鬼四處遊蕩，
苦難中國，
何時不再革命？
讓和平真諦降臨。

赫赫周祖

周族板蕩，
從豳徙岐，
遷周原，
定鎬京。
季歷亶父公劉，
披荊斬棘，
文王終得其二，
武王奮起，

殷紂煙消雲散。
周公經之營之，
泱泱王朝。
厥不有初，
鮮克有終，
先祖大德，
福祐子孫。

文武兼備

父曰文，
子曰武，
文武雙全，
何功不克？
何敵不摧？
紂幽奈若何？
演周易，

飲羹湯，
三分天下有其二，
忍氣吞聲，
牧野之戰，
暴政雲消，
舊邦維新，
一傳八百年。

夢周公

武王馬上得天下，
周公馬下治天下，
禮儀三百，
威儀三千，

樂教處處聞，
蔭庇千秋，
孔夫子嘆生不逢時，
著述授徒好圓夢。

春秋五霸

周天子已是隔日黃花，
五霸霸凌天下，
糾合諸侯，

各有天地，
稱孤道寡，
終結奈何？

春秋筆

春秋無義戰，
誰說亂臣賊子懼？
法統不再，
何須為周掩飾辯護？
世代天子諸侯，
惛憒庸懦者多，
踐踏蒼生，

殘酷至極，
歷史為之演，
禮儀為之設，
大不該，
有須重編，
更換要角。

戰國時代

王法蕩滌，
斯文掃地，
殺人盈野，
餓莩填溝壑，
兵戈鐵馬，

開江闢地，
爭相逐鹿中原，
諸子百家呼天嗆地，
七雄無所不用其極，
生民塗炭。

泰史之訓

弱肉強食，
三千諸侯，
戰國七雄，
獨剩強秦爭霸，
統轄赤縣神州，
怎奈一柱難撑天，
唏哩嘩啦，

摧枯拉朽，
經不住陳風吳雨，
拱手天下讓，
大功不居，
大為不有，
私天下，
迅即化為烏有。

秦始皇帝

滄浪高處一瞬間，
孤高絕頂一錐土，
轟烈始皇曇花現，
一統中國，

度量齊一，
規範文字，
功德永垂。

統一前奏

風急雨驟，
慘烈無比，
六國灰飛煙滅，
一坑萬數，

統一的代價就是殺人放火，
凡夫百姓何益，
獨夫予取予求。

焚書坑儒

書乃文化瑰寶，
儒是民族命脈。
馬上逞英雄，
下馬蠢才現。
文武自古須分工，
杯酒釋兵成效低，

焚書坑儒毀前程。
霸業不易，
毀於一旦，
文化革命，
此路不通，
莫輕試。

秦始皇帝

南征北討，
所向披靡，
六國一一走入歷史，
域中竟是嬴家天下。
意氣風發，
前無古人，
後無來者，

念天地之悠悠，
皆在鐵蹄之下。
神氣無常，
一切化為烏有，
不擇手段，
終究自食惡果。

楚漢之爭

逐鹿中原，
漢以智取，
楚靠力爭，
勝雄敗寇，
烏江頭上嗚咽，

英雄氣短，
天下再度一統，
重演幾回？
到頭來，
萬骨枯。

❀ 漢世

赫赫劉家天下，
豪傑英雄紛紛，
古聖先賢繼出，
奠定漢世基業，

堪比兩周盛唐，
昏君敗吏踵後，
功過相抵，
但留殘缺骨架。

❀ 漢世功業

收拾戰國殘局，
重整百家之寶，
開疆闢土，

獨尊儒家，
蘊育志士仁人，
照耀中華。

❀ 今古文之爭

一切創新，
難逃傳統洗禮，
西漢今文風發，
經不住古文驗證，
鋪下漢世經業千秋，
擾攘紛爭時，

互不相讓，
水落石出，
今不如古，
塵埃落定，
嚷何益？

漢末宮廷怨懟

幼皇帝，
外戚出頭天，
熬至弱冠，
宦官仗勢欺人，
可憐孤寡，
擺脫圖存，
板板蕩蕩，
循環不已，
終究亡朝。

匈奴之戰

漢高祖何其雄也，
竟為匈奴所圍，
大漢忍氣吞聲久矣，
遣使和親，
武帝哪堪屈辱？
痛擊胡虜，
拓展疆界，
傳頌千古，
想當年，
兵戈鐵馬，
烽火連天，
絲路絡繹相望，
熱鬧非凡，
而今留下荒涼的大西北！

無不亡的帝國

有生必有死，
哪個王朝不滅亡？
周世八百也歸零，
日不落帝國而今安在？
堂堂漢室三國替，
演義精彩熱鬧，
是非怎公斷？
輸贏為準，
勝者王，
敗為寇。

三國鼎立

周秦之際，
熱鬧非凡，
人才輩出，
點子時新，
卻塗炭蒼生，
大漢三百年後，
三國繼起，

時勢造英雄，
建安七子，
曹氏父子，
瑜亮情結，
桃園結義，
把機關算盡，
於世何補？

諸葛亮

孔明諸葛亮，
名滿天下，
劉備三顧茅廬，
隆中高臥。
運籌帷屋之中，
失算自己的命運，

天妒英才，
亙古顏回，
後起岳飛，
誰也救不了，
天意注定，
認了！

魏晉玄風

時代板蕩，
哪敢言？
借助儒釋道，
託諸言外取喻，

徜徉虛無飄渺中，
寄消遙，
遣萬愁。

唯美漆黑

政治漆黑，
文風唯美，
鏨出去了，
談天說道，
駢體對仗，

塗胭脂，
繫裙帶，
風花雪月，
賽神仙，
哪管留芳或遺臭？

八代之衰

八代何紛紛，
改朝換代如便飯。
解放的時代，
人不堪其憂，
君臣無行，

七賢避竹林，
五柳不折腰。
不向時勢低頭，
古來屈指可數，
正直古來稀。

治亂更替

大亂不止，
通往盛世的橋樑，
如音樂的休止符，
躍升前的蹲下，

有其妙用，
沒經黑夜，
哪見光明？

❀ 唐代傳奇

有唐光芒四射，
國威無遠弗屆，
東極韓日，
西達印歐，
藝術詩歌冠絕，

文教照亮寰宇，
貞觀之治傲視古今，
後無來者，
盛唐難繼。

❀ 全唐詩

熟讀唐詩三百首，
不會作詩也會吟，
汎覽全唐六萬首，
堪稱唐代通。
那是驚魂脈動，

不淺嚐，
此生黯淡無光，
有幸卒讀，
意會神魂。

❀ 古文運動歌

看膩八代衰文，
不離風花雪月，
玄之又玄的化外之思，
不是人生本色，
重塑道統形相，
博物短篇之姿，
撼動世道人心，

捲起千堆雪，
推向宋元明清，
餘波蕩漾，
一介書生勝過帝王將相，
此中神奇，
千年不遇。

大唐光芒

文治武功睥睨寰宇，
宗教藝術古今掄冠，
絲路車水馬龍，
遠映印歐中亞，
韓日羨慕不已，

遣唐使波波登岸，
大唐光芒萬丈長，
唐詩猶如碧玉金鑽，
嘆為觀止。

唐代詩人

成千上萬的唐代詩人，
唱遍了大唐風光，
君臣百官的雅言處處見詩，
文人高士無不吟詩妙對，

詩的王國，
閃爍千秋萬代，
永不熄。

苟延殘喘的王朝

宋世重文輕武，
埋下積弱的種籽，
縱有橫掃萬軍的岳家將，
胸懷先憂後樂的范宰相，
古文八分居六之淵藪，

心學理學普及，
終不敵蒙軍鐵蹄，
苟延殘喘宋王朝，
染污中華五千年史。

哀岳飛

精忠報國惹人厭，
十二道金牌不忍讀，
死忠不敵奸臣害，
滿懷悲憤問蒼天，
疆場衝鋒陷陣不畏死，
後方汲汲扯後腿，

滿江紅唱萬偏，
河山依然淪亡，
忠臣無奈。

范仲淹有懷

壯志憂天下，
胸懷樂蒼生，
無與倫比，
堪稱從政風範，

人間典模。
我欲神交先賢，
怎奈千年阻隔，
空悲嘆！

遙想蘇東坡

文人典範，
一生起起落落，
不離灑脫飄逸，

性情人物，
留下詩文聖品，
療慰志士仁人。

仰止歐公陽修

可敬可佩，
字紙簍中翻轉古文，
培育英才。

為人光明磊落，
人生自古誰無死，
流風餘韻照千秋。

譴王安石

自以為是，
剛愎自用，
得罪親朋，
近似鞠躬盡瘁，

上下受害。
唉！
毀己損人，
萬萬不能。

仰念朱熹文公

儒道實踐人，
孔孟中興者。
四書集注照古今，
哪個仕紳不熟讀？

科舉廢後，
依然風行，
劃時代人物，
展千秋。

成吉斯汗的鐵蹄

積弱乏振的有宋，
經不住成吉斯汗摧枯拉朽，
千軍萬馬奔騰，
趙家煙消灰滅，

全數歸元，
重文輕武的結果，
化為烏有。

宋詞

五代婉約之歌，
燃遍兩宋，
言情說愛，

議論時政，
正襟危坐，
暗藏溫柔。

蒙古大軍

秋風掃落葉，
縱橫歐亞，
法德久攻不下的莫斯科，
應聲即倒，

東渡扶桑，
人算不如天算，
神風作祟，
留待美國接手。

兩宋學風

兩宋學風冠古今，
閩洛關張範千秋，
蘇門學士天下聞，
八大家中居六席，

隔江猶唱後庭花，
理學心學先後亡，
不堪恭維！

元曲

立體藝術，
可當詩賞，
也能樂入，
兼具說唱，

舞臺表演，
無可媲美，
藝中奇絕，
中華瑰寶。

中秋月餅之密

鐵蹄下掙扎，
餅餡暗藏天機，
驅除韃虜之約，
抗暴在今宵，

皎潔月下，
地動山搖，
恢復中華。

兩個世界

大漠蒙古，
馬上治天下，
只有征服，
但問佔有，
統馭無方，

與漢族分屬兩個世界，
臭頭朱振臂一呼，
大元帝國應聲崩解，
回歸逐水草而居。

和尚出身

朱臭頭和尚出身，
運籌破廟之中，
決勝逐鹿中原，
僧侶猶存魏闕野心，
貧窮孤寂難挨，

披著宗教迷信的外衣，
遂行造反陰謀，
信仰是假，
爭奪方真。

明季時尚

心學末流，
小品之晶，
戲曲小說的天地，
文抄公橫行，

風俗敗壞，
放蕩無羈，
渾渾噩噩入盡端。

滿清入關

不靠制勝，
山人自有妙計，
吳三桂開關相迎。
男人留辮，
女士裹腳，

文字獄大興，
無處逃，
大清鐵蹄下，
蒙塵百餘年。

文字獄後遺症

焚書坑儒又現，
都為大一統，
意在一言堂，
唯唯諾諾有啥用？
自曝其短而已！

思哲低能風潮，
抵不住文藝復興浪，
一再喪權辱國，
追根究原，
文字獄後遺症？

翻轉漢學

殷商卜辭充斥，
兩周金文造極，
先秦百家爭鳴，
漢世中興氣象，
八代唯美雲湧，

大唐詩文鼎盛，
宋明理學橫流，
清季八方雲集，
民國迴光返照，
從此翻轉西風。

四庫全書

清代走入歷史，
四庫全書永載千秋，
帝王私房集，
天下瑰寶，

立言不朽，
食色之外，
尚有誌道篇。

五千年帝治獨白

落幕時候到了，
聖君賢相如鳳毛麟角，
暴君斂臣如過江之鯽，
人權遭踐踏，
快樂何其少？
痛苦除不淨。

二十世紀大翻身，
邁入民主大道，
帝制殘影猶存，
軍閥割據，
蔣毛獨裁，
一一走入歷史。

凸窗

三面凸窗，
賽似三個長鏡頭，
匯進良辰美景，

拉入青山綠水，
盎然的生命力，
就在欄柵處。

門前

長而寬的落地窗，
搖曳百態的卷簾，
放眼逐一遠望：
平臺、
綠茵、
百卉、
方池、
戲鴨、

田野、
叢林、
溪流、
青山、
岫嵐、
一片玲瓏玉，
真畫圖。

窗外

精製的客廳，
環周明窗，
拉近物我距離，
雨飄、
花放、

雲飛、
河山依偎、
蝶影閃閃、
鷹聲唳天，
一一呈現。

⁂ 平臺

我家門前有平臺，
昏黃如古蹟，
四椅拱一桌，
朋聚親敘，
送斜陽，

把杯品茗，
引觴淺斟，
風簷展書讀，
詩情畫意，
解夢境。

⁂ 青青庭院草

環院皆綠，
經年一色，
可以養眼，
可以怡神，

親灌山泉，
拂掃落葉，
那種滋味，
如夢似幻。

⁂ 鑲邊

L 型草坪，
美侖美奐，
鑲以奇花異木，
別有一番滋味在心頭：
一路發的鳳梨和黑板樹，

婀娜多姿的相思林，
雙雙對語的胡蘆竹，
千層閣似的南洋杉，
穩穩鎮守大門的樟木，
牆邊柳嘶喊誰啊？

國父

國父　國父，
我在陵前哭訴：
和平、奮鬥、救中國。
竟成絕響。
嗣繼愧對，
置個人於黨上，
視黨高過國家。
中國一團亂，
人權一團糟，
苦難的中國遍野呻吟，

可憐的國人天涯浪迹。
中華何時得救？
自私的政客老是忘卻國家民
族，
國父啊！
快快顯靈，
羞死那些禍國殃民的渣滓。
天下為公乃是一盞明燈，
且讓國人拭目以待，
不再望斷秋水。

獨居月光山

萬木靜悄悄，
芳草綠茵繞。
乳白天，
輕飄飄，
大地出奇，

突聞鷹唳聲，
方池見戲鴨。
萬方多亂，
我獨醒，
淡淡愁。

即景

熱茶一杯，
簷下展詩讀，
意味濃，
阡陌縱橫，
稻香菸草椰林，

白鴨點點，
鷺鷥黑燕雀群，
斜風細雨不須歸，
耕者可敬畏，
體恤有幾人？

淒迷

那段淒迷的道路，
夜間十時之後最美，
路為你而開，
任你遊賞，
淡雅的燈高高掛，

投下光芒，
柔柔的薄霧，
九拐十八彎的征途，
往返其間，
神仙世界。

月光山下

月光山下樂趣多：
白雲悠悠、
清泉潺潺、
竹林搖拽、
鷹飛喉天、
耕者勤勉、

獼猴偷果、
白鴨戲水、
彩蝶翩翩、
翠鳥穿梭、
能不忘言？
時時忘機。

詠臺北草

環屋四周匝，
茵茵臺北草，
柔軟如沙，
不軋人，
不亂捲，
日照不長高，

除草機免用，
最宜庭院栽，
美得冒泡，
擁而居之，
心滿意足。

詠游鴨

椰林下，
小溪旁，
方型池塘，
群鴨如織，

陌上現曝，
恰似帆影無數，
自在消遙，
人間牽絆多。

衣食父母

老農依偎，
綠了大地，
清香撲鼻，
纍纍垂穗，

浹汗收割，
日晒終日，
雨淋不避，
衣食父母。

山之頌

仁者樂山，
百仰不厭，
或童山濯濯，
或青山隱隱，
峭岩驚心，

飛泉現瀑，
迷迷濛濛，
鳥兒探首，
山中傳奇。

山林之樂

山林樂趣多：
平放眼，
壙野綠油油，
襯托枯枝敗葉，
水田倒映，
山風習習，

樹梢輕擺，
靜靜的，
花草樹木盎然，
老鷹哪堪孤寂，
高空盤旋，
唳音迴繞。

老鷹之歌

嘹亮啼聲，
雲端來，
滑翔又盤旋，
鳥瞰大地，

巡視轄區，
伏衝行獵祭，
何其神準，
揚長飛去。

竹林之歌

竹林萬頃，
清氣欣欣，
漫山飛舞，
灑幽逕，
新筍始吐，

肆意嚐鮮，
偶起大風，
修竹擺蕩，
竹林七賢，
似猶在。

月光曲

每逢十五，
仰望山頭，
湧現滾輪，
獨享，

對飲，
遐思，
今生沒白活。

賞鷹之歌

擡望眼，
突兀峯，
白雲悠悠，
神鷹翱翔，

盤旋復盤旋，
淒唳啼聲，
響徹雲霄，
越峽谷。

荔枝園

廣袤荔枝園，
不見盡端，
香氣襲人，
豐收可期，
丹紅串串，

重枝纍纍，
閉月愛嚐鮮，
獼猴捷足先採，
人獸攻防。

尋根夢

滿園綠意，
相思落葉，
掃不盡，
一陣山風，
紛紛如雨注，

不堪忍，
刀鋸相加，
太無情，
難阻歸根夢。

哀旗山溪

旗山溪，
哽咽，
相思河畔，
怪手摧殘，
沙堆如山，

原始風貌不見了，
貪婪的人類，
快樂築在大自然的痛苦之上，
天人合一待何時？

❀ 星星接近秀

靜坐月光山，
彩霞落日後，
明月越中天，
緩駛西山，
遙爍兩顆明星，

金星在前，
木星相隨，
含情脈脈，
月兒、金星、木星，
一條直線。

❀ 十八羅漢山（之一）

六龜行，
笑看十八羅漢山，
青峯突兀，
虛無飄渺間，

荖濃溪水源自萬重山，
鬱鬱蒼蒼，
養身悟道兩相宜。

❀ 十八羅漢山（之二）

十八羅漢山，
凸兀拔起，
座座特立，
似天降神兵，

雲霧繚繞，
筆峯頂，
酷似仙鄉，
醉入夢幻中。

望椰止渴

池塘邊，
挺挺椰樹，
纍纍高高掛，
解渴極品，

瞻之彌高，
摘之弗及，
乾瞪眼，
望椰止渴。

椰林之美

門前椰林，
過半百，
幹修長，
影招展，
纍纍樹梢，

景致錯落，
水稻、
菸葉、
菜圃、
四季變調。

池鴨不見了

白鴨盈盈，
終日游來飄去，
自由自在，
彼此呼喚，
劃破寂靜，
肥了任人宰，

一夜抓光，
空池倒影，
再放一池小鴨，
好時光，
三個月。

潑猴

月光山，
處處峻峭，
獼猴的水簾洞，
見果就摘，
個中高手，

果農咬牙切齒，
恨得癢癢的，
和平共存，
白日夢。

冰雹即景

龍捲風直衝雲霄，
天昏地暗，
山為之含悲，
獸為之驚恐，
竹林擺盪，
冰雹從天神降，

叮叮噹噹，
嘩啦嘩啦，
屋頂窗戶承不住，
雪球打滾，
滿目瘡痍。

竹林之歌

竹葉轉黃，
落葉遍山，
哪用掃，
飛舞婆娑，
新祿又起，

春風吹撫，
幽篁漫妙，
鞠躬下腰，
笑！
笑！

迎春

枯黃落盡，
清風喚醒大地，
新裝初著，
重新定製，
一片玲瓏玉，

吸睛搖魂，
囀聲迴響，
蝶影處處，
春氣罩林，
陶醉芬多精。

桐竹山莊七友

竹林曾有七賢，
耐後人尋味，
我等也是七的組合，
灌園月光山下，
廝殺叢林球場
共品茗，

觀天星，
酒酣耳熱，
道古論今，
細數人間閒雜，
與我何相干？

蛇患

風光明媚，
清靜幽深，
現代桃花源，
人間樂土，
保育聖地，

得其所哉，
怎奈群蛇出沒，
殺無赦，
哪敢包容？

猴患

香蕉不見，
木瓜遭殃，
蕃石榴悉數摘光，
芒果不翼而飛，
荔枝龍眼更是潑猴的鍾愛，

牠們的地盤，
人類強佔，
共享如何？
憑啥驅趕？

人蛇之間

上古草居，
蛇患可想而知，
次日相見，
相問：「無它（蛇）乎？」

迄今二十一世紀，
人蛇不減，
相生又相害，
憂患交加。

人間仙境

薄霧煙霞，
落日融金，
漫天繁星，
四季皆綠。
鷹唳鴨喧，

群猴撒野，
椰林錯落，
泉湧澗飛，
歐式小築，
樂得其所。

樂源

七戶人家，
山泉相隨，
汩汩然出矣，
架管、
濾沙、
貯庫、

灌注庭園、
花草欣然、
佳賓恬活、
得之匪易，
豈不思源？

抗旱

清明時節雨不紛，
日日艷陽高高掛，
雨師怠職久矣，
花草樹木如焚，
仙溪斷流，
水庫見底。

莊友慌慌，
登山尋源，
如臨焰山，
祈雨龍王，
邈邈相應。

火燒神案山

野火燎原，
東一處，
西一團，
終聚成簇，

相互毀滅，
大地近黃昏，
西山紅。

月光山之巔

白雲悠悠，
蒼鷹陣翅，
猴群嬉戲，
山豬竄林，
站上最高峯，

極目紓胸，
山頭尊嚴在，
何必勝天，
謙受益。

採筍婆

端午前後，
採筍婆現踪，
頓飯工夫，
採滿籮筐，
奉以茶水，
報之新筍，

剝殼滾湯，
佐以香菇肉塊，
美味無窮，
山珍極品，
入口即化。

香蕉賊

大串香蕉，
飽滿狀態，
癡癡期待，
猴兒聞香到，
摧枯拉朽，

全數遭殃，
十足潑猴，
報應不遠，
人類的耐性，
有個極限。

與猴為友

晨曦乍現，
青綠環繞，
風雨已歇，
樹梢何來顫抖？
潑猴耍技，

偷蕉，
摘瓜，
料也餓得發慌，
何忍斷牠生路？

春風頌

山泉乾枯，
溪水斷絕，
百卉孔急，
上天有應，
細雨輕灑，

滋潤大地，
春風又吹，
蓓蕾爭放，
遍野綠動。

山中愛廬

半山坡下，
仰視浮雲，
千竿為鄰，
荔園作伴，

沃野鋪前，
飛鳥穿梭，
自然為友，
含笑吐吶。

賞柳

門前柳，
舞春風，
似飛仙，
風流客，

攀條折枝，
寄相思，
訴衷情，
淚潸然。

田家苦

田家苦，
不論春夏秋冬，
無分朝夕陰晴，
莫讓良田閒荒，
理蕪草，
插百穀，

種蔬菜，
一年受益，
未足溫飽，
發財無望，
與大自然為伍，
還是值得。

狗齧雞鴨

忠誠狗狗，
人類好友，
發飆時，
雞飛鴨竄，
剎時，
屍體橫野，

慘不忍睹，
飼主不甘虧損，
恨之入骨，
殺！
無赦！

植桑種柳

桑柳有古義，
桑代表財富，
戶戶植桑，
柳象徵離別，
詩詞歌賦常見，
而今迥異其趣，

柳被誤解風流，
桑音訓悲傷，
古厚今薄，
好壞時轉，
太無聊！

山居情懷

青山綠野白雲，
鳥啼雞鳴風喚，
品茗流目傾聽，
星垂月湧天淨，

如茵草坪，
心滿意足，
俯身拾葉，
四季流轉。

雨後遐想

風雨過後，
更綠了，
黃葉落滿地，
稻作已收割，
馨香尚存，
群鳥穿梭，

湮雨茫茫中。
開山闢地，
也該留下共享的空間，
人類私心作祟，
鳥獸蟲魚的今日，
就是靈長的明日。

雷威

春雷敲醒大地，
夏雷緜密展威，
身在雷區，
務必謙卑，

牴牾者亡，
雷聲遠離時，
林鳥競啼，
蟲復唧唧。

山居夜吟

落日西沉，
大地蒼茫，
金星逐月，
月輪東駛，
照遍原野，

把酒相邀，
閒家常，
風呼呼，
蟲唧唧，
陶忘機。

植草種樹

植草種樹樂趣多：
揮汗如雨，
綠意相映，
疲態盡消，
空氣清新，

草扶木疏，
應節花開，
唾手摘果，
渾然忘我。

颱風過後

風歇樹靜，
滿園敗葉殘枝，
哪堪卒睹？
重新整粧，
風貌再現，
幾達愜意，
得看工夫，
苦其筋骨，
汗流浹背，
庭院增輝，
夢寐之所。

夏之曦

啟明漸消，
晨曦破際，
夏日可畏，
可逃則逃，
能躲就躲，
大地如蒸籠，
獨坐樹蔭下，
奈我何？

採果樂

木瓜滿樹梢、
香蕉成串、
碩大芒果、
丹紅荔枝、
龐然菠蘿蜜、
多汁桑葚、
累累龍眼、
消暑西瓜、
爽口芭樂、
清涼白柚、
嫣紅柿子、
淡香蜜棗、
美味釋迦、
歲暮橙橘、
展換輪替，
有口皆碑。

❀ 夢寐成真

坐擁歐式屋，
傍青山綠水，
醉翁之意，
清風明月，

天籟之音，
仙境不是夢，
夢中有我，
我入夢中。

❀ 四多山

月光山有四多，
霧多雨多星多，
雷更多，
響起時，
震耳欲聾，

聲光激射，
隆隆撼山岳，
雲湧湍急，
澗水成瀑，
好個自然交響曲。

❀ 霽

雨淋淋，
遍灑山野，
群鳥啾啾，
喜逢初霽，
萬里一空，

四周盡綠，
樂了百草花木，
賞者何太稀？
聰明還是愚？

山湖即景

偌大人工湖，
十年蒼桑，
斧鑿痕消失逮盡，
粉紅駭綠，
游魚滿池，

忽隱忽現，
飛鳥此起彼落，
蕩蕩悠悠，
落日西沉，
歸鷺染遍孤嶼。

山居不易

山中雖可愛，
毒蟲特別多，
咬得周身癢，
盜賊時出，

蛇蠍入侵，
臨淵履薄，
山居不易。

閑情逸致

清靜甘爽，
賞詩時節，
輕風徐徐，
意味特濃，

幽人樂居，
暢懷神馳，
遊走古今與未來。

醉桃源

有她，
萬事足，
天下國家，
學問財富，
身外事，

依偎她，
看山望月，
享盡野趣，
醉桃源。

落單鴨

暑氣逼人，
烈日施威，
陰涼處，
柳千條，
椰林婀娜，
南國風光，

鴨鳴嘹亮，
池上飄飄，
形單影隻，
不如我，
有室有家。

採筍樂

清明已過，
梅雨未歇，
新筍冒出，
閒來試挖，
剝殼切片，
滾湯炒肉絲，

味美解饞，
山珍差堪似，
現代人，
稀聞奢求，
恍若築夢。

絲瓜

爬杆纏樹，
花色金黃，
瓜瓞縣縣，
條條纖綠，

纖嫩甘美，
餘香繞樑，
三月猶存。

月光山

左鄰十八羅漢山，
右接大武，
面立神案山，
北通姥濃溪，
南銜旗山河。

鬱鬱蒼蒼，
保育類樂窩，
既望月出，
紅遍東方，
怎不神馳！

雅居

歐式風格，
鋼筋骨架，
琉璃屋瓦，
彩磚綠牆，
造型奇特，

陽臺凸出，
濃厚木味，
山中雅居，
擁而有之。

憑欄望

憑欄處，
淒淒瀟瀟，
雨絲不斷，
拍欄杆，
濺滿身。

放眼望去，
遠山沉沉，
柳樹展枝，
群林綻笑臉，
承受洗禮。

風雨交加讀韓詩

讀唐詩，
亦有年，
今晨把玩韓詩潮州吟，
狂風暴雨有作，
湖泊初成，

烏雲不歇，
水鳥穿梭，
千歲後，
仍聽伊人聲聲慢。

驟雨

終夜嘩啦啦，
深雲蒼茫中
澗聲淙淙，
曲逕成河，

亂流四溢，
澤國油然現，
庭院寂寂，
宛如孤島。

蛇患

遠離水泥叢林，
夢寐雲深野趣，
隱憂在，
毒蛇出沒，
青竹絲，

龜殼花，
雨傘節，
重回上古居，
相問：「無它（蛇）乎？」

雷聲隱隱

陰沉沉，
霧濛濛，
風悄悄，
悶雷海上來，
風雨前奏曲，

大地正期待，
樹下坐臥，
讀詩，
寫詩，
感受萬化。

三十年前

重溫輕狂時節，
如今耳而順，

共憶同窗夢，
餘生知多少？

✿ 綠之美

空山我一人，
獼猴林中吟，
陰雨縣縣，
蜻蜓飛飛停停，
白鴨點點，

飄浮方池，
喜鵲群舞，
四面八方綠油油，
心神悠悠。

✿ 霪雨

霪雨霏霏，
經月餘，
綠苔遍佈，
步步留神，
土石流，

作物蕩然，
橋樑旦夕危，
哀鴻不止，
不堪聞。

✿ 山中夜話

清靜本色，
宜詩宜歌，
宜酒宜茶，
禮儀盡可拋，
肆放狂語，

氣吞山河，
舉頭問星月：
予何人也？
作夢人。

網球場

七家莊友，
同是網球迷，
共築紅土場地，
好處真多，
會親交友，
賽事爭個你死我活，

下而聊天飲茶，
皆為逃囂客，
相憐惜，
何處是仙鄉？
不如眼前。

杯弓蛇影

林中居，
患「它」（蛇），
不請自來，
全來陰的，
祭蛇文失效，

防「它」之心不敢無，
見「它」就打，
出門持棒，
猶似丐幫人。

家醜

慈母已迫黃昏，
大哥股災破產，
姊妹心廣體胖，
大弟有口難言，
小么心懷不軌，

我則河漢才疏，
妻子多病纏身，
女兒肆意成習，
兒子渾噩終年，
還算個家？

晨起即景

林間獨坐，
落葉飛舞，
池魚不奈沉潛，
東躍西跳，

湖上孤島，
群鳥正開森林演奏會，
紛紛引吭高歌。

夫妻緣

老母遠在家鄉，
女兒走讀東海，
兒子從軍未歸，
妻我共守山居，
晨昏相問慰，

却也各快活，
有點粘，
又不很粘，
白首偕老，
哪來孤寂？

觀測星象

雲淡月移，
流星劃落天涯，
無止境的宇宙，

不自量的人類，
好勇鬥狠，
輸贏預料中。

❀ 山居情境

月光山下，
享盡大自然風光，
竹林樹叢搖曳生姿，
鷹猴蛇蟲成群結隊，

日威月柔，
夜來繁星閃爍，
一陣清風，
涼我心脾。

❀ 魂銷鷹啼

打從雲端，
傳來鷹啼，
穿透力賽過小喇叭，

飄來飄去的踪影，
嘹亮之聲入耳，
怎不銷魂？

❀ 觀星仰止

夜深人靜，
繁星如河，
北星如斗，

神仙居所，
閃爍萬古。

魂然吟

天時地利人和，
何其厚我哉，
萬方多難，
寰宇污亂，
閑居叢林，

導山泉，
聽萬籟，
日居月諸，
鳥飛猴援，
清風送涼。

小雨

小雨挹輕塵，
滋潤大地，
洗淨綠野，
喜鵲亦歌亦舞，
報佳音，

池鴨飄浮，
雲霧繚繞，
柳條紓展，
百花綻笑，
美不勝收。

土星夢

夜深人靜，
星光萬點，
東方高空，
一顆慧星，
特大號，

驚醒有心人，
共賞奇景，
話語中，
同逐追星夢。

山之晨

昨夜雨瀟瀟，
今晨秋意濃，
林肅野瑟，
別是一般滋味，

鳥啼百囀，
蝶舞頡頏，
垂柳招展，
旭日映幽谷。

好夢成真

可遇不可求，
夢想過，
羨慕眼神，
一一成真，
偶然化為永遠，

福地就在周邊，
靈氣盎然，
天籟環周，
遠離塵囂，
回歸真善美。

土星遙

遙遠有誰知？
三重光環，
意何在？
架設千里鏡，

試解神祕面紗，
依舊矇矓，
本事有限，
何必窺無涯？

談蛇色變

山居可愛，
隱憂獨多，
青竹絲無處不有，
龜殼花時時出沒，
雨傘節橫臥小徑，

過路蛇見人就竄，
錦蛇一籮筐，
居安思危，
危在旦夕。

故鄉受難日

九二一，
故鄉蒙塵，
睡夢中，
天搖地動，
彈指間，

顛倒翻轉，
待回首，
山為之谷，
谷為之山。

小晨

深度寧靜，
清風徐徐，
山光悅鳥性，
人生亦是，
清心寡欲，

明心見性，
莫複雜，
純淨以對，
自有異樣情境。

桃源人

甚麼都有了：
白雲藍天、
青山繚繞、
綠水長流、
平添南海風味、

稻香襲人、
鷺鷥閑飛、
翠柳千條、
品茗讀詩、
天涯何處尋？

惜福吟

新家園，
樂趣多，
滿院花草，
萬株佳木，

灌園拈花，
悠然白雲
側耳傾聽，
紓心靈。

九二一大地震

午夜時分，
大地沉沉，
忽然天旋地轉，
左擺右盪，
上下滾動，

崩山裂地，
屋毀人亡，
哀嚎四起，
宛如殺戮戰場。

暗淡中秋夜

今年中秋雨中過，
一點也不樂，
照樣吃月餅，
年年剖文旦，
例行品佳餚，

無心歡樂，
九二一大震災，
哀鴻遍野，
顛沛流離，
怎忍獨享？

柳情

門前千條柳，
一絲一綠情，
搖曳多姿，
見斜陽，

滿院春色，
情牽知己，
同享此境。

欒樹花

那年，
遍撒種籽，
幾番風雨日曬，
幼苗簇簇生，
再經亂草苦苦霸凌，
殘存匪易，

但見獨出一株，
高高聳立，
由黃變紅的花蕊，
儀態萬千，
賽似楓林賞。

獨享

湖前止步，
憩蔭下，
吟唐詩，
作現代詞，
一杯濃茶，
波光相映，

群鳥爭鳴，
魚兒沉潛，
此中真意，
欲與誰人說？
獨樂樂。

無語問青天

老母日迫西山、　　　　　犬子近似阿斗、
大哥瀕臨破產、　　　　　本尊屢遭誤陷、
小弟妻離子散、　　　　　萬事慘，
拙荊身心日頹、　　　　　幸得桃花源，
女兒行事荒唐、　　　　　消萬愁。

九二一震災

一九九九、九、二十一、零晨　　華廈攤了，
　一時四十九分，　　　　　生靈塗炭，
台灣受難日，　　　　　　國際援手，
處處屠宰場，　　　　　　善心人士，
山搖地動，　　　　　　　全力救援，
萬民驚心，　　　　　　　多少生離死別？
高山走石，　　　　　　　濟難物資輻湊，
河湖易位，　　　　　　　溫寒心，
鬼域何其多！　　　　　　復生起。

百年大地震

深夜時分，　　　　　　　嘯聲淒厲，
天旋地轉，　　　　　　　恐怖景象，
屋毀人亡，　　　　　　　不禁盈眶，
裝潢曳滿地，　　　　　　難平復。
災民衝曠野，

♪ 接近死神

世紀之震，
在臺灣，
災害頻傳，
屍體盈城，
棺木不足，
哭聲撼天，
舉世救難隊紛至，
視同作戰，

華廈應聲倒下，
九九峯禿了，
愚公移山再現！
風土變色，
草木含悲，
欲逃無門，
接近死神，
沒人知。

♪ 蟬命

奇靜，
令人發毛，
傳來陣陣蟬鳴，
有些聒噪，
群鳥尋聲追食，

那副逃命景象，
於心何忍，
一聲淒厲畫空，
小命嗚呼哀哉。

♪ 美景當前

湖光山色，
魚群游渡，
臥野芳草，

欒紅爭艷，
輕風習習，
柳條婀娜。

震後返鄉記

一路淒涼景象，
青山不見，
綠水改道，
觀光大道柔腸寸斷，
繁華勝地頹壁殘垣，

故鄉人驚恐萬分，
搭帳篷，
流離失所，
慘不忍睹。

秋晨述懷

滿地秋水，
點點野鴨，
躍魚弄波，
落葉無聲，

樹影幢幢，
清風微微，
蟬鳴畫空。

觀魚賞鳥

魚游，
鳥飛，
快樂抑憂愁？
一切操諸在己，

心境奧秘，
除却天邊月，
沒人知。

綠的世界

綠野仙踪，
在眼前，
意盎然，
朝日落霞，

星語月話，
俯仰其間，
不知身何處？

落葉吟

亙古而來，
每逢秋節時分，
草木變色，
喜怒哀樂皆可寄，

意味濃，
澎湃楓潮，
情牽神移。

悠悠我心

鎮日鎖眉，
自古災變何其多？
異端紛起，
爾虞我詐，

執中不易，
自在乃奢談，
春秋短暫，
酷暑寒冬特別長。

哀黨國

百年老店遽蕭條，
奸臣把持，
狗烹烈士，
重臣喟嘆，
狼狽相，

貪吃模樣，
百姓失望，
選票雪亮，
君子出頭。

狂草

周遭荒野，
狂草特多，
蔥蘢佳木，
盡在圍困之中，

得賴援手
聖善好人，
一向被犬欺。

無題

千條舞春風，
飛蝶穿梭，
暖陽斜，

落葉飄零，
戲鴨鼓翼，
人在幽篁裡。

秋意濃

好個涼秋，
叢林，
幽境，
氣爽，
谷風，

清神，
悅目，
這是吾廬，
圓夢的地方。

山之晨

空山不見人，
翠綠盈野，
側耳傾聽，
泉淙蛩鳴，

霧茫茫，
露瀼瀼，
仙鄉好歸隱。

有愧

湖上對鴨，
常相左右，
同享芳草，
雙雙悠游，
相聽相隨，

含情脈脈，
人不如禽，
終日紛擾，
爭個甚麼，
白走一生。

賞霧

薄霧如紗，
霧裡看花，
茫中遐想，
椰林浮沉，
山頭拔翠，

路灯閃爍，
飛鳥翱翔，
景色淒迷，
人生不也相似？

晨之頌

昨日倦態，
賺得徹夜酣睡，
清晨呼喚，
露珠綻滿，

吟古詩，
喫濃茶，
良辰美景不虛設。

不比當年

推翻帝制，
神勇無比，
北伐剿匪抗日，
可歌可泣，

可圈可點，
奈何又失，
利祿熏心，
莫忘厥初！

看扁 P 黨

二二八事變的產物，
K 黨衰敗的悲歌，
盡是咬牙切齒之徒，
報仇烈火燃燒，
披著改革的外表，

數典忘祖尚且自喜，
騙取政權，
啊！
不如浮海下大荒。

勉新黨

惡魔所逼，
天使落單，
K 黨墮落，
P 黨瞎攪，

惡黨充塞，
君子心寒，
前途茫然，
義氣飄零。

慰宋省長

天心正搖落，
前有林洋港，
後出宋楚瑜，
大義凜然，
欺者正得意，

藤蔓糾纏，
棟樑危急，
野火燒不盡，
春風吹又生。

晨之欣

通霄雨淋淋，
晨來送綠，
薄霧如紗，
忽隱忽現，

白鳥飄飄，
舉世紛擾，
爾虞我詐，
遠離是上策。

白居易

我愛白居易，
我慕白樂天，
詩文兼備善歌彈，
樂山樂水愛百姓，
有情有義，
足跡遍四方，

都是創作的源泉，
不問高官抑低就，
民瘼擺第一，
香山主人啊！
嵩山伊水常相伴。

輓黃婷婷女士

歲暮寒風動地來，
顫慄聲中傳惡耗，
客死他鄉異國，
同是天涯倫落人，

患難之交，
而今香消玉殞，
相隔十萬八千里，
叫我何不想她？

♪ 再哭黃婷婷之亡

聖誕前夕，
好友稍來惡耗，
妳已永離人間，
未及趕上二十一世紀，
憶當年留美，

陣陣湧現，
已逾十個年頭，
不幸埋葬異國，
老友涕淚交加，
唏噓不已。

♪ 飛向民主聖地──青島

真滑稽，
搭承中華人民共和國的飛機，
卻看中華民國的新聞，
這兩個死冤國，
自稱唯一法統，
未經由全民授權，
純賴武力。

處在民權高漲時代，
兩造都屬非法集團。
天視自我民視為期尚遠，
仍止於盲視弱視。
請早日門戶洞開，
讓民意遍地開花。

♪ 與大哥同遊

少小承蒙大哥關照，
無以為報，
異想天開，
何不邀他同遊，
老天有眼，

終致成行，
踏遍神州，
欣欣然，
弟願足矣！

❁ 訪書法大師──黃廷惠

生於東嶽，
俯仰聖山，
一步一腳印，
尋碑仿刻，

盡得真髓，
文革大掃蕩，
聖跡一一由他重現。

❁ 謁岱廟

柏樹森林，
經歷文化大革命，
元氣尚在，
想當年，
帝王封禪，
先拜岱廟，

後登泰山，
可惜啊！
古碑已漫漶，
瑯琊刻石剩隻字，
難敵千年折磨。

❁ 登泰山

登泰山，
豈是夢，
躩步帝跡，
神似封禪，
小天下之飄飄，
餘緒可尋，

東嶽獨尊，
其來有自，
匆匆回眸，
雲霧繚繞，
磅礡千古。

✿ 孔府家宴

十四道大菜上桌，
餘香繞樑，
淺酌孔府家酒。

尊孔何太急？
打倒亦不易？

✿ 萬王之王

打從南方來，
拜謁孔夫子，
後世太上皇，
萬王之王，
歷代帝王須參拜，
膺服蒼生。

孔廟，
孔府，
孔林，
聖帝之都，
文革奈他何？

✿ 孔林大學

孔林十萬株，
冢墓十萬座，
一孔一棵樹，
絕配！
聖學寫照：

德行、
政事、
言語、
文學、
全人大學。

孔府

將相本無種，
二千年來，
孔民族繁，
不及備載，

聖子聖孫們，
留名者幾稀？
人類共有遺產，
絕非一姓獨尊。

孔廟

古早，
帝王之師，
萬王祭拜，
如今，
萬民表率，
全民瞻仰。

不得了！
了不得！
得不了！
孔子何人也？
生民以來，
僅此一人。

開封行

黃河！黃河！
改道傷痕歷歷，
淹沒多少蒼生？
古文物不見踪影，
鐵塔相國祠，
龍亭包公廟，

僥倖殘存，
絕後餘生，
在此建都哪有好兆頭？
帝王淚，
忠臣血，
滴千年。

謁開封包公祠

無畏黃河滾滾，
兵災人禍傷不了，
軀殼神殿乃多餘，
包公精神凜然千秋，

不可毀也，
五千年史中，
此人恨太少？

黃河

一見黃河，
災難歷歷，
夏禹久治，
本性難移，
河道常改，

屠毒蒼生，
暴政又頻傳，
難兄難弟一般，
慘絕人寰。

遊少林寺

少林天下知，
達摩建首功，
武禪蓋世，
天妍地靈，
患難頻生，

拳腳功夫了得，
出家人，
頓悟要緊，
殺氣淡些。

觀少林拳術

少林拳術甲天下，
嵩山武僧天下知。
棍棒齊飛，
吼聲震天，
形同江湖幫派，

勢如賣藥郎中，
哪像出家人？
快快放下打狗棒，
回頭是岸。

塔林

佛塔林林總總，
千有餘年，
多少高僧靜躺其中，
弘揚佛法，

普渡眾生，
而今安在哉？
舉世正蒼茫，
誰是開示人？

謁白馬寺

想當年，
漢帝夢醒，
初抵洛陽，
雪球般，

氣吞十家九流，
淹沒神州，
道統崩頹，
四江五嶽紛紛淪陷。

˙˚ 洛陽水席

冷盤、四葷、四素
熟食十五大碗，
風馳電掣上桌，
狠吞虎嚥橫掃，
太匆匆，

吃相難看，
豬八戒啖人參果，
糟蹋美味，
色香品鑑
快不得。

˙˚ 龍門石窟行

西山下，
伊水湄，
壯麗！
門戶洞開，
體無完膚，
自身難保，

何以保家國？
一級古跡，
遊客如織，
孤？
不孤。

˙˚ 謁關林

武聖關羽，
天下雄，
忠孝節義，
無與倫比，

凜然千秋，
萬民仰瞻，
千斤關刀，
劈向亂臣賊子。

黃河行舟

亦車亦舟亦飛機，
三體共構，
三遊合一，
黃泥四濺，
洪迅淹沒，

滾滾泥漿，
浩浩湮波，
渤海歸宿，
中華文化蘊育河，
哪有慈母柔情？

百泉湖

鄭州安陽間，
邙山下，
百泉不枯，
《詩》曰：「瑟彼百泉，流注
　於淇。」
竹林七賢弄玄風，
三蘇時有唱和，

邵康節就地講學，
文風鼎盛，
理學大開，
山不在高，
水不在深，
名人聖地。

憑弔羑里城

想當年，
紂王暴，
昌伯賢，
階下囚，
沉潛伺機，
演贊修練，

造就八百年周，
歸功周易，
禍兮福所倚，
化危為安，
趨吉避凶，
人上人。

白園行

依山傍水，
小橋平沙，
別致優雅，
白樂天居所，
瞻仰故園，

宛見其人，
如吟其詩，
民間疾苦代言人，
雅俗共賞，
千古完人。

文峯塔

北周迄今，
千有餘年，
屹立不搖。
獨上塔峯，
鳥瞰安陽，

數千年歷史，
一幕幕湧現。
遠來親訪，
風塵僕僕，
憑弔那起起落落。

訪殷墟故地

洹水環繞，
孔孟未曾到過，
司馬遷但憑推夢，
一八八九，
故都重現，

甲骨顯學，
杞宋可徵，
信史上溯千年，
今我遠涉到訪，
神友殷人。

宛如異族

絲路之旅，
與大陸同胞平起平坐，
聽談話，
看舉止，

驗起居，
嗅氣息，
半世紀之隔，
宛如異族。

夜宿白樓

夜宿白樓，
參與兩岸文化交流，
彼岸師生免入，
特權特區，

共產世界的一大諷刺，
是可忍！
孰不可忍？

附記：白樓是河北大學專供外籍師生的住宿。

過直隸總督府

曾國藩，
李鴻章，
之所在，
影響偌大，
國仇家恨，

奇恥大辱，
誰來涮淨？
待後賢，
良法立，
撥亂反正終可期。

附記：直隸總督府位在河北保定。

苦旅白洋淀

濁波滾滾，
蘆葦森森，
蓮荷蔟蔟，
逐浪兒戲水，
暑氣逼人，

汗如雨下，
遊興早已九霄雲外，
歸去！
歸去！

白洋淀之宴

大黃瓜一條，
煎蛋兩個，
番茄一只，
大餅一盤，
華北大餐，

如此簡單，
粗獷有餘，
但求一飽，
足矣！

黨掛帥

一切都是黨掛帥，
江山是他們打下來的，
順理成章，
歸屬他們，
但須還政於民啊！

得天下不易，
治天下尤難，
自古屢見，
民主中國，
長路迢迢！

政治與學術

拋開政治，
掛上學術，
兩者應分離，
政治掛帥，

易生敵意，
不如航入學涯，
零污染。

保定蓮花書院

蓮花謝了春紅，
太匆匆，
枯莖猶存，
酷暑中，

猶有清涼意，
名人真跡環牆，
想見其人，
夢魂中。

政庄地道

日寇大舉入侵，
長驅直下，
輕取北平，
震撼華北，
退掘地道，

大無畏精神，
虎落平原，
被犬欺，
弱勢潛力，
不可忽！

❀ 參觀河北大學圖書館

號稱河北首耳，
善本充棟，
南懷瑾中國全覽在此，
較諸台灣，
頡頏台大，

夜郎心態，
自大無益，
取勝以智，
小亦長存。

❀ 弔西陵

酷熱天，
弔西陵，
雍正可敬，
光緒足悲，

珍妃太可憐，
皇陵淒涼，
誰來憑弔？

❀ 弔中山靖王墓

兩千年前，
與夫人相約合葬，
居高臨下，
金縷玉衣，
陵已開，

曝光光，
再不孤寂，
有朋遠從南方來，
異樣眼光，
深深憑弔。

✿ 野山坡的祝福

野山坡，
奇險古怪，
地老天荒，
看盡五千年文化，
青山依舊繚繞，
淶水復流，

蒼茫中，
叢山與我對話：，
清流訴衷情，
不聞撕殺，
仁義在，
陶忘機。

✿ 遊野山坡

燕山盤旋，
險峻巍巍，
秀麗雄峙。
瀟瀟兮易水寒，

荊軻一去兮不復返，
燕國隨即兮滅亡，
山川二千餘年兮依存。

✿ 野山坡縱谷走

江水山三合一，
突兀奇峯吸睛，
群羊懸掛峭壁，
淶水見底，
突崖嶙峋，

盤石磊磊，
景色絕佳，
蜜桃纍纍，
玉米金黃。

穿越燕山

南國兒女啊！
燕山河遙遙？
萬重疊翠，
燕國風情，
想當年秦滅六國，

燕丹負嵎，
最後一根稻草倒下，
傾聽燕山夜話，
總無解。

北大行

北大！北大！
五四英雄榜，
蔡元培、
胡適、
陳獨秀、
李大釗、

…………
豪氣干雲，
古老中國變色，
新思潮舵手，
北大之光！

正宗涮羊肉大餐

名不虛傳，
樣樣考究，
切肉功夫了得，
獨到佐料，

青菜細緻，
入口即化，
外加親切服務，
再貴也值得。

遊北京白雲觀

舉世第一觀，
紅衛兵下毒手，
又重整旗鼓，
面目一新，
暴政奈我何？
本土宗教，

都不見容，
迫害污衊，
更不在話下，
宗教惡夢，
殛之可也。

逛北京琉璃廠

領畧黃包車滋味，
今夜重演，
逛胡同，
細數琉璃場故事，

車伕如數家珍，
就地呼拉唱，
演活北京調調，
能不夢憶京華？

離情依依

訪遊中原，
豐碩之旅，
盡看祖先遺迹，
無限歔欷，
文物未受善待，

蒙塵遭殃，
子孫不敬，
而今悔改，
尚未遲。

意難忘

黃河古文化之旅，
終於落幕，
賺得一身疲憊，
回到溫暖的窩，
老伴竟然不慍不火。
試嚐登泰山而小天下之樂，
虔心默禱孔林之誠，

敬謁包公祠之耿介，
念念白馬寺之暮鼓晨鐘，
尋覓大禹治水之遺迹，
憑弔小屯村之殷墟，
豐碩古旅，
滿載而歸。

致崔莉小姐

十四億人口十三億吹，
崔莉小姐例外，
擺脫尖牙利嘴模樣，

花中淑女，
何處尋？

附記：崔小姐任職於山東國台辦。

✿ 母親河之旅

黃河古文化之旅，
算是豐收：
從青島遠眺蓬萊仙境，
登泰山而天下小、
謁孔廟孔林孔府、
弔鐵塔沉埋黃沙中、
瞻包公祠正直貫日月、
觀少林悟山不在高、
嚐落陽水席風情、
聞百馬寺暮鼓晨鐘、
關林男兒本色、
白園引領護民心聲、
龍門石窟栩栩如生、
黃河禹迹體驗三過不入之道、
羑里文王似在演周易、
小屯村映現殷商文化、
直棣總督府乃清代敗相寫照、
蓮花池堪比南國西湖、
靖王墓長信宮女與金縷衣、
白洋淀是活生生的水滸傳奇、
野山坡秀麗幽深舉世無雙、
西陵但見帝王世家的哀愁、
河北大學的珍藏羨煞愛書人、
北大與白雲觀獨佔鰲頭。

✿ 致中旅導遊劉婕小姐

美極！
顛倒眾生，
真堪回眸，
一顰一笑，
如明珠閃爍，
大洋峻嶺阻隔
夢憶中。

中原文化之旅

既辛苦，
又興奮，
青島西行，
回顧蓬萊，
攀登泰山，
愧拜孔聖，

走弔開封，
西造東都，
終抵北邙，
再轉殷墟，
體驗多難的中原文化。

文化重鎮之旅

最完美的句點：
青島：清新，希望。
泰山：五嶽之首，封禪寶地。
曲阜：地靈人傑，聖人故鄉。
黃河：母親河，蘊育古文明。
包公祠：正氣凜然，專解冤屈。

少林寺：武僧比劃，當頭棒喝。
白馬寺：晨鐘暮鼓，餘音嫋嫋。
龍門石窟：伊水為畔，白園相
　望。
小屯村：殷墟故址，洹水環繞。
北大：啟蒙之都，英傑時出。

仍是夢

歸來半月餘，
翻開厚重相簿，
不禁神遊故國山川：
青島遠眺、
泰山君臨、
孔林幽魂、

包祠凜然、
白馬寺暮鼓晨鐘、
少林寺以武悟禪、
洹水貫殷墟、
白雲觀浴火重生、
——烙夢中。

中原旅遊歸來

千里江山話歸來，
遊興未減，
展示攝影，
津津有味，
把酒言歡，

宛如續夢，
盼錢、閒、健兼備，
明年江南行，
同賞好風光，
共嚐美佳餚。

蒙古草原上

路遙迢迢，
蒙古大草原，
風吹草低見牛羊，
一群群，
一隊隊。

俯天諦聽，
仰視長嘯，
先祖蔭庇，
仰愧俯祚，
可奈何？

弔旅順古戰場

日俄之爭，
竟在他國疆土，
爾寧山嘶吼，
二○三陣地浴血，
俯視渤海口，

掐住我咽喉，
含淚登臨，
親撫冤魂，
永絕殺伐。

☙ 哀旅順煉獄

惨不忍睹的煉獄，
迄今猶存，
孤魂野鬼充塞，
何曾寧歇？
誰是歷史罪孽？
日俄首當其衝。

積弱不振的滿清致之，
刑具歷歷在目，
刑房鱗次比節，
國人永遠的痛，
抹不去。

☙ 千佛山

鬱鬱蒼蒼，
靈氣蘊結，
鎮守東北，
衛我疆土，

千山我獨行，
萬徑人踪滅，
冰心在玉壺。

☙ 玉佛苑

百頓瑰玉，
藏身馬鞍山，
正看宛若釋迦，
反面觀音神隱，

天雕！
可惜身陷無神國，
搖錢樹一尊，
何時返璞歸真？

松遼平原

奔馳數晝夜，
尋無盡處，
滿目三寶，

生靈是賴，
悲情貫古今，
東三省！

訪少帥府

英雄與罪人，
一線間，
打著抗日美名，
幫共護共，
億萬同胞陷入煉獄，

張氏父子，
中共贈賜太上功，
國民黨永遠記恨，
功過是非太難定，
顛倒春秋筆。

瀋陽故宮

入關前的老巢，
殺氣蒸騰，
衝出山海關，
萬夫莫敵，
一統神州，

堪比盛世，
怎奈好不過三代，
後繼乏人，
江山不保，
終致飛灰煙滅。

瀋陽北陵（昭陵）

太極皇帝功蓋世，
文治武功稱全才，
馬上得天下，
下馬治天下，
誘使愚皇斬大將，
第一關為君開，
史扉新頁，
全憑本事，
蓋世英雄。

訪滿州國

兒戲皇帝，
辦家家酒，
癮頭不足，
亡命敵營，
建立滿州國，
怎奈倭寇欺人，
羞辱祖宗八代，
國人不齒，
自天墜地，
老命殘喘，
遺臭萬年。

九‧一八

莫忘九‧一八，
東北蒙難日，
塗炭東北，
哀鴻遍野，
內憂外患交相至，
求寧日，
難如上青天。

長春電影製片廠

人生如戲，
戲猶人生，
多彩多姿的生涯，
有賴歌舞劇，
歌星俏，
影星麗，

年輕人的粉絲，
影響深遠，
製片總部好來屋，
長春支部，
彩色人生。

長春與恆春

春到人間，
誰人不愛？
彼春非此春。
東北長春，
意味遠離災難；

台灣恆春，
四季如春。
幸福之春，
宜人之春，
終身的夢寐。

地陪與全陪

地陪與全陪，
大陸菁英，
個個外貌皎俊，
人人口風滔滔，

開放的窗口，
嚐鮮訊息，
擠破頭。

吉林小駐

松花江！松花江！
南方人兒遠渡千山萬水，
溫柔的穿越江城（吉林市），
江山霧氣蒸騰，

遠山含情脈脈，
遊艇如織，
大小豐滿的水力，
帶動東北向前行。

東北夜行

夜宿火車，
向延吉摧發，
艱辛的長白山行，
但聞隆隆聲，

人語喧騰，
汗水沒白流，
換得長相憶，
傲親朋。

參觀吉林隕石陳列館

不測隕石，
自天而降，
把地球撞個大窟窿，
頓時天旋地轉，

莫非世界末日，
特大特重，
一七七〇公斤。

長白山行

蜿蜒十八彎，
縣亙八百里，
林木森森，
無邊無際，
神祕色彩，
飛瀑激流，
注入松花江，
東北的精神堡壘，

天池，
滿韓兩族的誕生地，
鬱鬱蒼蒼，
日俄爭奪，
百年來，
淪為屠宰場，
魚肉我疆民。

天池

高山明珠，
美名天池，
韓滿二族誕生地，

遠離人迹，
白雲鄉，
瑞雪皚皚神仙會。

不如歸

緬懷道統，
祖國行，
踏上斯土，
一切都改變了，
一人高高在上，

人人善吹，
公廁望而卻步，
飲食聞而生畏，
悵然喟嘆：
不如歸。

理想中國

古聖先賢乃真假參半，
禮運大同純屬虛擬，
井田制度一場空，
孔曰成仁，
孟曰取義，
都未曾兌現，

孫大炮的三民主義，
馬克斯的共產思維，
每每經不起考驗，
不如一步一腳印，
盈科而後進，
理想原是夢。

長白山

長長白白，
俯視無盡的大平原，
珍藏唯我獨尊的長白參，
蘊育一百三十種奇禽異獸，

活力無窮，
長白山啊！
長白山。

吉林與黑龍江之間

四百公里的綠色大道，
見不到塵與土，
茂密的樹海硬把德國黑森林比
　　下，
浩瀚的農作物不輸江南稻鄉，

彩色的原野堪媲鬱金香王國，
地廣人稀越顯東北博大，
東北的潛力，
中國的希望。

鏡泊湖之戀

遠在中國東北角，
有座萬歲湖，
騷人墨客到不了，
靜躺群山懷裏，

平波如鏡，
真山真水真畫圖，
一片玲瓏玉。

山莊之恥

東北的精神標竿——
長白山，
長白山的心臟——
天池。
那兒的非狐與鏡泊山莊，

髒無比，
臭滿莊，
哪配好山好水？
污了英名。

牡丹江國家公園

美賽牡丹花，
意謂九拐十八彎（滿語），
林木葱蘢，
鬱鬱蒼蒼，

嶺峯玉立，
親臨顛頂，
悵然滿族興衰起落。

冰西瓜

鏡泊湖至牡丹江，
無限長，
忽過西瓜鄉，
千奇百狀，
風味絕佳，

冰西瓜最獨特，
清涼無汗，
溽暑頓消，
美妙難忘。

惡名昭彰

獨夫史大林，
殺人不眨眼，
混世魔王，
松花江畔，

史大林公園，
何腥腥相惜？
是可忍？
孰不可忍？

護照遺失記

妻首航東北，
好奇興奮，
樂而忘憂，
護照給丟了，
臺胞證不見了，

託全陪，
重辦出入境，
心兒忐忑
壯旅之樂，
為之不流。

東北虎園

碩大無朋，
虎虎生威
白虎尤甚，
吊眼逼人，
平生僅見，

可憐啊！
虎落平陽，
被犬欺，
森林之王，
宛如喪家犬。

黑龍江博物館

地極北，
恐龍毛象忒多，
遼金清文物斑斑，
不在中原之下，

誰說但誇冰雪厚，
古迹不盡藏，
一個黑龍江，
一個小中國。

中俄邊陲

中俄雜處，
挺古怪，
一片淒涼景像，
難養也，

頹廢之俄，
無暇顧僑，
可憐的北國之友！

防洪紀念塔

松花江畔，
一九五七年洪災，
全哈爾濱受難，
百萬居民載浮載沉，

腐屍瀰漫，
建塔思過，
永絕後患。

信仰淪落

文廟祭孔，
教堂拜帝，
佛道與中國文化一家親，
而今，
一切都改變了，
無神論至上，

卻說信仰自由，
那家邏輯？
附庸而已！
搖錢樹罷了！
假腥腥！

再見哈爾濱

那遙遠偏北的大城，
我打從數千里路的南方，
一路風塵撲撲，
終於抵達，
明媚的松花江，
驚悚的東北虎，

奇異的邊陲商場，
短暫的極北暑夜，
再再令人回味。
別矣！
哈爾濱。

丟證記

一時的大意，
妻的證照丟失了，
人在江湖，
身不由己，
麻煩可多呢！
見到公安的顢頇，
官員的推拖，
補證掛失的麻煩，

澆息了旅途的興奮，
與妻同出而獨歸，
好生難過，
勸遠遊的朋友們，
錢可丟，
財可破，
證照萬萬丟不得
小心至上。

行旅中國之嘔

二十年的開放，
披上文明表相，
裡子空空如也，
滿腹貪婪，

欺詐行徑，
旅人作嘔，
裹足不前，
怕怕！

重返青島

匆匆一瞥，
走馬看花，
德日的影子猶在，
綠野環城，
渤海灣相鄰，
五四的發源地，

蘋果香脆甘美，
水蜜桃入口即化，
充滿活力之都，
北國窗口，
翠玉明珠。

神品美味

親訪青島之友，
珍果盡出：
蟠桃堪稱首座。
烟臺蘋果和梨子，
天下無敵。
黃皮棗，
生平初嚐。
巨蜂葡萄之大，
食之瞪目。
山東美味，
終身難忘。

澇山

依山傍海，
怪石林立，
奇松遍野，
修道仙鄉。
蒲松齡在此找到靈感，
關公的義，
岳飛的忠，
都也立觀。
旁襯古茶樹，
雄杏相斥，
好地方，
天涯無覓處。

五四廣場

想當年的袁世凱，
接受亡國二十一條，
愛國志士在青島發難，
延燒北京，
擴及全國，
轉化成文化改革，
一時風起雲湧，
文言文落幕，
白話文興起，
五四運動，
名重千古。

贈內（注：內人證照遺失，須滯留濟南多日）

毛腦殼（注），
暫別，
再聚有日，
樂觀以待，
多玩幾天，
多看幾處。
面對逆境，

只有冷靜，
四面八方的伸援，
紛然沓至，
來日方長，
一點點陣痛，
拆不散我倆。

注：內人乳名。

重遊青島

去過羅馬的人，
希望再遊，
去年匆匆一瞥青島，
今又重遊。
東方翡冷翠，
道教勝地，

水果三寶，
啤酒揚名天下，
幸福島。
機場太簡陋，
想懷抱世界，
得更上一層樓。

淚灑青島機場

大陸行，
丟證照，
刻骨銘心，
妻因而滯留，
我得回臺奔走，
心酸淚下，

同出獨歸，
怎捨得？
卻無奈！
再會何時？
兩地相思，
腸斷海峽。

青島之戀

無盡的海岸線，
美不勝收。
迷樣蓬萊仙島、
蔚藍海洋中、
德式建築、
流線型大廈、
松樹錯落、
覽潮閣、
燈塔矗立、

魯迅公園、
五四廣場、
海軍博物館、
海灘別墅、
海水浴場、
嶗山松石、
…………
能不憶青島？

豺狼之國

共式洗禮，
勤僕不再，
轉為好吃懶做，
誠信難尋覓，
爾虞我詐，
好說大話，
滿口沒問題，

問題可大，
輕諾寡信，
愛佔便宜，
天良不存，
何止一丘，
舉國皆是。

救妻記

妻在祖國丟包，
急行補件，
官員顢頇，
羈人跳腳，
那是你的事，

一旦落在我手中，
哪有便宜放人？
愛民便民都是口號，
莫怪怨聲四起。

東北歸來

兩週遊，
東北行，
遙不可及的地方，
一一穿越，
浩浩瀚瀚，

賽過千府之國，
豐饒沃野，
潛力難測，
國泰富強，
不是夢！

盼妻早歸

妻陷共區，
解救費思量，
作為夫婿，
獨挑大樑。
長途電話，

高支付，
只盼早日歸來，
老來伴，
無可取代？

突破險關

望斷秋水，
寢食難安，
重重關卡，
艱險欲渡。
九分努力，
一分慶倖，
見她脫離鬼門關，
淚灑機場，

苦惱盡拋，
今後當薄冰履行，
旅遊是快樂的，
護照萬萬丟不起，
那種歸思，
情牽異域，
好生慌慌，
有如臥薪嚐膽。

救妻苦吟

丟失證照，
且行且思對策，
公安不妥，
低效率，
志難伸，
若合若離，
祖國可畏，

哪敢推心置腹？
老邁的神州啊！
五十六族差異多，
何必勉強湊合？
各自成就，
五彩繽紛最美妙。

題東北旅遊相簿

一趟東北真不易，
迢迢萬餘里，
高雄香港轉大連，
僕僕進發，
長白山之顛，
中韓江界，
延伸至鏡泊湖牡丹江，

終抵冰雕城哈爾濱，
嘗遍大平原風光，
瓜果穀物花卉無窮數，
心胸為之開闊，
見識因而倍增，
好地方，
北方明珠。

憶東北

半月行，
樂趣多，
穿越松遼平原，

一望無際，
鈎起百年傷病史，
世仇不再來！

妻脫困安歸

向來體弱，
自保唯恐不及，
煩惱層出不窮，
結縭三十載，
濡沫相須，
一旦失去，

相思縣縣，
苦思對策，
不計代價，
只要安歸，
無所不用其極。

喟嘆

半世紀了，
災難頻頻，
人心不古，
舉國貉行，
食貧日久，
一旦鬆綁，

貪婪泛濫，
誠信蕩滌，
勤奮美名不再，
仰天長嘯，
可奈何！

回味

完成東北之旅已經旬，
妻滯留客地亦安歸，
把玩相片，
幕幕旅情，
重現腦海，
遊興高，

奇風異景怪物，
天天大餐名酒，
縱享五星飯店，
花大把鈔票，
濃濃滋味樂心頭。

圓夢

永憶東北行，
無限延伸，
一再擴大，
悲慘史迹斑斑，

且歌且泣且嘯，
皇天不負，
幕幕呈露。

東北印象

長白山的深沉，
大小興安嶺的蜿蜒，
松花江的嫵媚，
天池的神秘，
黑龍江的哀愁，
松遼平原的富饒，
通通體會了，

大飽眼福，
不虛此行，
回味終身，
心胸變寬了，
見識更多了，
能不憶東北！

東北今昔

神祕遼原，
被冷落的地方，
漢人禁地，
遼金契丹，
女真在此誕生，
滿入關前的家園，
朝鮮也說是故鄉，
中原板蕩五千年，
未曾波及，

悠然躲過，
有清不堪，
俄日交逢，
德國也軋一腳，
百年來不得安寧，
悲情不斷，
苦難已屆盡端，
璀璨可期。

惡夢不止

滯旅五日，
猶似五年，
援手頻伸，
終脫豺狼之鄉，
落落寡歡，
五晝夜的折磨，
心肝摧，

氣力竭，
日有所思，
夜有所夢，
籲諸旅友，
莫太貪玩，
丟失證件，
大禍臨頭。

念念東北

行旅十四天：
賺得詩篇半百、
望不盡平野闊、
數不清農產豐、
長白山上霧茫茫、
松花江畔氣蒸騰、

頑皮熊籠中困、
平陽白虎被人欺、
冒牌人參充斥、
貂皮大衣束高閣、
烏拉草當堆肥、
三寶今非昔比。

終須一別

東北令人追憶，
旅人匆匆一瞥，
不堪回首，
何須那般不捨？

終非久留之地，
瀟灑些，
離情又依依。

長憶東北

千禧年，
打從高雄出發，
飛抵香江，
再轉大陸，
弔旅順日俄決戰場，
登千山小桂林，
拜巍巍玉佛觀音，
瀋陽故宮窺探清崛起，

滿州國試尋末代皇帝迹，
長白山綿亘八百里，
森林人參黑熊老虎都是寶，
鏡泊湖牡丹江宛如北方佳人，
哈爾濱中俄雜處，
松花江畔西瓜鄉，
長憶東北。

✦ 九二一週年紀念日

去年九二一零晨，
台灣寶島多處坍塌，
天搖地動，
多隻地牛同時大翻身，
山為之游走，
谷為之凸昇，

地為之斷裂，
塹湖平添，
災民哭天嗆地，
悲歌不歇，
自殺自毀頻傳，
悲莫悲兮傷別離。

✦ 湖上初秋

茫茫清晨，
單騎繞湖一帀，
選個僻靜處，
享受唐詩，
湖光水色，
魚躍鳥鳴，
旭日東昇，

微風習習，
高空隱隱飛機聲，
啜滿口熱茶，
環視美景，
感發興起，
筆紓胸中波濤，
樂在不言中。

憂思

心緒低落，
憂思千結、
年將耳順、
學淺識寡、
妻子多病、
兒女尚待成家立業、
慈母殘照、

世風日下、
國事如麻、
怎生快活、
四面八方相逼迫、
獨樂無著？
獨醒從何生？

四不像

閒讀樂天詩、
欣慕親情友誼、
頻寄詩文、
音樂美酒相伴、
自省有餘愧、
酒量茶道皆不及、
詩境差遠甚、

不識豆芽菜、
爛竽充數、
附會風雅、
不自量力、
仰視昊天、
何其渺小？

⸙ 為內弟彭將軍祈福

內弟彭瑚不幸短命，
少將未經歲，
以廠為家，
拼命三郎，
終致崩潰，
一再電擊，

心跳不復，
千呼萬喚，
一切枉然，
奇蹟不現，
天妒英才。

⸙ 輓彭將軍

英雄氣蓋世，
不幸短命，
榮昇將軍未經年，
閻羅徵召，
有志難伸，
老母倚門，

二子尚幼，
弟妹哀慟，
姊妹戚戚，
千呼萬喚無力，
黯然銷魂。

⸙ 憶內弟彭將軍（一）

堂堂威武彭將軍，
心肌哽塞催命符，
昏迷經旬，
終向閻羅爺低頭，
拋下飲泣的老母，
妻兒聲聲喚不回，

姊妹長相憶，
這是真的嗎？
不得不認，
彭將軍再也不回頭，
難割捨，
永陷鬼門關。

⁂ 憶內弟彭將軍（二）

彭將軍啊！
喚他十萬遍，
無回音，
人已去，
離國去鄉背井，
英年早逝，
觸犯那項天條？

好人夭折！
好人夭折！
我明白，
關心別人太多，
照顧自己獨少，
鐵打的身體，
亦將吃空。

⁂ 憶內弟彭將軍（三）

今年中秋，
月光山下，
把杯言歡，
沒幾時，
撒手西歸，
英年四九，

不吉利，
萬有引力拉不回，
錯愕心驚，
天不仁，
淚沾襟。

⁂ 憶內弟彭將軍（四）

高堂尚在，
妻子半百，
孩兒弱冠，
幸福美滿，
卻不得消受，
心肌哽塞突爆，

別母離妻棄子，
傷心淚流不止，
斷魂曲聲聲慢，
自古以來，
逃不掉，
遲早輪到。

憶內弟彭將軍（五）

頑童，
好兄弟，
天生一副將軍相，
指揮若定，
不世之才，
不幸短命，

慟！慟！慟！
家國無福，
走得艱辛，
長辭親友，
好生不捨。

憶內弟彭將軍（六）

不到知命之年，
遽然崩殞。
老母白髮送黑髮，
與妻結髮未及一世情，
稚子不逮弱冠，

一去不回頭，
比易水歌慘烈，
永無再見期，
天蒼蒼，
淚滿襟。

✨ 憶內弟彭將軍（七）

輕狂懷大志，
已是大將軍，
麾下千人，
摧心肝，
中興可望，

天敵難料，
永訣家國人間，
歸塵土，
壯志未酬身先死，
哪甘心？

✨ 憶內弟彭將軍（八）

一路辛苦，
奈敵無形殺手？
妻子愛兒哭聲淒厲，
老母姊妹一再呼喚，
硬是西歸，

人生苦短，
匆匆來，
匆匆去，
上帝不仁。
以好人芻狗

✨ 憶內弟彭將軍（九）

一大早，
率全家，
進殯儀館，
為你送行，
愁雲何慘澹？

割捨不下，
還是永訣，
不同的世界裡，
怎通信息？
珍重再見。

☙ 憶內弟彭將軍（十）

終須一別，
靜躺棺中，
痛哭揮別，
歌頌盛讚詩，
親友傷心欲絕，

排場空前，
寧願苟活，
不做聖賢英雄，
萬事皆成空。

☙ 憶內弟彭將軍（十一）

告別日，
冠蓋雲集，
車水馬龍，
排場空前，
淚滿襟，
愁雲慘澹，
喚不回，

一爐火，
化為灰燼，
束諸高閣，
僅供憑弔，
長吁短嘆，
黯然銷魂。

☙ 憶內弟彭將軍（十二）

自你走後，
不盡相思，
如泉湧現，
遍插茱萸少一人，
頓失平衡，

談笑風生不再有，
天星殞落，
扁鵲再世，
徒喚奈何！

憶內弟彭將軍（十三）

自君殞落，
冷冷清清，
豪邁的英雄氣概，
隨風飄逝，
白髮蒼顏的老母，
乏人晨昏定省。

妻子垂頭喪氣，
冷若冰霜，
主宰消失，
日子難挨，
不盡的相思，
縣縣長憶。

人生何求

自古誰無死？
留取丹心照汗青。
視死如歸，
意在留名，
談何容易？
不如留芳，

名隨身亡，
餘香尚存。
耳順將近，
臭皮囊一付，
愧對天地先賢，
活著算了。

空難

拜賜科技，
宇宙縮小，
朝餐南極，
冰宿極北，
東西南北一日圈，

找樂尋奇如反掌。
萬一空難，
不可收拾，
科學禍福，
其罪也深。

✿ 間距之美

親疏間距，
若即若離，
死心眼使不得，
近之不遜，

遠之招怨，
好像黏又見鬆處，
妙在其中矣！

✿ 祝福妥瑞症兒

一路行來，
老是吊車尾，
體弱多病害的，
傷透我心，
大失我望，
概括承受啦！
而今而後，
只要快活，

自挖蘿蔔坑，
少鑽牛角尖，
清淡過日子，
遠離貪贓枉法，
全在我的祝福之列，
父母劬勞，
不求回饋。

✿ 由衷祝福

掌上明珠，
天生麗質，
快樂無比，
愛上學，
琴舞歌藝樣樣通，
萬目焦點，
掌聲中長大，

中英雙捷，
寫作一級棒。
少時了了，
大未必佳，
光明前程，
看她造化。

為妻祝福

已過三十個年頭，
福禍與共，
同旅大千世界，
携遊赤縣神州，
期待行遍五洲大洋，

唯欠老健，
但求安度餘年，
勝出億萬財寶，
珍重當心，
不羨神仙天堂。

母親劬勞

苦難的時代，
拉拔半打子女，
談何容易，
含辛茹苦，
先父早逝，
獨挑大樑，

任重道遠，
終露曙光，
子女一一成家立業，
七老八十，
始展歡顏。

大哥！對不起

先父病歿，
我尚在襁褓之中，
打從國小，
全仗大哥資助，
無大哥金援，
那有小弟今日，
點滴在心頭，
而今大哥陷於股票之災，

一再套牢，
負債千千萬，
萬劫不復，
天文數字，
大海濤捲襲，
擋不住，
大哥！
對不起。

∴ 再寄大哥

茹苦含辛，
風霜中長大，
長兄如父，
不愧家督，
助我完成最高教育。

晚年股災高築，
杯水車薪可奈何！
椎心旁觀，
弟也有家室，
不忍奉陪。

∴ 無可救藥

無語慰大哥，
同情憐憫而已！
債臺高築，
神仙莫奈何，
連累子孫，

股票之災甚於賭，
陷入無底洞，
翻身無著，
大江東去。

∴ 霧都

黃昏到清晨，
霧茫茫，
霧中乾坤，
山頂山腰瀰漫，
雲深不知處，

倫敦霧名滿天下，
重慶之霧冠神州，
月光山中霧，
專屬閒者賞，
何必迢迢托夢？

潑猴

月光山，
竹林密密，
岩石嶙峋，
國有林地，
人跡罕見，
潑猴樂園，
時而群出覓食，

表演懸枝絕技，
騰躍林間，
果農咬牙切齒，
人類也真矛盾，
愛恨交加，
畜生無所適從。

知足

亂紛紛，
甚麼世界？
我獨閒，
母康妻健，
憂虞無從生，
品茗飲酒聊天，

讀書鑽研寫作，
樣樣來，
美景逞現四周，
猴鳥常見，
盼能持盈保泰，
不應虛度。

偷閒

天天球場尋樂、
都在清閒裡過、
環視青山綠野、
灌園拈花惹草、
靜聽鳥語天籟、

仰觀猴攀鷹旋、
笑聲不斷、
聞知天下事、
異於偷生廢物、
但看如何閒度。

蛇患

「上古草居，
患它（蛇），
故相問：
無它乎？」
千禧年的吾居，
蛇滿為患，

觸目驚心，
一旦閃失，
遽毒攻心，
生死一線間，
能不提防？

送兒搭車返校

航兒就學兩百里外，
難得回家，
要這個，
補那個，
時時就醫療傷，
匆匆來又去，
二十開外囉！

在外久，
居家少，
有否全神學習？
為了父父子子，
維持子子父父，
哪敢問？

聖誕節將近

最近常聞聖誕歌，
平和溫馨，
年年賞聽，
動心扉。
東方有孔師，
西方出耶聖，
兩千年來，
信徒甘心依偎，
百世明燈，
了不起！
千古考驗，
地老天荒，
能有幾人？

晨霧

晨霧蓋野，
依戀大地，
放眼環視，
柳枝修竹若隱若現，
嵐氣蒸騰，
椰樹挺拔，
喜鵲呱噪，
白頭翁競唱。
日頭深埋，
此中情境，
人間幾回有？

閒坐

開望眼，
薄霧漸離，
綠野浮出，
殘月淡雲，
鳥鳴啾啾，
清靜無比。
不應掛慮，
萬方多難此閒倚。

∴ 寄賀卡

每逢佳節倍思友，
來把賀卡寄，
提筆相問慰，
人生不滿百，
應懷千歲樂，

無分貴賤，
不問成敗，
捎片溫馨卡，
濃情厚意，
勝過滿漢全席。

∴ 山居夜話

忘我球敍，
樂灌園，
勤讀寫，
甘心家務，
山居無甲子。，
夜來看電視，

三五老友相聚，
茶興酒熱，
高聲論時事，
全無顧忌，
一覺醒來，
晨霧塞野。

∴ 日之餘

日西沉，
霞滿天，
倦鳥知返，
四野漆漆，

日之餘降臨，
理應休眠，
何須夜繼，
熬夜最傷神。

好生之德

二千年的尾聲，
仍缺跨世紀思維，
因襲不改，
亙古迄今，
生老病死，
吃喝玩樂，
開門七件事，

人類心經之路。
追甚麼聖賢？
干甚麼名利？
都是一場空，
好生之德，
最實在。

21 世紀之歌

21 世紀大門檻，
終於跨過，
紛紛擾擾的從前，
經歷兩次大戰，
無以計數的殺戮，
到頭來，
傷痕累累，
不如拋出更多的疼惜，

關愛孳長萬物，
寄望來世，
和平！
包容！
尊重！
放下屠刀，
回首是岸。

⋮ 改名

雨航太艱辛，
一路走來欲斷腸
難有幾回好日子，
總是秋風蕭瑟瑟，
大病小病不間斷，
苦在兒身，
痛在父心。
是否當年命名誤？

且將雨字換作宇，
雨中航行危險多，
宇宙翱翔最自在，
今後叫他陳宇航，
命運可否大轉折？
飄飄何所似？
天地一沙歐。

⋮ 讀白居易詩集

賞讀居易詩，
永不嫌多。
琴棋詩畫，
樣樣精通、
品酒茗茶、
遊山玩水、

體民愛友、
溫馨人間。
千餘年後，
仰慕追隨者，
絡繹於途。

⋮ 天寒地凍一樂翁

酷寒天，
北風緊，
落葉飛舞，
白鷺靜守林梢，
唯獨樂翁，

愛湖畔，
賞景聽籟，
讀詩搖筆桿，
極其風雅，
不求人知。

椰情三樣

挺拔突兀，
無枝無椏，
上不去，
攀不著，
纍纍高高掛，
望椰止渴。
迎風招展時，

如大漢揮刀舞劍，
似鬼影幢幢，
令人毛骨悚然。
如在海濱湖畔，
清風徐徐，
晴歌依偎，
長影搖盪。

新舊更替

空間有限，
陳設宜少，
簡單最美。
滿招損，
謙受益，

新舊相輝映，
老少互依偎，
父父子子，
子子孫孫，
無窮後焉。

午休之爭

夙興夜寐，
午休成習，
樂比神仙，
不致後繼乏力，
下半日乃得神彩奕奕，
養心健身兼俱，
怎奈聖人羞辱：

朽木不可雕，
糞土不可圬，
人之生也，
何太厲？
難欣羨！
樂作晝寢人。

魚兒莫艤岸

寒鷺守林，
遲不飛離，
濃霧密佈，
群魚戲逐，
水花四濺，

幽徑有釣翁，
莫艤岸，
一瞬間，
化作盤中殽，
萬劫難逃。

憂以終身

期歲喪父、
顛沛流離、
三餐不繼、
學費無著、
窮措成家、
妻病不斷、

女兒交友堪憂、
犬兒渾渾噩噩、
自箇一事無成、
庸庸碌碌，
愧天祚地。

妻五十三歲生日感言

結褵二十有七年，
同甘共苦。
有兒有女、
有屋有車、
坐擁桃花源、
踏遍五洲七洋。
而今退休，

一身輕，
但願平安度餘年，
兒女成器否？
不管休問，
兒孫自有兒孫福，
虔心默禱若有應。

靜坐湖畔

靜坐湖畔吟唐詩，
陽光射過樹梢，
紅鼻水鳥嬉戲，
水花四濺，
鳥鳴吱吱復吱吱。
獨吟人不服老，

想把乾坤換，
到頭來，
一切依舊，
落得形單影隻，
山還是山，
我還是我。

代溝

莫為代溝愁經年，
各有天性。
天連水，
異樣情境，
東施效顰，
忸怩作態，

終非自然。
陽光大道，
獨木行舟，
各通其幽。
相互尊重。

敬天畏天

久旱草木枯，
山泉為之不流。
潛心莫禱若有應，
午夜報佳音，

淅瀝聲傳來，
大地救星降，
Thanks giving！

年假

西方世界的聖誕節，
東方文明的農曆春假，
親族友朋群聚日，
終年辛勤得以解放，
有錢沒錢均得以盼，
有個終點，

有種依托，
重啟一個斬新，
人生不滿百，
冬盡春來，
哪怕機會不到？

網球樂

月光山下，
密林森森，
紅土網球場一座，
擊球聲迴響，
鷹揚鳥瞰，
攀猿觀望，

汩汩清泉，
揖讓挑戰，
下而飲，
其爭也君子，
古往今來，
幾人享。

電腦

電腦勝人腦，
當今必修，
無以逃避
難抗爭，
乖乖依順，
順昌逆亡，

飯可不吃，
非玩不可，
哀哉！
恐哉！
往後的日子要好過，
快將電腦當莫逆。

滿漢全席

薄霧蒼蒼、
檳榔爭高、
浮雲遮天、
碧綠環繞、
菸葉秧苗錯落、
猴群競逐、
啼鷹唳天、
舞蝶翩翩、
斜暉殘照。
一片洞天福地、
仙鄉是也、
拋盡紅塵、
爭甚麼？
一場空。

濺淚吟

終結一世代：
妻多病，
百般無奈；
愛子不振，
從不自立；
愛女似斷線風箏，
飄飄無所。
胼手胝足為啥？
一場空，
慰少苦多，
亂我心曲。

午夜吟

空山不見人，
萬籟俱寂，
孤月殘星高掛。
看書、寫作、沉思、
正是時候，
不為甚麼，
遣懷紓胸而已，
勝過聲色酒肉，
形單影隻，
特立獨行，
天地一丈夫。

晨曦園

浙瀝聲，
雨灑綠野。
擡頭四望：
濃濃雲霧，
無處不籠罩；
清冷微風，
蒼蒼美景。

紅花黃葉，
燎燃大地。
鷺鷥飛態優雅，
竹梢柳枝搖曳，
一片玲瓏玉，
盡收眼底。

鷺鷥（一）

愛看鷺鷥一甲子，
體態輕盈、
飛舉文雅、
群去群來、
守望相助、

暮宿山林川澤、
朝伴耕牛田夫、
白白點點映曠野、
酷似隱釣翁。

鷺鷥（二）

月光山前白鷺飛，
來去百餘回，
翱翔尋覓，

一無倦容，
飄飄絕塵，
仙鄉是歸處。

ꙮ 網球癡

大片紅土，
呈現眼前，
煞是了得。
賽事號角吹，
奔馳衝刺，
撼山岳，
贏得健康，
友情融融，
樂無窮，
樂我後半生。

ꙮ 寄語

奇異白鷺，
獨留湖上，
繞水三币，
翱翔雅技，
哪甘孤寂？
逐魚而食，
振翅作響，
自有人賞。

ꙮ 夫妻之間（一）

結縭三十年，
稱我心，
滿她意，
偶有勁風暴雨，
來時猛，
去也快，
霏霏細雨，
未曾間斷，
個中滋味，
何必外人知？

夫妻之間（二）

一床被褥，
二只枕頭，
妻臥其間，
顯得渺小，
卻安居樂活，

已共度三十個春秋，
尚有三十個冬夏否？
彼此解愁消憂，
縱有些許爭執，
不掛心頭。

讓座

絕俗塵，
惦念高山浮雲，
難逃離亂悲戚，
不在心中留疤痕。

神交古今聖賢，
寄語斜風細雨，
名利擺旁邊，
主座讓出來。

春之頌

獨居山麓，
飛鷹盤旋，
修竹擺盪，
春意濃，
天似穹廬，

夕陽餘暉，
滿坑滿谷，
忘我境界，
不足為外人道也。

✿ 二二八之痛何時了？

二二八災難，
台灣菁英受難日。
不問青紅皂白，
一槍斃命，
冤魂遠離半世紀，
仍未安歸。
多少老母終身泣血？
多少妻子頓成寡婦？

多少子女永失依靠？
時代的悲劇，
錯綜複雜，
誰來仲裁？
是非真相，
永不大白？
彼蒼者天，
勿再以萬物為芻狗。

✿ 老母微恙

似殘陽，
餘暉尚在。
驚聞中風，
震駭兒心。
隨侍左右，

淚泉湧。
但願她晚年無恙，
孝兒孝孫，
承歡久久。

老母中風了

哀聲屢屢，
老母中風了。
怒沖沖，
橫禍降，
扶不起，
抱不動，
尿滿床，

急電一一九，
驅車急診，
斷層腦波侍候，
拾回老命，
從此語焉不詳，
不幸之大幸！

但願母長久

八旬老母，
命如夕陽，
驚傳病重，
兒女趕至，
愛母心切，
哪顧舟車苦？

心連心，
山高水長，
明知難逃那一天，
還是一存希望，
但願人長久。

久病無孝子

阿母不幸中風，
傷及語神經，
溝通難，
子女各有活計，
我獨撐，

妻子侍側，
看在眼裡，
痛在心裡，
默禱若有應。

❀ 老母是寶

孤苦含辛一老母，
八旬歲中，
不離窮愁，
把命拼，
尚有餘暉照孫輩，
蠟將盡，
無力近黃昏，
舉步唯艱，
樹欲靜而風不止，
子欲養而母不待，
老母是寶，
孝當趁早。

❀ 譴保母

24 年前的 3 月 18 日，
犬兒降臨，
闔家歡騰，
育嬰室中特大號，
哭聲震雷，
怎奈何阿母年歲已高，
不幸又遇病態保母，
將兒康健毀，
苟延殘喘之軀，
競爭力喪盡，
得養他終身，
悔恨莫及。

❀ 不捨

老母重聽，
行路失衡，
枴杖不離身，
膝骨疏鬆，
龍鐘狀態。
滄桑八十載，
子孫已滿堂，
不再犧牲奉獻，
青山剩無幾，
斜陽將墜。

賀八十老母生日

七十古來稀，
如今滿街跑，
多活古人數十載，
彭祖八百今何在？

死不可怕，
怕不康健，
苟延殘喘，
有何用？

代母求天

老母住院歸來，
行將半月，
言語不順，
怨艾不止，
無心返鄉，

避人訕笑，
歪理也是理，
啟予手，
啟予足，
不算奢求。

憶難忘

那一幕，
今生難忘，
老母中風時刻，
清晨五時，
躺臥地上，
起不來，
聲聲喚。

聞聲趕至，
嘴歪語斜，
抱不動，
心慌慌，
急電一一九，
救回老命，
康復已奢求。

腫瘤

結婚邁入三十載，
內子多次進出手術室，
為夫之心七上八下。
全身腫瘤密佈，
除不盡，

春風吹又生，
躲不過，
聞之色變，
與瘤共生。

壓力

母兮八十望外，
全靠藥力支撐；
妻兮體若多病，
周身刀痕斑斑；
女兮放飛久矣，
與家人大異其趣；

兒兮心律不整，
終日疑神疑鬼；
我兮一家之主，
倒不得，
不得倒，
得不倒？

孤寂

知我者春秋，
罪我者春秋，
古今聖賢皆寂寞。
知我者母兄，
罪我者妻子，

母兄永不責怪，
妻子怨艾獨多。
籩豆雜陳，
相夫教子無方，
叫我如何以對？

劍南詩集讀後

放翁詩多情厚，
鄉國族友全愛，
哪樣落人後？
天下奇男子，
豪邁冠古今，
醉茫茫，
其心幾人知？

作詩易如反掌，
量產堪稱第一，
名篇佳作俯拾皆是，
賞讀全詩不厭膩，
千秋萬世，
一放翁。

靜觀

玉山與阿里山之間，
群峯疊翠，
一山又一山，
一壑接一壑。
觸目驚心：
鷹飛唳天、

潑猴逞技、
蛇屬出沒、
仰觀叢嶺、
遠眺沃野、
樂如神仙。

椰果

高懸半天，
纍纍垂涎，
猴人專採，
果中奇葩，
沁心扉，

學猴攀，
難！
難！
難！

❁ 離別滋味

結褵成家之後，
曾經兩度長別，
十萬八千里路，
煎熬甚苦，
猶似人間煉獄，
不堪回首，

黯然銷魂，
唯別而已，
不是滋味，
奉勸天下人，
莫輕離別。

❁ 喟嘆

世事如麻：
黨爭不斷、
政局不穩、
股票跌谷底、
生民哀嚎、
百業蕭條、

妻弟中道崩殂。
家母不幸中風。
人過中年，
內外交加，
盡是慘景。

❁ 轉變

坐五望六，
知命耳順，
齒搖目茫，
筋酸骨疼，
漸入暮秋醜態。
人生不過而而，

爭個甚麼？
蝸角虛名，
蠅頭微利，
一切已淡然，
汲汲太傷，
偷安又何妨？

∴ 晚得桃花源

少時含辛茹苦，
中年動心忍性，
老來隱居山中。
玉山餘脈、
可以仰止、
千竿修竹、
果園為伴、

鷹飛唳天、
魚躍於淵、
綠野環繞、
泉聲淙淙、
襲人佳氣、
如夢似幻。

∴ 大曼陀羅

百花爭艷，
春意濃，
大曼陀羅得冠，

滿坑滿谷，
百千喇叭齊奏，
列隊迎春。

∴ 同學會

畢業半甲子，
同窗情猶在，
人不在多少，
輪流作東，
扯啖天南地北，

及亂又何妨？
難再遇，
緣來聚，
如浮雲，
自由消遙。

難逃之恙

上吐下瀉，
鐵人消瘦，
了無生趣，
病出有因？
總得急診就醫，

早日療癒，
此恙不常有，
終年硬朗，
肯定是奇遇！

老母吟

暮色蒼茫，
大地將歇，
彩雲退色，
星光微爍。
老母亦如此，
筋骨漸衰弱，

滿臉皺紋，
雖乏豐功偉業，
含辛拉拔半打兒女，
劬勞終身。
把人生看透，
揮別打算。

鄉村曲

綠色視野、
鐵樹靠邊站、
椰林面對、
欖仁葉重重疊疊、
木棉筆直、
柳條隨風展、

茵草叢簇、
群猴忽隱忽現、
梢末鳥棲、
雲霄鷹啼、
遠聞雞犬聲。

大通舖

獨臥通舖，
廣居身小，
地板亮潔，
光可照人。

好書並牆立，
神交古今聖賢，
意逍遙。

老相

人老珠黃，
風燭殘年，
乃是自然模樣，
何足怪哉！
切莫倚老賣老，

老奸巨滑可惡，
老頑童可愛，
均已時近黃昏，
黑夜將籠罩。

山泉水

山腰斷石罅，
清泉石上流，
導入巨桶，
沉澱庫裡，

七家共享。
珍惜如仙液，
坐、請坐、請上坐，
茶、泡茶、泡好茶。

史墨卿教授來訪

同事三十載，
海外共漂泊，
非比尋常，
昨日驅車來相會，

天南地北蓋一通，
嘉會難再遇，
人生近殘虹，
唯別而已！

湖畔吟

打從慈母中風，
無心無暇臨湖，
盡思量，
景緻不改，
芳草常綠，

鳥似競喧，
清風徐徐，
薄霧飄渺，
坐擁而不有，
嘗試渾太虛。

母親真偉大

母親！母親！
慈愛的化身，
犧牲奉獻的代號，
聖賢豪傑的搖籃。
甚麼都能捨，

望子成龍女為鳳，
待垂垂老矣，
兒女可知否？
樹欲靜而風不息，
子欲養而母不待。

∴ 甘淋

久旱逢甘淋，
一樂也。
把一山染綠，
徹夜瀟瀟，
宛如世紀交響曲，
小鳥載歌載舞，

池蛙高吭，
聲迴澗壑，
百花笑迎，
隆隆聲來自雲霄，
老母在簷下摔手，
暑氣頓消。

∴ 代價

蒼生祈雨孔急，
仰天望霓，
泉枯水落，
冥冥已知曉。
連夜終朝風雨奏，

梢舞枝搖，
群山若有應，
遊樂停歇，
當然值得。

∴ 椰林曲

憑欄遠眺山渺渺，
椰林望不盡，
張牙舞爪撐天空，
比個高下，
纍纍滿梢掛，
摘取談何易，

猴人的專長。
果汁清涼可口，
汲一口，
溽暑頓消，
沁心脾。

怒妻

內人彭炯，
剛性名子，
看似溫柔，
不失暴烈，
拂然而怒，
標準氣包，
相安大不易，

為了萬事興，
夫妻情面，
放低姿態，
委曲求全，
終身退讓，
君子無所爭。

山雨前後

山雨前驟，
無樹不搖，
群芳亂舞，
雨勢奔騰，
潤聲潺潺，
急流成河，

響雷大作，
云何不畏？
來急去匆，
到處趕場，
夕陽已在西山外。

梅雨頌

梅雨紛紛，
咫尺見度，
白晝如夜，
山雨勢猛，

潤聲如響鐘，
降甘霖，
好運逢。

桐竹山莊

今生今世，
夢想兌現，
萬綠一點紅，
不羨竹林七賢，

我獨閒，
得其所哉，
了無遺憾。

黑夜進行曲

山雨初歇，
濃厚白雲罩西山，
鷺鷥劃過天邊，
隆隆雷聲相伴，
群蛙高吭，

天欲淚，
黑幕罩上，
路燈如墜星，
待破曉，
花滿徑。

悼念胡世英先生

同事三十年，
思君如日月，
而今安在？
孤獨深居老人院，
妻子見棄，

老友莫相問，
弟子煙消，
四大皆空，
人生終極站。

✿ 高談闊論

山莊夜話，
激評時政，
一丘之貉，
新手上路，
國家民族被踐踏，

百業蕭條，
治國無方，
鞠躬下臺吧！
今之執政者，
殆而！

✿ 望椰果

椰果高懸，
摘取如上青天，
須猴人侍候，
乃得享清冽。

人亦莫非如此，
青春創高峯，
百無一用是老翁。

✿ 久雨放晴

霪雨歇，
朝霞隱，
新芽競抽，
燕語鷥飛，

氛氣郁郁，
田野水如鏡，
倒掛浮雲映蒼天。

窗外乾坤

溽暑天，
列日當空照，
夏之日，
十足可畏，
熱力煎熬萬物頹，
尚有微微山嵐，
漫山竹林起舞，

東倒西斜如醉漢，
浮雲正飄渺，
聚散無常，
誰知身後事？，
當今要緊，
莫寄來生。

高山仰止

高山仰止見白雲，
清風徐來傳馨香，
無一處不綠，
泉聲淙淙繞屋行。
幽人獨坐樹蔭下，
讀唐詩，
享清茶，

觀景色，
林有五彩變化，
山有高低起伏，
此心獨堅，
休管貧病窮富，
熱愛隱逸潛居，
永不移。

溽暑

難挨溽暑天，
竹梢靜悄悄，
老鷹無心盤旋，
艷陽熱力無窮，
蒸騰大地，

夏日誠可畏，
懶臥冷氣室下，
徜徉電扇周邊，
期袋火球消落。

颱風前奏

今年首颱，
打從菲國起，
未演先轟動，
飛機火車全停，
戶外活動皆消，
風敵當頭，

雨漸加遽，
步步進逼，
我心憂懼，
此番橫掃，
但求有驚無險，
那堪再填膺？

婆媳之間

婆媳如水火：
視非己出，
仰悲慈母，
相看相厭，
惡言不鮮，
寬容不見。

三代同堂大不易，
老者安之，
少之懷之，
晨昏定省，
都須要，
莫負今生。

慈母側

母態龍鐘，
舉步唯艱，
話語模糊，
特須扶持。
人生輪迴，

躲不掉，
貧富貴賤有差異，
生前死後人人同，
計較乃多餘。

晨吟唐詩

閒坐草坪上，
熱茶一杯，
讀唐詩，
潛吟低誦，
觀止之嘆，

詩中聖峯，
聳入霄漢，
攀援匪易，
如墜五里霧中。

酷暑

酷暑天，
高溫難耐，
艷陽可畏，
躲進屋裡，
風扇習習，
冷氣涼涼。

惻隱戶外幹活，
怎麼過？
天地錯愛，
閒錢稍餘，
但愁道淺，
無慮衣食缺。

仲夏上賓

暑氣逼人，
微風天邊來，
酷熱頃刻化消，

坐享終日夜，
徐徐入夢中，
仲夏上賓。

絳雲

酷暑逼人，
颱風將至，
落日融金，
餘暉返照，

彩霞蔽空，
夕陽無限好，
珍惜當今。

賞雲語彙

大風起兮彩雲飛，
落霞孤鶩齊驅，
雲無心出岫，
雪白蒼狗，
變化莫測，

亙古以來，
從未雷同，
大自然動態畫，
只能回味。

筍祭

梅雨過後，
端午時分，
遍野抽新綠，
刺筍、長枝、麻筍、貴竹、箭
　　筍……

種類繁多，
嗜筍好時光。
宜蒸宜炒宜燉，
半年筍祭，
不可失。

詠蟬

蟬聲高，
蟬聲遠，
蟬聲大，
詠不止，
震人耳膜，
酷熱難挨時，
鳴叫最起勁。
古來高人多愛蟬，
我非韻友，
喜蟬成癡，
孟夏至仲秋，
萬蟬音樂頌。

球場花絮

步入網球場，
戰友會集日，
嘶殺震天，
六親不認，
欲置對方於死地，
一盤下來，
大汗淋漓，
寓健於樂，
品茶嚐點心，
天南地北瞎扯，
吹吹清風，
環視浮雲白，
心滿意足，
回家驕妻子。

天問

仰天長嘯，
望不盡，
莫奈何，
繁星麗麗，
億萬計。
風雲變幻，
亙古未重複，
爭乃多餘，
都是白忙，
一場空。

送母返鄉

七請八勸，
費盡口舌，
母子相聚，
行將半年，
罹中風，
誤歸程，

雖未復元，
念念故鄉。
老態龍鐘，
勢將不待，
可預知。

小別

終養之所，
月光山居，
背山面野，
鳥鳴蟬唱，
鷹啼猴吟，
林中七賢，
球場戰友，

淺酌低唱，
獨樂眾樂兩相宜，
完美託身地，
行將暫別遠遊去，
掩柴扉，
依依又回首。

返我山莊

久居山莊，
心念故國，
行旅雖樂，
仍得回歸原棲地。

有時出，
有時進，
尋些靈感新鮮事，
濡沫依存。

破燕窩

山居多年，
物我相與，
燕來築巢，
好事一椿，
討個吉利。
怎奈滿地屎雨，
忍無可忍，

終下逐客令，
鑿一小孔，
知難而退，
如再亂灑，
淨簷出戶，
莫怪我！

壁虎之患

壁虎橫行，
爬滿四周，
噁心至極，
黑屎如豆，
怒打窮追，
斷尾求生，

拿牠沒輒！
何必置諸死地？
好處尚多：
吃蟑螂，
噬飛蚊，
捕蒼蠅。

落雷

午後陣雨，
轟天雷，
萬噸炸威，
山嶺欲掀，
激光四射，
隆隆撼岳，

逃無路，
臣服于天，
敬畏有加，
人定勝天？
欺我也。

雷雨

雷雨交加，
震山撼林，
滿腹愁腸，
政經每況愈下，
良民哀苦，

小人當道，
貧困日增，
誰有遠慮，
扭轉乾坤？

溽暑

溽暑難耐？
汗流浹背，
悶臭不堪聞，
空調度日，
太拘束，
蚊蚋交加，

叮得癢癢的，
屋外艷陽酷，
誰敢當？
心靜自然涼，
屢試不爽。

蚊災

幽居叢林，
神清氣爽，
忘憂解勞，
百樂一愁啊！

蚊蟲轟轟，
包你滿身癢，
賜你紅豆冰，
殺毋赦。

轟天雷

連續數天，
響雷隆隆，
山搖地動，
激光四射，

貫穿雲霄，
莫低估雷能量，
高傲的人類。

山雨沖毀泉源歌

工商業發達，
自然景觀式微，
頻傳污染，
月光山獨厚，
泉源泌泌，
可以解渴止飢。
美中不足，

雷雨時作，
沖毀管線，
斷了又接，
修修補補，
補補修修，
哪有平靜無波的人生？

護泉

山洪爆發，
泉源淤塞，
糧絕可忍，
水斷難當，
遡溪疏泉。

潤聲潺潺，
飛瀑倒懸，
享受清涼浴，
濕透！
至爽！

同學會

三十年前老同窗，
嘉會難再遇，
吃喝談笑，
傾蓋擊掌，

哪有天降之誼？
人際之間，
仍須經營。

山水來相伴

徜徉叢林，
俯仰百岳，
鬱鬱蒼蒼，
百看不厭，
仁者何止樂山？

智者何止樂水？
仁智兼修，
山林相依，
一體多面，
不可偏也。

秀色可餐

綠野延伸、
浮雲悠悠、
飛潤淙淙、
鳥鳴蟲吟、
落葉歸根、
彩蝶起舞、

朝嵐湧現、
大地回春、
青山隱隱、
白鷺點點、
飽享秀色、
度餘生。

我的桃花源

開門見山，
清涼相送，
鳥兒囀唱。
熱茶一杯，

斜躺閒椅，
吟詩賞景，
無限愜意，
何必遠遊覓桃源？

雞犬的任務

未聞雞鳴久矣，
吠聲尚在，
狗兒昇天當寵物，
鬧鐘取代報曉，

看家狗不敵監視器，
科學昌明，
雞犬遭殃。

誡子

二十出頭，
高職畢業，
服完兵役，
重溫讀書夢，
還是渾渾噩噩，
再給緩衝期，
充電補救。
一味虛耗，
絕非上策，
早日挖到蘿蔔坑，
莫作小鱉崽，
勿效寄生蟲。

蛇患

因緣際會，
晚居月光山，
泉甘景麗，
清靜幽香，
爰得我所，
豈料竟是蛇窟，
觸目驚心，
棍棒不離手，
必置死地而後安，
情非得已啊！
相問無它乎？（它、蛇古今
　字）

風雨大作

天陰陰，
雲沉沉，
霹靂震野，
閃電爍爍，
竹林回響，
傾盆驟降，
風雨飄搖中。

☘ 天打雷劈

連日豪雨，
雷電交加，
訊息中斷，
入晚漆黑，
步調大亂。
依賴科技以成習，

一旦有變，
怎生過活，
原始生態亙古律，
自然法則應遵循，
莫作科技奴。

☘ 賀航兒治癒心律不整

二十年來，
一切慢半拍，
父子不諒，
師長怨嗟，
同學訕笑，

從此陷孤寂，
自卑油然生，
欲救無由，
求醫十餘載，
終於得解。

☘ 失望兒

航兒艱辛成長，
保有一月看病 21 次的金氏紀
　錄，
他的小命來自打針吃藥，
狀至淒楚，
心智多疑，

快樂不歸屬，
根深蒂固的烙印，
試欲抹除，
天方夜談，
不存奢望，
只要把命拼。

日入而息

西斜返照，
彩霞遮天，
微風輕煙椰影，
白鷺點點，
環山似浪。

手執一杯，
紅花林鳥相伴，
盡拋煩惱，
偷得浮生半日閒，
帝力於我何有哉！

秋意

南臺灣，
暑氣長，
溽熱難消，
泡在池裡，
躲於暗處，

頭昏腦脹。
簷下品茶賞詩，
涼氣漸生，
秋意伺出，
心先知。

驚爆美國

世事多變，
禍福難料，
當今超強大國，
突遭中東暴徒偷襲，
世貿大樓毀於一旦，
五角大廈有墜機，

國會山莊被引爆，
華府一片火海。
為哪樁事？
遷怒連累，
冤冤相報，
罄竹難書。

綠意盎然

林木蔥蘢，
鬱鬱蒼蒼，
群猴追逐，
鳥兒囀唱，
幽人逍遙，

各遂其樂，
得其所哉，
相生不相害，
同享綠意盎然。

展書風簷下

風急雨大，
滿院落葉，
遍灑綠茵，
淙淙潤流，
匯注小溪，
竹浪似濤，

行雲如水，
陽光乍現又隱。
風簷下，
展書讀，
樂無窮，
沒人知。

父母之喚

航兒體弱多病，
僬倖苟延殘喘，
豈敢奢求？
學歷不高，
學養膚淺，

又缺一技之長，
憑啥自立助人？
如何是好？
哀哀父母，
無奈又傷心。

各司己業

山腳下，
東邊日出，
西邊雨。
老農勤耕，
老夫子述作，

各忙各的，
看似不相干，
風馬牛不相及，
通功而治，
勞心勞力相濡沫。

九重景

門前九重景：
平臺、綠茵、庭樹、
欄杆、藤蔓、椰林
良田、青山、嵐煙。
終年看不厭，

遐想不已，
有幸日日賞，
有心有情樂餘生，
溶入萬化中。

風雨之晨

白霧濛濛，
勁風瀟瑟，
黃葉紛飛，
雨也瀟瀟，
魂夢驚愕，

人生亦復如是，
風平浪靜不常在，
顛沛流離誰能免？
逆來順受，
認了！

秋颱

秋颱凶狠，
災害瀕傳，
屋毀橋斷，
難民流離，
呼天嗆地。
雨也瀟瀟，

澗也淙淙，
不忍久聞，
泥菩薩過江，
入門各自愛，
徒寄哀憐！

雨中即景

夜雨傾盆，
林也長嘯，
晨起環視，
山色可愛，

閒鷺正逍遙，
不畏惡劣天候，
恣意飛。

輓岳母（一）

岳母大人膝下：
功德無量，
壽已老耄，
終至正寢，
追尋亡夫亡子，
遺留大筆資金，

女兒孫輩受用
愧添半子，
不忍還是不忍，
未及親侍，
追思不已！

⁂ 輓岳母（二）

一覺不再醒，
總是淒淒哀哀裡，
您的硬朗，
再活三五年不是問體，
問題還是發生了，
無語問蒼天，

心中的感念，
有似追逐的雲霧，
去了又來，
來了又去，
縣縣密密無窮數。

⁂ 輓岳母（三）

撒手撒世間，
忽忽兩週天，
獨臥冰窖，
靜待入土為安，
終究得先焚化，

永別至親好友，
進入無極之境，
遺下子女於哀戚之中，
憶想往日情懷，
一切化為烏有。

⁂ 輓岳母（四）

您老人家的告別日，
親朋好友齊到，
見證追思，
捨不得！
不捨得！
怎捨得？

天人永隔，
起死回生無望，
撿一甕骨灰，
塵土歸塵土，
誰也逃不過。

輓岳母（五）

顛沛流離，
避居寶島，
遠嫁于南，
永訣父子，
夫也不幸短命，
濡沫孤兒弱女，

有誰憐？
那堪送黑髮，
良人愛子先後捐軀，
柔腸寸斷，
無所眷戀，
不如歸去。

輓岳母（六）

滴盡親人淚，
無可挽回，
大人好走，
不算高壽，
八十有餘。

苦盡甘來，
含飴弄孫
堪稱幸福人，
可以瞑目，
了無遺憾。

輓岳母（七）

故人日已遠，
追思徒罔然，
就此打住，
蒼天無垠，
盡情陪伴亡夫子，

天人永隔，
自然定律，
哀而不傷，
說時容易，
做時難。

願

我本凡夫俗子，
塵務纏身，
亟思逃脫，
欲遯無因，
怎能瀟灑？
夢想率性，
總是綁手礙腳，
百般不堪啊！
何時放心一搏？
與天地同遊，
快意而歸，
逍遙樂活。

享受

躺徉綠茵上，
欣賞四周景致：
白鷺飄飄、
浮雲悠悠、
一抹斜陽、
山溪潺潺、
密林蟬唱、
舞蝶弄花、
微風送香。
不禁自問，
身處仙鄉？

霧茫茫

晨霧充塞，
絲絲密密，
雪白之都。
霧裡看花，
一片玲瓏玉，
終年常見，
何必親臨霧都？
霧裡的世界，
如夢似幻。

律動

夕陽斜，
彩霞滿天，
青山環繞，
平野處處見良田，
椰林撐空，

纍纍高懸，
菸葉臙臙，
繁花異果。
風乍起，
翩翩起舞。

景致

山居外，
景致萬千：
環狀的大葉欖仁、
張牙舞爪的椰樹、
婷婷玉立的木棉、
迎風招展的柳枝、

茂密搖擺的竹林、
鐵樹、變葉木、扶桑花緊緊靠
　牆、
如茵草坪映眼前，
後半生的物與。

再臨鷺鷥湖

獨臨斯湖，
百影點點，
優雅如故，
樹蔭下，
獨寫兩相宜，

湖裡有乾坤，
漣漪忽明忽滅，
鳥鳴聲聲入耳，
置身其間，
飄飄欲仙。

蚊蚋之恨

山居樂無窮，
賽過桃花源，
媲美香格里拉。
浮雲藍天、
四顧沃野、
徜徉茵草、
老鷹盤旋、
獼猴耍技、
蟬聲高唱、
啜飲清泉、
沐浴涼風。
球場上力拼。
獨樂眾樂兼備，
但恨蚊蚋亂撲，
滿身疤。

雲的連想

雲啊！
望不厭，
悠悠明志，
浮游青天，
當彩霞佈滿西山，
撼動人心。
風起雲湧，
遊子望歸，
飛越雲霄，
遠慰伊人。

黃昏

彩霞四佈，
谷風習習，
絲絲細雨，
麻雀滿枝，
落葉枯草，
隨風起舞，
悅目！
賞心！
愜意！

冬懷

冷氣團壓境，
峯頂皚皚，
凍攝南國，
熱情冷卻，
獨坐窗下，

眺望千竿，
擬視寒雨，
靜聽啾啾，
夜長悠悠。

問青天

蒼海變桑田，
高山沉谷底，
人心難測，
世事誰料？

青天悠悠，
至大無外，
浩瀚無極。

晨曦

花木新綠，
好迎春，
旭日出矣，
拉開戲幕，

郁郁芬多精，
生趣盎然，
詩意禁不住，
汩汩然出矣。

天啊！

長天白雲，
絲絲密密，
天心思落處，
不得其解，

秘在不言中，
覆萬物，
渾然中處，
賜我實多。

秋瑟

萬里一空，
寰宇浩蕩，
秋高氣爽，
無言四望，

靜寂寞寞，
沒人應，
蕭瑟景象。

護林

樹種知多少？
誰全識，
點綴大地，
鬱鬱蔥蔥，
何止美化？
乃充棟樑，
可為紙漿，

淨潔大氣，
哪忍滅林？
千萬銘謝，
摧殘不得！
若童山濯濯，
土石流頻生，
大災難降臨！

森林之歌

原始雨林，
萬綠叢中，
靜聽大合唱：
枯竹斷裂，
鳥語啾啾，
落葉飄零，

著地無聲，
樹梢左顧右盼，
起舞弄清影。
最恨蚊蚋奇襲，
亂我心曲。

秋日夕陽

好個涼秋，
落照大地，
相映成趣，
萬物紓態，
牽動綠野，
草弄樹搖，

鳥兒傳唱，
吠聲嗷嗷，
夕暉將盡，
風簷展讀，
大塊文章，
美不勝收。

叢林共度

環顧寄目，
盡是叢林，
千竿竹，
萬株樹，
老鷹盤旋，
獼猴嬉戲，
蛇群出沒，

相生相害，
人共物與，
哪會孤單？
坐擁桃花源，
真山真水，
絕非虛幻。

☙ 老來伴

慈母遠居家鄉，
兒女住宿校舍，
二老守家，

最親近的伙伴，
擱置任何爭吵，
濡沫情境。

☙ 輓同窗林祈登

六十開外，
人生尚待開啟，
現代人，
七老八耋充塞，
何以匆匆訣別？
林君早享英名，

學子都知曉，
版稅飽飽，
用度海海，
您我君子之交，
理應長長久久。

☙ 念念子女

遠在異鄉，
負笈讀書，
指望豈敢？
但祈康樂，
學費不貲，

甘之如飴，
習之所向，
焉有不捨，
父母愛心，
子女知否？

冬雨

南國無風雪，
北方正蕭瑟。
空階滴到明，
遍野猶綠，
清新景色，

誤為春，
哪裡尋？
謝天地，
莫蹉跎！
渾然忘我。

柳情

柳依牆，
拋媚眼，
柔態萬千；
風乍起，

無處不紛飛。
盡美矣！
異鄉人啊！
忒動容？

窗下獨白

凝望：
藍天、
崩雲、
巍峯、
綠林、

斜日、
明月、
燦星、
萬籟。

蘭花

蘭鬚攀緣，
乾溼恰如其分，
約期花開，

幽人激賞，
孤芳不寂寞，
終日樂陶陶。

快樂山居

山居好！
朝見茫茫，
霧裡山樹花開，
別有一番滋味，
哪是虛設？

鳥兒飛鳴，
猴群嬉戲，
老鷹唳天，
樂在其中矣！

月光隧道

玉山山脈末端，
月光山橫隔，
近在咫尺，
卻得繞山迴溪，

幾經折衝，
隧道鑿通，
豁然開朗，
直穿桃花源。

聖誕節將至

聖誕歌聲響徹雲霄，
救世主光臨久矣，
依然亂紛紛，

潛心默禱若有應，
和平旭光，
舉世盼望。

⁙ 薄暮

天沉沉，
薄暮將至，
倦鳥知返。
獨坐簷下，

送清涼，
詠古詩，
神交騷人墨客。

⁙ 冬之日

寒去還暖，
一抹斜陽，
遠眺平蕪，
椰影蕉園稻作，
菸草高可蔽日，
狗尾草正招搖，

野花逞紫，
如茵細軟，
居所周匝，
點綴花果，
樂土樂土。

⁙ 寒暮

紅日依山盡，
暮色蒼蒼。
倦鳥知返，
百蟲沉寂。

寒星漸出，
閃爍天際。
我本好靜人，
肆意樂逍遙。

❀ 今朝冷

冷颼颼，
凍僵，
發抖。
出奇的靜，
陽光遲遲不出，

置身此山中，
怎捨得不詠好詩？
怎捨得不搖筆桿？
古今聖哲的心底世界，
微微可期。

❀ 大葉曼陀苓

大葉曼陀苓，
開時漫谷幸辣嗆鼻，
簇簇朵朵，
白如雪，
引人遐思，
不忍移目。

酷似啦叭花，
誤食者死，
花中劇毒。
外看至潔，
內心叵測，
曼陀苓已開示。

❀ 落日情

望夕陽，
俠骨柔情，
英雄本色，
漸從西山淡去，
無限依依，
含笑揮手。

累了！
倦了！
另一半地球正迎接，
大公無私，
亙古誰人怨？

週休五日

今年很特別，
妻子退休，
冥冥中安排，
一週兩天課，
餘下五日，
陪老伴，
享清福，
吸真氣，
野趣多，
勤筆耕，
讀古書，
任逍遙，
會球友，
比高下，
聲震山谷。

寒夜

餘暉殘抹，
烏雲蔽天，
孤月若隱若現，
寒星幾點，
孤鶩與落霞齊飛，
自山顛，
朝西北，
一枝紅花任飄零。
獨坐風簷下，
被厚衣，
飲熱茶，
哪怕寒來欺？

晨詠

獨坐樹蔭下，
望遠山，
賞彩雲，
吸新鮮空氣，
鷺鷥翱翔，
綠野如茵，

林屋錯落，
鳥聲呢喃。
享美果，
隔世事，
親友疏，
求常健。

夕陽情

夕陽殘照，
迴光依依，
堪比慈暉，
顧我劬勞，

凝注思慕，
西方極樂，
欲道無因。

漂冽

今冬漂冽，
雪衣來擋，
吐氣如霧噴，
顏面凍僵，

南國少見，
天賜良機，
四季各有別，
輪流轉。

✦ 靜

久居山中，
靜字了得，
藍天白雲，
旭日東昇，
薄霧棲霞，

夜露蒼蒼，
寒氣凍瑟，
幽寂獨享，
何求人知？

✦ 孤島木麻黃之憶

三十年前孤島夢，
又一一呈現：
身著戎裝，
夜幕低垂，
海風陣陣，
木麻黃瀟瀟，

起舞弄潮，
毛骨悚然，
提防水鬼摸岸，
我且先行掃射。
而今安在哉？
常憶當年。

✦ 快樂之歌

人生不滿百，
常懷千歲憂，
大惑又大愚，
衰老病死的夾縫中，
快樂藏藏躲躲，

父母子女友朋，
家事國事天下事，
其中之樂，
君來擇。

❀ 落葉之歌

昨日滿園落葉，
今晨又見飄零，
自然常態，
何必傷情？
年年歸根，

反反復復，
無一例外。
動物偏偏不一樣，
一去不回頭，
一生一輪迴。

❀ 霞光

默默長影，
夕陽作陪，
霞光映天，
無限好黃昏，

凝眸寄思，
最炫的一剎那，
倦色疲態頓消。

❀ 我的香格里拉

開門見山，
簷下翻書，
幽臺沉思，
斜陽夕照，
清風徐徐，

鳥語花香，
四周綠野，
擁而居之，
夢鄉一一展現。

亦喜亦憂

藍天白雲，
綠野仙踪，
百鳥囀唱，
紅花相迎，
朝陽柳影，
菸田馨溢，
樂我心田。
卻有幾許憂愁，
理還亂，
親友一一道別，
留不住，
兒女尚待栽培，
己之聲名未立。
憂樂參半，
怎開懷？

讀書樂

全覽五本全唐詩，
欣喜萬分，
尚餘三冊，
指日可待。
列入生涯規畫，
古今有幾人？
早已翻遍十三經，
諸子百家更不在話下。
一峯又一峯，
望不見終點，
二十五史，
全宋詞，
金元曲，
全唐文，
………，
都是攀爬的標的。

父之過

少小體弱不讀書，
長大無聊兼耍賴，
心靈空虛缺友朋，
百般無成好享受，
如何是好？
小時沒家教，
及長調無方，

寄生蟲一條，
對他對家對社會，
無一是處，
身為嚴父，
深深一鞠躬，
終身悔疚。

得其所哉

小睡片刻，
慵懶容倦，
醉人的春風，
追逐的彩蝶，
舞動大片翠林。

欲長久擁有，
得其所哉！
逞快後半生，
絕不輕言離去，
安養的最佳場所。

喜鵲

林梢鵲，
翩翩飛，
下上其音，

前後追逐，
喜喜也哈哈，
其樂無匹。

謁中台禪寺

巍巍佛殿，
富麗堂皇，
觀止之嘆，
佛物極品，
開我眼界，

老和尚高桿，
出家人慧眼，
罕有匹敵，
外在已全，
普渡眾生否？

惠孫林場歸來

美如仙境，
清純可愛，
仰止峻嶺，
俯測幽谷，
雲霧飄渺，

潺潺石上流，
鬱鬱青杉翠柏。
惠孫歸來，
不看林。

拜見慈母

返鄉之旅，
拜見慈母，
垂垂老矣，
子心悲，
錯過晨昏定省，
懊悔不已，

老母戀故居，
不肖工作在外，
隨侍無望，
情牽處，
欲斷腸。

我家樹鷄

雄糾糾，
氣昂昂，
我家樹鷄，
傲然挺立，
栖高枝，
羽翼閃耀，

咄咄逼人，
風雨如晦，
鳴叫不已，
晉之祖逖，
志在四方。

如是家居

夕陽殘照，
白鷺于飛，
耕牛消失久矣，
農機取而代之，
谷風習習，
狗尾草搖曳，
刺梅紅白相間，

椰林挺拔霄漢，
五葉松初長成，
何草不黃？
歐式樓閣簇簇，
慶幸今生，
怡老終身。

常遇樂

五子登科，
交錯互映，
浮潛有時，
持盈難保，

新奇不可無，
承傳不能缺，
常遇樂。

迎春

東方未白，
雞鳴喈喈。
凝望春山，
濛濛茫茫。
霧裡椰林，
菸田轉黃。

年關近，
農人得閒，
鷺鷥飄飄，
繁花競弄，
迎春去。

再臨湖畔

幽居月光山，
忍別鷺鷥湖，
嘉會難再遇，
憋不住，
來獨享。
清幽幽，

綠油油，
鳥舞且鳴，
魚躍又沉，
驚波盪漾，
滿湖倒影，
虛幻境界。

八八願

愧為人父三十載，
女能自強，
子卻無方，
心律不整，
學多障礙，

醫罔效，
全力護他，
莫作寄生蟲，
自有角色，
父願足矣！

西湖憶

新聞快報：
西湖淨化無望。
唏噓不已，
湖不在大，
有靈則名，
景致優雅，

天下皆碑。
五步一詩，
十步一蹟，
陶醉墨客，
贏得佳評，
翹首無愧。

湖山對話

有山無水太孤傲，
有水無山欠靈氣，
互不可缺，
得兼最美妙。

湖見山，
山湧泉，
樂山得水真趣出。

賀兒摘除陳年膏肓

送兒進榮總，
摘除膏肓，
青春不再誤，

自悲感灰飛煙滅，
擡頭挺胸，
邁前行。

譴子詩

破少年，
憂柔寡斷，
多愁善感，
這個不吃，
那個不碰，
畫地自限，
坐享父母退休奉，
不肯吃苦，
書讀不成，
技藝不通，
小痲崽一個，
憑啥成家立業？
遊手好閒，
注定後悔，
補救無門，
看他餘生如何度？

依戀曲

幽居二十載，
綠草如茵，
花木蓊籠，
堪媲伊甸園。
怎奈好景不常在，
妻退休，
必得遷離，
難割捨。
放慢腳步，
頻回首。

網球高手對決

野蠻時代，
一將成名萬骨枯；
現代文明，
運動演藝見高下。
每屆公開賽，
頂尖齊聚，
盛況空前，
廝殺震天，
樂了千萬觀眾，
勝者名利雙收，
同好大飽眼福。
與民同享，
則王矣！

遐想

林蔭下，
百鳥爭鳴，
湖上美景浮現。，
手捧東坡集，
吟詩遐想，
心飛白雲間。
舉世憂戚，
煩亂不堪，
坐享閑雅，
不見為淨，
稱心如意，
持盈保泰，
今後選向，
哪敢奢求？
明哲保身足矣。

秋高氣爽

繁蔭下，
聽鳥語，
百囀意何如？
但知鳥性悅。
涼風徐徐，
蒔花綠葉擺盪，
湖波綾紋千萬道，

晨曦乍現，
金光閃爍，
呼喚道友，
同享晨照，
錯過，
是白疵。

輓岳母大人（一）

江山變色，
隻身南飛，
好日不常在，
頓成孤寡，
苦守子女成家立業，
獨子竟又為國捐軀，
無心安養，

不告西歸，
尋夫覓子而去，
毋須輾轉待侍，
照福子孫，
但求遵照遺言，
送終有禮。

輓岳母大人（二）

花年喪夫，
晚來送黑髮，
一生淒哀寂寞，
哪有團圓幸福之感？
昨夜好端端的，
今晨已是晏駕，
尋夫覓子而去，

任千呼萬喚，
硬是不再復活，
乃是訣別之意，
慈暉四射，
不疾而終，
老耄有餘，
揮別人間。

輓岳母大人（三）

岳母大人啊！
獨臥冰窖之中，
冷又孤。
訣別而去，
太匆匆，
太可憐，
未及交代後事，
撒手西歸，

不甘心。
如是這般，
無人能免，
不是今日，
也許來日，
總得嗚呼哀哉，
再見吧！
先走後到而已。

輓岳母大人（四）

永訣了，
今天是您老人家在世的最後一
　天，
友好親人都來相送罷，
萬般不捨，

大限已屆，
生死永隔，
淚珠出盡，
哀泣不歇，
喚不回。

輓岳母大人（五）

最後巡禮畢，
逕赴火葬場，
一會兒工夫，
化作一灘白骨，
撿拾入罈，
永置牆穴，

回首一拜，
天人永隔，
來世再會吧！
思卿如日月，
忘不了。

最後的巡禮

遷居前夕，
再度環湖。
一花一草一木，
魚兒烏龜百鳥，
熟透了，
一齊取暖解憂，
何時重聚？
預計無由。
徐徐涼風，

吹我心頭，
湖光翠色，
不忍揮別，
成千上萬白鷺鷥，
頻頻回首。
林下賞詩人，
苔痕將替，
別了！
一切盡在回味中。

重遷故居

故居合碱新村，
起家之地。
憶當年，
結婚購屋，
獨自承擔，
千斤重。
蒼海桑田，
世事多變，
二十年後再重經，
兒女已長成，

堪稱小康。
城中一屋，
鄉野一宅，
聊以寄生，
又得物與，
學問見識倍增
稍許成就。
還有後半生，
理應更多品味。

✲ 水泥叢林

二十年前花木偏佈，
二十年後高樓矗矗，
阻隔視野，
天線橫七豎八，
水塔櫛比林立，
青山不見了，
綠水消失了，

俯仰水泥叢林，
脫離自然風光，
人性難得紓展，
樂不起來，
早日收拾行囊，
尋覓綠野仙踪。

✲2002 年元旦

一年復始，
晴空萬里，
起頭了了，
終未必佳，
先得良謀，
外加耕耘，
狂慶徒勞而已！

除舊佈新不是光說不練，
新年只是分水嶺。
時人好一時享樂，
至於那漫漫的 364 日，
數饅頭，
苦喲！

獻趣

常念鷺鷥湖，
終於重遊。
靜悄悄，
湖面滴細雨，
曲徑通幽。
榕樹更壯闊，
橡樹更高大，
朱桃下作晨操，

深吸草香，
筋骨紓。
猛抬頭，
群鳥獻舞，
芳草四佈。
春來也，
哪捨得等閒過？

城鄉差距

今生何僥倖？
城鄉各一窟，
感受如天壤。
塵居難見霄，
高樓蔽目。

隱居綠鄉，
星垂月落。
塵囂與仙境，
落差忒大，
怎麼比？

火鳳凰

大好良辰，
信步湖畔，
清風徐徐，
陽光亮麗，
鳳凰花掛滿枝，

相映紅，
問花花不語，
但聞鳥鳴聲，
學子將離，
綻放校園。

知音幾稀？

鷺鷥飄飄，
優雅從容；
夜鷺醜態畢露，
笨鳥重飛；
波紋數不盡，
迎風吹送；
雙雙野鴨，
常相左右；
楓樹密蔭，
涼颼颼；
鳥語花香，
陣陣來襲。
寶藏無盡，
享者幾稀？

試不得也

痛心疾首話臺獨，
數典忘祖，
民族渣渣，
鳴鼓攻之可也。
國名換，
旗幟易，
尚可忍也，
矯枉過正，
鐵蹄下，
悔之晚矣！
何必輕試！

再輓黃婷婷

標致絢麗，
已在黃泉，
再見無期。
憶起從前，
異域國度，
同訴飄零，
而今幽明各異，
嘉會難再，
心繫還亂，
提前走入盡端，
長埋青冢向黃昏。

輓林清江

青年才俊，
少壯得志，
掀起狂風巨浪，
雷大雨小，

驚悚杏壇，
揠苗助長反受害，
不堪回首兩茫然。

月明中

離開人間，
香消玉殞，
自古迄今無一倖免。
不幸短命，
夫婿青壯，

兒女待哺，
難友不捨，
只能夢中憶，
不堪回首月明中。

驚聞母親又病

年逾八旬，
一生劬勞，
通身皆恙，
頻頻出入醫院，

愁容滿面，
空焦急。
樹欲靜而風不止，
子欲養而母不待。

大霧

開門不見山，
霧茫茫，
籠罩四野，
虛無縹緲，
淒迷之境。

不應計較，
得過且過，
看透人生，
有啥趣味？
欲辨已忘言。

月光山下

月光不現，
繁星當空，
不羨神仙，
愧對聖賢，
唯適是從。

朝賞曉霞，
夕唱晚歌，
拈花灌園，
汗流浹背，
萬念俱消。

靜夜思

沉靜之夜，
風息蟲歇，
寂然騁思，
親朋故舊一一展現。

好書尚未過目，
心願欠達尚多，
莫再蹉跎。

邯鄲學步

詩言志，
歌詠言，
何須外爍，

聾啞亦通，
掐心就是，
油然攪定。

全唐詩

唐詩六萬首，
詩人達三千，
中華瑰寶。
全唐盛宴，

冠蓋古今，
空前絕後，
不卒讀，
誓不休。

三缺一

沒有冬季，
三缺一，
冬如秋，
楓不紅，
草不黃，

豈容蕭瑟，
百卉常綠，
流水不寒，
天縱寶島，
美中不足。

嘆

湖上白茫茫，
北風冷颼颼，
枯欒掛枝，
年將盡，
嘆庸碌一生。

活著而已，
竊笑罷了，
兩手一攤，
宛似浮雲，
聚散無常。

一對老鴨

一對老鴨，
鶼鰈模樣，
湖上游，
岸邊戲。
我讀詩寫詩，

牠倆好伴侶，
逍遙各自得，
野狗不加害，
任飄搖。

❀ 難忘九二一（一）

（一）

1999.9.21 午夜，
地動山搖，
頓時哀鴻遍島，
滿目淒涼，
山為之谷，
谷為之山，

九十九峯全數震垮，
有如戰後淒涼，
一夕之隔，
天人永隔，
屋舍拔起，
災民長嘯。

（二）

災民吶喊，
舉世關注，
全國救援，
絡繹於途，

溫馨滿人間，
人性光暉，
沸至極點。

（三）

忍住喪親亡友之痛，
挽袖清理災情，
天不棄養，
豈敢自棄？
一磚一石重砌，
哪裡倒下，

就那裡爬起，
大樓終將矗立，
好山好水又見生機，
待我再迎接一
璀璨的明日。

讀孟郊峽哀十首

淒厲之作，
晚年無子，
觸物悲悴，
感傷渡三峽，

猿嘯波長尤驚心，
不忍卒讀，
摧心斷腸。

網球瘋

球王球后天下聞，
名利雙收，
風動草偃，
蔚為風氣。
一盤之後，

包君舒透，
獨樂眾樂，
終身運動，
無庸置疑。

震後返鄉

返鄉樂，
車越萬重山，
橫渡千條溪，
賞心悅目，
近鄉情怯。

天有不測風雲，
島有九二一大震，
九九峯剃光頭，
溪流嗚咽泣訴，
好山好水何時重現？

弔母校夷為平地

九二一大地震，
無舍不摧，
無屋不毀，
我的母校，
只剩斷垣殘壁，

喬木孤立，
靜悄悄。
人類何渺小，
謙卑謙卑再謙卑。

災民之痛

大地上下來回顫抖，
災民千萬數，
棲所全毀。
搭帳篷，
臨時屋，

似飄萍，
難收拾。
三餐不繼，
心有千千結。

巨廈傾斜

豪華巨廈，
老天側目，
惹惱地牛，
翻幾翻，
伸伸腰，
哪堪折騰？
一切化為烏有。

和為貴，
自然就好，
太造作，
生態失衡，
大地反撲，
悔之晚矣！

故鄉今昔

埔里好，
風光舊曾諳，
冬日白雪映照，
紅蔗甜香無比，
甘泉釀名酒，
明潭坐落近郊，

臺灣蘇杭。
遭天嫉，
九二一震碎。
悲莫悲兮我故鄉，
哀莫哀兮我斷腸。

過年懷災民

震後春節，
返鄉潮斷了。
但聞災民哭，

重建了無期？
心酸酸，
今後怎過？

過年

年年難過年年過，
莫問愛過不愛過，
總得除舊佈新。
除夕夜，
團圓飯，
遊子不歸也得歸，
溫馨無比，
見面相會時，
恭喜發財，

快樂健康，
不出惡言，
一片祥和氣。
紅包樂了老小，
佳肴賽比神仙，
新衣宛如回春。
過年無限好，
錯過莫後悔。

達生

人生不滿百，
常懷千歲憂，
賒想天天樂，
貧病衰老逃不過，

生離死別誰能免？
何必自尋煩惱？
放眼古今中外，
達生有幾人？

藤枝行

忙裏偷閒，
車輛稀，
人聲歇，
香柳松挺拔，

樹梢現藍天，
林高人小，
終日氛多精。

不堪

貧賤夫妻百事哀，
窮困潦倒難為繼，

遠離悲慘世界，
享受康莊人生。

打壓與解放

我本自由身，
如魚得水，
似鳥翔空，
愛怎樣就怎樣，

何必掉弄懸虛？
自我打壓，
有甚猶豫？
不如徹底解放。

閒與忙

忙羨閒，
閒久無趣；
忙世人之所閒者，
閒世人之所忙者。

執兩用中，
妙在不言中。
走極端，
難收拾。

舞蝶

春意鬧，
綠遍野，
暖風襲，

舞蝶漫漫，
點燃大地，
喚醒生趣。

山中幽居

暫別親人，
獨居山中。
聽鳥語，
看蝶舞，
觀農忙，
應天籟，
浸萬芳，
仰視青天老爺，

閑灌園。
詩意農，
啜飲山泉茶，
品嚐野香味。
過足幽居，
重返崗位，
勁道滿滿。

五十七歲生日感言

匆匆五十七個年頭，
顛沛流離，
學術地位不入流，
家小導無方。

幸有山居別業一座，
一吐胸中塊壘，
悠悠餘生。

簷下展望

天茫茫，
鷺鷥出雙入對，
舞蝶穿梭，
柚樹高丈許，

芒果花怒放，
酪梨猶可期，
麵包樹最爭氣，
纍纍高高掛。

災難島

寶島臺灣，
災難知多少？
漁夫遭海嘯，
登岳屢厄聞，

耕作看天時，
斷層帶遍佈，
地裂難防，
哪是寶島？

山中心語

樹梢鳥兒競唱，
鷺鷥低空慢飛，
一再回眸，

何須擁有？
栖栖遑遑，
無福消受。

寄女兒

天生乖巧，
人人疼。
鴨子飲水，
她解為拜拜；
國臺雙語，
水餃譯作水脚。

快樂中長大。
愛上學，
樂交友，
老爸驚心動魄，
引爆堪虞。

落葉歌

滿園落葉，
如茵轉黃，
生死輪替。
動物沒那福分，
老了就不再回頭，

死了永不復活，
珍惜一分一秒，
用在刀口上，
生命乃是單行道。

貓頭鷹

貓頭鷹，
大眼睛，
躲在森林密處，
夜幕低垂時，
嘟！嘟！嘟！

宛如低沉洞簫，
山坳迴響，
擾人清夢，
卻甘心，
人間難得幾回聞。

❃ 總統選戰對決日

五組候選人，
奔波半年，
踏破鐵鞋，
行遍四方，
自吹自擂，
他人無是處，
爭取票源，

遊說選民，
花錢無數，
口乾舌燥，
決戰日臨頭，
一家歡樂，
四家愁。

❃ 中華民國第十屆總統揭曉

終年衝刺，
人困馬乏，
全臺沸騰。
阿扁預外出線，
宋楚瑜中箭落馬，

千萬人扼腕，
國民黨鞠躬下臺，
百年老店關門大吉。
政治政治，
是哪門藝術？

❃ 慰宋楚瑜落選

天有不測風雲，
海掀狂風巨浪，
危機重重。
好人難出頭，

妖魔鬼怪忒多，
斬不斷，
拼字了得。

阿扁的迷思

車拼經年，
小人得志，
國人惴惴不安，
兩岸緊繃，

統中有獨，
獨中有統，
正反合一否？

連假

清明春假相連，
莫蹉跎！
人生難得幾回閒，

其中有真意，
欲辯已忘言，
就看閒出甚麼玩味兒？

雲霧之間

昨夜春雨急，
柳色青新，
雲隨風飛颺，
霧無心出岫，
公雞引高吭，

妻彈琴，
子高臥，
何必牽就，
人生苦短，
把握今朝。

滿足

世事難料，
超乎想像，
一一呈現，
也許是偶然？
坐擁桃花源，
足可養閑，

免舟車之苦，
習習谷風，
翩翩蝶影，
最高境界，
莫過於此，
夫復何求？

觸犯天條

天色茫茫，
飛鳥舞噪，
風定樹靜，
農機馬達聲，
干擾大地。
亞當夏娃之後，
舉世不得安歇，

人類罪孽深，
快樂築在痛苦，
宇宙失衡，
天行不健，
猛反撲，
悔之晚矣。

楓葉詠

記得旅美期間，
把楓葉看遍，
躺在厚厚的落葉上，
夾送萬里外，
詩韻上心頭，
神魂顛倒，

迴眸千百回，
賞不倦，
樂不疲，
如今景物應猶在，
人已老，
永不返。

自處

天地何霾霾，
陽光穿不透，
畏日者叫好，
愛陽者眉頭深鎖。
上帝不仁，
大時不齊，

等量齊觀談何易？
君子無入而不自得，
調適要緊，
怨天尤人最無奈，
既不快活，
哪得逍遙？

生與死

有生有死，
兩茫茫。
彭祖也不例外，
地球末日近了，

還計較甚麼？
享受生之趣，
揮手說聲謝，
就這麼簡單。

春景聯想

春意鬧，
綠滿枝，
自清涼無汗，
物換星移乃常數，

滄海桑田不稀奇，
生命的樂章，
期待高手彈。

惜春

春雨霂霂，
喜淨塵埃，
環山頹面，
蔓陀苓怒放，

垂柳隨風招展，
牽動騷人墨客，
滋潤我餘生。

湖邊春夢

清明時節雨紛紛，
香聞滿湖，
白鵝點點，
飛鳥群集，

魚兒哪甘孤寂？
活蹦亂跳，
萬象報春。

螞蟻頌

螞蟻從不吭聲，
行行復行行，
尋尋又覓覓，

再大的獵物，
搬光始罷休。

菩提樹頌

滿街菩提樹，
風乍起，
叮叮噹噹，
嘩啦嘩啦，
煞似仙樂，

落葉遍地滾，
蕭瑟景象，
凝神佇立，
如夢如幻。

松鼠頌

破曉時分，
松鼠繞園竄，
東跳西蹦，
忽上忽下，

敏捷無比，
自有看家本領，
人不如鼠，
遠乎哉！

逃囂

城中居，
大不易，
水泥叢林，
車水馬龍，
噪音多，
污染無處不在，
天空灰濛濛，
窒息難奈。

偷個半日閒，
潛藏山麓，
聽鳥語，
聞草香，
全綠景致，
渴飲山泉茶，
煩惱盡拋九霄外。

阿扁當政

八十年來，
好也是國民黨，
壞也是國民黨。
百年老店垮臺，
民進黨當家，

兩岸頓時繃緊，
密鼓頻催，
不安氛圍籠罩，
久久不散。

春情

人車歇，
濃霧蔽日，
白鷺凝視，
水鳥逐食，

落葉飄飄，
芳草萋萋，
魚兒竄躍，
春情迷漫。

最後一日

打從一九一一，
青天白日高高掛，
連年爭戰，
終致守孤島，

隔海猶唱後庭花，
憂患意識黯然收，
何日君再來？
重整舊山河。

國民黨終嚐敗績

百年老店垮臺，
怎奈黑金橫行，
難再起，

阿斗何其多，
良相無緣佐國，
一切灰飛煙滅。

綠色的真諦

綠色象徵，
受人歡迎。
某黨打著綠色標誌，
邪惡激進，
擁抱斯島斯民，
忍拋吾國吾族，

一味絕類離倫，
輕蔑史實，
他操刀，
我為俎，
危在旦夕。

李登輝真相

王莽再世，
摧毀國黨，
臺獨高張，
兩岸敵意加深，

金牛黑道參政，
百姓失措，
志士仁人嘆息，
愴然涕下。

李登輝夢魘

乖乖牌，
哪乖？
隱忍吞聲，
為那樁陰謀，
騙過兩蔣，

終得神器，
龜腳敗露，
狐狸尾巴藏不住，
論定蓋棺前。

艷陽天

烈烈艷陽，
日達六時辰，
夏之日可畏；

后羿慈悲，
獨留一日照千秋。

又逢六四

十年前的六四，
在天安門，
風起雲湧，
改革聲聲喚，
怎奈西風緊，

一夕之間，
翠綠變枯黃，
大地轉蕭瑟，
春風無力，
北風殘。

順天者昌

夢酣時光，
一陣天搖地動，
上上下下，
左左右右。
天有不測風雲，

地有難馭蠻牛，
該來的躲不掉，
莫違如愚，
順敬而已。

永保新鮮

這一生，
從無到有，
由賤而貴，
雖非致富，
已達不缺。
高等學歷，
教授之尊，
著作等身，

名利兼收。
周遊寰宇，
飽覽名勝，
日享山水之樂，
可以無憾矣，
何以仍見憂容？
一個鮮字了得。

仲夏之晨

仲夏清晨，
湖畔格外熱鬧，
蟬聲千囀，
鷺鷥起舞，
啄木鳥嘟不休。

水幽幽，
草菁菁，
樹森森，
我獨享。

楓樹下省思

楓葉繁茂，
擋開烈日，
秋時最堪尋味，
彩霞相映照，

勸天下有心人，
晚年如秋，
落紅滿逕。

可以無憾矣！

一覺醒來，
日上三竿，
靜悄悄，
變色龍疑瞪，
山風徐徐，
彩蝶翩翩，

白雲悠悠。
人間仙境，
世外桃源。
名位流失，
阮囊羞澀，
算甚麼？

最愛

清風徐徐，
三萬六千毛孔紓張。
蝶雙雙，
鳥對對，

曉風殘月，
舉首望峯，
萬化冥合如夢中。

老來心境

擁抱大自然，
青天知我心，
秋月明我志，

白雲浮我思，
環山任逍遙，
夢蝶引我遊。

盛暑

艷陽天，
黃葉地，
波光蕩漾，
眼難開。
群鳥躲藏，

魚兒潛淵，
早木低首，
夏之日，
可畏！

生死一線間

日正當中，
蟬吟鳥唱。
沉思湖畔。
一對鴨偶，

突遭狗襲，
殘羽散落，
血肉模糊，
生死一線間。

遐思

涼風習習，
樹婆娑，
草偃仰，
吹縐一池春水，
綻放平和景象，

蟬聲拔尖，
群鳥合唱。
我欲乘興高吭，
舞弄清影，
休管誰笑我。

雲

浮雲明志，
滋潤萬物，
彩繪長空，

也許無心，
贏得千古讚。

活水

宇宙星辰，
令人遐想，
地球首選，
活水盈盈，

意趣盎然，
可愛明珠，
生命是賴，
上帝之賜。

砍樹救草

兩棵樟樹，
終年駭綠，
四時溢香，
無奈，
掃不盡的落葉，

為了草皮，
狠心砍樹，
兩全實難。
綠草如茵，
今生美夢。

湖光

湖光秀色，
水波不興，
倒影乾坤。
清風習習，

萬道綾粼，
佇足靜觀。
此景何處尋？
我獨享。

流浪狗

眼巴巴的，
討人垂憐，

施捨飲食，
死賴不走。

閒望

艷陽天，
綠色地，
老鷹盤旋，
叫聲淒厲，
百鳥躲將去。
舉目張望，

萬道青山，
宜詩宜歌，
宜茶宜酒，
人生半百，
坐擁桃花源。

楓葉情

信步楓林中，
濃濃秋色，
彩葉高高掛，

晚秋時節，
舖滿地，
如夢似幻。

自題

自幼失怙，
慈母是賴，
長兄如父，
經年空乏。

慕聖賢，
雄心壯志，
何時降大任？

無價之美

大同世界，
但聞樓梯響，
不見人語聲，
顧慮何必多？

人生不滿百，
常懷千歲樂，
有夢最美。

雨後

昨夜風狂雨驟，
澗水潺潺，
響徹終宵，
竹林起舞，

沙沙又呼呼，
白鷺群集，
山嵐無心，
宛若仙境。

秀色

雨歇，
湖面上：
野鴨戲水，
鵝群悠游，

白鷺聚集，
小鳥清唱，
雲霧翻騰，
夫復何求？

明志

抗懷千古，
悲天憫人，
期許大有為。

諤諤誰人知？
宿願難施，
俯仰皆愧。

剎那之美

雨歇，
雷響，
紅透半邊天，
返照入森林，
蟬聲遍山谷，

修竹擺盪，
暑氣頓消，
哪有恆美？
片刻足矣。

清晨之歌

清清爽爽，
生趣盎然，
花蕊含珠，
百樹展臂，

大地歡呼，
一日之計，
在於晨。

八掌溪冤魂

溪水暴漲，
無所遁逃，
四人團團互擁，
舉國失策，

眼巴巴消逝，
波臣一一逐流，
是謂國恥。

山雨即景

清晨可愛，
群峯微現，
白濛濛，
雨露均霑，

水藻綠了池塘，
山澗傳響，
蛙鳴此起彼落，
人間天堂。

解憂

徹夜響雷，
澗如鐘響。
窗前展讀，

心亂如麻，
神交古人，
可以消愁。

流浪狗

一隻流浪狗，
一副可憐相，
賴著不走，
誰家遺棄？
其貌不揚所致，

嫁禍由人，
人言可畏，
眾口鑠金，
百口莫辯。

退休妻

妻退休了，
身漸衰頹，
高血壓，
偏頭痛，
哪有快樂可言？
桌上藥滿堆，
救她或害她？

盼她找到健康的基調，
安度晚年。
來日方長，
當知調適，
徒增煩惱，
不如不退。

病妻

病魔纏身：
腦瘤開刀、
子宮切除、
胸腔異常、
血壓偏高、

末梢神經萎縮。
後半百如何度過？
風雨飄搖，
不堪想像。

悔不當初

小女乖巧，
討人歡心，
能歌善舞，
贏得無數獎賞，
作文演說尤為拿手，
名滿親朋校際。
曾幾何時，

當我從美歸來，
一切變調，
奢華無度，
逃避磨練，
純樸淡化，
老父淚縱橫，
出國症候群。

白鷺紛飛

傍晚時分，
鷺鷥盤旋，
八方雲集，
煞是好看。

吱吱呱呱，
終夜不驚，
待我晨遊，
不見踪跡。

融入自然

花木扶疏，
清風習習。
享受孤寂，
隔絕親朋，
有誰知？

不羨神仙，
遠離車馬喧，
回歸田園，
切莫人在江海，
心繫魏闕。

我欲乘風歸去

日子不好過，
還是得過。
天下亂紛紛，

災難頻傳，
萬念俱灰，
我欲乘風歸去。

勝地

重重茂林，
群山繚繞，
青青河畔，

蟬聲競唱，
入夢方酣，
寒氣逼人。

心想事成

藍天浮雲艷日，
青山綠水沃野，
融入心扉，
得其所哉！
樂比神仙，

夢寐以求，
一一成真，
心想事成，
愚公移山不我欺。

晨間之樂

清晨真可愛，
涼氣沁心脾，
閒鷺飄飄，
白雲悠悠。

賞讀唐詩，
走筆訴心扉，
揮拍打網球。

安度餘生

柳條漫舞，
婀娜多姿；
黃葉飄落，
永絕本株。
年過半百，
漸覺人生乏味

施展無方。
隱逸離群，
百般逃避，
留下好書陪，
名勝任我遊，
依戀今生？

溫布敦網賽

每年暑假，
必觀英國網賽。
各路頂尖高手，
拼鬥兩週，
殺得死去活來，

輸家如喪家犬，
贏者趾高氣揚，
觀眾瘋狂，
天文獎金獻上，
期待來年。

珍惜今朝

藍天白雲，
陣陣鷹啼，
密蔭下賞詩。

往事如煙，
美夢可期，
平順度餘生。

山泉夢

山中居，
品清泉，
樂如神仙，

天涯海角何處覓？
我獨享。

夢蝶

彩蝶飛舞，
逍遙自在，
何必鉤心鬥角？
蝸角虛名摧心肝，

人不如蝶。
自封靈長，
愚不可及，
為非作歹。

信仰

造訪深山名剎，
信徒幾稀，
但見住持庸俗模樣，
令人倒盡味口，
披上修行袈裟，
招搖行騙。

論文宣讀會

磨練殿堂，
斯文論辯，
碩儒齊聚，
濫竽無所遁形，
真偽現真彰，
來者不懼，
懼者莫來。

君子之爭

與世無爭，
難！難！難！
勝負輸贏乃人間趣事，
禮讓絕非真情本意，
君子之爭，
端看風度。

龍眼

客語牛眼，
閩語龍睛，
芒荔下市，
龍眼代興，
甜味十足，
口感彈牙，
百嚐不膩。

❀ 詩癮

作詩有訣竅，
賞詩看門道。
詩仙若神，
參拜詩聖。

三日不讀「詩」，
言語無味，
面目可憎，
終身伴。

❀ 送別張子良教授

相識一世，
無緣成知己，
匆匆退休，

試作陶淵夢，
何須留連意？

❀ 陷阱

小廣告，
陷阱多，
犬子不知險，
誤觸羅網，
獅子大開口，

一夕變成債務人，
理還亂，
報案，
揮刀斬亂麻。

❀ 車展

科技之賜，
出有車，
無遠弗屆，

駕遊美加，
日驅高雄台中四十天，
壯哉馳。

餘生

寄隱山林灌園樂，
閒來看雲聽蟬鳴，
泉聲落葉可陶然，

不愁吃穿但獨行，
我的餘生。

樂半天

月光山麓有球場，
面對神案山，
晨曦現，
賽球敘，
汗浹背，

心意愜，
山泉茶水，
閒讀書報，
樂半天。

愛車頌

朝辭白帝彩雲間，
千里江山一日返，
動人詩句，
出自三峽駭浪。
二十世紀了，

搭船騎馬太艱辛，
一車在手任遨遊，
前無古人，
由衷銘謝始創人，
福祐千秋。

髒話

先秦無髒話，
明前亦少見，

晚明特別多，
出自昏君佞臣。

天作假

山莊欲雨，
風滿樓，
雷聲響徹雲霄，

虛張聲勢，
須臾之間，
又見青天。

有那麼嚴重嗎？

憂勞不輟，
傳統式微，
親友疏遠，
睜一眼，

閉一眼，
有那麼嚴重嗎？
萬般皆下品，
唯有身健好。

雅趣

艷陽天，
浮雲白，
遠山隱隱，
南風薰香，

花前樹下，
淺酌低唱，
樂逍遙，
紛擾不見了。

享受孤寂

寂寞無善惡，
有人喜歡，
有人畏懼，
隱者至愛，
俗人難奈。
深處幽境，

老妻為伴，
兒孫點綴，
親友淡然。
蟬聲唱，
綠蔭裡，
逍遙自在。

如是胞弟

趁母臨終，
遺款提領一空，
五兄姊乾瞪眼，

叫我如何原諒他？
非不能也，
是不可也。

天恩

望遠山，
看浮雲，
聽雨聲，

輕颱掠過，
滋潤大地，
萬化恩謝。

抗壓力

活在壓力鍋，
不得善終，
拖累親友，

誰能倖免？
至死方休。

和而不流

億萬繁星，
各行其軌。
七家聚落，
相生相益，

同中有異，
不失本色，
和而不流。

八月八日

好爸難為，
衣食無缺，
教育拿捏不易，
載浮載沉，

於心何忍？
念子前途，
常思量，
不敢望。

真假莫辨

天地雲霧，
山川水石，
動物植物，
樣樣皆真。

人卻例外，
上焉者陶然，
中焉者紛然，
下焉者混然。

譴弟書

阿母特坎坷，
去歲見背，
夭弟不仁，
獨吞遺蓄，

兄姊悵然，
天下沒有不是的父母，
卻出貪圖鄙夫。

孤鳥

田中一孤鳥，
五步一啄，
十步一飲，
好自在！

雖然孤寂，
卻無拘泥？
天地不嫌，
樂悠悠。

雷雨

午後高臥，
深度享受，
睡夢中，
風起雲湧，
雷雨交加，
澗聲潺潺，

急流煞煞。
大夢初醒，
雨收霧濃，
夕陽沉沉，
四野茫茫。

綠意盎然

萬重山，
千畝田。
躺佯其間，

雲霧飄渺，
澗聲淙淙，
宛在仙鄉。

雷雨後

雷雨交加，
山洪暴發，
阻斷泉源，

飛瀑激起千堆浪，
滿谷水花泡沫飛。

晨思

風雨緊，
草木斜，
靜坐亭下，
蟬聲攸揚，

仰望長空，
浮雲蔽日，
盡消萬古愁。

心滿意足

密林蟬唱，
夏日催眠曲，
晚年得其所哉，

萬福皆備，
不再得隴望蜀。

音樂家族

說來可笑，
音盲者我，
子女樂癡，
轟天雷似的，

遁逃無門，
哀哀者我，
逆來順受，
天下父母心。

上帝的眼淚

風動草偃，
烏雲密佈，
雷聲震耳，

上帝掉淚，
天有不測風雲，
人得逆來順受。

融入

空氣清新，
爽透心扉。
靜賞舞蝶，
諦聽幽泉，
薄霧飄飄，

遠山如浪。
無比幽雅，
享盡一生，
看遍一世。

絲瓜棚下

金黃花千朵，
日中閃耀，
蜂穿蝶舞，

忙進忙出，
嚐者但知瓜味美，
豈知揮汗採瓜苦？

秋葉

秋風蕭瑟，
落葉滿地，
松柏最可敬，

終年蒼翠，
韻致十足，
讚譽滿天下。

煎熬

雲黑風大，
傾盆驟雨，
草木狂舞，
心驚徬徨，
功名塵與土，

知命之年屆臨，
政亂時艱，
兒女待養，
責任何時了？

紅土網球場

彈性十足，
一球一印，
動作優雅，
精心保養，
灑水拖地，

整地除草，
其樂未央，
球友離散後，
獨留茶與書，
靜悄悄。

晚秋紓懷

好個晚秋，
涼颼颼，
老蟬吟無力，
薄霧飄飄。

看遍世態炎涼，
起起落落，
生老病死不足憂，
但論豐收或歉收。

門前即景

門前草青青，
青山更在平蕪外，
如伏波。

白鷺飛，
農夫揮汗，
上帝不仁。

談新詩

詩史三千年，
走入盡端，
僅供欣賞，
新創乏津，

即興之篇，
自命詩人，
敝帚自珍，
共識無期。

清晨

曉光初破，
黑夜漸退，
白鷺緩緩著陸。
露珠晶瑩剔透，

爨花如火，
農耕早已啟動，
一日之計在於晨。

打蚊歌

山中無限好，　　　　白日詠風光，
只是蚊蟲多，　　　　坐定遭蚊襲，
夜來轟轟響，　　　　劈拍速反擊，
緊閉防入侵。　　　　生氣又掃興。

雙十國慶

十月十日，　　　　我民傷悲，
民國誕生，　　　　國之不國，
烽火連年，　　　　統一無著。

雞鳴不已

居高獨立，　　　　長劍復國，
傲凝四方，　　　　懦夫立志，
引頸高吭，　　　　可以人而不如雞乎？
一鳴驚人，

李登輝真面目

貌似忠厚，
喝日本奶水，
早年投共，
中歲側身兩蔣，
終得神器，
始露猙獰，
高唱臺獨歌。
同志驟變敵人，
敵人轉化戰友，
舉國錯愕，
人渣一個。

致蔣介石先生

我出生前，
您已名滿天下：
孫先生傳缽人，
軍閥死對頭，
抗日救星，
寶島護衛。
有其歷史定位，
莫忘飲水思源。

孤臣孽子心

蔣家嫡傳，
宋女眼中釘，
烏拉山下，
雪中送炭，
中俄聯姻，
美好江山喪盡，
牛刀小試一番，
十大建設載青史，
偉哉斯人。

宋家三姊妹

蔣家天下，
宋家戻，
爍古今，

是福？是禍？
三分天下，
羨煞人間。

審判毛澤東

師範出身，
斯文掃地，
一身反骨，
華夏天翻地覆，

上承始皇，
滔天罪惡，
十八層地獄侍候。

小兵立大功

老毛千瘡百孔，
只會造反，
民不聊生。
小鄧臨危受命，
淡化狹隘思維，

遍撒自由種籽，
捲起千堆雪，
復甦生機，
小鄧小鄧，
功高蓋世。

宋叛仔

青年才俊，
小蔣愛將，
藝文界嗨到最高點，
萬年國會的引信終告拆除，
落入李賊的砲灰，

全省走透透，
功高震主，
如焚般永訣國黨，
另立門戶，
哀哉忠臣。

秀蓮笑笑

貌似忠厚，
心懷鬼胎，
不安副座，
如驢似騾，

出言狂妄，
與扁唱雙簧，
絕配！
而國危矣。

阿扁總統

小丑登基，
笑料百出，
國事如麻，
口無遮欄，
支票滿天飛，

兌現無期，
左搖右擺，
十足投機，
寶島沉淪，
相忍實太難。

宋家三妹

美邦傳惡耗，
客死紐約。
一生榮華富貴，
折衝中美之間，
撼動民心。
橫跨一世紀，
可以歸矣，
了無遺憾。

退意

地老天荒，
無處遁逃，
想長壽，
方士欺。
年耳順，
教學一世，
精力尚佳，
績效卓著，
早退晚休，
困住我也。

菸田

橫縱百畝，
菸葉青青，
待收成，
毒害癮君子，
少碰為妙，
莫抽伸手牌，
一旦上癮，
殃及子孫。

❀ 寒蟬

秋蟬淒切，
露重難進，
遍野橫屍，
不忍卒睹。
秋是蟬的終點，

無一幸免，
明年又有替身，
生死輪迴，
止到永遠。

❀ 追悼宋美齡

既富且貴，
顯赫中外，
上帝既召，
嚴王點名，
乖乖就範。
想當年，

勇赴西安救夫，
安撫老弱殘兵，
渡洋籲美抗日，
巾幗氣蓋世，
使命安達，
歸息吧！

❀ 求新

找新鮮，
尋刺激，
不落俗套。
孔作春秋，
孟主性善，
荀言性惡，

老子偏柔，
莊子泥天。
爭奇鬥智，
未必佳，
悅人心扉。

惜時

太匆匆，
催人老，
爭啥？
溫飽無虞，

喝茶聊天，
關心世事，
閑讀詩書，
安然歸去。

秋雨

秋雨催清夢，
萬化冥合，
拜謝恩賜，

秋老虎不復肆虐，
好個涼秋，
興味濃。

得其所哉

良辰美景，
人生的夢想。
歷盡波折，

終達所哉，
長享幽居滋味，
不足為外人道也。

阿信

慈母的代號，
燃燒自己，
照亮別人，
先天下之憂而憂，

後天下之樂而樂，
留芳不留名，
要得！

亡無日矣

小人粉墨登場，
麻雀變鳳凰，
夜郎自大，
民生凋弊，

痛苦指數蒸騰，
沉淪復沉淪，
亡無日矣！

擬定退休

退不退？
休不休？
舞臺頓失守，
惶恐失措，
重心轉移，

運動灌園多美妙，
讀書寫作任我遊，
清風明月伴我閑，
宜茶宜詩度晚年。

推銷員

強力拜託，
不情之許，
傷故誼，

百工百業，
擇職當慎。

睦鄰

遠親不如近鄰，
密友不及近朋，
敦睦何等可貴，

細心營造，
共度餘生。

隱而不蔽

識時務，
一日不或缺，
居山中，
心遠地偏，

舊聞解飢渴，
當知天下事，
身隱心不孤。

金戒子

慈母遺贈，
睹物思親，
方外安否？
風不止，

母不待。
金環色不變，
溫溫如玉，
志永懷。

後半生

綠野蒼翠，
空氣清新，
悠雲遠颺，

前半生，
後半輩，
大異其趣。

洞澈

地偏親友疏，
常享孤寂樂，
心懸世間，

自閉可畏，
視聽洞開，
妙在其中矣。

應變

風雨凄凄，
免球敘，
不是滋味，
但得適應。
常態千日好，
應變亦有時，

千篇一律太單調，
不測厲生，
米飯主食，
雜糧替換。
無可無不可，
無不可也。

譴弟書

凄凄復凄凄，
阿母不待已經年，
醫療全我出，
兄弟裝不知，

仰愧俯怍，
不子不弟，
不如斷絕。

誠信

今之從政者殆而，
一旦登基，
盡毀前言，
政見不必兌現，

憲法不必遵守，
指鹿為馬，
顛三倒四，
無恥之恥無恥也。

一場空

落葉紛紛，
隨風飄零，
無所遁逃，
何必計較，

百年身，
為的甚麼？
看似有情，
卻無情。

山居樂

薄幕漸垂，
涼風弄枝，
歸鳥返林，
夕陽依山。
閑坐簷下，
冷落孤寂，

遠離喧囂
養老所居，
山中同好，
品茗球敘，
夜裏騁思，
神交古人。

歲暮省思

日居月諸，
臘月時分，
留不住，
有否日知所無？

可曾溫故知新？
逆水行舟，
不進則退。

自通

望長天，
眺遠山，
四周繞綠，
靜聽萬籟，
欣聞百草，

閑讀名著，
不愁吃穿，
親朋絡繹，
事事關心，
澹然以對。

幻

天蒼蒼，
野茫茫，
人枉然。
父母不待，
兒女各奔，

友朋日疏，
形單影隻，
世幻何所遇，
寒星凝眸。

眼福

艷陽天，
蒼茫地，
清風送，

綠色展，
盡頭在何處？

讀全唐詩

中華詩歌瑰寶，
全唐詩，
三萬六千首，

讀遍費十年，
皓我首，
可以瞑目矣。

回顧

心千結，
憂國憂民憂妻子，
少小闖蕩老來閒，
擇居青山綠水濱，
花開花落沒人知，
日出日落有誰問？
一生至此無遺憾，

高不成，
低不就，
富不富，
貧非貧，
小波小浪，
平淡度餘生。

格物之樂

深入淺出，
樂無窮，
過程孤寂，
忍人所不能忍，

凝神向前行，
薄冰履淵，
曲徑通幽，
燈火就在欄柵處。

讀書樂

少小為尊長而讀，
中年為生活所逼，
老邁為自我消遣，
不解賞析之樂者，

無品之至，
黃山谷最識其中趣，
幾人知？

筆耕之樂

春蟬到死絲方盡，
妙用無窮盡，
智慧寶藏，

任你掘發，
厥功至偉。

網球樂

聳立半山腰，
群山綠野環繞，
空氣新鮮，
猿猴探首，
群鳥拔尖，

君子之爭，
下而飲，
筋骨舒暢，
長長久久。

訣別（一）

聖誕鈴聲，
平安歌唱，
太平洋彼岸傳惡訊，
好友癌症末期，

命危還惦念，
希望再見，
早知離別苦，
悔深交。

訣別（二）

隻身度洋，
寂寞孤單，
翻遍哈佛燕京藏書，
賢伉儷惠助良多，

異國瘟情銘記，
乍聞見背，
不克相送，
永寄思懷。

眼皮顫動之兆

眼皮不禁跳動，
渾身不自在，
自助會見倒，

親朋惡耗頻傳，
割捨不下，
痛徹心扉。

閑居

鏖戰球技，
累了筋骨，
紓緩精神，
晝寢醒來，
暖陽滿階，
坐定賞景，

聆聽囀唱，
清風襲人，
心嚮盛唐，
塵囂不侵，
名利逐浪，
其樂只且。

送江教授退休

共事三十載，
枯乾如柴，
出口成詩，
迷糊一生，
遲到大王，

拘謹釋然，
脫韁之駒，
奔馳平陽，
千里一老江。

送藩教授退休

沉默寡言，
是您的標籤，
相識三十年，
未曾對話，

就要離別，
知交無幾，
天涯孤獨人。

贈書

我在高師大，
三十有五載，
藏書充棟，
且將隱退，

全數贈校，
得其所哉！
不再坐擁書城，
選擇性品讀足矣。

摽有梅

漫山遍野何所似，
白雪紛飛。
樹下問摽農？
得解詩經摽有梅，

收梅摽而不採，
學問貴務實，
百無一用是書生。

百里山河

從杉林出發，
繞經六龜，
前進甲仙，
百里山河。
景色秀麗，
千頃梅園，

溫泉遍山野，
舟流競渡，
蜿蜒百折，
聖誕紅笑迎，
芋頭冰一口接一口，
滿載歸！

大義滅親

同胞親情，
哪敢不悌？
趁母病危，
盜領一空，

汝愛其牛，
我愛其禮，
大義滅親，
誠非得已。

賞讀全唐詩

巨大工程，
賞讀全唐詩，
費時二八年華，
人類文化瑰寶，

堅持全程，
古今有幾人？
高度享受，
此生無憾矣！

孤寂樂

逃離塵囂，
避居山中，
迎晨曦，
送斜陽，
千竿竹，

百畝園，
湧泉潺潺，
置身其間，
樂陶陶。

憂樂參半

憂以終身，
樂以終身，
憂兮樂所倚，

樂兮憂所伏，
憂樂參半，
終結一生。

除夕

天寒地凍，
雲漫漫，
日隱隱，
北風凜冽。

歸心似箭，
排除返鄉路障，
巴望團聚，
訴說離家苦。

妻雙五生日

大年初一料峭，
恭喜笑聲貫耳，
年味濃。

巧逢妻雙五生日，
齊家唱頌歌，
快樂又逍遙。

輸贏

無敵鑑隊不堪一擊，
拿破崙困死孤島，
希特勒神氣短暫，
橫跨歐亞的可汗不敵神風，
戰國的終極者二世而絕，
西楚霸王無臉見江東故老，

孫行者飛不出如來佛掌。
異類都在所不免，
何況凡胎，
輸贏看淡，
自在自得最相宜。

公平裁決

日居月諸，
擋不住，
老天平等看待，

怨天無用，
責己有益，
公平裁決。

叫我如何原諒他

淒清蒼茫，
思母情切，
患難半世紀，
撒然歸去。
么子狠心，

盜領一空，
枉費母慈兄姊愛，
鳴鼓攻之可也，
叫我如何原諒他？

與弟絕親詩

骨肉何慘烈，
同胞豈忍割？
趁母病篤竊巨款，
上愧慈恩，
欺兄騙姊，
太違倫情。
莫怪大義滅親，
從此形同陌路，
痛苦抉擇，
可奈何？

自譴

子不學，
父之過，
教不嚴，
父之墮，
自譴未盡父職，
天必好返，
惴惴不安，
老何依？

務農

布穀淒唳，
犬吠嘮嘮，
農夫忙，
糊口不易，
水親土親，
樂無窮，
身分地位全虛，
權勢財富皆空，
萬般無奈，
務農高。

♪ 靜思

農舍歷歷，
雞犬相聞，
雲霧漫漫，
機聲隆隆，

鷹啼唳天，
萬籟俱寂，
此樂獨享。

♪ 耳順思維

冷颼颼，
霧茫茫，
細雨輕如毛。
思意切，
如夢中，
而耳順，
雄才大畧早成空，

棺未蓋，
先論定，
退居幕後，
老命保住，
自助娛人，
夫復何求？

♪ 幽情

乳白天空，
樹鵲衝刺，
洋杉拔翠，
木棉枝展，
板樹蔥蘢，
枯欒敗葉，
芒果初放，

柚樹如千手觀音，
五葉松團團簇簇，
刺梅枝不勝花，
樟樹馨香，
玉蘭微開，
桂花散落，
怎不銷魂？

謝上蒼

蟄居南臺，
燥熱難耐，
罕遇細雨天，
沁腑是奢求，

上蒼知我心，
有求必應，
春雨紛紛。

霧鄉之晨

濃霧罩天地，
白茫茫，
冷冰冰，
霧裡賽球真奇妙，
花非花，

夢情境，
旭日探頭，
青山復現，
亮麗天再蒞臨。

先憂後樂

悲慘童年，
勤奮中年，
老得安身，
一生寫照，

至死無虞匱乏，
又能周濟親友兒女，
與鄰居守望相助，
心滿意足。

讀唐詩聯句

唐季韻友，
唱和聲中，
高來高去，
少有惡言相向，

雅趣滿堂，
盛唐氣象，
風華難再續。

茗盌纖纖捧

「雪弦寂寂聽，茗盌纖纖
捧。」（注）
日本茶道之濫觴──
白瓷靜遞，
茗盌之美。

乃承傳盛唐風華，
門面講究，
色澤攝人，
芳醇何足論哉！

附注：《全唐詩》聯句。

好言相勸

威權體制下的孽子，
造反有理，
後悔莫及，

豈可隨之起舞？
喚醒跟屁蟲，
重塑中華。

嚴譴一人

三級貧戶，
百鍊成鋼，
披戴護國符，
意圖陰謀，

宛如賣藥郎中，
早日下架，
免除禍國殃民。

落葉詩

群燕逐飛，
黃葉紛紛，
飄飄何所似？
仙女薄紗，
悠然而降，

鋪滿徑，
深幾許？
歸根返土，
自古皆然，
何必悵嘆？

模糊一中

苦難民國，
逢百憂，
歷經十次革命，
軍閥惡鬥，
外有強敵，
八年抗日身半死，

共黨坐大，
兩岸分治，
分久必合，
退一步海闊天空，
一中架構，
模糊一中。

隱居真諦

採菊樂，
南山悠，
唯心是適。
有人身處江海，
心嚮魏闕；
有人不避車馬喧，
心靜意遠。
不畏陋巷簞瓢，
樂在其中矣，
知此者稀，
行之尤少。

暮春宴

繁花時節，
香氣噴人，
好友故舊齊聚，
美濃客家風味，
新烘春茶，
笑聲不止，
話語溫馨，
斜陽返照，
揮手送別，
嘉會難再得。

人生三部曲

欲達而立，
含辛茹苦，
衝！衝！衝！
稀求耳順，
成家立業，
任重道遠。
邁向古稀，
珍惜晚節。
關照己身，
安樂以終。

讀蜀主孟昶花蕊夫人宮詞 157 首

宮中吃喝玩樂，
歌舞昇平，
盡日尋花問柳，
爭妍鬥趣，
終見亡國豎白旗，
辜負江山國人。
勸世人：

要幹正經事，
紙醉金迷是毒藥，
鎖金窟，
溫柔鄉，
偶一為之，
淺嚐即可，
莫耽溺。

掃墓思親

年年掃墓，
約好返鄉，
母亡兩年，
但見骨灰爐，
拜哭訴孝思，

生死兩茫茫。
么弟見財忘悌，
母也知否？
兄弟姊妹們，
為之奈何？

再見二舅媽

一堆兒女，
終身劬勞，
到頭來，
夫死子離，
淒淒哀哀。
又經九二一大災難，
百年老屋夷為平地，

舉家南遷，
流離失所，
與猴為伍，
澗水潺潺，
日諸月居，
慘度餘生。

告老返鄉

就學就業耗半生，
累了！
倦了！
不如歸去。
遠隔煩囂紅塵，
藏諸深山幽林，
聽泉賞鳥，
日出日落，

月湧月沒，
無聲勝有聲。
雞犬相聞，
綠野仙踪，
淵明境界，
有朋不來樂獨居，
遠親突來更相悅。

新桃花源記

六十里外，
穿月光隧道，
豁然開朗，
屋舍儼然，
小而美，
九戶人家，

精神堡壘──網球場，
眾樂樂。
後山原始森林，
動植物溫床，
山泉流經舍下，
灌園獨樂。

⁙ 寄語

遠山起伏，
活像一條巨龍，
峽谷南北縱走，
溪流注入大海，
良田緜互，
椰林望不盡，
遊客如織。

吾廬深藏，
塵囂不染，
淵明境界，
世亂與我無關，
花情畫意相伴，
誓作局外人。

⁙ 五色鳥

漫山遍野春意濃，
習習東風陣陣來，
五色鳥鳴此起彼落，
躲在枯枝裏，

不見踪影，
咕咕聲傳，
撫慰隱逸人。

⁙ 敬謝老天爺

私擁網球場，
夠奢求；
自家登山步道，
古今少有，

香格里拉應驗，
後半生，
得其所哉！

慍于群小

小人當道，
君子難為，
上自總統，
下迄庶民，
群小充塞，

國之將亡，
夜郎自大，
許由務光伯夷，
志節照乾坤。

思親

慈母在何方？
上窮碧落下黃泉，
渺無芳踪，
棄世永訣，

思罔極，
夢中頻見，
不勝悲！

賞讀寒山詩 303 首

樂幽居，
踏巖石，
枕白雲。
來去自如，
一切隨意。

絕塵埃，
近虎迹，
浸自然風光，
厭酒肉鬥爭，
逍遙終身。

⠿ 午後及時雨

連日蒸騰，
炙肌難奈，
午後油然雲集，
一場及時雨，
暑氣頓消，

清涼陣陣來，
沁心爽身，
喚醒綠野，
功比無量佛。

⠿ 悼表妹曾素梅

驚聞表妹歸西天，
何以汲汲輕生，
南北乖隔數百里，

不及親臨致哀，
永不忘，
常思量。

⠿ 不為也

婚後一世，
相忍為家，
我說東，
她道西，

怕傷兒女，
哪敢有變？
苟合勝離別，
將就終身。

⁛ 觀賞溫布敦網球賽

普天蓋地，
球迷如織，
五大公開賽之首，
全球精英與賽，
戰鼓頻傳，

粉絲嘶吼，
「必也射乎？
上而爭，
下而飲。」

⁛ 隱逸

看盡人間醜態，
別親離友，
歸隱山林，
晨曦暮雲相伴。
採筍摘果，

體操賽球，
讀書寫作飲茶，
偶而打開電視，
灌園拈花惹草，
今之陶靖節。

⁛ 獨居樂

獨樂樂，
眾樂樂，
兩般異趣，
何用比高下？
眾樂乃公益，

獨樂妙在不言中，
莫偏廢，
取得平衡，
中和境界。

酷暑

烏雲滿天，
烈日當空，
熱浪陣陣，
暈眩欲昏，
群蟻聚集，

樹影沉沉，
鳥語漸稀，
花草怏怏，
盛夏可畏。

重溫舊夢

美食得嚐，
勝跡必遊，
佳人欲傾，

名著須讀，
再三重溫，
處處皆寶。

及時雨

七月流火，
赤地千里，
苦熱頻傳，
不測風雲突起，

淅瀝嘩啦，
暑氣全消，
曠野欣欣！

清晨小雨

溽暑難忍，
甘雨輕灑，
一陣涼意，
晶瑩水珠高高掛，

曠野濕潤，
汗臭消散，
渾身自在。

寄語女兒

闔家迎接降臨，
奶奶笑！
外婆哈！

舅姨齊歡唱！
快樂成長，
幸福人生。

寄語獨子

你的成長，
風雨飄搖，
疾病傷痛連縣，
一路顛沛造次，

前程茫茫，
急煞老爸，
行將暮年，
不勝淒涼。

寄語妻子

結髮為夫妻，
已超三十年，
體弱多病，
住院何頻頻？
備課緊湊，
批改作文，

治家由夫一肩挑，
待我海外歸來，
欲救無及，
覆巢之下，
無完卵。

颱風天

遠自關島，
颱風眼睜開，
一路興風作浪，
傾盆豪雨，

土石崩流，
災難頻生，
循環不已。

教師甄試

曾幾何時？
天之驕子，
流落街頭，
謀職不易，
教師躍龍門，
渾身解數，

一搏青睞，
內心煎熬有誰知？
求學二十載，
抵達終點，
更覺茫然。

寄語大哥

少小當家督，
老大股票災，
傾家蕩產，
無所措手足，

弟妹力拙，
救援無及，
餘生堪憐。

寄語大姊

家境清寒，
止於小學，
糖廠童工，
小小保母，
電話接線生，
美容化粧師，

教子有方，
孝奉公婆，
無口過，
快樂餘生，
頤養天年。

寄語先父

先父仙逝一甲子，
先母含辛茹苦，
兄姊脣齒相依，
共度八十一難，

宛如懸壁松，
罅隙挺拔，
不負生我恩。

寄語先慈

目不識丁，
達禮辨是非，
教子有方，
理家有序，

不知老之將至，
自願開刀，
反遭殃，
天不留。

親親

舅媽哀思會，
空悲切！
親族全到。
最後一程，
往後如飛蓬，
難再遇。

一代親，
二代表，
三代忘了了。
有親堪親直須親，
莫待散亡空愁悵。

寄語貴生弟

難兄難弟，
稚幼失怙，
過養人子，
孤寂中成長，
漸入佳境，

脫貧脫困，
五子登科，
無限祝福，
逍遙度餘生。

輓二舅媽

九十開外，　　　　　　夫先死，
當屬長壽，　　　　　　子不孝，
無須惋惜，　　　　　　喪禮哀榮留笑柄，
嘆身世堪憐，　　　　　好好的生，
童養媳出身，　　　　　逍遙的活，
貧困一生，　　　　　　度外身後事。

松下閑坐

夏日烈烈，　　　　　　大地沉寂，
蟬聲高唱，　　　　　　獨坐松下，
習習谷風，　　　　　　看報讀書賦詩，
四顧茫然，　　　　　　逍遙人，
蒼天白雲，　　　　　　在天涯。

災難島

生於斯土，　　　　　　逃不過，
颱風水患地震多，　　　躲不掉，
威嚇中長大，　　　　　逆來順受，
司空見慣，　　　　　　預防修補便了，
幾乎痲痺，　　　　　　寶島還是寶島。

遙想當年

三十年前，
我倆高雄結婚，
那天狂風暴雨，
忽忽一世如煙，

歡樂歲月，
愁腸時有，
總算擺渡，
只剩殘年。

先母忌日

黑色星期天，
母亡五週年，
恍若五十載，

思親慕慈，
痛定思痛，
有餘恨。

筍祭

遍野竹林遶，
筍祭三個月，
清香意味濃，

山珍嚐不盡，
天賜口福。

阿扁的死期到了

五級貧戶，
少年得志，
早忘其初，
目空一切，
國法見棄，
辜負萬民託付，

置蒼生於度外，
天怒人怨，
死有遺辜，
人神共嫉，
萬萬罪。

陶忘機

泉聲汩汩，
谷風習習
猴吟樹梢，
躍入叢林。
生為現代人，

兼享隱逸樂，
拋喧囂，
能幾人？
有閑堪閑直須閑，
莫待窮忙空愁悵。

獨坐亭下

高山深處鷹啼聲，
響入雲霄；
唧唧蟲鳴，
此起彼落；
澗溝流泉，

不舍晝夜；
谷風送涼，
千竹競舞，
落葉飄飄。

一拍即合

牆上掛滿網球拍，
隨著主人南征北討，
意氣風發，
如今老矣，
弓月球取代激戰，

不求制勝，
但求流汗舒筋骨，
伴我終身，
一拍即合。

山居隨筆

隱隱雷響，
烏雲遮陽，
陣雨將臨，
趁早揮拍，
紓展筋骨，

神清目爽，
大口泉茶，
賞讀美文，
遙想古人，
殘生餘年。

人和

投我以木瓜，
報之以瓊琚，
溫馨甜美，
遠親不如近鄰，

出外靠朋友，
守望相助，
天時不如地利，
地利不如人和。

師法自然

人法天，
天法道，
道法自然，
自然何邈邈？
人定未必勝天，
都是白忙！
天道可順難違，
地道愛返撲，
宇宙是吾師。

人生三部曲

學生生涯，
幹活歲月，
退隱養老，
好個三部曲。
往者已矣，
來者可追，
運動閱讀寫作，
灌園旅遊樂友。

今生不虛度

山中小築，
草皮蒔花綠樹，
共享紅土球場，
品茗話東西，
不時同邀遊，
串門數星星，
螢蟲閃爍，
萬籟聲中把書看，
沉寂夜裡勤筆耕，
今生不虛度。

逐樂之夫

輕風舞梢姿萬態，
吹撫耳際語柔情，
青天白日知我意，
清泉蟬鳴訴衷曲。

來日尚可追，
月光山麓逐樂夫，
千金功名換不回。

西施柚

門前一棵大紅柚，
年年開花結果，
香入戶，
果實纍纍，

春聞花香，
秋嚐美味，
笑聲盈盈。

震撼教育

午休中，
烏雲密佈，
狂風乍起，
暴雷撼山動地，
金光閃閃，
奇形異狀，

大雨傾盆，
百花殘。
窗前望外，
心驚膽跳，
一場震憾教育。

胡思亂想

熱鬧終歸沉寂，
五倫不能常在，
沒有永遠親情，
更乏不逝友誼，

不是你離，
便是我去，
生老病死無所遁逃，
來去由天不由人。

竊賊

竊賊偷電線，
柔腸寸斷，
冰品敗壞，
拋擲遺棄，

闖大禍，
沒天良，
誰來譴？

自由自在

厭倦人生百態，
看膩社會萬象，
政事紛紛擾擾，
人理雜亂無章，
學術烏煙瘴氣，
無一遂心稱意，

不如隱遁深山，，
隔絕社區生態，
仰天長嘯，
聽籟灌園，
自由自在。

遺憾

無力起死回生，
老母病歿，
不及親侍，
空遺恨。
貪弟獨吞積蓄，
拆散手足深情，
莫奈何！
苦口婆心，
未得良方，
好心哪來善報？

地方盛會

葫蘆之鄉，
千奇百怪，
雕刻篆字，
萬千世界，
農產品出列，
客家風情逞現，
窮鄉平添熱鬧
無端起浪，
有誰知？

憂天下

天下板蕩，
未曾休，
何時平？
引領久矣！
亞歷大帝白忙，
蒙古鐵蹄一現，
拿破崙驚鴻而已，
希特勒可奈何？
史達林早破滅，
大英是隔日黃花，
日本神風乃夜郎自大，
美利堅心餘力拙，
四海一家遙無期。

❁ 祖國已罔然

祖國認同感，
難為哉！
先秦七雄，
漢後三國，
續有前後五代，

今又一中各表，
為誰精忠？
公平正義何在？
一切已罔然。

❁ 愧對

家不齊，
何能治國平天下，
父親早亡，
兄弟有故，
妻子兒女問題多，

帶領無方，
得過且過，
欣羨聖賢豪傑，
平庸了一生。

❁ 憂國

共創民國，
又毀民國，
江山變色，
不知悔改，
再敗於民退，
淒淒瀟瀟裡，

內鬥不已，
國力大落，
尚作夜郎夢，
商女哪知亡國恨，
隔海猶唱後庭花。

臺獨之憂

臺灣寶島，
原是化外蠻荒，
飢民流亡，
倭寇思吞，
祖國不成器，
劃下二二八傷痕，
難相容，

意圖自立門戶，
卻難如上青天，
寧死不回歸，
自我提昇吧！
羨煞彼岸，
繁榮共存。

孫文遺志

四十年如一日，
革命情懷，
福兮禍所伏，
塗炭經百年，

美夢代價高，
壯志未酬身先死，
和平奮鬥救中國，
何遙遙？

父之過

拉拔長大，
而立之年，
自養無方，
家如垃圾場，
益友無著，

渾渾噩噩。
子不教，
父之過，
只有自責，
還能怪誰？

退休日課

退休生涯原是夢，
呼朋引類球敘見輸贏，
品茗論是非，
淺讀詩書度餘生，

拈花惹草，
落日鎔金時，
妻喚吃飯囉！

距離之美

面對斜陽，
近黃昏，
亙古不變，
熱力之源，

迷底玄之又玄，
無從解秘，
眾妙之門。

代有其人

上下五千年，
志士仁人頻添，
不愧屋漏，
黃花崗烈士，

壯烈犧牲，
天安門事件，
學子夠嗆，
民主魂三千丈。

缺憾美

蟬聲唱，
萬蝶舞，
竹影晃，
烈日中天，
坐孤亭，

驅飛蚊，
讀書分心，
煩燥難逃，
桃花源有缺憾。

樂未央

滂沱驚夢，
球敘斷，
簷下晨操，
兼習太極十八式。
青山環繞，

綠意盎然，
無畏孤寂，
遠離塵囂，
樂未央。

郭媽媽

伊梨家鄉遠天邊，
二八離家嫁漢郎，
一去不復返，
長住孤島，
和淚吞，

回首一甲子，
垂垂老矣，
客死海隅，
老淚縱橫。

漢字與書法

漢字如建築物，
書法家似設計師，
各有風格，

畫龍點睛，
字中有畫，
畫中有詩。

霪雨霏霏

霪雨霏霏，
庭前一條溪，
閃電四射。
美則美矣，

災害頻生，
衣物濕潤，
封拍日久，
長困山中。

觀雲樂

樂莫樂兮愛觀雲，
變幻莫測，
亙古未雷同，
七彩兼備，

晚霞吸睛，
蜃樓神奇，
沙市難見，
雲瀑逍遙。

老鷹之歌

巢築懸崖，
居高伏瞰，
喉天薄霄，

草枯眼疾，
萬無一失。

山居之歌

旗山溪，
月光下，
白雲悠，
田野繞，

飛鳥舞蝶，
終年常見，
全真圖畫。

痛定思痛

想到傷心處，
痛定思痛，
抱憾以終，
孝子見棄，

一人貪財，
見利忘悌，
揮刀斬亂麻，
不得已也。

歸去來辭

母喪，
弟貪，
妻老化，

舉世亂糟糟，
不如早歸，
生趣何在？

❊ 網球樂

隔著一道網，
大火拼，
ACC 最乾脆，
截球最利落，
發球上網似泰山壓頂，

拉球見基本功夫，
邊線球乃生死關頭，
吊高球徒乎奈何？
誤判得忍氣吞聲，
勝負看開些。

❊ 歌窈窕之章

美極！
有機會就偷瞄幾眼，
純純的慕，
天知地知我知，
其人毫無所知，

春風一顰，
秋月一笑，
無意中透露，
幽蘭誰賞？

❊ 絕唱落葉詞

精衛誤國，
一無可頌，
可歌可泣，
落葉詞，

詞壇一絕，
滴血淚，
恨千古。

念老友

初中老班長，
大學又重逢，
出類拔翠，
一塊瑰寶，

獨站鼇頭，
功於國家，
傾心貫道，
雲遊四方。

閒滋味

欲拋人間事，
談何容易？
親情友朋，
交流關心，

豈能形同槁木死灰？，
名利切忌強求，
寄以山林浮雲，
人上人。

波羅蜜

巨蛋型，
勝過榴槤，
香四溢，
金囊甜如蜜，

只能天上有，
籽味賽菱角，
天下第一果。

活路

小王賣瓜，
自賣自誇，
條條大路通羅馬，
曲徑通幽。
行行復行行，

峯迴路轉，
黑夜盡處見黎明，
天無絕人，
聞芳草，
傳啼聲。

酷熱

梅雨歇，
熱浪襲，
炙陽高高掛，
入眠難。

三火爐怎挨？
賭城蒸騰，
四季如春，
何處覓？

生死門

探望母舅，
南奔北馳，
舅家會。
尚能飯否？
行動龍鐘，

苟延性命，
萬物有終，
活得高興，
死得安樂，
此中有竅門。

山中午前

天亮鳥唱，
輕步扶搖，
體操球敘，
人去猴吟，

清風徐徐，
浮雲蔽日，
蟲鳴泉淙，
快樂聲中走下來。

愴然涕下

烏雲密佈，
大雨前奏，
小小臺灣，
天怒人怨，
上樑不正下樑歪，
細至家小，

妻不妻，
女不女，
子不子，
說來難堪，
從何數？

風雨中的焦慮

午後風雲變色，
雷聲隆隆，
激光四射，
昏茫茫，
雨淅淅，

澗水噴洩，
我心焦急，
自管己危，
奈何他人死活？

仙鄉之宴

空氣清新，
深居其間，
負離子濃，
長壽鄉。

鷹猴表演，
落葉飄飄，
山珍遍野，
清泉烹茶餘味香。

福的剖析

身在福中不知福，
惜福方可貴，
享福價更高，
人生不滿百，
常懷千歲憂，

寰宇是我殼，
親朋是我脈，
有福堪享直須享，
無福消受便是悲。

九九台北大靜坐

貪腐集團當政，
激惹百萬民怨，
靜坐大示威，
誓不兩立，
逼當政者下臺，

淘非易事，
必有烈士，
前仆後繼，
以死勸退，
別無良策。

聲援九九遊行

聲聲催喚，
主謀下臺，
貪腐有罪，
訴求真相，
高揭禮義廉恥，

義薄雲天，
無畏淒風苦雨，
哪管烈日當空？
事事關心。

一家都是賊

考試榜首，
為害第一，
維護不法，
惡性極至，
打著中華反中華，
認賊作父，

妻死愛錢，
子女耍特權，
親家仗勢，
橫惡當前，
掃蕩有望。

人間天堂

輕風相送，
樹梢鼓動，
含笑招展，
山泉淙淙，

令人遐想，
翠綠周匝，
人間天堂。

❁ 觀雲

浮雲當空，　　　　　　遐想天涯，
微露青霄，　　　　　　輕抹淡寫，
無語有情，　　　　　　濃雲密愁。

❁ 陶忘機

大鍋山筍湯，　　　　　縱聲喧鬧，
鮮美無比，　　　　　　萬方多難，
大盤白柚，　　　　　　此登臨，
產自家園，　　　　　　自在似淵明。
山朋球友湊集，

❁ 天地人

霧裡看山，　　　　　　上有政策，
若隱若現，　　　　　　下有對策，
寂靜聽蟬，　　　　　　人在其間，
深秋軟無力。　　　　　渾然中處。

❁ 隱

大是大非，　　　　　　不為瓦全，
瀕臨破滅，　　　　　　隱之時誼，
寧為玉碎，　　　　　　大矣哉！

芳鄰

遠親不如近鄰，
遠水救不了近火，
鞭長莫及。
天天有球敘，
時時友探訪，
勝過父母兄弟。

近為貴，
遠乃疏，
樂近淡遠，
人之常情，
孔曰里仁為美。

法自然為師

長居山林溪畔，
百花草木絲絲，
鳥語蟲鳴不歇，

好生善終，
自然為師，
刻意徒枉然。

教師節感懷

孔老誕辰，
教師節，
誰念夫子，
師不嚴，

道不尊，
明哲保身而已，
兼善天下，
天方夜譚！

內蒙之旅（五十一首）——雲端上（一）

客機竄入雲端，
居高臨下，
宛若雪花冰原，
峯峯相連，

透視輕雲，
鳥瞰香江，
機輪輕放，
將著陸。

飛越北京城（二）

欲往內蒙，
北京轉機，
一團亂，
心慌慌。

奧運大賽將臨，
鬧出國際笑話，
面子怎掛？

初抵呼和浩特（三）

歸化歸綏歧視字眼，
不如原音重現，
算是尊重。
車稀寧靜，
壓迫感消盡，

含頤賞景，
匈奴獫狁今安在？
成吉斯汗馬啼聲，
吞沒草原中。

陰山下（四）

呼包高速環陰山，
敕勒川靜靜流，
牛羊不下來，

胡馬何須度？
苦難頻頻的蒙古啊！
和平繁榮幾時到？

陰山（五）

陰山不隱，
草木絕迹，
屍骨盈野，
望而生畏，

峯峯纍纍，
河川露底，
沙化何時了？

蒙古吟（六）

遙念蒼老蒙古，
歷史舞臺顯赫，
地理山川特出，
親臨不易，

如今搭上列車，
賞遍陰陰的山，
穿越綠綠草原，
一飽此生宿願。

給漢人好看（七）

越過陰山頭，
直驅北京，
威脅長安，
一再重演，
漢人傷心地，

胡人好獵場，
萬里長城擋不住，
和親失效，
給漢人好看！

綠化（八）

循環陰山百餘里，
峯峯相連，
土石裸露，
難有生氣，
青山綠水不再，

鳥不拉屎之地，
不怪前嫌，
但問補救，
大西北啊！
不毛久矣！

不忍卒睹（九）

看遍陰山，
陰氣沉沉，
幾乎絕望，
青綠枯盡，
穿腸破肚，

未得尊重，
天必好返，
今日荒山，
明日人亡。

✿ 包頭弱冠禮（十）

弱冠禮，
闔家歡慶，
放鴿燃炮，

早早加入勞動行列，
借機掃秋豐，
笑呵呵！

✿ 參謁蒙古美岱召（十一）

迢迢萬里，
修路阻我上五當，
轉拜美岱召，
四百年古剎，

靈氣消盡，
佛像尚在，
信徒稀，
香火暗然收。

✿ 包頭真相（十二）

途經包頭，
沙暴越陰山，
籠罩四野，
人車依舊，
塵煙如霧，

欲作嘔，
生平僅見，
不入虎穴，
焉得虎子？

❊ 撫今追昔（十三）

看遍陰山，
當年金戈鐵馬，
長驅直入，
改變神州，

如今草原上，
牛羊稀，
工廠多。

❊ 黃河（十四）

黃河之水，
天上來，
唯富一套，
流經高原，
本性驟改，

狂掃神州，
莫怪源頭，
性相近，
習相遠。

❊ 響沙灣（十五）

甘肅鳴沙山，
內蒙響沙灣，
觀光客蜂湧，

滑、玩、看、聽兼得，
眾妙之門，
沙中世界。

騎駱駝（十六）

駱駝商隊，
沙漠之舟，
東西文化交流，
不勝欣往之至，

於今如願以償，
徐徐前進，
宛若海上行舟。

騎駱群（十七）

哇賽！
成千上萬駱駝群，
行旅漠海，
千姿百態，

夠看，
內蒙就有，
何必遠征沙哈拉？

成吉思汗陵墓（十八）

亙古大英雄，
國人引以為傲，
蒙族心目中的神，
以往只在書中讀到，
遠來遙拜，

躬臨聖地，
凜然猶在，
虔誠默禱，
大丈夫志業的標竿。

大啖羊肉（十九）

三餐不離羊肉，
羶味充塞，
一償宿願，
大口吃，

大塊啃，
塞外豪邁，
退避三舍。

參拜五塔寺（二十）

造形獨特，
五教一體，
展現包容，

何不虔誠？
有心則靈，
無心枉然。

參拜大召寺（二十一）

供奉達賴，
珍藏古寶，
藏佛重地，
一旦淪落，

神力全消，
人怕鬼神，
鬼神怕共黨。

昭君墓（二十二）

出塞勝過深宮藏，
雁落番順，
不入虎穴，
焉得虎子，

莫再哀怨，
惠漢良多，
弱女子，
立大功。

逛內蒙塞上老街（二十三）

走一趟塞上老街，
時光倒流，
破破爛爛，
勝過庸俗，

令人思古幽情，
時而回顧，
切忌喜新厭舊，
融合最相宜。

瓜棚隧道（二十四）

五塔寺前有瓜棚，
奇特絕倫：
垂地絲瓜，
變形胡蘆，

異狀蛇瓜。
嘆為觀止，
今生僅見，
永植心田。

內蒙印象（二十五）

不再逐水草，
多已定居，
草原尚在，
馬背長大不是夢，

農林漁業興隆，
工商向榮，
展現璀璨，
被澤外蒙。

夜宿蒙古包（二十六）

號稱豪華蒙古包，
門破鎖障，
馬桶異臭，

餐廳大而無當，
節目一再重演，
天時地利人不和。

✿ 大草原（二十七）

天似穹廬，
白雲低，
一望無際全是綠，
置身其間，
陶忘機。

✿ 蒙古賽馬（二十八）

馬背上長大，
槍聲響起，
一馬當先，
脫韁駒，
衝！衝！衝！
度若飛。

✿ 牧民家訪（二十九）

喝奶茶，
吃乳製品，
體驗蒙包家情，
明堂高掛思汗像，
早晚膜拜，
遺音千古誦。

✿ 蒙古摔跤（三十）

一堆大力士，
腰粗大肚，
沙上相撲，
嘭！嘭！嘭！
一摔見輸贏，
君子之爭。

草原之夜（三十一）

寒風刺骨，　　　　　　　靜臥蒙包中，
冰冽之水，　　　　　　　裹緊羊毛窩，
天似穹廬，　　　　　　　安眠終夜，
繁星低垂，　　　　　　　一覺醒來，
銀漢歷歷，　　　　　　　旭日平舖綠原。

牧民悲歌（三十二）

一山又一山，　　　　　　而今遊客侵入，
一嶺復一嶺，　　　　　　好不自在，
數不盡的草原，　　　　　弱者被欺，
牛羊的盛筵，　　　　　　無處伸冤。
牧民的命脈，

內蒙古將軍衙署（三十三）

曾有七十四位將軍駐守，　萬骨枯，
統領塞外軍事，　　　　　屠夫知是誰？
戒備森嚴，　　　　　　　榜上有名。
生靈塗炭，

太恭取辱（三十四）

大嚼羊肉，
持續五天，
不禁厭膩，

羊兒天生被欺，
哪是和平天使？
太恭取辱。

蒙古再見（三十五）

陰山環繞，
敕勒悠悠，
召廟處處，
沙漠之舟，
草低見牛羊，

賽馬逞英姿，
摔跤壯士吼，
逐水草而居，
奶茶滋味濃，
長憶成吉思汗叱吒風雲。

路過故宮與天安門（三十六）

故宮外殼尚存，
天安門署顯不安，
人來人往，

太匆匆，
蘊藏多少罪惡？
危危猶似鬥獸場。

北京老胡同（三十七）

「三輪車，
跑得快，
上面坐個老太太，
要五毛給一塊，
你說好笑不好笑？」
閒坐其上，

靜觀老胡同，
庭院深深深幾許？
圍牆層層加高，
如同監獄深鎖，
畫地自限，
孤寂有誰知？

什剎海功夫秀（三十八）

和尚遠從中嶽來，
加入藝人秀，
禪意棍棒功夫，
條條大路修正果，

何必吃齋念佛？
渡不了己，
連累蒼生。

北京香山行（三十九）

環境幽雅，
蒼松翠綠，
曲徑通幽，

小築高格，
品茗花前樹下！
名副其實是香山。

❊ 參觀北京中國歷史博物館（四十）

富麗堂皇，
巍巍峩峩，
寶貝多，
古董繁，

聚集中華精品，
惜乎未獲善待，
尤物堪憐。

❊ 王府井之夜（四十一）

王府井之夜，
一無可看，
但見人頭竄動，
滿滿滿，

萬人湧簇，
喧囂吵雜，
累癱了，
悔不當「出」。

❊ 天地壇（四十二）

假上帝之名，
行君王己私，
淪為觀光勝地，

天視自我民視，
天聽自我民聽，
人民才是上帝。

❊ 北海御膳仿（四十三）

帝王口福，
金筷玉碗，
美食滿席，
荷風襲人，

落花滿地，
吃的天堂，
名聞遐邇。

❀ 再見古都（四十四）

朦朧中揮別，
欣慰異常，
高樓大廈矗立，
車水馬龍，

美中不足，
暴發戶心態，
人心叵測，
純僕形象渺無踪。

❀ 九霄殿上（四十五）

九霄雲外，
凌雲壯志，
空中蜃樓，

幻滅神奇，
有誰知？
孤芳獨賞。

❀ 近鄉情怯（四十六）

機上廣播，
家國將至，
有點期待，
有些情怯，

短短十天，
都己鄉愁國恨，
長久離別，
情何以堪？

❀ 鄉愁緜緜（四十七）

老家真好，
舒暖感受，
外地再美，
路過而已，

牽情故鄉，
切割難，
血濃於水。

萬旅返鄉（四十八）

蒙古歸來，
印象深深深幾許：
草原文化、
馬背長大、
奶茶香醇、
羊肉鮮美、

天似穹廬、
飆馬英姿、
思汗音影、
昭君青冢、
注滿憶海。

心懸塞外（四十九）

遠處歸來，
行遍千山萬水，
疲態百出，
心懸塞外，

一再反芻。
無奇不有，
勝讀萬卷書，
不我欺。

旅照（五十）

走馬看花塞外行，
都在膠片中，
親朋同享，
老邁回味，

甜美夢憶須先遊，
絕不白費，
點滴成江海。

收拾家園（五十一）

行旅九天，
庭院草木深，
芳草被掩，
蒔花挨欺。

美非純天成，
待人參贊，
自助天助。

附錄一

桐竹山莊情境　　　陳信

有緣做鄰居，　　　　世外有桃源，
你我好福氣，　　　　人間有情天，
相聚玩遊戲，　　　　不羨他人田，
吃喝又逗趣，　　　　只要自己閒，
打球講輸贏，　　　　煩事放一邊，
泡茶論世情，　　　　歡笑滿庭園。

附註：陳信係主委林瑞慶之妻，為人親切又善料理。莊人稱
　　　她：台灣阿信。

附錄二

桐竹山莊網球賽　　　林瑞慶

寶劍聲霍霍，　　　　可恨桐竹人，
雌雄決沙場，　　　　品茗色紅紫，
難分復難解，　　　　招惹峯上仙，
殺氣猶未竟，　　　　思凡心欲動，
只聽鑼聲起，　　　　歡樂歲月中，
對對下場來，　　　　仙桃偷幾多？

附註：林氏為陳信之夫，桐竹山莊主委。熱心社務。

附錄三

桐竹山莊之美　　林瑞慶、陳信

有緣作鄰居，你我真福氣，
相聚玩遊戲，吃喝又逗趣。
打球拼球技，輸贏靠運氣，
勝者端茶敘，失者再加勁。
喝茶談世紀，不分藍或綠，
相處親和力，賽過親兄弟。
山莊如仙境，花草自創藝，

隨性得心怡，愛心有這裡。
晨起鳥叫聲，另類雜樂曲，
樂章時換新，聽久也不膩。
晚風清涼意，靜坐望月明，
星空無邊際，遐想忘自己。
問今何處去？請來山莊居。
自然陶醉你，他鄉哪能比？

目次